MW01136143

QUÉ SERÁ DE MÍ

L. Rodriguez

QUÉ SERÁ DE MÍ

Primera edición 2017
Diseño de portada: H. Kramer
Revisión: Mayca Hasse
Edición: Bee Lugo. Luz Hernández. Ruth Bastardo

Código de registro: TXu 2-047-120

ISBN-13:978-1975785178

ISBN-10:1975785177

Para los que me dieron
la oportunidad de entrar en sus vidas.

Los grandes **pensamientos**
nacen con el
corazón.

Luc de Clapiers

Estas son algunas de las canciones que me inspiraron mientras escribía *Qué Será De Mí*.

Cuando me enamoro – Enrique Iglesias
Under pressure – Queen
Vivir mi vida – Marc Anthony
El sol no regresa – La quinta estación
Amor amor amor – Paty Cantú
La bicicleta – Shakira
Borró cassette – Maluma
Black space – Taylor Swift
I need your love – Shaggy
Hold on, we're going home – Drake
How deep is your love – Bee Gees
Viviendo de noche – Veni Vidi Vici
De repente – Soraya
Despacito – Luis Fonsi
Como si no nos hubiéramos amado – Laura Pausini
Un nuevo amor – María José
Si tú no estás aquí – Roxana
Hermoso cariño – Vicente Fernández
La mitad que me faltaba – Alejandro Fernández
Me gustas – Joan Sebastian
Perdóname – Pepe Aguilar
Quiero que vuelvas – Alejandro Fernández
Si una vez – Frankie J. & Leslie G.
Amárrame – Mon Lafeerte

He pasado tanto tiempo sin salir de casa, que cuando vuelo sobre Madrid siento ganas de volver en ese preciso momento o llamar a mi madre y decirle: «*Mamá, no puedo hacerlo, estoy aterrada, los necesito a mi lado, por favor*».

Es una ansiedad que me domina, empiezo a sudar y a temblar al mismo tiempo, mi voz interna se ríe de mí y me dice: «*¡Das vergüenza, mujer! Tienes treinta y tres años, no eres una niña, es más, estás aquí con un propósito, y ese es ¡vivir la vida!*».

Odio que mis tías me pregunten todo el tiempo: «*Delhy, ¿y tu novio?*» O el típico: «*¿Cuándo te casas, mija?*» No es como si fuera tan simple encontrar a un buen candidato hoy en día.

En la hacienda donde nací es difícil encontrar novio, además, en estos últimos años no ha estado en mis prioridades encontrar un marido, ¡qué digo marido, ni un novio! Con todas las responsabilidades que se viven en casa es tremendamente imposible pensar en algo así. Claro que uno observa y se da cuenta de los chicos que están allá afuera, aunque lamentablemente casi todos son muy jóvenes o muy viejos para mí, incluso muy degenerados, tanto, que hasta me produce repulsión solo notar su presencia.

Toda la vida he estado rodeada de personas amables, trabajadoras y humildes en nuestra hacienda de Cuernavaca, donde el día a día es calmado, corrección, siempre traté de llevar una vida tranquila. Cuando estaba en plena pubertad constantemente estaba rodeada de amigas, decidiendo qué debía hacer: desde tener una tarde en la alberca, invitar a unos amigos a casa y formar una pequeña reunión al estilo escándalo juvenil, o simplemente hacer una pijamada. Era sencillamente fenomenal la adolescencia y las hormonas libertinas.

Desgraciadamente todo cambió en un abrir y cerrar de ojos, porque ya no soy esa alma alegre y liberal. Surgieron responsabilidades que cumplir al ser hija única en casa, como ayudar a mi madre. Mi papá se cayó de un caballo, y tras el accidente le diagnosticaron paraplejia. Es inaudito cómo cambia la vida en un segundo, sin embargo, él nunca dejó de ser la persona amable y cariñosa que ha sido toda su vida, siguió siendo un hombre íntegro, justo y trabajador, que a pesar de sus carencias físicas lucha y se dedica a su hacienda todo el tiempo que su estado le permite.

Fue así que por trece años cambié fiestas, amigos y los pocos prospectos de novio que tenía por ayudar más a mi madre, la cual cada día podía verse más cansada. Sin embargo, jamás escuché ningún lamento de su parte, ni la vi confundida por adaptarse a ser esposa, madre y enfermera, dedicando todo su amor, energías, tiempo y trabajo a su familia. Nunca se lo he dicho, pero es una mujer fuerte, mi ejemplo a seguir.

Todos nos acostumbramos a la nueva forma de vida, pero cuando cumplí treinta y tres años, creo que miraron atrás y se preguntaron: «¿Qué va a ser de la vida de Delhy?».

Así que mírenme ahora, sentada en este avión y tratando de calmarme para decidir: ¿Qué será de mí? ¿La relaciones públicas de alguna empresa, la asesora de una fundación, la representante de un artista, la consultora de imagen de un personaje público o una organizadora de eventos? O tal vez lo más importante: ¿Seguiré siendo la mujer íntegra y humilde sin los brazos protectores de mis padres? ¿Continuaré siendo divertida, apasionada y loca? ¿O seré por primera vez aventada? Creo que tengo que ver esta aventura como una oportunidad para encontrarme a mí misma, al fin y al cabo, si algo sale mal, nadie me conoce, y siempre puedo regresar a casa contando sobre mi gran hazaña en Madrid.

Desde el avión puedo ver todos esos edificios contemporáneos, no muy diferentes a los de la ciudad de México. No obstante, Cuernavaca es una ciudad más pequeña, pacífica, colonial y humilde, en donde casi todos nos conocemos. Así que me percato de que no es solamente cobardía lo que estoy sintiendo en este momento, sino ansiedad a lo desconocido, pues esta va a ser mi nueva vida, una en la cual voy a poder vivir a mi manera, y para ello cuento con el capital de mis padres.

Necesito una vida propia, la cual, según mi madre, me merezco por haber dedicado tanto tiempo a mi familia; todavía recuerdo sus palabras: «¡Tienes que vivir tu vida, Delhy! No puedes estar desperdiciando tus años en esta hacienda. Tu papá y yo somos fuertes, queremos lo mejor para ti. Hemos sido muy egoístas todo este tiempo por no dejarte seguir tu camino. Solo queremos que seas feliz, y aquí no encontrarás tu felicidad».

Así que eso es lo que voy a hacer, voy a comenzar a escribir mi propia historia.

Capítulo 1

Al aterrizar debo recoger mis maletas y encontrar un taxi para ir al condominio que tengo planeado rentar, solo necesito leer el contrato por última vez y firmar el papeleo. Cuando vi el anuncio me llamó mucho la atención porque es un lugar bonito, además, su propietaria, llamada Luz Villeda, estaba buscando una persona para compartir el espacio, así que no lo pensé mucho, ¿qué tan malo puede ser vivir con una chica?

En cuanto me decidí comenzamos a contactarnos por correo electrónico, medio en donde me habló un poco sobre ella. Me contó que trabaja de chef en un reconocido restaurante en la ciudad, que debido a su complicado horario de trabajo casi no pasa tiempo en casa, y que tras su ruptura sentimental buscaba con quien compartir las facturas. La verdad no le he preguntado mucho al respecto, porque pienso que tendremos tiempo suficiente para ponernos al corriente cuando me mude con ella.

Algo que me agrada mucho es que a ella le gusta conversar, o al menos escribir, pues cada vez que recibo sus correos electrónicos me cuenta de su día a día y de lo entusiasmada que se encuentra con mi mudanza. No puedo negar que muero por conocerla, y por llegar a Madrid para ver, en primera fila, todas las maravillas que por tanto tiempo he soñado conocer.

El alquiler se renueva cada seis meses, por lo que no estoy comprometida a vivir por una larga temporada con ella; si no me siento cómoda puedo buscar otra cosa, porque el contrato es algo flexible y sencillo. Lo que me lleva a planificar la lista de cosas que necesito hacer, y lo primero es buscar empleo. Tengo tantos sueños por cumplir, soy una mujer trabajadora, responsable y, por ello, estoy segura que lo voy a conseguir.

Dan el aviso para bajar y lo primero que hago es ponerme mis audífonos, encuentro mi lista de canciones favoritas en mi celular, ¡Dios, esto es vida! La primera canción que comienza a sonar es *Cuando me enamoro* de *Enrique Iglesias*, estoy a punto de darle siguiente, pero me digo: «Puede que sea una buena señal, Delhy».

Mientras la escucho, por un momento, me dan muchas ganas de estar enamorada y vivir mi propio romance de telenovela. Soy una lectora de romance empedernida, y eso me hace soñar con encontrar al hombre perfecto, que me cuide y proteja. Quiero conocer esa ansiedad por ver a la persona amada, y todas esas tonterías por las que los enamorados pasan: textos, llamadas, canciones, dedicatorias, detalles... «¡Basta, Delhy!» Mando todos esos pensamientos hasta atrás en mi cuerda cabeza, y comienzo a bajar por la barandilla abarrotada de gente. Tarareo la canción sin prestarle atención a nadie durante mi camino a recoger mi equipaje, que son dos simples y tristes maletas que contienen lo básico para comenzar mi nueva aventura.

Me encuentro en la sala distraída al acomodar mi bolsa y las maletas, antes de salir del aeropuerto para buscar un taxi. Mientras sigo escuchando música alejada del mundo, alguien de repente jala mi cárdigan, yo salto del susto buscando con la mirada quién fue, y sonrío al darme cuenta de que es una pequeña niña de más o menos tres años. Parece una muñeca hermosa, rubia como el sol, de cachetes rosados, pecas sobresalientes y ojos azules, me la comería a besos. Me quito los audífonos para hablar y ella me interrumpe diciendo:

—Mi papi dice que es peligoso tened los difonos puetos. ¿Tu papi no te deplende pod no haced caso?

Me agacho para estar a su altura, y le contesto:

—Hola, linda. Claro que mi papá me lo ha dicho, ¿pero

sabes? mi papá está tan lejos de aquí, que esto es una manera rebelde de llamarlo para que venga a verme y me reprenda por portarme mal.

La niña se ríe con una bonita sonrisa de complicidad, y de la nada escuchamos a alguien gritando con una voz profunda y desesperada:

—¡Melinaaaaa, Melinnnnnaaaa! Dios santo, ¿dónde estás? Por favor, Melina, ¡no más juegos, señorita! ¡Te prometo que moriré de un infarto antes de que llegue a los cuarenta! ¡Melinaaaa, cielo, papá está a punto de sufrir una embolia ahora mismo!

Giro y miro a quien creo que es la descarada Melina, entonces le pregunto:

—Eres Melina, ¿verdad?

—Sí —contesta tapándose la boquita, y escondiendo una sonrisa que rotundamente es imposible reprender.

La tomo de la mano para llevarla conmigo y, con la otra, tomo todas mis pertenencias. Camino lentamente y con dificultad, para no dejar nada en el trayecto al ir en busca de esa profunda voz, que sin duda pertenece a un padre desesperado.

Solamente caminamos unos cuantos pasos y, al cruzar a la derecha de la exclusiva sala, nos encontramos con un hombre de espaldas, que me ofrece una de las vistas más cautivadoras de mi vida. Tiene el teléfono en su oreja y los movimientos de su brazo hace que su saco gris suba un poco, dejando al descubierto su fabuloso trasero, que me atrevo a apostar que al tocarlo debe de estar duro como una piedra, como el de esos chicos que te topas en los clubs deportivos mientras corren, y que te dan ganas de darles un buen apretón de nalgas. Claro que este bonito culo está envuelto en un pantalón a la medida, que, incluso con mi poca experiencia en ropa masculina, noto que es de alguna marca exclusiva. ¡Santo cielo! Esto no es de simples mortales, sino de modelos u hombres de negocios que tienen tanta presencia como este que tengo enfrente, quien, por cierto, camina de un lado a otro sujetando su cabeza con la mano libre, mientras mantiene la conversación telefónica y grita por su amada Melina.

Aclaro mi garganta un poco para llamar su atención, pero soy totalmente ignorada, por lo que suelto mi maleta para tocarle el hombro y le hablo:

—Disculpe, señor. Creo que he encontrado a la terrible Melina.

El impecable hombre de traje gris se gira flexionando a la vez los músculos que ligeramente se marcan sobre su ancha espalda. Y aunque puedo ver que relaja los hombros, cuando nos miramos solo le dice a quien está al otro lado del teléfono:

—Te llamo después. —Y cuelga.

Su penetrante mirada pasa de mí a mi nueva amiga, entonces se agacha, abre sus brazos, y con ese simple gesto la niña se va corriendo hacia él. Obviamente que yo también hubiera salido derechito hacia él, estamos de acuerdo, ¿verdad?

En cambio, me encuentro aquí parada como una piedra, pues este espécimen masculino está para acosarlo, por estar tan tremendamente bueno. De hecho, creo que es uno de los hombres más guapos y sexis que me he topado en mi vida, es como uno de esos modelos de catálogo con una presencia arrebatadora.

Contemplo su cabello castaño claro y su sensual barba mientras abraza a su hija, y es entonces que veo su *Rolex* edición especial, a la vez que suena un ¡tin tin!, como una campanilla de ring de boxeo en mi mente, pues me percato de que no lleva ningún anillo de matrimonio.

«¡Muy buena señal, Delhy!», mi subconsciente baila un jarabe tapatío mientras forma sus propios sueños guajiros. «¡Pero quizá tenga una novia! ¿O qué tal una arpía exmujer? Claro que debe tener una de las dos; un hombre tan guapo como este no puede ser soltero y accesible, tiene que estar bien amarrado, más con la tremenda hija que tiene entre sus brazos», sigue diciéndome mi voz interior.

Muerdo mi labio para no soltar una carcajada enfrente de ellos, cuando pienso que su exmujer o novia es muy inteligente, al llegar a la conclusión de: «No podré ir contigo cielo, pero llevas carabina al lado, un arma poderosa llamada Melina».

—Papito, mida, ella es mi nueva amiga pinsesa —dice en ese momento la niña.

—Hola. Encantado de conocerle, Santiago Moya —se presenta el encantador hombre de intensos y profundos ojos verdes, con una varonil y grave voz que pone a cualquiera a sus pies.

—Hola —contesto torpemente, pero al instante me aclaro la garganta, tratando de sonar lo más calmada posible.

Dentro de mi interior hay una batalla, porque mis hormonas quieren actuar por sí solas y decirle a la pequeña Melina: «Cariño, siéntate aquí y juega en tu tablet», para aprovechar y llevarme a este bombón irresistible al baño para que me demuestre su virilidad. ¡Oh, Dios! ¿En serio me ha pasado eso por la mente? De verdad que este hombre derrite a cualquiera.

—Hola. Soy Delhy Lugo, mucho gusto —digo en cambio a lo que pienso—. Creo que perdió a una encantadora princesa, señor Moya.

Me agacho para tomarle la mejilla a la pequeña y hacerla reír, pero ella se abalanza hacia mí dándome un tremendo abrazo, y aunque el sentimiento es algo nuevo me encanta sentir los bracitos regordetes de esta niña encantadora alrededor de mí; sin duda, me ha robado el corazón.

—Melina, por favor —la reprende, apenado—. Señorita Lugo, no vaya a pensar que soy un mal padre. Nos encontrábamos esperando a mi madre y en menos de un instante Melina ya no estaba junto a mí. He tratado de reprenderla para hacerle entender que en lugares públicos no podemos jugar de esta manera. —Mira su reloj—. De hecho, mi madre ya debería haber llegado, no sé qué sucede con su vuelo —me informa mirando a todos lados de la sala.

Yo me quedo sin saber qué decir, pero para mis adentros pienso: «Bueno, Delhy, no es como que este hombre tan guapo te vaya a invitar a comer con su hija por ser la rescatista del año, así que es mejor que te marches antes de seguir en este incómodo momento de silencio».

Estoy por despedirme, cuando me detengo porque me llama la atención una mujer de cincuenta y tantos años de edad, que posee una arrogancia innata al caminar; también va vestida que da envidia, con un vestido negro a la medida, collar de perlas a juego con sus aretes, cabello muy corto, esponjoso y cano, y tacones que puedo jurar son unos auténticos Manolos. Sin embargo, lamentablemente, lleva un letrero de neón en la frente parpadeando la palabra "Arpía", y es esta mujer la que precisamente se detiene a nuestro lado diciendo:

—Hola, cariño. El vuelo se retrasó, con lo inepta que suele ser la gente mediocre de este aeropuerto, ¿qué más puede esperar uno de ellos? —En ese momento, se percata de mi presencia y gira a verme, mientras la observo incrédula al darme cuenta de la manera en la que me mira de arriba abajo, sin importarle que sea consciente de su insolencia con una mirada asesina y queriéndome despellejar viva, se dirige a él—: Santiago, ¿qué hace la incompetente de tu secretaria aquí? ¿Acaso ya se convirtió en la nana de Melina? —No espera una respuesta y se marcha dejándonos perplejos ante la osadía—. Hola, Melina —saluda a la niña—. Cielo, ven acá, que la abu Magdalena ya regresó de su viaje y te trajo muchos regalos.

Me quedo asombrada al ver cómo la bruja *Úrsula* de *La Sirenita* se transforma con su nieta en la joven *Vanessa*, tan linda y hermosa con voz de *Ariel*, hasta que un cuerpo masculino aparece en mi campo de visión y me sobresalto cuando lo escucho decirme:

—Disculpe a mi madre, suele ser un poco arrogante y tuvo un mal vuelo, mas no le haga caso. —Hace una pausa—. Bueno, señorita Lugo, no la agobio más con nuestros problemas familiares ni la hago retrasarse más. Muchas gracias por encontrar a mi hija, fue un placer. —Me ofrece su mano con una bonita sonrisa dibujada en su rostro, y se retira siguiendo a su madre.

Tomo mis maletas con dificultad, y me dirijo a la puerta de salida, hasta que escucho a lo lejos gritar:

—¡Pinsesa, pinsesa! ¡Adiós, pinsesa!

La infantil voz de Melina suena por todo el pasillo, y al girarme veo como agita su manita tan fuerte que me hace sonreír mientras hago lo mismo, diciéndole adiós a esa princesa que jamás volveré a ver.

Capítulo 2

Contemplo el edificio colonial, color beige, de cinco pisos que está frente a mí, llamativo por sus pequeños balcones, la mayoría colmados de verdes plantas y pintorescas flores, que le dan al lugar un ambiente más dulce y hogareño. Sin duda, se puede percibir que es un sitio muy pacífico, y con un tráfico moderado. Se encuentra ubicado a un costado de la *Plaza Mayor,* muy cerca de la *Plaza del Sol,* que por cierto me muero por conocer, así que fue la mejor elección para poder trasladarme a cualquier sitio sin la necesidad de un coche.

Miro el reloj que marca las tres y media de la tarde, definitivamente llego tarde, el cambio de horario es terrible para mí y necesito adaptarme. Por otro lado, desgraciadamente entre mis cualidades nunca ha estado la puntualidad como número uno, seguro que Luz comprenderá.

Llego a la recepción de mi nuevo hogar y me encuentro con un señor mayor, de ojos color aqua, tan cristalinos que puedes perderte en ellos, pelo cano con una pequeña gorrita negra, camisa blanca, pantalón de vestir bien planchado con todo el almidón que merece su buena apariencia y, como toque final, una bonita pajarita que lo hacen derrochar confianza hacia los demás.

—Buenas tardes, soy Delhy Lugo, y busco a la señorita Luz Villeda.

El señor voltea a verme con una encantadora sonrisa, al tiempo que sus ojos se pierden en una pequeña rayita.

—¿No me diga que usted es la señorita Lugo? Lucecita no para de hablar de usted, ya hasta creo que la conozco. —Se limpia las manos en su pantalón y me tiende una—. Es un placer conocerla, quiero que sepa que cualquier cosa que necesite aquí me tiene, también puede contar con mi nieto Mariano, quien no tarda en llegar para presentárselo. —Sonríe—. Bueno, bueno, mi bella dama, yo siempre tan despistado. Mi nombre es Manolo García, y como le comentaba, cualquier cosa únicamente hable a recepción que nosotros la atenderemos. Ahora pase, pase que Lucecita la espera. Pero recuerde, tiene que regresar para darle a firmar todas las reglas del edificio. Yo soy muy amable, pero necesito mantener el orden, tal como un capitán dirige su barco. Por lo que no me tocaré el corazón para reprenderla, o dejarla afuera por su comportamiento —comenta serio mientras me apunta con su dedo índice en advertencia.

Con eso último me quedo muy seria mirándolo, la verdad que no entiendo si está tratando de ser cómico o es una verdadera advertencia. Mi cabeza comienza a trabajar: «¿qué voy a hacer si se me hace tarde?». En eso, el señor Manolo me regresa al presente con una sonora carcajada y, cuando se recupera, me dice:

—No se preocupe tanto que es Marianito quien trabaja en las noches y, sinceramente, no creo que él sea tan cruel como para dejar a una señorita tan guapa como usted por ahí pasando frío. —Me guiña un ojo.

Sonrío, pues este hombre ya se encuentra en mi lista de personas favoritas de Madrid. Definitivamente es un hecho que estaré pasando a conversar con el señor Manolo a menudo, para ponerme al día y comenzar a conocer a todos los inquilinos del edificio; creo que con él estaré bien enterada de cualquier chisme que surja en este lugar.

—Bueno, señor García, es un placer conocerlo. Prometo pasar mañana para que me muestre el edificio.

—Señorita, ¿la puedo llamar Del-hy? —pronuncia mi nombre en sílabas, muy despacio—. Así se pronuncia, ¿verdad? —pregunta tocándose la barbilla—, es que los nombres de hoy en día son muy complicados. Me acuerdo que en mis tiempos,

Antonio, Manuel, Carmen o Isabel, eran los típicos en la región, pero ahora abundan los nombres extranjeros. Creo que ustedes, los jóvenes, solo quieren complicarnos la vida a nosotros los viejos, con esas nuevas modas.

Suelto una carcajada y tomo mis maletas. El señor Manolo sale de atrás del mostrador y se acerca a un armario que está a un lado del ascensor. Observo el lugar pensando que todo es muy bonito y acogedor, tiene el estilo de un hotel. Me sorprendo cuando toma mis cosas y las sube sin dificultad a un carrito para equipaje.

—Vamos, Delhy. La llevo con Lucecita. —Señala la puerta del ascensor, y me da el paso para que camine primero.

Mientras esperamos que se abran las puertas del ascensor pienso que no debe ser seguro dejar la recepción sola; sin embargo, en ese preciso instante, escucho la puerta principal abrirse y cerrarse. Giro para ver quién es, y observo a un chico bastante joven, debe de tener unos veinte años, cabello café un tanto despeinado, ojos color miel, muy alto y atlético. Este lleva una mochila en su hombro, y al vernos grita:

—¡Ya llegué abuelo!

Estoy casi segura de que nos vamos a quedar otra media hora aquí platicando con el chico, no es que no desee conocerlo, solo que estoy agotada por el viaje tan largo, tanto que lo único que quiero hacer es ir a conocer a Luz e instalarme, y debo hacerlo antes de quedarme totalmente dormida aquí de pie.

—Marianito, ven acá hijo. Mira, ella es la señorita Delhy, la nueva compañera de piso de Lucecita. Para que estés muy al pendiente hijo; ella es nueva en la ciudad, viene de México, por lo tanto, hay que demostrarle lo hospitalarios que somos en Madrid.

El chico con mejillas sonrojadas solamente asiente, me da la mano e intercambiamos saludos. Antes de que el señor Manolo empiece de nuevo a platicar, tengo que interrumpirlo por varias razones: una, Luz me está esperando, y dos, ¡que estoy frita! Mi cuerpo pide una cama con desesperación.

—Señor Manolo, perdone que lo interrumpa, pero me tengo que apurar, Luz está esperándome y voy demasiado tarde.

—Querida, ¿por qué no me lo dijo antes? Vamos, vamos.

Subimos al ascensor y él marca el quinto piso en el tablero, al tiempo que me explica:

—El quinto piso es el que tiene la vista más bonita. En cada piso hay dos departamentos, así que son solo ocho; el primer piso tiene las áreas comunes. Le enseñaré encantado todo el lugar, piso por piso una vez que esté instalada, únicamente pase a buscarme a recepción —concluye con su característica sonrisa.

La campanilla del elevador suena indicando que nos encontramos en el piso correcto. Cuando salimos nos encontramos de frente con un espejo grandísimo, de marco resanado, color plata, que adorna la pared blanca; una pequeña silla y una mesa están junto a una planta natural, que es lo que adorna el vestíbulo. A los lados hay dos elegantes puertas idénticas.

—Delhy —me llama el señor Manolo, y lo escucho—, su puerta es la izquierda. La otra pertenece a Jacobo Parra, es piloto y viaja mucho; aunque lleva ya unos cuantos años viviendo aquí. —Sonríe—. Él es un chaval muy calmado, a excepción de los domingos que trae a todos sus amigos a ver el fútbol. De hecho, puedo asegurarle que terminará amando al *Real Madrid* por él. —Pone mis maletas junto a la puerta, y antes de regresar al ascensor murmura—: Solamente estaré un ratillo más en recepción. Sin embargo, espero que mañana tenga tiempo para dar el paseo pendiente por su nuevo hogar, así le dejo claras las reglas del edificio. ¡Bienvenida de nuevo!

Gesticulo un sí con la cabeza mientras busco en mi bolso algo de dinero, pero la verdad no sé si es correcto darle propina. Cuando saco un billete y lo busco con la mirada el ascensor se cierra, y el señor Manolo se ha ido.

Toco el timbre y escucho los pasos de alguien acercarse a la puerta que se abre, apareciendo una chica muy llamativa con cabello negro muy cortito, vestida con una blusa blanca de tirantes amplios, unos jeans desgarrados y zapatillas *Converse* color verde.

—¡Tía, pero qué gustazo! —Luz me recibe con dos besos, una costumbre española; su efusividad al instante me hace sentir cómoda.

Después de nuestro primer encuentro pasamos al departamento, y desde la entrada puedo ver el amplio piso con paredes blancas muy bien iluminadas. El recibidor está decorado con una mesita de noche que tiene una linda lámpara encima; no puedo dejar de admirar el lugar todavía con maletas en mano.

A mi derecha encuentro una gran sala en la que predominan el blanco y negro en sus muebles, su diseño me recuerda a un tablero de ajedrez. En la pared principal, unos jarrones muy grandes están a cada lado de una pantalla plana empotrada en un estante de madera café obscuro, que ¡oh, no! ¡Está lleno de cd's y películas! Además, hay un gran sistema de sonido sofisticado (esto me confirma que Luz es tan amante de la música como yo).

Bajamos tres escalones, y ella comienza el tour por la casa, explicándome en dónde puedo encontrar la mayoría de las cosas. Después de un par de metros, nos detenemos en medio de la sala y comedor, lo que me permite apreciar mejor cada área. El comedor está del lado izquierdo, compuesto por una mesa cuadrada muy moderna y cuatro sillas blancas; de un costado, hay una barra de granito blanco con varios bancos del mismo color, que permite visualizar la cocina. Entonces caigo en cuenta sobre la división entre la sala y la cocina, que es una bonita cantina de madera. Todo es tan lindo, el cual es digno de admirar.

Me dirige a un pasillo que se encuentra frente a nosotras, y que nos lleva a una gigantesca cocina con electrodomésticos de última generación, donde lo que más destaca son las cacerolas de tantos tamaños que me dejan impresionada. Luz me sorprende gritándome tan duro que casi me revienta los tímpanos:

—¿En qué piensas Delhy? ¿Verdad que es todo guay? Un chef merece tener una magnífica cocina como esta —me dice señalando a su alrededor con los brazos abiertos—, para poder así cocinar sin limitaciones; sin embargo, te lo advierto, te quiero fuera de ella —me dice con una risa cantarina—. Pero no te preocupes, siempre me encargaré de cocinar para las dos, así no te verás en la necesidad de entrar a mi sagrado y majestuoso santuario.

—Oye, Luz. Una pregunta, ¿cómo le haces para estar tan delgada si te la pasas cocinando? O sea, imagino que tienes que estar probando tus platillos ¿no? Porque no creo que preparando tantos, como los que te pasas publicando en *Instagram*, te abstengas de hacerlo, ¡y eres una tabla mujer! ¡Dime tus secretos o te asesinaré!

No es que yo sea muy gordita, pero sí soy de curvas generosas, mis caderas y trasero hablan por sí solos. No me puedo descontrolar unos días porque al mirarme al espejo ellos tienen vida propia, no me quejo, sin embargo, es un trabajo constante tener que estar cuidándome para no subir mucho de peso, ya que con un metro y cuarenta y siete centímetros de altura cualquier gramo que suba se me nota enseguida. Suspiro dramáticamente, siendo sinceras creo que todas las mujeres nos pasamos recriminándonos por algo que no nos gusta de nuestro cuerpo, aunque al final es necesario aceptarnos tal y como somos.

—Tía, pues haciendo ejercicio. Me levanto a las cinco de la mañana, y bueno… —Se balancea de un lado a otro—. Es que tú no tienes una motivación como la mía. —Comienza a reírse—. Cuando Jacobo sale por esa puerta... —Señala en dirección de nuestra puerta principal—. ¡Uff, es un buenorro! Necesitas conocerlo porque es mejor que los bizcochos que preparo una vez a la semana; los cuales, déjame decirte, son descaradamente buenos desde la capa superior hasta el centro y con la consistencia perfecta, son tan tentadores que tienes que morderlos porque nadie se resiste. Y así es exactamente como está Jacobo, nadie se puede resistir, además, ¿quién soy yo para oponerme a las leyes del universo? —Ella se ríe y yo me ataco de risa, porque esta mujer es única.

Tengo poco tiempo conociéndola y ya la adoro, así que corro y la abrazo.

—¡Gracias, Luz! Gracias por aceptarme en tu hogar. —Para ella pueden ser solo unas simples palabras, pero para mí son más que eso. Ella es el salvavidas para mi nuevo comienzo, una parte fundamental para mí.

—¿Aceptarte? Vas a flipar cuando veas las facturas, porque no estás aquí de vacaciones nena. —Camina hacia la puerta principal, alarga sus brazos y hace una reverencia—. ¡Bienvenida a casa, su majestad!

Cuando me lleva a mi habitación estoy más que encantada porque el espacio es muy grande, y lo primero que capta mi atención es un escritorio color caoba con una silla giratoria, así como el bonito librero del mismo tono que está al fondo en la esquina. Tomo una nota mental de ir a comprar unas cuantas novelas, para comenzar a formar una nueva colección de libros. Uff, toda mi vida soñé con venir a España y conocer a todas esas escritoras que me encantan: Noelia Amarillo, Megan Maxwell, Patricia Geller, Elísabet Benavent, Mary Ferre, entre infinidad de mujeres talentosas. Saco mi agenda y apunto: "Buscar cuándo es la siguiente feria del libro, para estar presente".

Pertenezco desde hace un par de años a un grupo de lectura llamado "Libros que dejan huella"; navegando por las redes sociales llegué, por casualidad, hasta esa comunidad, que se formó en *Instagram.* Como soy miembro activo tuve que comunicarles a las chicas que estaría ausente por motivos de mi viaje, mi mudanza y de todos los planes que tengo para mi nueva vida en Madrid. No obstante, les aseguré que en cuanto conecte mi celular a una compañía local le diré a Liz (la administradora), que me agregue de nuevo al grupo de *WhatsApp* de LQDH, para contarles todo lo que me esté sucediendo, y compartir con todas cada momento de mi loca vida de lectora, como pisar por primera vez una firma de libros con nuestras amadas escritoras españolas.

Levanto la vista de la agenda, entonces es cuando veo el resto de la habitación. En el centro hay una cama king size con sábanas blancas, burós, cabecera y cómoda con luna a juego. Luz me ha dicho que puedo cambiar lo que quiera para amueblar a mi gusto, o simplemente quedarme con este mobiliario. Anteriormente, este era el cuarto de visitas, pero cuando se mudó su novio dejó todas las pertenencias que compraron juntos, y que ahora están en esta habitación.

La verdad es que no hemos entrado mucho en detalle y creo que saldrá el tema solo; en sus correos electrónicos, lo único que me dijo fue que era la chef principal de un restaurante muy reconocido, y aunque ella podía pagar todas las facturas del departamento, lo que buscaba era la compañía de alguien más en casa, porque es incapaz de vivir sola.

Comienzo a acomodar mis pertenencias en la habitación. Entro al baño, y feliz veo que cuenta con una pequeña tina muy a mi medida, pegada a una ventana grandísima que da a la azotea, creo que si alguien se baña aquí sin una cortina de seguro es un exhibicionista, me río. El resto del baño es de un espacio razonable; con calma me dedico a acomodar todos mis perfumes, cremas, geles y sales de baño. Tengo una manía por los olores a chocolate, coco y vainilla, solos o combinados en lo que sea. Termino de colocar los demás artículos personales con los que he cargado, aunque tengo que ir a una tienda departamental o al supermercado a comprar lo que me hace falta. Ya tendré tiempo para pedirle a Luz que me acompañe o que me indique cómo puedo llegar, si es que ella no puede ir conmigo.

Después de merecida siesta salgo del cuarto, solamente he puesto un pie fuera de la habitación, cuando me golpea un aroma muy agradable proveniente de la cocina. Se escucha música mezclada con el sonido de ollas y cucharas. Me doy cuenta de que estoy en el lugar indicado, y que estoy por vivir una de las mejores experiencias de mi vida en compañía de una chica fabulosa; me siento inmensamente feliz en este preciso momento.

Continuo mi camino hacia la cocina, y al pasar el marco de la entrada me encuentro con Luz agitando las caderas de un lado a otro, quien al percatarse de mi presencia comienza a cantar *Under pressure* de *Queen*, con cuchara en mano como si fuera un micrófono.

Me acerco, me toma de las manos, y comienza a pegarme con su cadera para que siga el ritmo. Al terminar la canción me doy cuenta de que ha pasado mucho tiempo desde que he tenido este tipo de complicidad con alguien, y agradezco en silencio por haberla encontrado.

—Nena, ¿ya estás lista para cenar? Mira que pedí el día libre en el curro para poder cocinar y celebrar tu primera noche en casa.

—Gracias, Luz. En serio, no te hubieras molestado, ¿en qué te ayudo?

Me indica que acomode los platos, cubiertos, vasos y demás utensilios en el comedor, y en cuanto se acerca con la comida vuelvo a dar gracias por tener una compañera que, aparte de tener una excelentísima personalidad, es ¡Chef! ¡Qué suerte la mía!

Degustamos un rico filete de pescado con verduras y arroz blanco, acompañado de un delicioso vino *Casillero del Diablo*

Chardonnay, una perfecta combinación para disfrutar de la cena, pues el aroma del vino fresco que muestra desde un principio su carácter frutal, entre piña y durazno, es ideal.

Brindamos por mi llegada y por el comienzo de una nueva amistad. Nuestras copas llenas de este vino, con tonalidades amarillo–verdosas y reflejos dorados, que brilla al danzar sobre el hermoso cristal, son testigos y cómplices de esta noche y de nuestros sueños inciertos por cumplirse.

Capítulo 3

Sigo sin entender bien la diferencia de horario entre México y España, pero aun así trato de comunicarme con mis padres. Tomo el teléfono que se encuentra en la mesita de noche, marco el número de casa, pero no obtengo ninguna respuesta; después de varios intentos pruebo con sus celulares, y como tampoco los contestan me doy por vencida. Van a ser las diez de la mañana en Madrid, y me encuentro todavía en la cama, así que busco en mi mochila hasta localizar mi laptop para escribirles un e-mail, pues de esta manera estoy más que segura que lograré comunicarme con ellos; me conecto al Wifi del apartamento y listo. Hubiera sido más fácil solo escribirles un mensaje o utilizar el famoso *WhatsApp*, pero mi celular está totalmente fuera de cobertura.

Confirmo la hora en mi laptop, a la cual no le he cambiado la zona horaria, y me doy cuenta que en México es hora de la merienda; ahora entiendo la razón por la cual nadie me contesta en casa, deben haber salido por ahí. Quedé con mi madre en escribirle al llegar a la ciudad, pero por una u otra razón anoche no pude hacerlo, además, entre el cansancio del viaje y el sueño tan profundo que me dio después de la cena con Luz, me retiré a mi habitación y con solamente tocar la cama caí muerta.

Mi madre, con seguridad, verificará su correo electrónico llegando a casa; aunque no es muy fan de los aparatos y su avanzada tecnología, sé que está más que preparada para encontrar el primer e-mail de su única hija. Pero si hablamos de mi padre es otro cantar; a pesar de ser mayor, él ama navegar en la red, leer el periódico digital, jugar ajedrez en línea con sus amigos y buscar artículos importantes, la mayoría de las veces de política, que es lo que más le llama la atención. Él tiene su propio ritual; al despertarse, como de costumbre, se toma su café leyendo las noticias en su tablet y, como todas las mañanas, nadie puede perderse su comentario referente a que lo único valioso del internet son las noticias. Así que antes de planear el viaje me concentré en mi mamá, para enseñarle todo lo que pudiera sobre computadoras, tablets y celulares inteligentes; al principio era reacia a aprender, pero cuando le hice ver que sería la forma más sencilla para comunicarse conmigo, entró por completo en la materia.

Empiezo a escribir...

De: Delhy_Lugo@hotmail.com
Para: FamiliaLugo@hotmail.com
Asunto: ¡Holaaaa!
Fecha: viernes, 11 de noviembre de 2016 09:50:32

¡Hola, mami! ¡Hola, papi!

Espero que se encuentren bien, traté de hablar con ustedes, pero nadie contestó, supongo que habrán salido de casa, aquí son casi las diez de la mañana. Quiero que sepan que estoy muy bien, ¡estoy muy, muy feliz! ¡Dios, no pueden imaginar cuánto! Ayer que llegué no pude marcarles. Pero la verdad, todo ha salido mejor de lo que imaginé. La chica con quien estoy compartiendo el piso es súper buena onda, ¿pueden creer que ayer me hizo una cena de bienvenida?

Papis, no quiero que se preocupen por nada, aunque los extraño mucho, quiero que sepan que estoy extremadamente feliz, me muero por conocer toda esta hermosa ciudad. Los amo demasiado, recuerden que si me necesitan solo me tienen que llamar, mandar un WhatsApp o un e-mail; por favor no duden en comunicarse a cualquier hora, por cualquier cosa o emergencia.

Hoy tengo planeado ir a hacer todos los pendientes, uno de ellos, conectar mi celular a una compañía local y conseguir un nuevo número, para así mandarles muchos WhatsApp y montones de fotos de mi nueva vida. ¡¡¡¡Los amoooooo!!!! Miles y miles de besos...
Con todo el amor del mundo, su hija preferida (sería el colmo que no lo fuera, si soy hija única, jajaja) que los extraña con locura...

Delhy

Me estiro como un gato por debajo de las sábanas, tratando de procesar todos los pendientes que tengo que realizar; el primero, y más importante después de conectar mi celular, es bajar por el periódico para buscar trabajo.

Me maquillo muy natural y me cepillo el cabello, es lo que me encanta de mi pelo corto, que no necesito hacerle mucho para que se vea bien. Decido ponerme unos jeans skinny desgastados, una blusa blanca de gasa con manga tres cuartos, unos tacones color crema y, para darle mi toque personal, un suéter muy ligero del mismo tono que mis zapatos, el cual permite ver la blusa de gasa que llevo debajo y, para terminar, me cuelgo del hombro un pequeño bolso café.

Me miro al espejo, y estoy perfecta para dominar la ciudad. Mi madre siempre me dice que debo tomarme tiempo extra para arreglarme, que, aunque esté de malas o triste, debo tratar de poner empeño en mi apariencia, ya que es la imagen que le otorgas a los demás. Según sus consejos, el día cambia dependiendo de cómo te proyectas físicamente, transmitiendo seguridad y control a tu vida; un ejercicio sencillo que siempre pongo en práctica, tanto en lo personal como en lo profesional.

Al salir de la recámara todo está en calma. Me dirijo al refrigerador, tomo un yogurt con granola y, al tiempo que me lo como, le doy vuelta de nuevo mentalmente a mi lista de pendientes. Algunos de los más importantes: activar mi celular, pasar por el supermercado y buscar un empleo; porque creo que Luz no permitirá que me siga comiendo su comida de gratis.

Mientras estoy desayunando escucho el tintineo de unas llaves al mismo tiempo que se abre la puerta de par en par, apareciendo una Luz colorada y totalmente empapada de sudor. Trae unos pantalones de yoga negros bien pegados que resaltan su bonita figura, una blusita ligera de algodón blanca y sus tenis. Lo que más me causa curiosidad es su sonrisa de oreja a oreja, como si se hubiera encontrado a Henry Cavill en el pasillo.

—¡Ey, nena! ¡Tan temprano ya en pie! ¿Cuál es el plan para hoy? —Me pregunta al dejarse caer, sin nada de gracia. en el asiento frente a mí.

—Primero, tengo que ir a recepción a firmar unos documentos. Por cierto, sé que ya se firmó toda la documentación del piso, pero, ¿crees que puedas darme una copia del contrato para tenerlo conmigo, por favor? Y sobre el resto del plan de hoy, es activar mi celular, ir al supermercado y, no menos importante, buscar un empleo; es difícil, pero me encantaría encontrar uno lo más pronto posible.

—Vale, mientras me baño baja, ponte en regla con Manolo, pídele el periódico del día y nos ponemos a buscarte un curro.

—Oye, a todo esto, ¿por qué vienes con una sonrisa de oreja a oreja?

Con una sonrisa picarona me contesta:

—¡Acaba de llegar Jacobo! —Cuando se percata de mi laguna mental, enfatiza—. ¡¡¡El vecino, Delhy!!! El vecino buenorro que vive a unos cuantos metros, y prepárate, ¡viene a conocerte más tarde! ¡Ya tenemos planes para luego! —vocifera mientras va caminando por el pasillo muy tranquila.

—Sabes que estás súper loca, ¿verdad? —le grito, y únicamente escucho su risa a lo lejos.

Decido hacerle caso y bajar; cuando abro la puerta me sorprendo, pues me encuentro frente a frente a un chico, que por su porte, no debe ser otro más que el famoso Jacobo. Ahora me cae el veinte del porqué Luz venía tan risueña.

—¿Delhy? —pregunta.

El chico tiene cabello café obscuro, piel bronceada y ojos verdes. Es alto, con tanta presencia que me tiene babeando; muy bien ejercitando, se nota por los bíceps y tríceps bien definidos; cintura y cadera estrecha, que le afinan esa ancha espalda. Lleva una gorra negra al revés, playera sin mangas azul marino, que le marca unos brazos buenísimos para sostenerse uno mientras...

«¡Para el carro, Delhy! ¡Por Dios, es demasiado temprano!», me regaño interiormente, aunque realmente nadie puede juzgarme con este pedazo de hombre en frente de mí. Además, estoy tremendamente necesitada de afecto, de ese que involucra una buena cama, como en esas historias que me paso leyendo; creo que ya me empieza a afectar tanta lectura erótica.

En este punto de mi vida, ya es una necesidad. Los pocos encuentros sexuales que he vivido han sido sosos, sin entusiasmo y ni pasión. No me sentía a gusto, solo estaba pensando qué hacer, qué decir; todo se volvía extremadamente estresante, en vez de placentero y fogoso. Pero bueno, sigo dándole el visto bueno al tal Jacobo, y le doy otra repasada a esos pantalones deportivos negros con rayas laterales blancas y sus deportivas a juego.

—Hola. Supongo que eres el famoso Jacobo —le saludo, y cuando estoy estirando mi mano para estrechar la suya, él corta el espacio que nos separa con un par de pasos, me da dos besos y un fuerte abrazo.

Su contacto me agrada, lo siento protector, como el de un hermano mayor.

—¡Bienvenida a Madrid! —Sonríe, y se le marcan dos hoyuelos perfectamente visibles en su atractivo rostro, que le hacen ver más joven.

Antes de contestarle me interrumpe diciendo:

—Espero que guardes todas tus energías para esta noche, tía, porque... ¡Hoy nos vamos de juerga!

—¿Es en serio? Pensaba que solamente en México se nos daban bien las fiestas.

Suelta una carcajada y, haciendo una señal de despedida con la mano, me grita entre risas:

—¡Delhy, no olvides afinar esa voz, porque tendrás que demostrar cómo es una buena mexicana!

No quise poner tanta atención a las palabras de Jacobo, aunque a lo que si le pongo interés es a esas nalgas respingaditas, que de seguro son duras. «Oye, ¿qué tienen estos españolitos que me calientan la sangre al instante?», me cuestiono a mí misma.

Suspiro, y me enfoco en lo que de verdad necesito hacer. Bajo a la recepción, donde encuentro al señor Manolo leyendo el periódico.

—Buenos días, señor Manolo.

—Hola, Delhy, buenos días; aquí le tengo el papeleo listo. ¿Va a querer que le dé el recorrido por las instalaciones?

—Le voy a quedar mal, es que solo estoy esperando a Luz para hacer varias diligencias pendientes. Pero regresando, con gusto me puede enseñar el lugar.

Después de terminar de firmar los papeles, y que el señor Manolo me explique cada pequeña regla, me despido, dándole mi palabra de regresar más tarde.

Al volver a nuestro piso, me encuentro a una hermosa Luz, con un vestido color guinda hasta la rodilla, una gargantilla negra de piel pegada al cuello y unos botines negros completando el atuendo. Cuando le veo el collar, casi me tropiezo al recordar todos esos libros que leí de sumisas a las que les regalan un collar similar al que lleva puesto, para que los hombres que las vean sepan que tienen un amo.

—¡Qué guapa, Luz! Oye, una pregunta... —Junto mis dos dedos índices, una señal que he aprendido de una vieja amiga en la secundaria, y que se volvió un juego personal entre ella y yo—. ¿Alguien te regaló esa gargantilla?

—No, pero está guay, ¿verdad? —contesta tocándose su bella tira de piel.

Viéndola de cerca noto que del centro de ella se desprenden unas pequeñas correas entre cruzadas una con la otra, terminando en un sensual y coqueto moño.

—Sí, pero te pregunto porque, es que mira, te explico. Yo leo mucho, me encanta leer, y uno de los géneros de la literatura que me fascina es el erótico...

—¡¡¡¡Noooo!!!! ¿Cómo *Cincuenta sombras de Grey*? —me interrumpe aplaudiendo.

—Bueno, algo así, pero espera, déjame que te cuente. Los libros que han tocado el tema dicen que ese tipo de gargantilla se las regalan los hombres que son amos, a sus sumisas, para que los otros hombres sepan que tienen dueño; es como marcar a su mujer y, en ese caso, un hombre tiene que respetar a una mujer con gargantilla. —Riéndome con complicidad prosigo—. Y pensé que tenías un amo, como esos hombres guapos, con cuerpos esculpidos como deidades griegas, todos unos dioses del sexo, que te hacen el amor hasta partirte en dos, o dejarte sin caminar una semana.

—¡Qué sutil, Delhy!, pero corrección: no tengo un amo, aunque sí que necesito un dios del sexo que me folle hasta partirme en dos. —Suelta una carcajada que retumba en todo el piso—. Tía, apenas llego a un famoso piloto aviador.

—¡Lo sabía! ¡Cuéntamelo todooo! ¿Qué tal es en la cama? ¡Está súper bueno! —Me le echo encima con miles de preguntas; ya me lo olía, ¡estos dos se entienden!

—Delhy, ¿dime que le pediste el periódico a Manolo? ¿No se supone que vas a buscar trabajo, holgazana? ¡Yo no te voy a mantener! Y sobre Jacobo, te contaré todo después, con más calma, al fin que no hay nada serio entre nosotros dos, y es un tema para el cual, únicamente para comenzar, vamos a necesitar varias botellas de vino —comenta con tono de broma, mientras trata de fruncir el ceño para verse seria.

—¡¡¡Nooo!!! Se me olvidó, pero ahora bajo a recogerlo.

—Espera, voy yo, porque si vas tú, Manolo no te dejará venir rápido. Tú, entretanto, no seas mala y pon la cafetera, me muero por un café para comenzar el día; todo está en el gabinete, lo encontrarás en un instante. —Sale con paso firme y, solamente, escucho cuando cierra la puerta.

Me dirijo a la cocina, busco en los estantes uno por uno, y para mi sorpresa me doy cuenta que Luz y yo compartimos el gusto por el café, ya que tiene de esas pequeñas cápsulas prácticas que solo las colocas en la máquina. Tiene todos los sabores habidos y por haber en el paraíso del café; escojo los dos más apetecibles, obviamente un mocha de una marca muy popular. Hasta me pongo feliz de ver que su cafetera no es la típica cafetera de jarrita, es toda ostentosa, con miles de botones; así que comienzo a picarle como toda una mexicana, hasta que me doy cuenta de sus funciones. Me siento en un taburete, viendo curiosa como la lujosa cafetera hace el café, hasta que su aroma empieza a cautivar mis sentidos.

Pongo las tazas en la mesa de centro y me siento en el sofá de cuadros, cuando Luz llega casi corriendo.

—¿Lista? —me pregunta.

—Oye, Luz. A todo esto, no se te vaya a olvidar llevarme

a comprar las cosas al supermercado; en serio necesito varios artículos personales, y mi celular está desactivado. No puedo vivir más sin estar conectada.

—No te preocupes, tendremos tiempo suficiente. Por lo pronto vamos a ver los clasificados. —Tomando su taza comienza a hojear el diario, dándole vueltas y vueltas—. Oye, tía, ¿qué me dijiste que estudiaste?

—Relaciones públicas, pero nunca ejercí mi carrera. Desde que me quedé en casa nunca trabajé en eso, así que no tengo nada de experiencia, únicamente lo que aprendí en la universidad y mis prácticas. Creo que algo de ventas es una buena opción, pues es rápido de aprender y puede funcionar para empezar.

Luz hojea y hojea el periódico, hasta que encierra varios anuncios.

—Creo que este es el que más se ajusta a ti, además, la ropa de esta tienda me encanta. ¿Qué piensas de *Miiu Miiu Boutique*? Está solicitando una señorita para ventas, los demás son algunas otras opciones extras —me dice pasándome la hoja con el anuncio marcado—. Ahora sí, vámonos al supermercado.

Pasamos todo el día comprando lo que necesito, desde mis artículos personales hasta comida para que Luz me deleite toda la semana. Estoy comenzando a sentirme como el gato *Garfield*, al cual solo lo alimentan; por eso espero ponerme activa muy pronto, antes de tener que correr el siguiente agujero de mi cinto.

Tengo que confesar que estoy realmente muy feliz con mi teléfono, ya por fin activado con el código de área de Madrid, por lo que entro rápido a *Facebook* para subir fotos con Luz en la *Plaza del Sol*.

Llego a la casa y, sin perder el tiempo, me conecto a Internet para llenar la solicitud de empleo en línea, para la exclusiva tienda de ropa *Miiu Miiu*. Revisando mi e-mail, me encuentro con un correo de mis papás, el cual me pongo a contestar de inmediato. Al terminar, me retoco mi sencillo maquillaje y me voy corriendo con el señor Manolo para que me muestre las instalaciones, antes de que termine su turno.

Durante el recorrido, me doy cuenta que esto tiene mejor pinta de lo que esperaba. El edificio cuenta con un gimnasio moderno, no muy grande, pero tiene lo básico para ejercitarse; un espacioso sauna con muebles de bambú y una puerta principal de vidrio que tiene vista hacia un asombroso jacuzzi.

Para mi regocijo, también hay una alberca que está dividida por un hermoso puente, así que una parte se encuentra bajo techo y la otra parte al aire libre, conectada hacia un patio a la luz del sol radiante y bello, donde se encuentran unas estupendas tumbonas, mesitas y varios asadores para pasar un buen rato. Únicamente con ver este sitio me doy cuenta que acabo de encontrar mi lugar favorito, pues este es sin duda alguna perfecto para leer.

Además, cuenta con otros servicios, como la lavandería, en la cual el señor Manolo me explica todo el proceso para lavar y planchar nuestra ropa.

Al final termino rendida de nuevo. Me despido del amable señor Manolo y, al pasar por la recepción, le digo adiós con la mano también a Mariano, quien ya se encuentra trabajando en su turno, y me responde poniéndose colorado. Es tan serio como solo él, de hecho, es el primer chico reservado que conozco en la ciudad.

Después de llegar a nuestro piso, me siento en la sala a ver televisión. No tengo ni cinco minutos así, cuando llega Luz, mirándome con cara de "muévete floja".

—Delhy, tienes treinta minutos para estar lista; Jacobo me acaba de mandar un mensaje diciendo que va a llegar en un rato. Ya decidimos a dónde vamos a ir; es un bar que está muy cerca de aquí, y que todos los viernes ofrece noche de karaoke. —Comienza a aplaudir, mostrando todo su interés por nuestros planes, mientras se va caminando en reversa para su cuarto, sin perder contacto con mis ojos, y meneando las caderas al tiempo que canta el coro pegajoso "*Voy a reír, voy a gozar, vivir mi vida lalala*" de la canción de Marc Anthony.

Caminamos hacia el famoso pub, mientras Jacobo nos va contando lo estupenda que va a ser nuestra noche; que el local es uno de los lugares de moda, donde también se toma la mejor cerveza de Madrid, tienen karaoke y una pista de baile.

Desde que escuché del lugar se me hizo de lo más normal platicarles que me encanta cantar, ¡oh, mi error! Después de eso no paran de mofarse, diciéndome por todo el camino que voy a ser la reina del karaoke, que nadie me va a poder quitar el micrófono; es pura carrilla de esos dos hacia mí, que no paran de atacarme.

Cuando vamos llegando me informan que Jacobo invitó a un antiguo amigo del instituto para que sea mi acompañante, aunque no ha llegado todavía. Pero nosotros tres no perdemos el tiempo, ya estamos entrando al pub, y nos vamos mentalmente preparando para pasar una estupenda noche de juerga, como lo llaman ellos.

Al entrar es aún temprano, así que rápido la camarera nos pasa a una mesa en forma de barril muy llamativa; es alta, completamente diferente y original, con taburetes de madera donde con dificultad me subo y dejo descansar mis pies en el travesaño de madera. La mesa es perfecta, se encuentra muy cerca del mini escenario, así tendremos la oportunidad de ver a todos los valientes chicos y chicas que se animen a cantar esta noche.

La encantadora y coqueta mesera es toda sonrisas, se la pasa babeando por Jacobo, y nadie la puede juzgar por ello. Pues su cabello con gel y despeinado intencionalmente, le da un look súper sexy; viene vestido con una camisa negra, con los dos botones superiores desabrochados, sus jeans de mezclilla azul petróleo, con unas botas negras todas masculinas, que declaran: "¡Ey, aquí Mr. ABC a la vista!", o sea, ¡Señor Atractivo, Buenorro y Caliente!

Así que tomamos ventaja de esta buena suerte, prediciendo que nuestra orden la pondrán como primordial en el bar, y llegará, sin duda, más rápido gracias al chico ABC con nosotras. Se ordenan dos cervezas *Guinness*, una para Jacobo y otra para Luz, mientras que yo me pido una michelada. Al pedirla primero me miran extraño, al principio pienso que no es muy habitual que pidan ese tipo de bebida, pero tienen que conocerlas, o sea, ¿cómo no las van a conocer? Sin embargo, Jacobo, con su mirada extraña, me hace sentir más vergüenza al ver que nadie sonríe.

—Delhy, ¿una miche-qué? —pregunta en tono burlón.

Me pongo de todos colores cuando me explica que no la conocen aquí.

—Sí, nena. Qué cosas tan extrañas pides, en serio, ¿no nos estás mandando al coño? —musita Luz, tratando de parecer seria.

Me empiezo a sentir tremendamente expuesta, no sé dónde meter la cabeza, mi rostro se pone como un tomate al sentir sus miradas en mí, cuando de repente se parten de risa al notar mi vergüenza.

—¡Estamos de broma, tía! Claro que sirven micheladas —dice Jacobo sonriendo de oreja a oreja, enseñando sus bonitos dientes blancos y marcando sus hoyuelos; una sonrisa por la cual le puedes perdonar todo. Y me cuestiono mentalmente si no se equivocó en su profesión al escoger ser piloto, él debería ser modelo profesional.

Jacobo coloca su brazo en mis hombros; con su tacto me siento intimidada, porque no sé bien cómo es la relación de estos dos. Y la verdad, Luz me cae súper bien, por lo que no quiero un mal entendido entre nosotras; pero, al ver que él hace lo mismo con ella, me relajo por completo. Al tiempo que veo que la mesera se retira con nuestro pedido anotado, Jacobo nos acerca a él con ese abrazo para decirnos:

—¿Listas para cantar?

Estamos de acuerdo que nadie en su sano juicio por arte de magia se sube a cantar, así como así, por lo que comenzamos viendo a diferentes personas subirse al pequeño escenario. Unas nos hacen partirnos de risa, y otras cantar junto a ellas, pues solamente hay un par de mesas entre nosotros y la tarima. Una chica se sube a cantar *El sol no regresa* de La quinta estación, y ese es el detonante para pedirnos tres rondas de chupitos de tequila.

Brindamos primero por las nuevas amistades, que son ellos. El caballito número dos, por la madre patria, que ahora se convierte en mi segundo hogar, pero cuando estamos pensando en otra razón por la qué brindar en la última ronda, Jacobo grita efusivamente:

—¡¡¡Por la nueva tía mexicana en España!!!

Y nosotras lo seguimos con el tradicional:

—¡¡¡Saluuud!!!

Soltamos una carcajada, creo que ya nos están haciendo efecto esos tequilas; al tomarnos el tercero, dejamos caer los caballitos al unísono, con dramatismo y entusiasmo en la mesa. Quema como el infierno, ¿a quién se le ocurre tomar tres rondas seguidas?, pero ya comienzo a sentir el cuerpo calentarse y la garganta más afinada con anticipación por salir corriendo y agarrar ese micrófono.

—¡¡¡Ahora sí!!! ¿Quién dijo que iba a ser la reina del karaoke? —dice Jacobo, tamborileando con sus manos en la mesa, un poco más sonriente de lo normal, y créanme cuando digo que siempre sonríe, así que ya se pueden imaginar su estado todo sonrisa al extremo.

—¡¡¡Yooooo!!! —grito entusiasmada, agitando mis brazos, y me levanto de la alta mesa, como una estudiante que sabe la respuesta correcta en el aula de clases.

—¡¡¡Vamos, vamos, Delhy!!! —Me comienza a empujar Luz.

El saber que nadie me conoce me infunde valor, por lo que voy directo al chico que está programando las canciones, le doy el nombre de la canción en su oído, para que nadie pueda escuchar. Aunque es obvio que con la música tan alta que hay en el lugar nadie escucharía, pero aun así lo hago con total discreción, mi propósito es sorprender a los chicos. Volteo a ver a aquellos dos locos, que me hacen señas con las manos, deseándome buena suerte con su dedo gordo hacia arriba, así que yo les regreso el gesto lo más efusiva que soy capaz.

Me encanta cantar, en todas partes. Soy de esas chicas que cantan en la casa, cuando se ponen a limpiar, en el coche cuando conducen, cuando se duchan y, una que otra vez, en alguna pequeña reunión familiar; claro está, que jamás he cantado en frente de tantas personas desconocidas, pero creo que aquí será diferente, por eso hoy me soltaré el pelo, al fin que nadie me conoce.

Sintiéndome toda una diva y artista de la noche, me subo a la tarima, metiéndome completamente en el papel de famosa del momento. Creo que todos esos tequilas me brindan toda la valentía necesaria. El chico me indica que suba; camino despacio hasta subir lentamente los escalones, tomo el micrófono y lo desengancho. Cuando inicia la música le doy la espalda al público, y metida en mi personaje, comienzo a menear las caderas de lado a lado, exactamente como la cantante Paty Cantú en el video de *Amor amor amor*, y empiezo a cantar.

Me desenvuelvo en el escenario como toda una profesional, creo que lo hago bien, o eso quiero pensar, pues todos cantan los coros y bailan conmigo, por lo que me atrevo a vivir el sueño de todas las chicas, ser una cantante famosa por una noche. Metida en mi papel volteo el micrófono hacia los asistentes que se encuentran en el pub, para alentar a que mis "fans" canten conmigo, ellos me acompañan cantando al estilo Beyonce en pleno concierto. Termina la canción, y estoy muy sorprendida de mí misma, de mi loca actuación cuando empiezo a escuchar chiflidos y gritos provenientes del lugar, principalmente de nuestra mesa.

Me bajo con cuidado, dándole el micrófono a la siguiente chica que sube a la tarima, un poco más cohibida que yo; creo que necesita varios tequilas para llegar a mi nivel, río en mi interior. Y mientras me dirijo a nuestra mesa, veo que está otro chico sentado en ella, y lo primero que pienso es «¡Qué vergüenza! ¡No manches! ¿Qué va a decir el pobre chico de mí?». Tiene que ser el dichoso amigo de Jacobo. Es un muchacho normal, de pelo negro, no es feo, pero tampoco es el súper ¡OMG! ¡ABC! Su ropa para la ocasión, nada exuberante; ya veremos qué tal se desenvuelve. Mientras camino hacia la mesa esos son mis pensamientos, porque algunas veces una cara bonita es totalmente opacada por una boca presumida y petulante.

Llego a la mesa, y todos comienzan a gritar como locos:

—¡Delhy, la reina del karaoke! —Aplauden todos entre risas.

—Oh oh oh, oh oh oh —Jacobo tararea la canción que estaba cantando tan solo unos instantes antes. Se mueve de un lado a otro meneando las caderas, en el banco en el que está sentado. Al final se controla un poco y, después de su lapsus mental, me mira más serio—. Delhy, te presento a un tío muy majo, Eduardo. —Voltea a ver a su amigo—. Eduardo, ella es Delhy, la tía mexicana y, por obvias razones, ¡la reina del karaoke!

—Hola, Delhy. Encantado de conocerte, Eduardo Duran. —Me da la mano—. Definitivamente, la reina del karaoke, ¡creo que ya tenemos una cita el próximo viernes!

Conforme la noche avanza, me siento muy a gusto con este muchacho. Me platica más de su vida, mientras Luz y Jacobo están metidos en su plática. Termina la hora del karaoke y comienza la rumba, que se pone más intensa conforme va transcurriendo la noche. Los chicos nos toman de la mano, y nos arrastran hasta la pista de baile al escuchar *La bicicleta* de Shakira y Carlos Vives. Empezamos a bailar en un pequeño grupo de cuatro, donde somos todo cuerpos, sudor y desenfreno; es genial sentirme tan cómoda con estos chicos, me la estoy pasando en grande.

Cuando empiezan los acordes de la canción *Borró cassette*, más gente se une a la pista de baile, y todo comienza a calentarse. Junto a nosotros, Luz y Jacobo forman una pareja, Eduardo y yo, poco a poco, somos influenciados por todos los cuerpos que derrochan sensualidad. De lejos visualizo a mis amigos más sincronizados, lo que me hace confirmar que ahí, ¡sí qué hay rollo!

Eduardo seductoramente me toma de los hombros, me

hace girar en media vuelta, me pega con vigor a su pecho, por lo cual, rápidamente mi espalda empieza a sentir su calor al unirse junto a mí, cortando todo espacio que nos separa. Comienzo a experimentar su roce demasiado sensual, el movimiento de sus caderas rítmicas con las mías, mientras que mi cuerpo se deja llevar por este baile seductor, no de una manera obscena, pero sí de una forma muy provocativa.

Soy cautivada por su rico olor, que no sé descifrar qué es. Volteo la cara y, cuando paso instintivamente mi nariz por su cuello, siento como él se estremece de placer, haciéndome sentir poderosa. Me rodea con sus manos, y posiciona una de ellas en mi vientre, para bailar como uno solo, presionando deliciosamente su cuerpo contra el mío, y sintiendo cómo me quemo con este baile. No puedo negar que esto se empieza a calentar cada vez más y más, pero sé perfectamente que no pasará de un baile sensual entre nosotros dos. No soy una mojigata, pero simplemente no es correcto dejarme ir tan fácilmente.

La canción nos invita cada vez más y más a desenfrenarnos y después olvidar lo ocurrido, como la letra lo relata, pero necesito estar cuerda, si no quiero meter la pata. Ya he bebido suficiente, aunque no estoy borracha, sé lo que hago; es mi primera noche fuera de casa, y sé muy bien que no me pasará nada, ni haré pensar a nadie que actúo de esta manera por causa del alcohol. Por esa razón, pongo mi mano derecha sobre la que Eduardo tiene en mi vientre, deteniendo su recorrido, y dándole una indirecta muy directa a mi nuevo amigo, de que no va a pasar nada más; para mi alivio, él capta el mensaje, así que solamente seguimos bailando.

Cuando termina de cantar el traicionero de Maluma, se pierde la conexión sexual que nos estaba uniendo y ahogando cada vez más y más profundo. Después de eso, seguimos pasando un momento divino, bailando toda la noche, sin embargo, en algún momento sin darme cuenta, pierdo de vista a Luz y Jacobo. Y la verdad, no quiero ni pensar, menos imaginarme que andan enrollados; yo únicamente quiero seguir disfrutando de la compañía y de una de las mejores noches de copas, música y baile que nunca en mi vida había disfrutado.

Más tarde, al no ver a mis dos encantadores compañeros,

Eduardo me lleva a casa; confío en él para llevarme por varias razones, una, es amigo de Jacobo; dos, si me pasa algo será el primer sospechoso en la lista. Subí una selfie de los dos al *Facebook*, con el título: "¡Fabulosa noche! Rumbo a casa", lo sé, ¡soy una chica prevenida e inteligente!

Recorrimos la ciudad hasta la casa envueltos en una plática muy amena, me entero que es maestro de preescolar, toda una lindura, y que adora a los niños intensamente, ya que viene de una familia de seis hijos, todos menores que él. Eduardo estaciona su carro frente a mi edificio ya pasada la medianoche, y muy educadamente abre mi puerta, para después tomar mi mano al cruzar la calle. Llegando al vestíbulo de recepción veo a Mariano, que levanta la cabeza sin pararse de la silla. Hace un pequeño movimiento de cabeza como saludo, mientras pasamos de largo frente a él, dándole las buenas noches.

Al salir del elevador en mi piso, me pongo nerviosa; él me tiene agarrada de la mano, y nos sumergimos en un incómodo silencio.

—Eduardo, me la pase genial, muchas gracias por aparecer esta noche y salvarme de esos dos. ¡No sé qué hubiera hecho sin ti! Imagínate, ¡literalmente me dejaron sola en el pub! —Le doy un breve abrazo, antes de que las cosas se pongan más incómodas.

—Buenas noches, dulce Delhy, fue todo un placer...

Nos despedimos con un pequeño roce de nuestros labios y, al ver que tomo mis llaves, me dice adiós cordialmente, entrando al elevador

En todo lo que va del sábado no he visto a Luz, solo la escuché llegar temprano, y me dejó una nota en el refrigerador. En ella, me comenta que va a estar muy ocupada en el restaurante, pues el próximo sábado tiene la clausura de un importante congreso de funcionarios del gobierno, y todo tiene que estar a la perfección; la cena estará bajo su supervisión, por supuesto.

Durante el día me ha estado mandando varios mensajes, vía *WhatsApp,* y me cuenta que esta es su única manera de escape, de reducir un poco el estrés; así que, en sus ratos libres, me manda infinidad de audios y mensajes con muchos emojis, desde la carita frustrada, hasta la que rueda los ojos. Me explica sobre el protocolo del evento, el catering y las bebidas; pero, también, me pregunta sobre algunos detalles, aunque, al final, siempre termina decidiendo ella misma, sin importar cuál es mi opinión, así es Luz, decidida y volátil.

Estoy contestando un mensaje de ella, cuando empieza a timbrar mi teléfono, veo la pantalla ¿y adivina qué? Sí, es Luz, por lo que contesto sin vacilar.

—¿Qué onda, Luz? —contesto desganada, es mediodía y todavía me encuentro en la cama.

—¡¡¡Delhy, tienes que venir conmigo!!! —exclama con una voz totalmente desesperada.

—Ajam, ¿a dónde? —Todavía no entiendo porqué se

encuentra tan alarmada, o el asunto de su llamada en específico, y mucho menos a qué lugar se refiere cuando me pide que la acompañe.

—¡¡¡Tía, tienes que asistir conmigo al evento!!! Me acaban de avisar que necesito estar aquí, o sea, ¡¡¡en la recepción, no en la cocina, Delhy!!! Que, por ser la chef ejecutiva tengo que estar presente en el evento como invitada, ¿puedes creerlo? Es que vienen varios funcionarios a conocer a la chef española más joven que hizo ganar la tercera *Estrella Michelin* al reconocido *País Restaurant,* ¿¿¿Sabes todo lo que esto ocasiona??? Obvio que me muero de los nervios, pero esa no es mi principal mortificación; Delhy, yo no puedo estar en el evento, ¡no, no puedo! Mi lugar está en la cocina, necesito estar con mis chicos, ¡¡¡supervisar cada platillo que sale hacia el banquete!!! Necesito involucrarme, esa es mi vida, es para lo que nací. Así que después de que me informaron las "buenas nuevas", me puse a darle y darle vueltas al asunto, y... ¡Tú eres mi única salvación! ¡Tienes que venir! Así me puedo escapar a la cocina, y puedes cubrirme si alguien pregunta por mí, únicamente tienes que decir que estoy en el baño, ¡qué sé yo! Algo se te ocurrirá... —dice tan rápido, que apenas entiendo las palabras entre cortadas.

Me quedo meditando la respuesta, si lo pienso bien, no tiene nada de incómodo asistir a un evento y divertirse un poco; aparte, se le suma que a nadie le hace daño ir a una cena de etiqueta, donde encontrarás la mejor comida, bebida de la mejor calidad, y... ¡gratis! El llenar la barriga a ninguna persona le viene mal, así que sin pensarlo mucho le digo que sí. Y, con eso, me gano miles de gracias; me dice que soy la mejor, que me debe la vida, que estará eternamente en deuda conmigo. Y, antes de colgar, me promete, una y otra vez, que conoceré al hombre más guapo, simpático, caliente y buenote de todo el mundo. En fin, ella me predice el futuro, todo por ser, según ella, la mejor amiga de todo el universo, al salvar su vida en esta ocasión; sonriendo cuelgo, no sin antes decir en voz alta: «Dios te oiga».

Esa misma tarde recibo un correo electrónico de Miiu Miiu Boutique, donde me comunican el lugar y la hora de mi entrevista; me doy cuenta que las cosas están saliendo de lo mejor, no me puedo quejar, así que me encuentro aprovechando todo al máximo. Estoy muy contenta y entusiasmada, tanto que me hace recordar que tengo que escribirles a mis padres para contarles las buenas nuevas de todo esto que me está sucediendo.

Me voy directo al escritorio, enciendo la laptop y, mientras espero, me encuentro jugando a dar vueltas en la silla giratoria. Estoy algo sentimental, tengo tantas cosas que decirles a mis padres que nunca les he dicho, no por falta de voluntad, más bien creo que nunca he sido buena expresando mis sentimientos verbalmente. Nunca he encontrado el momento adecuado para hablar y ser sincera demostrando mi afecto sin barreras, pero ahora me siento diferente, estoy preparada y necesito sacarlo todo; me siento más fuerte, es como si estuviera cerrando un capítulo de mi vida, para comenzar otro nuevo.

Paro de girar, veo la pantalla y así comienzo a plasmarlo todo...

De: Delhy_Lugo@hotmail.com
Para: FamiliaLugo@hotmail.com
Asunto: ¡¡¡Hola, papis!!!
Fecha: Sábado, 12 de noviembre de 2016 19:50:42

Espero de todo corazón que se encuentren bien y todo esté marchando de maravilla en el rancho. Les escribo porque estoy muy contenta, y quiero compartir con ustedes mi felicidad. Hoy me confirmaron la entrevista, para un puesto de ventas en una reconocida Boutique aquí en la ciudad. Anhelo que me vean capaz de ejercer esta labor, de cumplir con todas las necesidades básicas para hacer este trabajo. No quiero defraudarlos; sé que estudié una carrera y que, a lo mejor, quieren algo diferente para mí, que esperan más de mí, pero este trabajo me llama, no sé cómo explicarlo, es como una necesidad, es algo que me dice que debo estar ahí; así que tengo fe en que puedo conseguir el trabajo.

Además, quiero ser sincera con ustedes, jamás he podido platicar todo lo que siento, lo que quiero que sepan; nunca he sido buena expresándome con palabras, pero este tiempo alejada de casa me hace querer expresarme de una manera diferente, y creo que mediante este e-mail puedo ser más transparente.

Quiero, primero que nada, darles las gracias por todo lo que han hecho por mí, todos estos años de mi vida he sido la persona más afortunada por tenerlos a mi lado, por todo el amor y cuidados que siempre me han dado; en cada recuerdo desde mi infancia hasta el día de hoy, todo lo que puedo recordar y sentir es un amor infinito.

Son los mejores padres que Dios eligió para mí, y realmente necesito hacerles saber que estoy lista, estoy preparada para emprender este viaje. Quiero ganarme el día a día con el sudor de mi frente, quiero ser una persona que se vale por sí misma. Y, en este corto tiempo, he conocido a personas que son felices, que trabajan en lo que aman, que se desenvuelven de una manera diferente, sin prejuicios, que aman y apoyan a los demás sin esperar algo a cambio. Generan una visión diferente de la vida a los que los rodean, ellos viven y gozan cada instante con lo que hacen, y yo también quiero eso; quiero vivir con la satisfacción de saber que labro mi futuro, que trabajo por mis sueños.

Me doy cuenta que por muchos años usé tu enfermedad padre, como un escudo donde siempre estuve a salvo, protegida de preocupaciones, como mi porvenir, porque todo, por muchos años, ya lo habían cosechado ustedes. Estaba viviendo cómodamente sin enfrentar mi propio futuro, nunca fui lo suficientemente valiente. Creo que esperaba la salida fácil; encontrar el marido perfecto que me diera la misma vida que ustedes siempre me han dado, y así jamás me preocuparía por lo que el futuro trajera a su paso, ya todo estaría resuelto, él proveería y yo cuidaría a los hijos en casa. Pero, ¿saben qué? Ahora no busco un hombre que venga a salvarme y trace mi destino; quiero vivir, trabajar, conocer y disfrutar esta vida, de la que durante tantos años me privé por cobardía.

Necesito que sepan que les doy las gracias por ayudarme a dar este paso tan importante, y encaminarme en esta vida, lo necesitaba, pero no lo quería ver, y, ahora, al encontrarme aquí, todo me confirma que los tiempos de Dios son perfectos, que todos tenemos un destino trazado, solo hay que seguir caminando y saberlo ver, para tomarlo de la mano y seguir adelante, disfrutando del futuro que cada persona tiene por vivir.

Papi, deseo que sepas y sientas cuánto te amo, que siempre te tengo presente, eres un ejemplo a seguir. Sé que no suelo decirlo a menudo, ni soy muy afectuosa, pero necesitas saber que eres el mejor padre del mundo, que te amo y que te agradezco todo lo que has hecho por mí, por cuidarme, por siempre darme todo lo que has podido, por jamás negarme nada, por educarme, por proveer para la familia y seguir luchando por nosotras. Porque a pesar de tu accidente, nunca te has dado por vencido, aguantando dolores y malestares por tu familia. ¡Gracias, padre! ¡Te amo infinitamente!

Mami, ¡oh, mi dulce corajes!, ¡cómo te amo! Gracias por cada consejo, por cada regaño; ahora, a mi edad, entiendo el porqué de cada jalada de orejas. Gracias por hacerme la persona que soy.

Quiero que estén tranquilos, que sepan que me aventuro a esta nueva vida sin paracaídas, pero que sé que estoy preparada para lo que el destino me ofrezca. ¡Estoy lista! ¿Y saben por qué? Porque sé que siempre estarán a mi lado, apoyándome incondicionalmente.

Los amo y, siempre siempre, los llevo en mi corazón, porque son lo más importante que tengo en esta vida.

Con todo el amor del mundo

Delhy

Capítulo 6

Me encuentro en la lujosa sala de juntas de la reconocida *Boutique Miiu Miiu.* Mientras espero para ser entrevistada, estoy sentada ante una elegante mesa de roble rectangular grandísima, ocupo la silla de un extremo y dejo la presidencial enfrente de mí, claro que nos separan otras diez sillas más. En el fondo, se encuentra una pantalla gigante, para los audiovisuales y videoconferencias corporativas.

Me pongo a recordar todo lo que sucedió en mi mañana agitada. Tomé un taxi muy temprano para llegar hasta aquí, pero al bajar me regañé mentalmente por no venir a conocer el lugar el día de ayer, todo hubiera sido más sencillo. Jamás imaginé las cosas con las que me podía topar, hasta que por fin llegué. Cuando vi el sitio, fui sobrecogida por la extrema belleza del lugar; es un edificio en forma de una caja gigante de cristal, que muestra su arquitectura innovadora y vanguardista.

La compañía de origen italiano, pero con representación en diferentes países, abrió la nueva tienda en la ciudad hace unos meses atrás. Pero en esta corporación multinacional, cada boutique tiene su propio dueño, quien posee la representación exclusiva de la marca italiana para comercializar en determinado país, en este caso España. Y lo que he escuchado por allí al llegar, es que el propietario de esta tienda se encuentra actualmente aquí, con el objetivo de hacer personalmente las entrevistas; así que todos caminan de un lado a otro como hormiguitas trabajadoras.

La boutique en sí está en el amplio primer piso, donde muestra todo su esplendor con ropa de colección, zapatos, bolsos, lentes y demás accesorios, que no pude observar a fondo. Yo solamente llegué al centro operativo y mis nervios comenzaron a despertar, gracias a una señorita que se presentó como Celeste, y quien me recalcó:

—Puedes llamarme Cel, suena más encantador.

La chica tiene la sangre pesada. Es pelirroja, y creo que la odié más porque tiene su cabello tan bonito, demasiado brilloso y sedoso. Pero además de ella, en mi camino al lugar donde me entrevistarían, me encontré con varias mujeres tan hermosas caminando por ahí, como si esto fuera una pasarela, y mi cabeza comenzó a trabajar, haciéndome interiormente miles de preguntas ilógicas, una de ellas: «¿Cómo puedo trabajar yo aquí?».

Si me contratan tendría que comprar la mayoría de mi ropa en esta tienda. Todos estos pensamientos solo hacen que mis nervios vayan en aumento a cada minuto que pasa. Ahora ya no estoy tan segura de que este sea un buen lugar de trabajo. Vengo de una buena posición social, como para poder permitirme comprar una que otra prenda, pero no soy una millonaria; aunque bueno, piensa mi subconsciente en mi cabeza: «No creo que todas las personas que trabajan aquí sean millonarias Delhy, si lo fueran estarían de compras y no trabajando». Suelto un pequeño suspiro ante mi boba observación, volviendo en mí.

Mientras me pierdo en la vista que los cristales de la sala me ofrecen, observo la ciudad y veo cómo transcurre todo tan tranquilo allá afuera, hasta que se escucha el tintineo de unas pulseras y, al mismo tiempo, alguien gira la perilla de la puerta.

Aparece ante mí una chica, de unos veintitantos años. Con cabello café, que es adornado por unas hermosas mechas californianas, y arregladas en unos rizos flojos; sus ojos son grandes, color avellana, y tiene una sonrisa cautivadora. Viste poderosa, irradiando profesionalismo. Un chaleco blanco ciñe su cintura, contrastando con la blusa, los pantalones sastre y los zapatos de tiras con tacón de aguja imponentes, todo negro, que le da un súper look.

Yo, en cambio, uso un vestido *Valentino*, a la rodilla, color vino y de manga corta, que se ajusta a mi figura, acentuando mis caderas y trasero. Los dos atributos que más orgullo me dan de mi complexión y que siempre uso a mi favor. Soy muy bajita de estatura, lo que me lleva a comprar infinidad de zapatos de tacón altísimos; actividad que me encanta y, he de confesar, es uno de mis pasatiempos favoritos, junto con leer libros, además de los rompecabezas.

Pero regresando a mi atuendo de hoy, calzo unos zapatos negros con tacón de aguja que son, obviamente, en extremo altos «como les platicaba», ya que son necesarios para imponer más personalidad, y me ayudan a sentirme más en control. No traigo muchos accesorios, solo unos sencillos aretes y mi pequeño bolso de mano, los dos negros, a juego con mis tacones. Y, para finalizar el repaso de mi apariencia, está mi pelo; con un favorecedor y sexy corte *Bob*, que es más largo por los lados y más corto por detrás, a la mitad del cuello. Amo mi look, aparte de que siempre obtengo cumplidos por tener el cabello tan lacio, aunque en ocasiones me gusta hacerme rizos para variar un poco. Este corte es perfecto para mí, pues es muy sencillo de mantener arreglado en todo momento.

¡Ah, sí!, también traigo conmigo una carpeta, con la papelería que me solicitaron en el correo electrónico de confirmación.

—Hola. Señorita Lugo, encantada de conocerla. Soy Ivana Moya, Miiu Miiu CEO. —La chica amablemente se presenta.

La verdad, nunca hubiera imaginado que es la dueña de la tienda; tiene el aspecto de una chica mucho más interesada en la moda, que en los negocios. Pero al comenzar mi entrevista, puedo percatarme que tiene todo el conocimiento, la actitud y la distinción, para ser la CEO de tan prestigiosa tienda.

—Hola. Buenos días, Delhy Lugo.

—Bien, señorita Lugo, cuénteme de usted —pide con voz seria.

—Mmm... Bueno, tengo treinta y tres años, nací en Cuernavaca, Morelos, México. Radico en la ciudad desde hace poco tiempo, pero tengo planeado quedarme una muy larga temporada en Madrid. Necesito un empleo; tengo muchas ganas de desenvolverme en el área de las ventas, únicamente necesito una oportunidad para demostrar mis ganas de trabajar y el desarrollo laboral del que soy capaz.

Ella solamente tiene una pequeña libreta de notas, que acomoda en la mesa al tomar su bolígrafo, y comienza a hacer anotaciones de lo que contesto referente a cada una de sus preguntas. Entre estas desfilan muchas como: "¿Qué puede aportar a esta compañía? ¿Tiene algún título universitario? ¿Cuáles son sus pasatiempos?".

Me esmero lo más posible cuando me pregunta:

—Señorita Lugo, ¿por qué piensa que tengo que escogerla a usted para este puesto de ventas?

—Pienso que tanto en el nivel profesional como personal, estoy en las circunstancias adecuadas, por eso desde el primer momento en que vi el anuncio, me interesó. Además, Miiu Miiu Boutique goza de buena reputación, y creo que este puesto es una gran oportunidad para mí. La empresa está en pleno crecimiento y, por tanto, yo también puedo crecer en mi carrera. Por otro lado, el puesto de trabajo es muy dinámico; puedo aprender mucho, así como poner en práctica las relaciones públicas, que es lo que estudié, y que va muy bien con las ventas —contesto con voz tranquila, esperando que sea la respuesta adecuada.

La chica solo me observa y escribe algo en su libreta de notas.

—Señorita Lugo, gracias por su tiempo. En unos días me estaré comunicando con usted. Encantada de conocerla.

Nos damos las manos y me retiro del lugar. Pero cuando estoy en la puerta, sin querer desperdiciar mi hermoso outfit, me subo a un taxi y, amablemente, pido ir a *País Restaurant*. Tengo que ir a visitar a Luz.

Conversación *WhatsApp*:
Lunes, noviembre 14, 2016, 12:45 pm
Delhy: Baby, necesito que me alimentes...
Luz: Nena, ven a mí... Estoy en el restaurante
Delhy: Voy saliendo de la entrevista y obvio que sé que estás en el restaurante
Luz: Entonces ya ven, ¡¡¡y cuéntamelo todo!!!

Bajo del taxi después de pagar. Es la primera vez que me encuentro en el elegante restaurante; entro y me topo a una señorita muy amable, pero de sonrisa exagerada al darme la bienvenida, pienso que quizá le paguen por sonreír.

—Buenas tardes, ¿tiene reservación?

—Hola. No, la verdad no, pero me espera la señorita Luz Villeda.

—¡Oh! Disculpe, ¿señorita Lugo? —Mira en su agenda, confirmando mi apellido—. La chef Villeda la espera en la terraza, acompáñeme, por favor.

Sigo a la señorita "Miss sonrisas", apodo que se gana más a cada momento que pasa, pues parece que tiene la gran sonrisa pegada a la cara. Mientras caminamos observo todos los pequeños detalles de la arquitectura del lugar, que es sorprendente.

El restaurante desborda elegancia. Entre grandes y hermosos candelabros que caen en brillantes cascadas, veo todas las finas mesas, talladas a la perfección en la más distinguida madera. Y aunque el local prácticamente está lleno, el flujo de los meseros pasa totalmente desapercibido.

Después de subir una escalera muy amplia, que ofrece una vista completa de toda el área abierta de abajo, llegamos a otra sección más privada. Son pequeños cuartos, igual de elegantes que el resto del establecimiento, pero en vez de puertas tienen unas cortinas, color crema con detalles en dorado. Cuento solamente seis puertas parecidas, pero demasiado separadas unas de las otras; supongo que es para mantener la privacidad. Esta sección tiene un toque oriental.

"Miss sonrisas" abre una de estas lujosas cortinas, que, por la presión de su mano, me doy cuenta que son cortinas muy pesadas. Al pasar dentro de este salón privado, encuentro a un solitario mesero. Seguimos caminando unos cuantos metros más, hasta llegar a una amplia y monumental terraza, donde me encuentro una mesa redonda decorada con fruta y un jardín lleno de naturaleza, que refleja el verde entre orquídeas, gardenias e infinidad de flores por todos sus rincones, recordándome que es noviembre y que, en unas cuantas semanas más, no podré reconocer este paraíso, que llena mi vista de un exquisito paisaje de ensueño.

Es un lugar precioso, es inimaginable; jamás pensé encontrarme con este tipo de paisaje en un segundo piso. Debe de ser una fortuna verlo en plena primavera. Me envuelven las ganas de querer compartir este momento con alguien especial, de una manera más íntima. Mientras mi mente divaga percibo a alguien abrir las cortinas y, en ese momento, llega Luz, con su bonita chaqueta de chef y su gorro en la mano izquierda.

—Hola, nena, ¿verdad que es bonito? —Señala con su dedo índice hacia el jardín.

—Luz, bonito se queda corto, este lugar es muy bello. Me siento privilegiada de estar aquí; es más, si no te conociera estaría tentada en pensar que me quieres conquistar, y por eso me invitaste a venir.

Suelta una sonora carcajada.

—¡¡¡Jamás!!! ¡¡¡Me gustan los tíos bien pontentorros!!! Aparte, tú me escribiste. Yo creo que eres tú quien me quiere conquistar.

Mi amiga me platica sobre cuánto tiempo tiene trabajando aquí, sobre el dueño del restaurante. Según me explica, el negocio ha pasado de generación en generación; y que el señor DiVaio, el actual dueño, es un italiano muy agradable que ha llegado a estimar y querer como a un abuelo.

—Luz, ¡¡¡quiero el trabajo!!! Me moriré del aburrimiento y de la ansiedad si no encuentro nada, ¿no me quieres dar empleo? Podría ser una excelente pinche, ¡en serio! ¡Aprendo rápido! —exclamo en broma.

Somos interrumpidas por un joven mesero, que nos sirve un tierno corte sirloin, acompañado de suculentos camarones con queso italiano, vegetales al vapor y puré de papa como guarnición, junto con un vino seco chardonnay de la casa. Es el platillo que Luz escogió para nosotras en la cocina, y no se equivocó con la elección, todo lo que cocina y supervisa es una delicia.

—Luz, sabes que te amo, ¿verdad? —pregunto acariciándome el estómago, como una mujer embarazada haciéndole cariños a su bebé.

—Ajam, es solamente porque te alimento; es definitivo, voy a empezar a llamarte *Garfield*, nena. —Nos reímos por un momento, hasta ponernos más serias y proseguir con nuestra plática.

—Oye, Luz, Cuéntame los detalles de la gala del sábado

—pido antes de darle un buen trago a este exquisito vino, que nos están sirviendo—, porque te informo, necesitas acompañarme a comprar un vestido de noche, para poder presentarme como tu pareja amorosa. Tengo que dar una buena impresión, no quiero dejarte en vergüenza. —Le empiezo a aventar besos como una adolescente enamorada, y me parto de la risa.

—¡Para! ¡Eres un coñazo! Mira, tía, el miércoles salgo temprano, podemos ir entonces y pasar por la galería a buscar algo bonito para las dos, ¿qué tal? Y eso sí, Delhy, necesitamos estar radiantes el sábado, pues viene toda la alta sociedad de Madrid. Yo tengo planes de venir en la mañana al restaurante, para dejar todo listo. Después nos vamos a preparar con Ruth, ya hice la cita en su spa; ella nos va a peinar y maquillar, porque a mí, el arreglarme yo sola en casa ¡no me va!

—¡Me parece perfecto! ¡Yeay! ¡Esto me huele a tarde de chicas! Bueno, nena, me retiro, ya comí, ya me voy. Oye, pide la cuenta, ¿no? Aunque espero no tener que vender mi cuerpo para acompletar. —Me río—. Oye, Luz, en verdad esto está bellísimo, la vista es maravillosa, y la comida digna de reyes. En serio, ¡se convirtió en mi restaurante favorito!

—Sabía que te gustaría nena. Te tenía que traer aquí, este es solo uno de los tantos jardines que tenemos. Deberías ver el de la planta baja, espero tener tiempo el día de la gala para mostrártelo. Y sobre la cuenta, no te preocupes, ¡la casa invita! ¡Pero me debes una cena! Y no estoy hablando de un tazón de cereal ¿vale?

Me quedo pensando si realmente ese comentario ha sido una broma o me lo dice en serio, porque si es en serio estoy en un problema. A mí la cocina me huye, o sea, no me va tan mal, pero no me gusta cocinar, me bloqueo totalmente. Así que no me va a quedar de otra, más que llegando a mi edificio, preguntar al señor Manolo por los mejores restaurantes de comida a domicilio, para tenerle listo algo especial a Luz.

Cuando llegamos al Spa nos tratan como reinas. Incluso, nos dejan poner la música que queramos; obvio, Luz se va directo al aparato reproductor, y conecta su *iPod.* En segundos pone la canción *Black Space* de Taylor Swift, que al instante comienza a sonar. Entramos en el ambiente de chicas solteras, listas para conquistar el mundo.

Quiero contarles que no nos encontramos en un súper spa de lujo, ¡no! Es el típico salón de belleza, llamado "*Paraíso Spa*"; su nombre es solo para darle más presencia al lugar. Eso sí, tengo que agregar que es único por su servicio, y la hospitalidad que la propietaria trasmite; de hecho, ella personalmente nos atiende, pues es una amiga cercana de Luz.

Ruth, la dueña, es una chama, como dice ella, relinda de Venezuela; tiene varios años radicando en Madrid, y desde que comenzamos a platicar fue mi hermana del alma. Esta chica habla hasta por los codos; no es mexicana, pero le entra duro al lenguaje de doble sentido, que nos caracteriza a los mexicanos. Es un despapaye, como decimos en mi país; una persona muy optimista, así como trabajadora y, en el tiempo que lleva viviendo en la ciudad, ya es propietaria de este negocio.

Nada la detiene, ya que mientras nos arregla a nosotras, administra el trabajo de sus demás chicas, sin descuidar a ninguna clienta. Nos platica de su vida en Venezuela, de las dificultades en su país, las cuales la hicieron tomar la difícil decisión de venir a probar suerte en la madre patria. También, me cuenta que sigue preparándose, pues estudia los fines de semana, y me consta que es buenísima en lo que hace.

Luz sale del vestidor, luce hermosa con su vestido tremendamente elegante, en color negro. Nos trajimos nuestro vestuario, para no vernos apuradas al volver a casa a cambiarnos, así que de aquí saldremos directo a la gala.

Me siento como una princesa. Jamás he pasado tanto tiempo en un salón de belleza, ¡y me encanta!, pues me están apapachado muy bien; me hacen de todo, uñas, peinado y maquillaje. Ya solo falta ponerme mi vestido, pero cuando veo a Luz salir del vestidor, me percato que se escucha en las bocinas la canción *I need your love* de Shaggy, y nos perdemos las tres bailando.

Casi arrastramos a Ruth con nosotras a la gala, pero lamentablemente nos cuenta que tiene más clientes por atender; sin embargo, la hacemos prometer que saldrá el próximo fin de semana con nosotras. La verdad, necesitamos otra noche de copas y karaoke. Me voy al vestidor para cambiarme, pero me doy cuenta de que no puedo sola, así que la encantadora de Ruth entra al ver mi cara de circunstancia.

—Mmm... Mamita, primero ponte los tacones y, después, déjame ayudarte con el vestido.

Con precaución meto mis piernas, cuidando de no pisar el vestido, con los tacones de doce centímetros color azul marino, decorados con pequeñas piezas de pedrería en todo el tacón. Como ropa interior solamente llevo puesta una fajita completa, pues es imposible llevar otro tipo de lencería con este modelito, ya que corro el riesgo de que se marque en el vestido, del cual, por cierto, me enamoré desde que lo vi; es elegante y arrollador, da mucha presencia y carácter.

Varias veces le dije a Luz que este vestido es demasiado para el evento; no soy una de las invitadas principales, y llamaré mucho la atención con él. Únicamente asisto como una simple acompañante más, pero claro que Luz no paró de insistir en que me lo comprara, hasta que lo hice. Y creo que esto es más que todo para quitar la atención de ella y dirigirla a mí, así puede irse a la cocina, ¡chica lista!

Después de meter las piernas en el vestido, y lograr no rasgarlo, me quito el top, pues tengo que entrar sin nada, si quiero que se vea perfecto. No tiene espalda, es un escote que llega hasta la parte baja del torso y, al final, tiene una pequeña banda decorativa, para ajustar la tela al cuerpo, lo que permite más soporte y seguridad. De la parte superior, únicamente se sostiene de dos delicados tirantes; lo puedes ver de frente, y es solamente un bonito vestido de gala, pero al mirar la parte trasera eres cautivado con una silueta despampanante. Eso sí, tengo que andar con cuidado constantemente, si no quiero pasar por ningún accidente, ya que ese escote es muy pronunciado, y extremadamente atrevido.

Al meter mis brazos, me doy cuenta de que es la tela más suave que mi piel ha tocado alguna vez. El encaje es delicado, se ajusta a mí, como otra piel trasparente, dándome un look seductor y sexy, que jamás había logrado en mi vida, hasta hoy.

Me pongo unos pendientes, que hace algunos años me regaló mi madre. Me miro detenidamente en el amplio espejo del magnífico vestidor, y no sé cómo Ruth ha logrado recoger mi cabello en algo que parece un moño suelto, dándole a mi corto cabello una imagen diferente, solo deja mi fleco de lado para afilar mi perfil. Estoy encantada, me siento segura, me gusta cómo se ve mi reflejo, tanto, que no puedo esperar la hora de llegar al evento y tener todas las miradas en mí.

Cuando salgo del vestidor, las chicas me ven y comienzan a chiflar; no paran de forjar mi seguridad al decir que estoy despampanante, que sin duda alguna voy a arrasar con todas las miradas a mi paso, hasta que Luz comienza a apurarme para llegar a tiempo, ya que el reloj marca las ocho con quince minutos de la noche, eso quiere decir que ya estamos tarde, si tomamos en cuenta la hora de la invitación.

—¿Nena, ya estás lista? Deja tus cosas aquí, solamente lleva tu bolso. Ya hablé con Ruth, y ella guardará nuestras cosas. Vamos, que nos esperan —me dice con voz impaciente.

—¡Listo! ¡Oh, Dios! ¡Luz! Estoy empezando a ponerme muy nerviosa, ¿es muy tarde para pedirte que por favor no te vayas a separar de mí?

—¿Es en serio, nena? ¡Creo que ya olvidaste cuál es el propósito de ser mi acompañante! —suelta entre risas.

Salimos del salón, todavía platicando del tema, cuando veo una gran limusina negra, estacionada afuera del spa. Claro que lo es, pero ¿acaso es para nosotras, o se han equivocado?

—Luz, ¿ya viste? —pregunto embobada, sin dejar de mirar la elegante limusina, que se encuentra a un par de metros de mí.

—Es un regalo del restaurante, recuerda que soy la chef ejecutiva, quien logró hacerles ganar una estrella *Michelin* más, para el reconocido *País Restaurant*. Además, nos lo merecemos, nena; ven. —Me toma de la mano, y se acerca a la limusina, hasta que el chofer nos abre la puerta, y nos saluda al tiempo que se quita su gorrita.

—¡¡¡Esto es lo máximo!!! Sabes que te amo, ¿verdad? ¡¡¡Oh, Dios mío!!! ¡Nunca me he subido en una limusina como esta! ¡Pellízcame por favor! ¿Verdad que no estoy soñando? ¡¡¡Me siento como en una película, como la *cenicienta*, Luz!!! ¡¡¡Eres mi hada madrina!!! —le grito, rebosante de felicidad.

El chofer, amable y pacientemente, nos sostiene la puerta, hasta que entramos con mucho cuidado. Nos deslizamos en los caros asientos de piel, y no puedo parar de pensar en todas esas novelas que he leído. Recuerdo todo lo que hacen los protagonistas en sillones como estos. Mi vista se va directo a la ventana y, ¡verídico!, los transeúntes no podrían ver para adentro, si se desarrolla alguna escena de sexo salvaje y desenfrenado, como las que vivían *Gideon y Eva*. ¡Oh, mi Dios! ¡*Gideon Cross*!, sin duda, ¡necesito un hombre urgente! Quizás tenga razón Luz, y puede ser hoy mi oportunidad de encontrar a uno que me haga perder la cabeza o, mínimo, un rollo de una noche. Miren que ya estoy grandecita, como para merecer algo de diversión.

—¡Delhy, se le solicita en el asiento trasero de la elegante limusina! ¡Tierra llamando a Delhy! —Luz, en son de burla, comienza a llamarme.

—Perdón, es solo que mi mente se fue viajando, pero vamos a ver mujer, ¡por favor, explícame más! Necesito que me informes sobre la gala, ¿cuál es el roll que necesito llevar acabo? Te juro, me siento como en una misión del *agente 007*, pero en estilo *mujer maravilla*. Aparte que ya me está entrando el nervio. En serio, ahora estoy dudando que sea buena idea que me dejes sola por ahí, eso sí, Luz, escúchame bien —le explico levantando mi dedo índice amenazante—. Por favor, no me vayas a dejar de nuevo sola. No creas que lo he olvidado; solamente tienes permiso de alejarte para ir a supervisar la cocina, no para ningún otro rollo caliente como el del karaoke, Luz, ¡y estoy hablando muy en serio, señorita! No te vayas a ir con ningún amigo por ahí, esta vez no te lo perdonaré. Porque, aunque no te lo creas, me está entrando un pánico escénico, no conozco a nadie, ¿qué tal si alguien me rapta, me viola, me mutila, o me vende a la mafia de trata de blancas? Deja tú, ¡luego, con esta pinta que me cargo! ¡Con más razón me pueden agredir sexualmente! —exclamo en su dirección, tratando de exagerar mi preocupación, para darle más ímpetu a mis observaciones.

—Te lo prometo, nena, nada de chicos esta noche. Bueno, por mi parte, claro está, únicamente me ataré a la cocina, ¡aunque no estoy tan segura de ti, eh! ¡Que esta noche estás para marcar terreno como una auténtica loba! —me responde dramáticamente, y hace señas de arañazos imaginarios.

Pierdo el tiempo mientras contemplo la vista allá afuera, en unos cuantos minutos estoy enamorada al conocer Madrid de noche. Disfruto del paseo, mientras Luz me explica por dónde vamos pasando. La noche es un poco fresca, y yo con tremendo escote.

La limusina se estaciona en el glamoroso restaurante, que ahora de noche se ve radiante y único. Su iluminación engalana el prestigioso lugar, toda la gente que entra antes que nosotros se ve distinguida y de clase. Han puesto una alfombra roja, como toda una pasarela; la verdad, no sé bien de qué va todo esto, ni mucho menos qué celebran, pero al parecer aquí nos encontramos a toda la crema y nata de Madrid y sus alrededores.

—Luz, tú sales primero, yo estoy aterrada, ¡¡¡me siento como *Dakota Johnson*, en el estreno de *cincuenta sombras*!!! —le digo exageradamente; aunque realmente me siento fuera de lugar.

—¿Por qué siempre tienes que sacar algo de tus libros, Delhy? —me pregunta Luz, tratando de aguantar la risa—. Presiento que contigo en casa terminaré con un libro en mano, y espero que tú termines con una cuchara en la tuya.

Le saco la lengua, porque constantemente se burla de mí; pero debo de reconocer que sí, estoy algo traumada por leer tantos libros. Todo lo que veo, escucho y percibo me recuerda a libros o música referente a alguno de ellos. Definitivamente, soy una orgullosa lectora.

Se abre la puerta, y Luz sale en su sexy vestido negro, que es muy sencillo, pero a la vez elegante. Tiene una abertura en el costado de la falda, que hace perder la razón a cualquier persona del sexo opuesto, y causa la envidia de cualquier mujer. Y esta gran abertura lateral, se deja ver al sacar la primera pierna, para apoyarse al bajar del auto.

Al salir, me espera a un lado de la puerta de la limusina, y me da la mano. Casi me ataco de risa, al recordar que hace días le había dicho que seríamos una sexosa pareja de lesbianas, causando el sueño húmedo de todos los hombres presentes en el evento. Pero con lo nerviosa que estoy, tengo miedo de tropezarme, así que no hago comentario alguno.

Caminamos juntas sobre la alfombra, directo a la puerta principal del restaurante, que está rebosante de galantes caballeros con sus trajes a la medida; las señoras y señoritas compiten unas con las otras por ver quién es la que cautiva más miradas en el lugar. Sin duda, hemos elegido bien nuestros atuendos. Por primera vez, me siento decidida y alegre, tratando de conquistar todo a mi alrededor.

Algo me llama, me siento atraída al lugar, como si una magia invisible, dirigida a mí, me envolviera, y cada vez que camino mis pasos son invitados a conocer lo que está destinado a ser para mí.

Entramos al salón llamado *Las Palmas*, que está localizado dentro del restaurante. Este salón ofrece servicio de catering para conferencias, reuniones sociales y de negocios, entre otros eventos privados; y esta noche es engalanado con la clausura del congreso "*Reformas para el desarrollo agrario en España*".

No caminamos ni un par de metros, cuando un amable mesero nos ofrece algo de beber; en su charola tiene varias copas, entre las cuales destacan el champán, vinos blancos, tintos, entre otros. Nosotras nos decidimos por un vino rosado, necesito endulzar mi paladar con un *Roscato* frío; y al catarlo, su dulce sabor refrescante con notas de frutos rojos, comienza a calmar mi ansiedad.

—Hermana, ¡esto es lo que necesito desde hace rato! —Apruebo antes de tomar otro trago.

El lugar está rebosante de gente pomposa, que camina de aquí para allá, socializando unos con otros, pues al parecer, la mayoría se conoce. Luz nos encamina directo a una de las mesas, en donde se encuentran dos hombres parados, que saludan a los que están sentados. Y antes de llegar a ellos, uno de los señores, el más grande de edad, que es alto, delgado, de lentes y con un porte impecable, nos regala una de las sonrisas más bellas y sinceras del lugar, hasta ahora.

—¡Mi hermosa Luz! ¡Querida, has llegado, ven acá mi niña! —exclama emotivo el señor de apariencia distinguida.

—Señor Divaio, un gusto verlo. Muchas gracias por la invitación. —Luz, sincera, le da un fuerte apretón de mano y dos besos, uno en cada mejilla.

A una prudente distancia observo el sentimental saludo. Y cuando este termina, Luz voltea y dice:

—Señor Divaio, le presento a mi amiga, Delhy Lugo. Nena, el propietario de *País Restaurant* —me presenta con su voz orgullosa y llena de afecto.

—Encantada de conocerlo, señor Divaio. —Le ofrezco mi mano para saludarlo, pero él me estira un poco más, y me da dos besos, uno en cada mejilla, al estilo italiano.

—¡Qué señorita tan guapa! Pero dígame, ¿de dónde es este acento tan diferente, mi bella dama?

No puedo dejar de mirarlo, no me quiero imaginar a este hombre en sus años mozos de Don Juan, me hubiera desarmado con su galantería.

—Señor, me halagan sus palabras. Soy mexicana, específicamente de Cuernavaca, Morelos; la ciudad de la eterna primavera —contesto desenvuelta, ya que este hombre relaja mis nervios, y me recuerda a mi padre con su amabilidad.

—¡¡¡Mexicana!!! ¡Ya decía yo! Encantado de conocerte linda. De hecho, espero que estés soltera, porque no debe de tardar en llegar mi nieto, y necesito presentártelo, pues le hace falta una mujer como tú, que lo meta en cintura. —Comienza a reírse con ganas—. Que no me escuche mi mujer, que de por sí se carga un carácter tremendo, si me escucha, me manda directo al cuarto de invitados por andar de alcahuete. Pero señorita, lo digo en serio, necesita conocer a mi muchacho.

Cuando volteo a ver dónde está Luz, no la veo por ningún lado, ¡diablos! Esta mujer no pierde el tiempo, ¡pero si acabamos de llegar!

—Bueno, sí, soy soltera señor... —Me quedo patinando, porque no recuerdo su nombre.

—Carlos, bella. Carlos Divaio. —Me toma de la mano, y me da un beso en ella.

—Bueno, mi encantador señor Divaio, fue un placer. Lo dejo para que pueda seguir saludando a sus invitados, no sin antes decirle que tiene un hermoso paraíso de restaurante; es un verdadero placer tener la oportunidad de estar aquí.

—Bella Di, que pases una excelente noche; aunque algo me dice que nos volveremos a encontrar. Ve, diviértete y dile a Luz que no la quiero tanto en la cocina, que hoy es su día. —Me guiña el ojo, y me doy cuenta que conoce las intenciones de mi amiga.

Por un largo tiempo camino en la terraza del salón. Varias parejas platican afuera, y bolitas de amigos se encuentran en el mismo lugar conversando. La verdad me siento muy tranquila, solo trato de matar el tiempo, y supongo que no será difícil para Luz encontrarme. Cuando me extrañe me buscará, o me mandará algún mensaje.

Me siento en una fuente bellísima, que se encuentra hasta el fondo; no hay nadie aquí. Es un jardín de ensueño, rodeado de flores como: nardos, gardenias blancas, claveles de distintos colores, entre otras más. Está un poco fresco, pero, aun así, me pierdo en la brillante noche, decorada con una luna llena, tan bella como misteriosa, que hasta el alma más fría puede ser tocada por el *Dios Eros*, para ser envuelta entre el amor y el romanticismo.

Mientras sigo embelesada por la belleza de la noche, escucho que alguien se aproxima a la fuente. Únicamente veo la sombra de alguien de reojo, así que volteo un poco más la cara, para poder ver sobre mi hombro. ¡Oh, Dios mío!, al instante soy doblemente flechada por el *Dios Eros*, que se hace presente, y me muestra al hombre más guapo que he visto en todo el universo, bajo la armadura de un agresivo hombre de negocios, pero con una presencia que opaca a la noche.

Él se desenvuelve con luz propia, y camina con provocadora seguridad, demostrando tener un poder inigualable, que arrolla todo a su paso. Anda con una mano en el bolsillo del pantalón y, con la otra, sujeta su celular, mientras lee algo en él. Tomo ventaja de su concentración en la pantalla, para poder observarlo con más detenimiento, y no ser atrapada en mi desfachatez. Sé que él no me ha visto, porque no hay nada de luz, lo único que nos alumbra es el resplandor de la luna, así que sigo saciando mi curiosidad. Es alto, muy alto; y al ver que está casi llegando a donde yo me encuentro, me puedo percatar mejor de su gran complexión, y me volteo discretamente para que piense que no lo he notado.

Al llegar al pie de la fuente, su perfume varonil me deleita, a la vez que me atrae sin ninguna explicación, es simplemente irresistible. Volteo a verlo otra vez y, por un momento, nuestras miradas se cruzan, encontrándome con unos penetrantes ojos verdes, intensos y profundos, que reconozco al instante... ¡es el hombre del aeropuerto!

Viste un distinguido traje negro, y empieza a aflojar su corbata sin apartar los ojos de mí, ¡este hombre quiere que me dé un infarto! Se desabrocha el primer botón de su camisa blanca, y sonríe coquetamente.

—¿Has sido sofocada por todos ellos? —pregunta, haciendo una señal al salón que tenemos a nuestras espaldas.

—Más bien, puede decirse que no encajo en el lugar —contesto educadamente.

—¿En serio? —pregunta mientras viene hacia mi—. Hola. Santiago Moya —se presenta, mientras me da su mano y se sienta a mi lado.

—Delhy Lugo.

Al escuchar su nombre, confirmo que es él, el hombre guapo que perdió a su pequeña hija en el aeropuerto ¡Oh, Dios, este hombre! No sé si estar feliz, o llorar un mar completo, pues,

¡no se acuerda de mí! Bueno, estamos en una oscuridad tenue y, a quién quiero engañar, estoy tan arreglada que parezco otra; así que es totalmente comprensible que no recuerde quién soy, ¿verdad?

—Entonces, cuéntame, ¿cómo puede ser posible que una señorita tan bella como tú no encaje allá dentro? —pregunta curioso, con un toque de seducción en su tono de voz.

—Mmm... Bueno, de hecho, se puede decir que me sentí un tanto perdida. Vengo acompañando a una amiga, así que no conozco a mucha gente; corrección, no conozco a nadie excepto a ella, y comencé a abrumarme. ¿Y usted? —le contesto, con una pequeña sonrisa. No quiero que note que estoy muy nerviosa por su cercanía.

—Santiago, llámame Santiago. ¿De dónde eres? Espera. —Levanta la mano, indicando que no le responda todavía—. Déjame adivinar, eres mexicana ¿verdad? Oye, perdona mi osadía, pero, ¿de casualidad no trabajas en el Palacio del Senado? Me resultas un tanto familiar —me pregunta con demasiado interés.

Paro de reír, para poder contestarle.

—Te prometo que si alguien más me pregunta esta noche de dónde soy, o trata de bromear porque soy mexicana, comenzaré a sentirme frustrada, y más fuera de lugar de lo que ya lo hago. —Siento que mi cuerpo vibra, está tan cerca de mí que solo me pregunto si él siente la misma conexión, la misma magia que nos rodea. Aunque trato de tener una plática cordial, estoy en medio de llamas que me calcinan por dentro—. Y sobre si te parezco familiar, la verdad es que ya nos hemos topado antes, aunque no donde dices.

Se voltea para ponerse frente a mí, y yo hago lo mismo, pero un poco menos efusiva, ya que mi vestido no me deja moverme con facilidad.

—¿En serio? Déjame verte. No soy tan tonto como para olvidar a una hermosa mujer como tú... —Me toma por sorpresa, al levantar su mano para tomar mi barbilla—. No, jamás podría olvidarte. —Su voz es un susurro, que suena como una promesa, una que se tatúa en mi alma, la cual estoy segura jamás olvidaré.

Mis ojos no dejan de conectar con los suyos, nos perdemos en un momento irreal, donde únicamente nos encontramos él y yo, sin embargo, obligo a mi boca a hablar:

—Hace una semana atrás llegué a Madrid, y nos conocimos cuando perdiste a tu hija, mientras esperabas a tu madre. —Después de decir esto último, me regaño a mí misma, ¿qué va a pensar ahora de mí? Que no olvido ni un solo detalle de él, ¡qué estúpida!

—¡¡¡Oh, claro!!! —Sorprendido contesta—. ¡La chica del aeropuerto! Melina no paró aquel día de obligarme a buscar a su "nueva amiga princesa", hasta que al final, tuve que convencerla de ir a comprarle unas nuevas zapatillas rojas, y que seguiríamos otro día en tu búsqueda. —Se queda pensativo, y se pasa una mano por la parte de atrás de su cabello—. ¡Wow! Creo que al fin la encontré.

—Tu hija es realmente una belleza, ¿se encuentra en el evento? —No puedo dejar de preguntar; sé que no vienen niños a este tipo de eventos, pero necesito saber si está con su mamá, porque él sigue sin anillo en el dedo anular.

—¡Oh, no! ¡Qué va! Melina se encuentra en casa —contesta serio, sin dar oportunidad a indagar más a fondo.

Trato de cambiar el tema, y le pregunto:

—¿Por qué te encuentras aquí, en vez de disfrutar la velada? —Necesito saber todo lo referente a este hombre, y mi lengua no para de hacer preguntas.

—La verdad, nadie sabe que ya he llegado —dice con descaro, y con una pícara sonrisa, como compartiendo un secreto conmigo.

—¿Cómo? ¡No te creo! ¿Y eso? —Intrigada vuelvo a cuestionar.

—Sí. La verdad llegué demasiado retrasado, pero me vine directo al jardín. No estoy preparado todavía para ver a la familia completa, ahí reunida, porque sé que en cuanto me vean empezarán a indagar sobre mi vida, me bombardearán con preguntas. Y, sinceramente, ya vivo en demasiado estrés, como para sumarle y aguantar todavía más.

Nos quedamos contemplando la noche en silencio. Mientras nuestros hombros se rozan, advierto que tengo la necesidad de conocerlo. Quiero saber todo de él, y antes de hacer otra pregunta, me interrumpe.

—¿Delhy? —Encuentro, por primera vez, duda en su voz.

—¿Santiago? —contesto.

—¿Te gustaría acompañarme y entrar a la clausura que está ofreciendo mi abuelo? Antes de que se pregunten por qué no ha llegado el presidente del *senado de Madrid*.

Capítulo 8

Su pregunta me toma por sorpresa, ¿cómo que es el presidente del senado de Madrid? ¿El abuelo, el evento, la familia? Son muchas cosas que procesar. ¿En qué diablos me he metido al aceptar venir aquí? Y Luz, ¿dónde rayos está esa mujer?

Me quedo tan aturdida, que sin meditar la respuesta, acepto su propuesta, pues, ¿quién en su sano juicio se negaría a ir del brazo de este adonis? Yo no, obviamente; así que nos dirigimos hacia la recepción. En el trayecto de regreso, observo que ya nadie se encuentra en los alrededores de la terraza, quiero suponer que están por servir la cena.

Entramos por la puerta que da al jardín, y sobra decir, que voy del brazo de uno de los asistentes más guapos del evento. Que, además, según las últimas noticias, es el presidente del senado.

El aire se puede cortar con un cuchillo, pero sentir su brazo fuerte, me trasmite un sentimiento de seguridad, de dominio, de llegar a ser capaz de pavonearme junto a él, como la fémina más afortunada de la gala. Así que me meto en el papel de mujer con actitud y presencia, digna de caminar junto a él hacia la multitud. Sin embargo, somos abordados, antes de entrar al recinto, por una pareja que se encuentra junto a la puerta, todavía parada tomando una copa.

—Senador, buenas noches. Un placer verlo de nuevo, no

sabíamos que ya había llegado.

Un caballero en sus treinta, saluda a Santiago, e instintivamente voltea a verme, sin esconder su cara de asombro. No me pasa desapercibida su reacción, ¿será que está acostumbrado a ver a Santiago siempre con la misma mujer, y le sorprende verlo con una diferente? ¿O suele encontrárselo solo en los eventos sociales? ¿Cuál es el caso? ¿O ya estoy alucinando?

—Señorita. —Se dirige a mí, mostrando en su cara un gesto de saludo, mientras se inclina para darme un ligero beso en la mano.

Siento a Santiago tensarse a mi lado, me pega más a él, y toma mi mano con más fuerza, pero sin llegar a lastimarme.

—Alejandro, Carlota. Buenas noches, si me disculpan, Delhy y yo vamos un poco tarde, con permiso.

Avanzamos, pero el forzado saludo del senador deja mucho que desear. Al parecer tiene un temperamento reservado y hostil, totalmente diferente de lo que he conocido de él, solamente unos minutos atrás. La tal Carlota se queda con la palabra en la boca, cosa que creo que él ni nota, pero yo claro que me doy cuenta, junto con la mirada de odio y envidia hacia mi persona.

Santiago apresura el paso y, al instante que pasamos el umbral de la puerta, siento que todas las miradas se concentran en nosotros. Creo que él percibe el nerviosismo e inseguridad que se apodera de mí en ese instante, ya que suelta mi mano. Pero antes de sentir su lejanía, mueve su brazo, y deposita su mano en mi espalda baja, justo arriba de donde acaba el escote, por lo que siento un placentero escalofrío cuando presiona con suavidad.

«¡Por Dios! ¿Qué tiene este hombre que, en vez de darme tranquilidad, me transmite una sensación arrebatadora?», pienso. Sí, paso a un nivel peligroso, pues su contacto es una delicia suprema. Sentir su palma con firmeza y suavidad en mi piel, me hace parar automáticamente para verlo a los ojos.

No solo mi espalda arde, en sus ojos verdes puedo ver reflejada la misma emoción que recorre mi cuerpo. Que es como la lava de un volcán activo, que está a punto de derramarse, cargada de deseos, anhelo, pasión y un hambre por ser tomada, recorrida por esas fuertes manos toda la noche. Entregarme a este hombre, que es un delicioso pecado, al cual podría rendirme felizmente en cualquier momento.

Me concentro en su profunda mirada, no existe espacio para nadie más, únicamente él y yo. Una sonrisa atrevida de lado aparece en su hermoso rostro, se inclina hacia mí, y me derrito con su cercanía al sentir su aliento en mi oído; mi razón desaparece, y mi cordura junto con ella. Yo solamente quiero arrojármele y saciar mi necesidad de él, sin importarme nadie de los presentes.

—Estoy aquí, ya estás en mis manos —me susurra con voz ronca y profunda, que refleja poderío, mezclado con una lujuria que logra desarmarme.

Deja impreso un beso en mi cuello, y presiona de nuevo mi espalda para hacerme caminar. Sus palabras siempre suenan como promesas para mí, que me expresan que él me cuidará, que se entregará completa e intensamente. «¡Por Dios! Me estoy volviendo loca», me digo interiormente, pues cómo puede ser posible que sienta esta sublime conexión que me arrolla, me desarma y me hace querer perderme en él. Aunque al mismo tiempo, llega la lógica a mi cerebro, gritando que tenga cuidado con este hombre.

Todos nos miran expectantes en nuestro camino hacia una mesa, donde me encuentro con varias caras familiares; entre ellas, la madre de Santiago, el señor Divaio, y ¡oh, sorpresa! la chica que me entrevistó en la boutique a principios de semana. Esta es la oportunidad perfecta para que ella me vea desenvolverme, y obtener el trabajo que tanto me hace falta.

—¡¡¡Abuelo!!!

Como en cámara lenta, volteo a ver a Santiago, ¿quién diablos es su abuelo?

Todos los acontecimientos desde que llegué a esta ciudad son una grata sorpresa para mí, pero esto me comienza a dar miedo. Es como si todos los planetas se alinearan de la nada en mi vida, y se hicieran cómplices de mi buena suerte. Sin embargo, solo porque sí, algo me tiene que pasar esta noche para hacerme quedar mal, lo sé. Internamente me persigno, y pido a Dios, por primera vez, que no se me arruine la excelente noche, con mi adonis personal, que me sostiene de la espalda en este preciso momento.

—¡¡¡Hijo!!! —Se levanta efusivo el señor Carlos. Dándose prisa en un abrazo fraternal, entre abuelo y nieto.

—Abuelo, mi acompañante, la señorita Delhy Lugo.

Al momento que pienso que el señor Divaio comenzará a platicar cómo nos conocimos, que soy amiga de Luz y como quería que conociera a su nieto, él me sorprende al únicamente decir:

—Un placer en conocerla, mi bella dama. —Se inclina para besar mi mano y, cuando se endereza, me guiña el ojo con complicidad.

Creo que ya me he ganado al abuelo. Casi puedo decir que tengo su aprobación y bendición. Aunque cuando volteo de nuevo a la mesa, y veo a la bruja *Úrsula* con su cara de amargada, me doy cuenta que ahí está el dolor de cabeza que me estropeará la noche.

La madre de Santiago me escanea sin ningún pudor, de pies a cabeza. Ya veo que no pierde la costumbre, esta mujer me dará guerra. «Pero bueno, Delhy, bájale dos rayas a tu rollo. No es como que este exquisito hombre sea tu amigo con derecho, amante, novio, prometido o marido. Mejor concéntrate en pasarla bien, y ya veremos en qué termina el asunto de la noche de la cenicienta Delhy», me dice mi voz interna.

—Querido, tomen asiento. Están a punto de servir la cena —exclama la bruja.

Para mi sorpresa, habla en plural, incluyéndome. Mira que delante de la gente sí se sabe comportar la muy condenada, eso me asegura que tampoco se acuerda de mí.

Nos sentamos entre ella y la chica de la boutique, que para mi desgracia, no recuerdo el nombre. La madre de Santiago toma su brazo en forma más que protectora. ¡Oh, no!, es la típica mamá que quiere al hijo para ella, que le elige las novias y da opinión hasta para escoger el tipo de crema de afeitar apta para su niño.

—Hola. Soy Ivana Moya, ¿te acuerdas de mí? —La encantadora chica de ojos grandes y bonita sonrisa, se dirige a mí con interés y amabilidad.

—Sí, claro. Hola, Ivana ¿cómo estás? —pregunto un poco cohibida, al notar que las personas de la mesa no paran de mirarme; me siento como un bicho raro. Creo que, al final de todo, no ha sido muy buena decisión venir aquí, y tirarme yo sola a los leones, tratando de vivir mi propia historia, al estilo *cenicienta.*

—No les prestes atención —me dice muy bajito—, están impresionados. Mi hermano no suele aparecer en ningún evento social con una mujer, mucho menos a uno donde se encuentre toda la familia.

El comentario no ayuda en nada a mis nervios; creo que empiezo a transpirar, y me siento más desesperada que antes. Mi cabeza trabajaba a mil por hora. ¿Qué, queeeeé? ¿Nunca sale con ninguna mujer? ¿Toda su familia? ¡Todo empieza a darme vueltas! Ivana nota mi confusión, por lo que rápido se apresura a decirme:

—Déjame adivinar, ¿primera cita?

—Sí —contesto, al tiempo que asiento con la cabeza.

—Uy, hermana, la mejor de las suertes. Amo a mi hermanito, no me malinterpretes; pero ten cuidado, ya que te tenga en sus garras, no te dejará ni respirar. —Empieza a reírse, sin importar que los demás volteen a vernos—. ¡Quita esa cara! No es para asustarte, si es un amor, vas a ver, ¡yo lo amo! Desde que faltó mi padre, él se quedó a cargo de nosotras. Mamá está encantada de tener toda su atención, pero a mí me vuelve loca con su lado sobreprotector y posesivo. Eso sí, nadie puede negar que tiene el corazón más grande que pueda existir en el mundo. Es justo y sincero; pero déjame ponértelo mucho más sencillo, es algo así, como un cordero envuelto en el camuflaje de un lobo feroz —finaliza como una gran vendedora. Es como si estuviera describiendo a la perfección algún artículo femenino, que asegura que cambia tu vida al comprarlo.

—Ivana, ahora entiendo porqué estás en ese tipo de negocio. Siento como que me estás tratando de vender el mejor utensilio de cocina de toda mi vida. —Nos reímos al unísono, sin importar la mirada de la señora Magdalena.

—¿Tan obvia soy? Mira hermana, solamente puedo pensar en que si lo tienes feliz, a mí me dejará vivir más tranquila. Haz que toda su atención esté dirigida a ti. Ten consideración de mí, ya tengo veintiséis años y, él, todavía quiere seguir gobernándome como a una cría. Por favor, quiero ser libre, y volar a donde mi alma pueda encontrar algún nido temporal.

Imagino que la pequeña Ivana le debe de estar sacando

unos buenos dolores de cabeza al pobre de Santiago, ya que, a simple vista, se ve como una chica alegre, pero también liberal. Y al ver a su familia, deduzco que se rigen por el qué dirán, y todas esas otras costumbres que a los jóvenes les pasan desapercibidas.

—¿Todo bien, princesa? —Me sorprende Santiago, con una voz apacible y sincera.

Cada vez lo veo más cariñoso. A menudo siento su mirada en mí, más profunda y pausada. Siento como si me hubiera perdido alguna conversación, u olvidado leer las letras pequeñas, antes de aceptar su invitación de pasar la noche en la fiesta con él.

Este hombre me trasmite sensaciones inexplicables. Y, dependiendo de la manera en que me habla, me transporta a distintos estados de humor. Es como un campo de energía que puede transferirse a otros, con tan solo el timbre de su voz, que a veces es cálido y sereno, o brusco y territorial; entre otros temperamentos más que me faltan por conocer, pues al parecer mi apolíneo hombre tiene diferentes personalidades, y yo estoy más que dispuesta a explorarlas y deleitarme con todas y cada una de ellas.

—Todo bien. Aunque todavía no comprendo qué hago aquí. La verdad, comienzas a confundirme Santiago.

Mi comentario lleva un tono atrevido, dejándole en claro mi inconformidad. Porque cuando me habla, lo hace con cariño, me pega a él, como si fuera de su propiedad. Y, sinceramente, yo necesito saber más de él, de lo que está pasando entre los dos. Por supuesto, sé que soy una tonta al decirle que comienza a confundirme, cualquiera diría que soy una psicópata necesitada de afecto, y que quiero una relación.

No obstante, no permitiré que este divino dios griego juegue conmigo al darme señales confusas, y que termine lastimándome. Así que mejor le para a su rollo desde ahorita, si de por sí, bajo su presencia, es difícil de explicar el estado de idiotez en el que me encuentro, el aplomo que tengo para desenvolverme cuando estoy junto a él. Sí, sí, ¡estoy jodida!, sin embargo, es lo que siento; es inexplicable, como si gracias a él, puedo ser otra Delhy, una mujer más desenvuelta y segura. Todo es tan sencillo y trivial con este hombre; aunque existe el "pero...", no sé nada de él, hace tan solo un par de horas que lo conozco y ya tiene toda mi cabeza hecha un lío.

Mas sin encontrar ninguna explicación coherente, me pierdo viendo el bonito mantel. Yo ya estoy embriagada, totalmente perdida. Lo único que me consuela es pensar que no puedo ser la única mujer que se encontraría actuando de esta manera tan irracional estando en la situación en la que me encuentro. Eso sí, estoy siendo un poco más atrevida, tratando de contener lo inevitable. Él es todo un depredador, de esos que vienen escudados en el decoro y la mejor fragancia, para atraer a sus anheladas víctimas.

Así que con esa mirada, a cada minuto que pasa, se va minando la resistencia que tengo en mí. Ya no me queda fuerza de voluntad para combatir este deseo, que me envuelve en esta guerra ya perdida, por ser el hombre que traspasa todas mis barreras establecidas. Es un animal con voluntad de acero, sin perturbaciones, por el simple hecho de saber que estamos iniciando un juego de miradas y palabras no expresadas, que nos delatan al percibir la estrecha línea entre la atracción y el deseo, que va naciendo entre los dos.

—Oh, cariño, ¿en verdad quieres jugar de esa manera conmigo? —contraataca, al tiempo que levanta una sexy ceja.

No estoy segura de a qué se refiere, pero tampoco estoy dispuesta a irme de aquí con él. Yo quiero mucho más, y no porque esté tan bueno voy a hacer lo que él diga o quiera; sé cómo actuar, aunque nada ni nadie te prepara para un momento como este. Sin embargo, lo detestablemente traicionero son las ganas que me comen por dentro de pasar una noche con él, pero por el pudor, el decoro, la decencia, y toda esa demás mierda que te inculcan de joven, tengo la necesidad de aguardar, ir despacio, y seguir observándolo. Porque, seguro que este hombre, debe estar acostumbrado a que le den todo a la primera, servido en charola de plata.

La mayoría de las mujeres somos educadas para darnos a respetar, porque de esa manera los hombres te tomarán en serio. Esa es una de las primeras reglas que tienes que aprender. Así que guardo silencio, y me pongo a pensar, mientras todos hablan entre sí.

En el siglo XXI, encontramos que el libertinaje supera al

amor. La juventud se pierde en el sentir, vivir el momento, la pasión de una noche, y adoptan el típico lema: "somos jóvenes y mañana puede que no estemos aquí". Desgraciadamente, con esa mentalidad, ¿hasta dónde podemos llegar? Al mismo tiempo, existen muchas relaciones sentimentales en las cuales las parejas solamente están tratando de ser felices, de seguir adelante, de encontrar el amor. Cada quien a su manera, desde una relación clásica, abierta, de solo sexo, entre otras de una lista interminable.

Pero la pregunta del millón es: ¿Cómo iniciar una relación? ¿Cómo puedes ser consciente de que puedes confiar en alguien, y no te va a votar al siguiente día? ¿Cómo consigues entregar el corazón, y saber que la persona lo va a valorar? ¿Cómo puedes dar tu cuerpo, sin saber si te darán la oportunidad de conocer tus sentimientos?

Lamentablemente no existe ni la fórmula mágica, ni el tutorial perfecto que te diga cómo encontrar al amor de tu vida; vas a ciegas, tratando de leer señales, y esperando que cada decisión que vayas tomando sea la indicada. Así que aquí me encuentro yo, sentada y esperando alguna señal para proceder con esta situación, que es un terreno desconocido para mí.

Terminan de recoger los restos de la cena, y el tiempo se me ha pasado volando. No soy consciente de todo este rato que llevo aquí divagando, hasta que una persona se aproxima a la mesa, se para junto a Santiago, y le dice que es hora de dar su discurso, que por favor suba al escenario en cinco minutos.

El hombre a mi lado derrocha seguridad, todo un líder nato, pero atisbo una muestra de vanidad también, al moverse en su silla para quedar frente a mí, y preguntarme:

—¿Cómo está? —Mientras mira para abajo, a su corbata.

—Chueca, pero déjame ayudarte —respondo, ya sabiendo que eso es lo que espera de mí. Estiro mis manos hacia él, para acomodarla, sin embargo, no logro hacerlo como quiero—. No queda perfecta —farfullo exasperada.

—Espera... —Y con una sonrisa coqueta se levanta, hace a un lado su silla, se pone en cuclillas, se quita la corbata y me la da. Yo, aunque hecha un manojo de nervios, entiendo el mensaje, así que paso la corbata por su cuello. Y percibo que todas las miradas están en nosotros. Por eso, mi espalda se pone tensa, sin embargo, trato de ponérsela, pero Santiago sabe que estoy perdida.

—Delhy, sé mi guía. Te ayudaré. Yo la pongo, pero tú necesitas inspeccionarla para que quede en su lugar.

Por su tono de voz, sé que sus palabras tienen un significado más profundo. Pero me pierdo cuando sus manos rozan las mías. Termina de hacer el nudo a su corbata, yo la acomodo, ahora sí perfectamente, y bajo el cuello de su camisa. Se acerca, y me planta un beso en los labios, lo que me congela en mi sitio, mientras que mariposas estallan en mi estómago, creando una fiesta de fuegos artificiales.

—No huyas de mí, princesa. Regreso en unos minutos —me susurra.

Se levanta, se alisa el saco como si nada estuviera pasando, me sonríe, y se da media vuelta, mientras parte con paso firme hacia el escenario.

—Hola, buenas noches. Es un placer para mí poder estar aquí esta noche, en la clausura del Congreso "Reformas para el desarrollo agrario en España". Donde se expusieron las decisiones tomadas en el senado, sobre las propuestas en las que hemos estado trabajando durante los últimos seis meses, y que fueron meticulosamente analizadas, hasta llegar a un acuerdo unánime, por parte de todos los senadores. En las que, primordialmente, cuidamos de nuestras tierras, y a nuestra gente. Meditando y decidiendo siempre lo mejor para todos, bajo las numerosas leyes que se relacionan con dicha disposición, y que persiguen todas, lo mejor para el desarrollo agrícola y ganadero de nuestra España. Por eso, me es grato informarles que el nuevo boletín constitucional, les será entregado el lunes a primera hora. En el cual verán reflejadas las nuevas leyes, sus usos y aplicaciones, que se ponen en vigor a partir de la fecha pactada. Así que, como presidente, esta noche compañeros, amigos y familiares, les agradezco todo el apoyo, el tiempo y la dedicación que brindan a la noble misión del *senado de Madrid.* —Toma un poco de agua, y prosigue con su discurso—. Quiero reconocer, también, a la persona que hoy nos abre sus puertas. —Estira su brazo derecho, para señalar nuestra mesa—. Abuelo, gracias por brindarnos tu exquisito restaurante, para poder festejar la clausura de nuestro congreso. Sin olvidar felicitarte a ti y a tu equipo, por esa merecida estrella *Michelin*, que hoy relumbra en este bello lugar, se lo merecen. Gracias a todos por asistir, y que sigan disfrutando de la velada.

Mientras Santiago camina de regreso a la mesa, mi celular vibra, y cuando veo la pantalla tengo un mensaje.

Sábado, noviembre 19, 2016, 10:45 p.m.
Luz: Oye nena, no pierdes el tiempo
Delhy: Jajaja ¿y quién es la culpable? Me dejaste sola, ¿dónde estás?
Luz: Estoy a dos mesas a tu izquierda

Volteo, y veo a Luz agitando su mano. Le sonrío, y le indico con el dedo que vea el celular de nuevo.

Delhy: ¿A qué hora nos vamos?
Luz: Uyyy hermana, ¿tan aburrida estás? Si quieres podemos cambiar de asiento

Mientras estoy entretenida contestándole a Luz, Santiago se para a mi lado, carraspea, y cuando volteo a verlo me encuentro con su cara de pocos amigos.

—¿Ocupada? —pregunta muy serio y mal humorado.

—No, es Luz. ¿Recuerdas que te dije que mi compañera de piso es la chef ejecutiva del restaurante, y que gracias a ella estoy aquí?

Su mandíbula se relaja, sonríe, y se sienta junto a mí, situando su brazo sobre el respaldo de mi silla, de forma protectora.

—Mmm, bueno. Entonces creo que necesitas presentármela, ¿no crees?

No entiendo si es una manera de decirme que no me cree que es Luz, con quien me estaba mensajeando, o la cosa aquí se está poniendo un poco extraña.

—Claro, vamos.

Se levanta primero, y me ayuda moviendo la silla hacia atrás para dejarme pasar. Me toma de la mano y cruzamos las mesas que nos separan de mi amiga. Nuestro roce es tan natural, que nuestras manos se entrelazan solas, es como si estuviéramos hechos el uno para el otro.

Estos gestos que tiene hacia mí, me dan la seguridad que

necesito. Tal vez podemos tener algo más, ya que pensando en lo que dice Ivana, de que él nunca sale con nadie, eso quiere decir que a ninguna mujer debe de tratar como a mí. Al pensar eso, automáticamente le digo a mi yo interior: «¿Sabes qué, maldita cabeza? ¡Deja de joderme la noche!». Ya no quiero darle más vueltas al asunto, solo el tiempo dirá en qué termina todo este despapaye.

Encontramos a Luz sumida en una conversación con todos en la mesa. Se ven muy a gusto platicando, y son gente joven, ¡ojalá nos hubiera tocado sentarnos aquí!

La chef, al percibir que todos se quedan callados, voltea y nota nuestra presencia. Santiago se me adelanta, y saluda a todos en plural:

—Buenas noches, ¿se la están pasando bien? —Santiago, experto en ser el anfitrión ideal, toma la palabra.

Me incomoda el gesto. ¿No me dijo que le presentara a Luz? Entonces, ¿por qué se adelanta saludando a todos? Me molesto tanto, que antes de que respondan los demás, me adelanto.

—Santiago, ella es mi amiga Luz.

Todos se quedan callados, bajo la incomodidad que ha abordado la mesa. Ya sé que este guapo se las sabe de todas todas, pero yo también tengo mi chulería.

—Hola, senador. Mucho gusto. —Luz estira su mano para saludarlo, y él se la sostiene, dándole un beso en ella.

—Llámame Santiago, por favor. Y antes de cualquier cosa, necesito darte las gracias por traer esta noche a mi deslumbrante princesa, de regreso a mí. —Me pega a él, y me da un beso en mi sien.

A Luz, casi se le salen los ojos. Claro que yo me encuentro más perdida que ella, pero me dejo querer y me recargo en su costado. Él responde a mi gesto pasando su brazo por detrás de mí, para abrazarme ante la vista de todos los presentes.

—Tomen asiento, por favor. Vamos a ajustar las sillas —dice mi amiga.

Uno de los chicos, sentado a un lado de Luz, se levanta y tira de una silla de otra mesa para Santiago. Y antes de comenzar a platicar con los demás, Luz me hace un espacio en su silla. Pero al momento de acomodarme con ella, Santiago, ya sentado, se inclina hacia mí, y me arrastra para sentarme en su pierna. Al instante veo en Luz toda clase de preguntas que la carcomen, y que muere por hacerme, sin ni siquiera imaginarse que yo también estoy llena de dudas en este momento.

Mientras me encuentro sentada sobre él, con su brazo derecho me rodea, dejando su palma en mi vientre. Su grandísima mano me desarma ante su calor, que es letal para mi cuerpo. Y él ni siquiera se percata de ello, ya que se encuentra sumido en la plática con los chicos.

Luz y yo compartimos una que otra mirada, ya que no podemos platicar, pues este no es el momento indicado. De repente, mi corazón se para al sentir la nariz de Santiago rozando mi cuello, al hacerle caricias. Y es el detonante para que mi alerta interna se ponga a su máxima capacidad. Por eso, volteo, disimuladamente, y le pido ir al jardín, con la excusa de caminar, y él acepta.

En silencio nos dirigimos hasta el hermoso jardín. Estamos de regreso en donde todo comenzó, aunque esta vez también se encuentra otra pareja. Necesito hablar con él. Pedí señales, pero esto es una fiesta de juegos pirotécnicos, y si no quiero confundirme más, necesito preguntar directamente de qué van todas estas muestras de cariño. En este punto, no me importa que piense que estoy loca, por querer que me diga en qué página estamos. «¡Caramba, que nos acabamos de conocer!», me digo.

Realmente es la primera vez que nos vemos, pues el encuentro del aeropuerto, la verdad no cuenta. Pero él está mal, muy mal, al besarme, hacerme cariños, llamarme princesa enfrente de su familia, y marcar territorio al sentarme en sus piernas. Creo que esto es justo y necesario.

—Oye, Santiago. Mira, no sé de qué van aquí las cosas, pero... —No termino la frase, pues soy callada con uno de los besos más apasionados de toda mi vida.

Mi respiración empieza a enloquecer, mis piernas se vuelven líquidas. Sus labios son suaves como terciopelo, que mientras más danzan con los míos, más queman. Introduce lentamente su lengua, y nos degustamos mutuamente. Me aprieta contra él, y entre un gruñido que sale directo de su garganta, me pide:

—Por favor, princesa, no me pidas explicaciones, ni yo puedo explicarlo, solo sé que necesito de ti, necesito conocerte —me expresa entre frases cortadas. Mientras me sigue besando, se separa un poco murmurando—: Disculpa la forma en que te traté ahí dentro, pero al ver que todos esos hombres te comían con la mirada, necesité dejarles claro que no puedes pertenecer a nadie más. Dame la oportunidad de conocerte, sé que soy muy complicado, y tú te vas a ir dando cuenta de eso por ti misma... Por favor, déjame ser parte de tu vida. —Con esos bellos ojos profundos, y con esas bonitas palabras, me endulza el alma.

Mi cabeza solo puede dar vueltas y vueltas, mi razonamiento se ha esfumado de mi cuerpo.

—Delhy, hermosa. No lo pienses, solamente déjate llevar, yo me encargo de todo. —Me besa en la frente, me toma de las manos y se las envuelve en su cintura, me toma en un largo y tierno abrazo, dejando que la luna que nos volvió a unir nos contemplé con su silencio.

Después de un largo rato en el jardín, regresamos en silencio con los invitados. La verdad, entiendo que esto no es normal, y no he solucionado nada. Algo no me cuadra, pero ya estoy cansada de querer seguir a la razón. Así que me tranquilizo, me agarro del brazo de mi adonis personal y comienzo a fanfarronear por todo el evento junto a él, sintiéndome la mujer más dichosa de todo el planeta.

Después de ser presentada con varios ejecutivos, políticos y familiares, estoy cansada, es tiempo de regresar a casa.

—Santiago, necesito buscar a Luz. Estoy agotada, quiero volver a mi departamento.

—Cariño, Luz se fue hace más de media hora.

Mi mandíbula cae. ¿Luz se ha marchado sin mí? No lo puedo creer. Tomo mi celular para mandarle un mensaje, pero... ¡oh, rayos!, está apagado, me he quedado sin carga.

Veo a Santiago, que se encuentra observándome con su sonrisa de encanto.

—Te dije que yo me encargaba de todo. Vamos a casa, te noto cansada.

Mi alerta interior se prende otra vez, al escuchar ese "vamos a casa", pues no me aclara a la de quién. ¿Qué diablos está pasando aquí? A este paso, ¿qué es lo que sigue? ¿Hija, te presento a tu madrastra? ¡Oh, Dios! Eso suena horrible.

—Vamos, cariño. Te llevo a casa, Luz te espera. —Se quita el saco, me lo pone sobre los hombros y me abraza, envolviéndome en su olor—. Mucho mejor, esos ya han visto demasiado —masculla—, además, hace frío allá afuera, vamos.

Mi mente vuelve a lo mismo, las cosas entre Santiago y yo no pueden ir tan bien, y menos así de rápido. «¡Algo me va a pasar! ¡Maldito karma, déjame ser feliz!», pienso.

Caminamos hacia su coche, y me desarma sentir su presencia y protección, pero me aterra y me embriaga por igual. Mi miedo más grande es que en esta vida nunca nada es tan lindo y perfecto, siempre sucede algo que lo arruina todo.

Y, definitivamente, esto no puede ser real... ¿O sí?

Abro mis ojos lentamente, y comienzo a observar la luz que se filtra por las cortinas casi abiertas de las ventanas. Me encuentro entre mis sábanas blancas, en mi todavía nueva recámara. Tengo poco más de una semana viviendo con Luz, y no sé si está mal decir que ya me siento como en casa; lo que me recuerda que debo estar más en contacto con mis padres, esta tarde intentaré comunicarme con ellos.

Mi cabeza comienza a trabajar, desde el momento en que empiezo a recordar la indescriptible noche que viví. Estoy inquieta, mi mente está confundida, tratando de procesar todos los acontecimientos de anoche. Iniciando, porqué cuando decidimos retirarnos del evento, Santiago se desató en amabilidades para traerme a casa, y al subirnos a su elegante limusina, comenzó a hablar desenfrenadamente.

Aún resuenan sus palabras en mi mente...

«*—Delhy, sé que esto es muy apresurado, pero quiero que nos des la oportunidad de conocernos. Déjame cortejarte, vamos a algún lugar, te muestro la ciudad o qué sé yo —exclamó sin ni siquiera tomar aire—. Hay infinidad de cosas que podemos hacer. Mira, sé que soy una persona muy complicada, pero no sé qué pasó, no me lo explico ni yo mismo, pero cuando platicamos en el jardín, fue todo tan sencillo contigo, demasiado natural; nunca me he visto en esta posición en la que ahora me encuentro. Jamás* *he invitado a nadie a un evento social para que me acompañe. No suelo compartir mi vida con nadie, que no sea mi familia. No me relaciono sentimentalmente porque... —Se detuvo, y pasó la mano por su cabello ya despeinado—. Mmm... Me conozco. De hecho, no sé ni porque te pedí acompañarme a la gala; es mas, no sé porque estoy soltándote todo esto. —Se rió un tanto descolocado—. Pero desde que reparé en cómo todos esos hombres te comían con la mirada, y ansiaban e imploraban tu atención, ser ellos quienes tomaran mi lugar a tu lado, no lo pude evitar. Comprendo que no te he dado explicaciones, ni te dejé hablar en su momento, pero es que ni yo tengo respuestas. Todo es nuevo para mí también, y no sé lo que me está pasando. ¡Dios! No te quiero asustar, mas tampoco te quiero perder. —Soltó, mientras paraba por una bocanada de aire. Volteó y fijó la mirada en mí, llevó sus manos lentamente hasta mi cara. Yo me perdí en sus hermosos ojos verde miel, que me desarmaron con facilidad al subir mi mirada para verlos y, entonces, usó la voz más tierna del universo entero—. ¡Te quiero en mi vida, iDelhy! Por favor cielo, te quiero junto a mí...»*

Puedo confesar, que jamás esperé que él me dijera todo eso tan solo subirnos a la limusina. Parecía que estaba consumiéndose por dentro, y necesitaba sacarlo todo de una vez por todas. Aunque bueno, con Santiago, ¿qué puedes esperar?, toda la noche actuó raro. Mas qué sé yo, si eso es normal en él o no. Pero sus muestras de cariño en público fueron la culminación; la verdad, llegué a pensar que se encontraba por ahí alguna mujer a la que quería darle celos. Él puso las cartas sobre la mesa, y yo estoy encantada. Sin embargo, no le di una respuesta, tengo claro que quiero conocerlo, y espero que todo se vaya dando poco a poco.

Este hombre me gusta mucho, me llama demasiado la atención, me siento tremendamente embriagada por él. Desprende la estabilidad que quiero, la cual no busco, pero que se me presenta en estos momentos. Quiero conocerlo, me intriga saber todo sobre él; sin embargo, sigo pensando que algo no está bien, y esto que siento no es tan solo un presentimiento. Es un hombre difícil, voluble, y hace a mis mariposas revolotear en el estómago.

Durante la cena noté sus versátiles cambios de humor; por

ejemplo, si estaba con alguien tranquilamente platicando, y era interrumpido, por algo o alguien, sin previo aviso cambiaba drásticamente. Noté su postura rígida todo el tiempo, como si siempre estuviera alerta.

Aunque he de confesar que me encanta cuando le aparecen sus arrugas sexys en la frente, al molestarse por algo y, en vez de matarme de miedo, me incita a querer besarlas. Hasta el momento, con tan solo una noche compartiendo con él, he logrado darme cuenta de muchos pequeños detalles que los demás no perciben. Creo que al interesarte por alguien, lo observas más cuidadosamente, y así puedes descifrar a la persona de pies a cabeza.

Nunca he sido una mujer que se deja llevar por lo que dicen los demás, mucho menos lo que impone un hombre. ¡Me gusta tener voz y voto!, así que vamos a ver cómo toma, el senador Moya, el primer "NO" de mi sutil personalidad.

Cuando bajamos de la limusina me acompañó hasta mi piso. Y no me pasó inadvertida su curiosa mirada, escaneando, sin disimular, nuestra humilde vivienda. Su comportamiento casi me hace reír en su cara, más cuando aparecieron las líneas de expresión en su frente, mostrando su disconformidad al ver cada rincón del edificio.

Nuestra despedida fue de ensueño. Después de aceptar por fin conocerlo, e intercambiar nuestros números de celular, con un beso apasionado pero lleno de ternura, me dio las buenas noches. Y así, se despidió el hombre que está llegando a mi vida como una tempestad, derribando todo a su paso.

Justo cuando termino de rememorar mi noche, suena mi celular con un *WhatsApp*:

Domingo, noviembre, 20, 2016, 10:39 a.m.

Luz: ¿Estás despierta?

Delhy: No jajaja

Luz: ¡¡¡Boba!!! ¿Quieres compartir cama?

Delhy: Jajaja ¡estás loca! No me voy a levantar, estoy muy cómoda aquí, ¡ven tú si quieres!

En un minuto escucho unos pasos acercarse a la puerta.

—¿Puedo pasar? —Luz aparece en la puerta medio abierta, embutida en un pijama de algodón.

—Claro, nena. Estás en tu casa —le digo con sarcasmo mientras le doy una palmadita a mi cama, en símbolo de invitación, y corre como una niña a meterse entre mis sábanas.

—Me lo vas a platicar todo, ¿verdad? —Su mirada expectante, a la espera del mejor chisme de la farándula.

Nos acostamos de lado y apoyamos un codo en la cama, quedando una frente a la otra, para poder platicar a gusto.

—¿Qué quieres que te cuente Luz? Porque, francamente, estoy sacadísima de onda; esto es irreal, en serio, ¿qué show con los hombres de aquí? Te invitan por ahí, y entre la invitación va: "¿Quieres ser mi pareja?" ¡Qué rapiditos los españoles! —Me comienzo a reír de lo loco que es todo esto, mi risa se convierte en un ataque de felicidad. No puedo parar de reír, y tomo una de las almohadas para ponérmela en la cara—. ¡Oh, Dios! ¡Luz! ¡Me ligué al hombre más guapooo del mundo! —Abrazo fuerte un cojín mientras comienzo a patalear. «¡¡¡Soy tan feliz!!!».

—Tranquila, nena. Vamos a empezar por lo primero, y explícate. Prometo darte mi punto de vista, sincero y sin juzgarte ¿vale? Pero déjame decirte, que fue todo un espectáculo eso de los tortolitos enamorados. Y, luego, darme las gracias porque se reencontraron. ¿Ya se conocían?

—¿Qué quieres que te conteste primero? Pues mira, ayer mientras me dejaste botada y te fuiste sin avisar, no me quedó más que ir al jardín a esconderme. Estaba yo haciéndolo muy bien, al tiempo en que me perdía en el anochecer, pensando en mis rollos, cuando el señor atractivo, soy todo caliente, apareció de la nada y nos pusimos a platicar. ¡Ahhh! Es que no te conté: "Ya nos conocíamos" —le digo a la vez que hago la señal de entre comillas con mis dedos—. Nos conocimos en el aeropuerto, el día que llegué a la ciudad. Pero obvio, esa es una historia para otro momento. La cuestión es, que el hombre ni se acordaba de mí; y ya sabrás, yo toda idiota contándole que nos topamos en el aeropuerto, ¿sabes que tiene una hija?

—¡No! ¿Cómo voy a saber? En serio, no lo conocía, anoche fue la primera vez que lo vi. Por eso estoy aquí, para que me pases algún consejo para pescar uno ¡I-GUA-LI-TO!

—Bueno, te sigo contando. Sí, tiene una niña. Mas no sé si es papá soltero, divorciado o viudo; porque casado no, o no se hubiera comportado como lo hizo. Total, el asunto es que ayer nos pusimos a platicar en la fuente, después se nos terminó la plática, y, de la nada, me preguntó si lo acompañaba, y como yo estaba ahí como un hongo, pues me fui con él. —Me carcajeo—. Hermana, ¿quién diablos le hubiera dicho que no? Pero de ahí en adelante la cosa se puso muy rara, porque de la nada comenzó a comportarse "extraño". —Hago comillas en el aire de nuevo.

—¿Cómo que "extraño"? —Luz repite mi seña.

—Pues sí, únicamente le faltó mearme ahí mismo, marcándome para decir "ella viene conmigo" —comento esto último tratando de imitar la voz de Santiago, ronca y varonil—. Pero independientemente de eso, Luz, se comportó... cómo te lo puedo decir... como si fuéramos pareja; me habló de cariño, cielo, y princesa, ¿me explico? O sea, o aquí las parejas son muy abiertas, o yo estoy muy chapada a la antigua.

—¡¡¡Eso es fantástico!!! —Se ríe Luz, y comienza a aplaudir.

—¿No me estás poniendo atención? ¿Cómo qué fantástico? Era la primera vez que nos veíamos. —Mi cara de frustración le demuestra mi inconformidad—. No es como si ya lleváramos meses de conocernos. No sé, aquí hay gato encerrado. ¡Ahhh!, y espera que no he terminado, viene la mejor parte. En la limusina, me dio otro súper choro; resumido, que entendía que me estaba asustando, pero que no me quería perder, y que tenía la necesidad de estar a mi lado.

—¿Choro? Nena, eso aquí significa ladrón —dice con cara de confusión.

—Perdón, es que en México, choro lo utilizamos cuando alguien nos da un discurso o un sermón. Es decir, platica mucho, y se echa un monólogo, así igualito al que me dio Santiago anoche —le explico.

—Y entonces, ¿qué le contestaste? —pregunta sentándose de repente en la cama.

—Pues obvio que acepté, tampoco estoy ciega para no dejarme querer —indico con una sonrisa.

—¡Bien por ti, Delhy! Te lo mereces ¡Ey! No olvides preguntarle si tiene algún hermano o primo para mí, ¿vale? —comenta mientras sale de la cama y se va caminando hasta recargarse en el marco de la puerta.

—¡No pierdes el tiempo! —le contesto.

—Jamás, hermana, ¡¡¡jamás!!!

Luz dice que va a preparar el desayuno. Y, a pesar de que ya es tarde, se me antojan unos *hotcakes* o tortitas como dicen aquí. Esta mujer es un sol, pues no le dije ni dos veces de mi antojo, cuando accede encantada a prepararlos. Por lo que se va directo a su lugar preferido, la cocina.

—Oye, comadre. Qué rico te quedó el desayuno. Me tienes que enseñar, a mí en serio que no se me da muy bien —le digo, tras devorar un buen pedazo de *hotcake* con mantequilla y miel.

—Es súper sencillo nena. Bueno, a mí me encanta meterme en la cocina, como ya lo sabes. De hecho, deberíamos de estar comiendo, no desayunando, es muy tarde.

Cuando me dispongo a dar otro bocado, al delicioso desayuno que ha cocinado Luz, mi celular da la alerta de *WhatsApp.*

Domingo, noviembre, 20, 2016, 12:45 p.m.

Santiago: ¡Hola, preciosa! ¿Cómo amaneciste? ¿Preparada para el día de hoy?

—¡Madres! ¡¡¡Luz, es él!!! —Doy un salto al leer el mensaje.

Me levanto de la silla y me quedo leyendo el texto parada. Pero para cuando reacciono, Luz está a mi lado leyéndolo también.

—¡Contéstale! ¡¡¡A lo mejor quiere invitarte a salir!!! —me grita, casi reventándome el tímpano, toda efusiva.

—Ok, Luz. Ok, pero cálmate. Casi te da un infarto. —Me entra la risa nerviosa.

Me saca la lengua y comienza a recoger la mesa, después de preguntarme si terminé de desayunar. Obviamente, he perdido el apetito, por lo que se lleva el resto de mis hotcakes, y se pierde en la cocina lavando los platos.

Domingo, noviembre, 20, 2016, 12:48 p.m.

Delhy: Hola ¡Buenos días! Súper bien ¿y tú?

Me quedo esperando respuesta y, en menos de un minuto, me contesta.

Domingo, noviembre, 20, 2016, 12:49 p.m.
Santiago: ¿Te puedo marcar? Me desesperan los mensajes.

—¡¡¡Dice que si me puede marcar!!! ¿¿¿Qué le contesto??? —le pregunto a Luz, como si ella fuera mi consejera amorosa.

—¡¡¡Llámale tú!!! —me grita desde la cocina.

—¿¿¿Cómo??? ¿¿¿Yo??? Pero, ¿Por qué yo? —le contesto confundida.

—Porque así lo vas a sorprender, ándale, háblale. Es en serio, Delhy. ¡Llámale! Yo sé lo que te digo —me dice retándome.

—¡Vaaa! —le grito de nuevo, al tiempo que marco su número.

Mientras escucho el timbre de llamada, me levanto, voy a la cocina para hacerle una señal de despedida a mi amiga que está perdida en su mundo. Ella solamente me rueda los ojos, y sigue limpiando la estufa con sus bellos guantes rosas de flores, que lleva siempre que se dispone a desinfectar su santuario.

El teléfono suena un par de veces más.

—¡Hola, preciosa! —me contesta con voz alegre.

—¡Hola, tú! —Practico mi voz coqueta, de chica que no rompe ni un plato.

—Me has sorprendido, eso me gusta, Delhy. En verdad que me has sorprendido.

No me pasa desapercibido que la última frase la dice muy bajito, pero lo dejo pasar.

—¿Qué haces? —le pregunto, tratando de estar tranquila, para que no note las ganas que tengo de escuchar su voz.

—En casa, planificando mi tarde, ¿y tú?

—Desayunando con Luz, ¿puedes creerlo?

—¿Tan tarde? ¿No me digas que te desvelaste más anoche? Delhy, ¡no me hagas pensar que únicamente te despediste de mí, para seguir de marcha con tus amigos!

—¿Me crees capaz? —Me empiezo a reír.

—No sé, tú dime —contesta más serio.

—No, cómo crees. Lo único que pasa es que estábamos rendidas del largo día de ayer, dormimos mucho, y nos levantamos hace un rato.

—¡Wow! Dichoso Morfeo, que pudo tenerte entre sus brazos.

Mi estómago colapsa, imaginando cómo se sentiría ser quien se encuentre en sus brazos, en este momento.

—Pero bueno, que bien que me hablaste. Quiero preguntarte, ¿tienes planes para hoy?

—Mmm... No, para nada, es domingo, y no suelo planear mucho este día.

—Perfecto, porque entonces ya los tienes conmigo. ¿Qué te gustaría hacer hoy? —pregunta, sobrepasado de la felicidad.

—¿Qué tienes en mente?

— No sé, ¿qué te gustaría hacer?

Vuelvo a reírme.

—¿Es en serio? Si seguimos preguntándonos lo mismo no terminaremos. Mejor dime tú, ¿qué haces un domingo por la tarde?

—Mmm... Trabajar o suelo pasar un rato con Melina —me contesta de lo más normal.

—¡Oh! Melina, ¿qué tal está esa hermosa muñeca?

—Bien, con su abuela.

—Interesante, ¿así que ganaste una tarde libre?

—Básicamente... ¡Así es! —Su voz coqueta me hace desearlo. ¡Necesito verlo ya!

—Mira, la verdad no tengo la menor idea de qué hacer, ¿qué tal si vienes a mi casa? Mmm... Bueno, no creo que tenga que preguntarle a Luz si puedes venir, también es mi departamento.

Me doy cuenta que nace un incómodo silencio que se apodera de Santiago. No sé si es porque está decidiéndose acerca de si es buena idea la invitación de venir a casa, o existe algo más.

—Claro, cielo. Te veo en cuarenta y cinco minutos, ¿está bien?

Me dice cielo, y mis mariposas se alborotan. Yo solo pienso en bailar junto a ellas, de tanta felicidad que este hombre me hace sentir, como toda una quinceañera ilusionada.

—Claro, tiempo más que suficiente para estar lista, pero ¡ey, Santiago! Es domingo tranqui, así que te advierto, no esperes encontrarme al último grito de la moda. ¡Vente súper cómodo tú también, porfa! —Corto la comunicación después de reírnos y hacerlo prometer que por nada del mundo vendrá muy arreglado a casa.

Capítulo 10

Santiago Moya

—¡Joder! ¿Qué diablos fue eso? Qué estupidez tan grande sale de su bendita boca, con ese descabellado comentario de "No creo que tenga que preguntarle a Luz si puedes venir". ¡Donde ella esté, yo puedo estar! ¡Y si quiero lo estaré, una mierda que sí, joder! Definitivamente, no necesito que nadie me dé permiso de estar cerca de ella y, mucho menos, que le den autorización. Pobre Delhy, no sé qué me pasa con esta mujer. Mi dominio me supera, y no sé cuánto más pueda contener este deseo que siento de dominarla, ya que es una necesidad que me carcome —farfullo para mí mismo en voz alta, y aviento mi celular sobre el escritorio.

Me encuentro en mi estudio, uno de mis lugares predilectos dentro de casa. Estoy sentado en la silla giratoria de mi escritorio, ya llevo mucho tiempo aquí. Me ruedo hacia atrás, extiendo mis largas piernas, me estiro como un felino, y doy un giro a mi izquierda para quedar de lado. Frustrado por toda esta situación, paso los dedos de mi mano izquierda por mi cabello, tratando de liberar esta tensión que me consume por dentro. Descanso los brazos en mis piernas, me inclino mientras me concentro mirando el piso.

Me pierdo en mis pensamientos que no paran, así que decido dejarme caer al suelo. Me recuesto en la alfombra marrón, tan suave como si estuviera en una jodida nube, sonrío ante mi estúpido pensamiento. ¿Quién carajos sabe cómo se siente acostarse en una nube? Eso me hace recordar cómo la jodida diseñadora me embaucó con esta alfombra, diciendo que era de *Medio Oriente*, y que con este detalle le ofrecería más carácter al lugar. Pero al estar aquí acostado, en esta posición, siento que valió la pena cada euro que gasté en ella, e inesperadamente me empiezo a sentir más relajado, y mirando al techo, comienzo a analizar lo que estoy viviendo.

Nunca pierdo el tiempo, cuando me interesa una mujer, eso es un hecho. Regularmente, los dos captamos nuestro lenguaje corporal y terminamos en la cama, pero bueno, quiero pensar que siempre existe una primera vez.

Toda la jodida mañana he estado esperando impaciente como un chaval de instituto, a que transcurriera el tiempo para encontrar una hora prudente para llamarla. Y después de reflexionar un poco más, me doy cuenta de que ya he cometido error tras error con Delhy, así que no me atreví a llamarla. Decidí mejor mandarle un mensaje de texto, por sentirlo más casual e informal, aunque bueno, al final Delhy me sorprendió llamándome. Y ese gesto me complace, es una buena señal que demuestra que también está interesada en mí.

Me gustan las mujeres decididas, y Delhy me vuelve loco, ¡joder! Tiene un trasero tan bueno y apetecible, que me hace fantasear con arrinconarla sin previo aviso cuando la vuelva a ver. Inmovilizarla contra la pared, hasta tenerla a mi merced. Recorrer sus curvas mientras le sujeto las manos sobre la cabeza. Besarla de manera primitiva. Mordisquearle los labios hasta dejárselos adoloridos y rojos por mi ímpetu. Acariciarla, rozarla con mis labios y lamerle el cuello hasta conocer sus gemidos al pronunciar mi nombre. Perderme en su sabor dulce, y su olor delicioso a vainilla; esa esencia que me ha cautivado desde anoche.

Quiero recorrer su cuello y descender mientras olfateo cada centímetro de su cuerpo, hasta llegar a quedar hincado frente a ella. Tomar sus caderas y, poco a poco, con mis dos manos, subir su falda, hasta posicionar mi mano derecha en sus nalgas, para darle más apoyo y confianza. Dirigirme directo hacia su entrepierna, al tiempo que me coloco una de sus piernas al hombro, con mi mano libre.

La puedo ver toda abierta para mí, mostrando el fruto prohibido que voy a consumir. Froto mi barba en su muslo, hasta sentir su estremecimiento. Con mi mano izquierda, separo más sus labios vaginales, me acerco para inhalar su aroma, paso mi nariz por su raja. La escucho suspirar, su gloria chorrea, pues se encuentra clamando por mi atención, así que no la hago esperar.

Con mi lengua palpo sus labios de arriba a abajo, y comienzo lentamente la tortura para que pueda asimilar mi tacto. Me dirijo a su nudo de nervios, lo beso con veneración, lo lamo en círculos pausados. Delhy comienza a balancear sus caderas. La presiono hacia mí, ayudándome con la mano que tengo en sus nalgas, y la acerco más a mi boca.

—Eso es nena, no quiero que tengas vergüenza. Balancéate sobre mi cara, en mi boca... Mmm... ¿Así te gusta, cariño?

Suelto su trasero, la dejo apoyada en la pared y, con la mano ya libre, la penetro con un dedo, sin dejar de lamerla con demasiada presunción y desenfreno. Cuando me percato de sus súplicas envueltas en gemidos, me lanzo voraz chupando, mordisqueando y sintiendo en mi lengua como chorrea al comérmela. Y entre movimientos precisos, hundo mi carne en su sexo, hasta que se derrama toda en mí. Me pierdo en su fruto, ahí hincado entre sus piernas, hasta hacerla volar directo al maldito infierno, donde clama mi nombre, exige que la tome y la haga mía hasta desfallecer...

—¡JODER! ¡La madre que me parió! ¡Me he quedado dormido! —exclamo ofuscado.

Rápidamente veo mi reloj, por fortuna solo me dormí unos cuantos minutos. Tengo tiempo de sobra para ir a donde Delhy. Me veo la entrepierna, y estoy duro, como una maldita roca solitaria en el desierto. Mi pene me duele, y clama atención como un poseso, me pasa por la mente ir al baño y saciarme yo mismo, pero ni una puta mierda que me masturbo. «Ve por ella, campeón», me animo a mí mismo mentalmente.

Toda la jodida noche me la pasé dando vueltas, pensando en esta maldita locura, después que me dejó todo caliente al despedirnos en su departamento, todavía no comprendo como la dejé ir tan fácilmente.

¡Coño! ¿Qué mierda me pasa? ¡No puedo creer que no la presioné un poco más, para llevarla a algún hotel! Tuve que comportarme como todo un caballero, aunque a cada momento que pasaba, solamente podía pensar en reventar mis ganas de ella en la limusina, o en cualquier lugar a nuestro paso, pero insólitamente se me soltó la lengua que ni yo mismo supe procesar todo lo que dije, hasta que todo ya estaba dicho. Esto llega a ser hasta divertido de tan solo pensarlo. La encantadora Delhy no se da ni cuenta de lo que me provoca, de cómo la voy a dejar desarmada a la primera oportunidad, consumida en su propio éxtasis, y deseando no haberme conocido, o clamando volver a estar de nuevo en mis brazos.

Espero cumplirme el capricho lo más pronto posible, porque como siga así me volveré loco. Cuando me despedí de ella sé que pude haber decidido irme por ahí con cualquier otra mujer, para quitarme las ganas. De hecho, Gabriela era una de las opciones, pues antes de llegar al evento me llamó para decirme que se encuentra en la ciudad. Estoy seguro que con solo llamarla, como desde un principio le prometí, todo sería diferente en este momento. Ella estaba lista para mí, únicamente esperaba mi llamada. Pero la verdad, para qué me miento, a pesar de lo excitado que me dejó Delhy, no me apeteció ir con nadie más.

Gaby es una vieja amiga. La conocí en Barcelona, donde nos topamos por casualidad en la misma conferencia, y durante las disertaciones siguientes, compartimos muchas miraditas. Por eso, al terminar la jornada, mientras todos se retiraban a sus habitaciones, yo no perdí el tiempo y me acerqué a ella. Me presenté, comenzamos a platicar, y una cosa nos llevó a la otra, hasta terminar en la habitación, donde nos despojamos de nuestras ropas, teniendo así, una noche explosiva llena de lujuria y pasión.

Desde esa noche, nos vemos eventualmente. Me llama cuando está en la ciudad, y arreglamos un encuentro de sexo. Llevamos ya mucho tiempo con este arreglo, por lo que sé lo que la vuelve loca, y ella sabe cómo calentarme y satisfacer mis necesidades más primitivas... ¡Uy, esa rubia! Pero bueno, lamentablemente desde anoche mi cuerpo tiene otras exigencias, que van más allá de eso. Es una conexión que llega a tocar el filo de la necesidad y la locura, que arde en mi pecho haciéndome sentir posesivo e inquieto. Tengo que esperar a tener una oportunidad con Delhy, para calmar esta ansiedad que ha nacido en mi interior, que es tan inverosímil y que se me está metiendo en las entrañas; siento miseria por cada poro de mi piel. Mi mente débil no puede parar de recordarla...

—¡Madre, mía! ¡Soy un jodido mediocre! ¡De aquí al psiquiátrico! —mascullo exasperado.

Así que aquí me tienen, como un gilipolla atontado, comiéndome la cabeza y pensando en el asunto. Me levanté hace un buen rato, cansado de dar vueltas en la cama, y me fui a correr para tratar de despejarme y matar el tiempo. En cuanto llegué a casa, me encontré a mi madre, a ella le encanta llegar sin avisar, ¿qué puedo hacer? ¡Es mi madre! Aunque claro que tomé ventaja de que se encontrara aquí. La enredé un poco para que pasara tiempo con Melina, hasta que al final decidieron irse de compras por un rato, y terminar su día en el cine.

Me encuentro todavía patéticamente acostado en la alfombra. Es apenas mediodía, pero ya hice planes con Delhy. Y antes de ir a verla, me sirvo un *Glenfiddich,* mi whisky escocés favorito, para aclararme la mente.

Todo esto ha surgido de la nada. Me trato de explicar a mí mismo mi comportamiento tan inusual, y no logro comprender que está pasando. Cuando llegué a la fuente únicamente trataba de evitar a la multitud. Advertí su presencia conforme me adentraba en el jardín. Su despampanante escote en la espalda llamó toda mi atención. Pero al verla tan sumida en sus propios pensamientos, únicamente pensé en querer conocer más a esa angelical criatura. Y esa conversación que me propuse tener con ella, fue antecedida por un silencio electrizante lleno de calma.

Al encontrarme sentado junto a ella, con tan solo ver su hermoso perfil, su pequeña nariz respingada y sus carnosos labios, pasó por mi mente la más descabellada de las ideas: "Querer compartir con ella esa noche, e invitarla a la cena". Y antes de poder siquiera considerar mis pensamientos, estaba haciendo la pregunta en voz alta. Algo inusual en mí, ya que siempre me gusta planificar mi vida hasta en el más mínimo de los detalles, reexaminar cada situación, tanto personal como laboral. Verdaderamente pude haberme ahorrado todos estos inconvenientes, que me están tocando los cojones. Pero siento que todo valdrá la pena cuando por fin esté con ella.

Delhy tiene inocencia en sus ojos, y con su falta de interés hacia mi persona, hace crecer en mí, el deseo por disfrutar de su compañía. Cualquier otra mujer se hubiera mostrado más fascinada con mi presencia, se me hubiera insinuado, o tenido alguna reacción más recíproca. ¡Qué cojones! No somos unos chavales para perder el tiempo de esta manera, menos a nuestra edad. Pero ella, en cambio, se veía tan tranquila, más interesada en seguir contemplando al astro nocturno, sin darse cuenta que la luna anhelaba ser tan hermosa e interesante como ella.

Soy todo un hombre, sé cómo comportarme, sé cómo conquistarla. ¡Pero, joder!, con ella a mi lado, un comportamiento gentil con la demás gente es imposible. En cuanto pisé el salón, me di cuenta del error que había cometido al llevarla de mi brazo, ya que me salió el tiro por la culata cuando vi a toda esa partida de subnormales, cabrones de mierda, mirándola y babeando como perros hambrientos por ella. Y, entonces, comprendí que nadie en su jodida vida iba a tocarla, ¡solo yo! Pues en ese mismo instante fui abofeteado por la verdad, la que me exigía tomarla para mí, ¡porque esa mujer será mía! No existe ninguna otra alternativa.

Después de ese momento, no puedo explicar qué me pasó. Únicamente quería arrancarles la cabeza a todos; desmembrarlos, por el puro placer de demostrarles que nadie la podía contemplar, que ninguno tendría el placer de degustar su exquisito olor.

Delhy es el afrodisiaco que incrementa mi apetito carnal, me hace querer aullar como un lobo, y marcarla como mía. Ella ya no tiene opción, únicamente reconocer que solo yo voy a disfrutar de los placeres de su cuerpo y de su alma, hasta fundirla en mí, por el resto de su existencia.

«¡A por ella macho!»

Capítulo 11

Después de hablar con Santiago, me voy directo al baño, cojo mi cepillo, le pongo pasta dental y empiezo a lavarme los dientes, mientras voy al cuarto a buscar algo cómodo que ponerme. Más le vale venir con ropa de domingo, ropa de flojera como siempre le digo a mi mamá, claro que eso solo puede ser después de llegar de misa todos los domingos... ¡Santo Dios! No les he llamado. ¡Me van a matar! Descarto la búsqueda, y rápidamente termino de enjuagarme la boca, para correr hacia mi cama con teléfono en mano. Me dejo caer en el colchón sin ninguna gracia, y subo las piernas, para dejarlas descansando en la pared, arriba de la cabecera, pues esto me otorga una sensación relajante. Miro el reloj de la pared, y veo que tengo suficiente tiempo para hablar con mami antes de que llegue Santiago, o bueno, eso espero.

Después de varios timbres mamá contesta al fin.

—Bueno

—¡Hola, mami!

—¡Delhy! —me contesta, pronunciando mi nombre con una voz alegre—. Mi cielo, ¿cómo estás?

—Bien, bien. Aquí en casa, ¿y ustedes? —Sin dejarla contestar prosigo—. Ma, ¡necesito encontrar trabajo a la de ya! No hago otra cosa más que comer y leer. Te prometo que como siga comiendo de esta manera voy a rodar —le cuento haciendo pucheros, y riéndome por mis loqueras.

—¡Qué alegría escucharte tan feliz mi niña! Me moría de ganas por escuchar tu voz. ¡Y qué va!, qué vas a engordar tú, estás preciosa.

Me entra una risa, porque para una madre, los hijos siempre estamos bellos. Jamás te dicen la cruel realidad. Siempre, ante sus ojos. vamos a ser las personas más hermosas, carismáticas y más estupendas de todo el mundo mundial.

—Perdón, ma. Lo que pasa es que apenas me estoy adaptando, ya te podrás imaginar, aquí todo es nuevo para mí. Luego me tocó ir a conectar el celular. Ir de aquí para allá, pero gracias a Dios todo está marchando mejor de lo que me esperaba. Ya solo estoy esperando que me llamen del trabajo, eso completaría toda mi felicidad. Es el único pendiente que me queda por solucionar, y si no me lo dan, voy a tener que empezar a buscar otro.

Santiago llega a mis pensamientos. Me muero por contarle todo lo que pasó ayer. Para mí, mi mamá es la mejor, es mi confidente, mi amiga y mi cómplice. Pero creo que no es el momento adecuado para contarle, no estoy preparada para el choro mareador que me va a dar. Me tengo que guardar por un tiempo, esto que está pasando entre él y yo. No quiero mortificarla por algo que quizá no se dé o no dure, ni darle paso a que comience con una de sus pláticas sobre darme a respetar, tener cuidado y más, ya he pasado por todo eso.

—Claro, cielo; ten fe, vas a ver que te dan el trabajo. Sin embargo, Delhy, no seas injusta con nosotros, por favor. Sé bien que ya estás grandecita, pero es la primera vez que estás tan lejos de casa, y por quién sabe cuánto tiempo, así que necesitamos que te reportes más seguido. Tu padre me preguntó si habías llamado, y tuve que mentir diciendo que sí, pero que no lo habías encontrado en casa —dice reprendiéndome tiernamente—. Y sabes bien que no me gusta mentirle, aunque tampoco quiero preocuparlo.

—Lo lamento ma, en serio. Es que esta semana estuve como loca ayudándole a Luz con los preparativos de la gala. Ni imaginas cómo estaba todo de bonito, hasta nos mandaron una limusina, ¿puedes creerlo? Me sentí como toda una princesa ¡Fue genial!

—Qué bueno mija, que te estés divirtiendo, me alegro mucho, es lo que necesitas... —contesta—. Pero solo Dios sabe cómo te extraño mi Delhy.

Cambio el tema porque escucho ese timbre en su voz, que me dice que mamá se está poniendo sentimental, y en cualquier momento rompe en llanto.

—¿Y mi papá? —pregunto, drásticamente.

—Ahora sí que fue cierto —se ríe. No está, después de misa nos fuimos directo a comer con Lidia y su esposo, ¿y qué crees? Los muchachos abrieron un restaurante muy lindo en el centro. Ya te imaginarás, tienen todos los platillos típicos de Baja California, y ahora que están radicando aquí, en la ciudad, es toda una novedad para nosotros. Puedes sospechar como terminamos, de hecho, Lidia me pregunto por ti, te manda muchos saludos, me dijo que no te olvidaras de las amigas. Pero bueno, al fin, después de comer tu padre me trajo a la casa, y se fue derechito al rancho. Tu querida Rosita acaba de pasar los diez meses de gestación, así que la están checando por si ya comienza en labor, la yegua estuvo dando problemas toda la noche.

—¡Pobrecita! A la mejor ya está por parir. Bueno ma, me tengo que despedir, necesito terminar unos pendientes. Como buscar de nuevo en el periódico algún otro trabajo, por si no obtengo respuesta mañana de la boutique, ya tengo otra opción.

—Claro, te entiendo Princesa, me dio mucho gusto platicar contigo y escuchar tu voz, porque no es lo mismo en esos correos que me mandas a la computadora, o esos whats no sé qué, a los que tanto les agarró el gusto tu papá. Y por favor, Delhy, no te olvides de nosotros por tanto tiempo. Te queremos mucho mi cielo, besos.

—¡Adiós ma! ¡Los amo! ¡Me saludas a papi! —Me despido y cuelgo.

Checo la hora, y me doy cuenta que han pasado como cuarenta minutos ¡Se me fue el tiempo volando, al hablar con mami! Y aunque me encantaría quedarme aquí tirada en la cama, Santiago debe de estar por llegar. Así que corro hasta mi closet, tomo unos pantalones de yoga negros para verme más delgada «trucos de una mujer con kilitos de más, usar ropa color negro porque ¡ufff! Te hace ver más esbelta, aparte que es uno de mis colores favoritos». Tomo una playera morada simple, sin estampado, de algodón.

—Totalmente cómoda—pienso en voz alta.

Abro mi cajón y busco unas calcetas. Ellas son como yo en mi día a día, tienen vida propia por separado, son extremadamente independientes, tanto, que se resisten a quedarse en pareja. Y como tengo la mala costumbre de solo aventarlas en el cajón después de sacarlas de la secadora, al buscar unas para ponerme sufro las consecuencias, ya que nunca me verás con un par de calcetas de las mismas. Y hoy no es la excepción, así que me pongo la izquierda con un estampado navideño, y la derecha de color naranja muy coqueta con calabacitas, que me regalo mi mejor amiga Melisa, en Halloween, antes de venirme a Madrid.

Busco mis *sneakers* negros en el closet, y antes de ponérmelos escucho el timbre.

—¡A la madre! —Ese debe de ser Santiago—. ¡Malditos hombres! ¿Por qué son tan puntuales? ¡Hasta parece que no conocen a las mujeres! Pues que se ponga cómodo mientras termino de arreglarme —reniego en voz alta, y corro al baño.

Me veo el pelo y decido conectar la plancha, porque anoche que llegué, estaba tan cansada cuando me bañé para quitar todo el fijador que Ruth puso en mi cabello, que no me lo sequé antes de acostarme, y parezco una leona. Mientras se calienta, me pongo un poco de maquillaje en polvo compacto, brillo labial, rubor, y cuando estoy delineándome los ojos, veo medio cuerpo de una sonriente Luz reflejado en el espejo.

—¿Quién crees que está en la sala esperándote, nena? —Me pregunta completamente feliz, y con una sonrisa de oreja a oreja, como si yo no supiera que ella ya sabía que Santiago iba venir hoy.

—¿Quién? —Pongo cara de expectación, para darle más emoción a nuestra mini plática dramática del día.

—¡El buenorro de tu Santiago! —Comienza a aplaudir y brincar como una niña.

—Luz, entretenlo porfa. Solamente me doy una pasada en el pelo y salgo, dame cinco minutos —Le pido, y le aviento un beso.

—Un placer tía. Tárdate lo que quieras. —Sonríe, cerrando la puerta del baño.

Me apresuro a darme una pasada por el cabello con la plancha. Verifico todo: ropa, maquillaje, pelo... en fin, que me vea bien. Salgo rápido del baño, y dejo la botella de perfume en el tocador, después de ponerme un poco.

Caminando por el pasillo, escucho a una Luz muy parlanchina, y a un Santiago que aún no he llegado a conocer, ya que solo contesta cordialmente con respuestas cortas, dejando claro su desconcierto y desesperación.

Al salir del corredor, soy acogida por toda la iluminación que envuelve la sala. Al acercarme, estoy casi segura de que no ha escuchado mis pasos, ya que apenas estoy saliendo del pasillo y faltan un par de metros para llegar a ellos. Únicamente veo la parte trasera de su cabeza, pues se encuentra dándome la espalda, al estar sentado en uno de los sillones de piel. Sin embargo, antes de dar el siguiente paso, noto que cambia su postura a más recta de lo que ya se encontraba. Se levanta al instante, y escucho claramente su voz profunda y ronca, llena de dominio, cuando me saluda.

—Hola, preciosa. Te estaba esperando.

¡Santo Dios!, su voz me encanta, me derrite. Es de esas voces, que si tienes tapados los ojos y lo escuchas hablar, das por sentado que es el hombre más ardiente, guapo y pasional de todo el universo; puedes tener un orgasmo con tan solo escuchar su voz, diciéndote palabras sucias y cachondas al oído.

—Hola, Santiago —lo saludo, pero sigue rígido.

Acorto el par de metros de distancia que nos separan. Me acerco a él, tratando de actuar casual. Verdaderamente, no sé cómo va a ejercer su característico dominio esta tarde. Este hombre tiene varias facetas, y espero tener la fortuna de conocer cada una de ellas; anoche creo que fue un caso especial.

Al llegar a ellos, da un diminuto paso hacia atrás para dejarme pasar, mostrando con su mano izquierda donde sentarme. No me pasa desapercibida esa pequeña acción, de decirme, aunque sea sutilmente, qué es lo que quiere que haga. Así que, como la niña buena y educada que soy, “a veces”, paso entre él y la mesita de madera que se encuentra al centro de la sala.

Cuando estoy a poca distancia de él, puedo oler su perfume, de fragancia tan deliciosa, que me excita con solo un atisbo de él. A la primera oportunidad que tenga, le preguntaré cuál es. Siento su respiración como una vibración que me atrae.

Antes de sentarme, me detiene con su mano, quedando parados, levanto la cara un poco más para poder quedar frente a frente viéndonos a los ojos.

—Estás preciosa —me halaga, y me da un beso casto en los labios.

Nerviosa por el gesto, y sumándole que Luz se encuentra con nosotros, rompo nuestro momento. Me acomodo en el sillón, y quedamos sentados el uno al lado del otro. Luz me mira con unos ojos que se le quieren salir. Sé que le deben de estar pasando por la cabeza las mismas o más preguntas que a mí, pero no puedo pensar en eso teniéndolo a él junto a mí, rozándonos con nuestros muslos y brazos.

—Bueno chicos, los dejo en su casa. Es domingo, y Jacobo debe de estar viendo algún partido de fútbol —Luz comenta nerviosa, sin saber con qué excusa se puede salir de este incómodo momento, que nos acoge a los tres—. Delhy, cualquier cosa estoy en la puerta de al lado. —Me guiña un ojo, y desaparece a toda velocidad. Luego escucho la puerta principal cerrarse y sé, con seguridad, que estamos solos.

Puedo sentir la mirada de Santiago examinándome, mientras me concentro en mirar cada partícula de polvo que se ve con la luz del día, hasta que él rompe el silencio.

—¿Qué tal tu noche? —Me cuestiona.

Me doy cuenta que tengo mis manos juntas en el regazo, cuando él me toma la mano derecha y comienza a trazar círculos en ella. Me quedo viendo sus dedos, y mi piel empieza a vibrar con su tacto.

—Tranquila, ¿y la tuya? —contesto muy bajito, sumida en su roce delicado y tierno, pero con un toque de sensualidad que me hace desvanecer.

—Una de las peores noches de mi vida —expulsa el aire, se pone tenso y muy serio. —Delhy, así es como van a ser las cosas de hoy en adelante. Necesito que comprendas lo que conlleva nuestra relación.

—¿Disculpa? ¿Nuestra relación? ¿A qué te refieres? —contrarresto.

Me pongo en alerta roja, y lo miro confundida. La pregunta vuelve a surgir en mi mente, dijo ¿nuestra relación? Sin embargo, al voltear mi rostro, y ver sus ojos verdes que me encantan, encarándome, comienzo a olvidar cuál era la razón por la que mi subconsciente me pedía estar en alerta.

Lo observo detenidamente. No está rasurado, tiene una cuidada barba de días, tan sexy, que mi mano ruega por tener vida propia para zafarse de sus palmas y poder tocarla. Mis ojos recorren su cuello, percatándome de que viste una playera polo azul, la cual profundiza el color de esos hermosos ojos que posee. Sus piernas largas están envueltas por unos jeans relavados, calzando unos mocasines de piel café, impecables.

—La que vamos a tener cielo —me dice de forma suave, y a la vez firme.

Se gira, dobla su pierna izquierda, cruzándola con la derecha. Se acomoda de lado, y nos quedamos viendo a los ojos. Alza sus brazos, posiciona sus manos a cada lado de mi cara y, con sus dedos, empieza a darle un masaje a la parte trasera de mi cabeza. Tiene unas manos espléndidas, varoniles, extremadamente enormes, que sin dificultad amasan mis músculos placenteramente. Estas manos me podrían soportar, levantar, agarrar y despellejar a su antojo.

Cuando recobro la razón, abro mis ojos, que sin percatarme los había cerrado, y me tiene más cerca de él. Mi cuerpo ha comenzado a balancear el cuello, encontrando la liberación de todo el estrés de estos días. Me estoy relajando tanto, que ahogo un grito cuando, sin previo aviso, me levanta como una pluma y me sienta entre sus piernas. Me hace espacio, así que quedo sentada en la sala viendo hacia las ventanas, aunque él está justo detrás de mí.

Sin poder verlo, pero sí sentirlo, se pega a mi espalda, y puedo notar el latir de su corazón. Me incita a bajar la cabeza, mientras todo mi pelo me cubre la cara. Tengo las piernas estiradas, y considero dónde poner mis manos, obvio, no será en mis piernas, así que las pongo en sus muslos. Escucho que deja salir un suspiro y, de repente, me doy cuenta de que este masaje está haciendo que la temperatura se eleve en la sala, y comencemos a arder de deseo y necesidad.

Sigue con este seductor masaje, ahora en mis hombros. ¡Dios mío! Este hombre es un experto, casi casi estoy animada a ronronear y rogarle que no pare jamás.

—¿Ángel, te gusta? —Me susurra acercándose a mi oreja.

—Mmm —murmuro soñolienta, pero excitada.

Se ríe, y empieza a besarme el cuello, mientras aparta sus manos de mis hombros, y los envuelve en mi cintura pegándome a él. Mi sangre se comienza a calentar, me estremezco bajo su tacto, me restriego contra él; y cuando siento la presencia de su erección, me abre las piernas, manteniéndolas separadas, mientras una de sus manos pasa por mi muslo recorriéndolo con dirección hacia mi centro. Al llegar, empieza a tocar mi sexo por arriba de mis pantalones; se lo permito y me rozo yo misma, poniendo más fricción para calmar el cosquilleo que se ha apoderado de mi cuerpo. Podría decir que me da vergüenza, sin embargo, la verdad es que lo deseo. Sé que es la primera vez que estamos tan compenetrados, que no debería, pero Dios sabe que lo quiero, y tengo miedo de no volver a tener la oportunidad de estar junto a él, así que solo dejo a mi instinto sexual aprovechar el momento.

Gimo y dejo caer mi cabeza hacia atrás, descansando en su hombro. Con ese acto, le doy acceso a mi cuello. No pierde el tiempo, y soy atacada por sus besos, que van envueltos en pequeñas mordidas que me torturan deliciosamente. No debería de estar haciendo esto, poco a poco llega la cordura a mi pobre cerebro derretido, que no es consciente de lo que está pasando. Tomo, de lugares inimaginables de mi cuerpo, toda la fuerza y cordura que hay en mí, exhalo y le cuestiono:

—Santiago. Dime que no eres casado...

Soy consciente de que no es una pregunta, pero el miedo a una respuesta afirmativa me hace plantearlo de esta manera.

—No, ángel. No soy casado —contesta con su voz profunda, y me restriega entre gruñidos su gran erección en la espalda—. Ahora nena, dime... ¿dónde está tu habitación? No retrases lo inevitable.

Me levanto con el apoyo de sus manos en mis codos, y le

doy las gracias mentalmente por su ayuda, pero me volteo para encararlo. Necesito ver su rostro, el cual se encuentra serio y satisfecho. Coloco las manos en su pecho, y me abalanzo hacia él con un beso que no me espero ni yo. Lo tomo con la guardia baja, no obstante, se recompone casi inmediatamente, emite un gruñido de satisfacción mientras me levanta del piso, quedando a horcajadas en él. Es tan alto que me sostiene sin ningún problema. Nuestro beso se intensifica, pues nuestras lenguas danzan al unísono, y me siento chorrear por él. Balancea sus caderas y mi sexo se desespera.

—En el pasillo de la derecha, hasta el fondo.

Comienza a dar zancadas con sus palmas en mi trasero. Y antes de que llegue al final del pasillo agrego sin romper nuestro beso:

—Puerta derecha.

Se ríe por lo bajo, mientras abre la puerta. Me deja de pie en la cama, y por lo pequeña que soy, solo estoy un poco más alta que él. Quien muy serio se acerca a mí.

—¿Quieres que pare? —Su voz es grave. Su mirada es dura, concentrada en mi reacción—. Delhy, escúchame. Si te entregas a mí, no podré parar, no va haber marcha atrás.

Me abalanzo hacia él, porque no quiero perder tiempo, pero él me detiene alargando sus brazos.

—Delhy, ¿quieres más de mí? —Vuelve atacar, dejando ver las arrugas que he llegado amar de su frente, por la concentración.

¿A qué diablos vienen todas estas preguntas? Claro que quiero más de él, lo quiero todo de él.

—Sí, Santiago. Lo quiero todo. —Entregaría todo lo que no tengo en este momento. Mi cuerdo cerebro hace un buen rato que se evaporó, así que diría o haría cualquier cosa que se me pidiera en este preciso instante.

Lo miro y se acerca a mí, pero baja el ritmo de nuestro encuentro. Reinicia besándome suavemente, recorriendo con sus manos todo mi cuerpo. Su lengua exquisita baila junto a la mía, lo mordisqueo, concentrándome en su labio inferior, y Santiago gruñe con pasión. Lo rodeo con mis brazos, y lo atraigo hacia a mí, para recostarnos en la espaciosa cama. Coloca una de sus piernas en medio de las mías, mientras me muevo poco a poco hacia atrás, sin despegar mis labios de los suyos. Se frota en mi muslo y me derrito, como siga tocándome así, terminaré violándolo. Mientras seguimos en esta danza sensual, me toma de los brazos y me lleva con él hasta que se sienta sobre sus talones, y me quita lentamente la blusa.

—Eres una delicia Delhy. Necesito que me necesites, para que nunca quieras escapar de mí.

Su mirada seria y profunda me envuelve, me siento paralizada, encontrando en él mi única guía. Debe de pensar que estoy tonta o que algo me sucede, porque solo lo contemplo por unos minutos. Mis manos rozan sus antebrazos, recorriéndolos hasta llegar a la costura de su playera polo; tiro de ella para quitársela. La aviento al suelo y, cuando lo miro, enarca una ceja, dejando ver una sonrisa de lado, a la que respondo empujándolo hacia atrás. Me siento a horcajadas en él, dándole espacio únicamente para que estire sus piernas.

Mis dedos le recorren la espalda y tiran de su pelo, mientras me desvivo en besarlo. No hay palabras, no existen argumentos. Esto es una exploración donde dos cuerpos se encuentran, donde dos almas se buscan, donde dos corazones concuerdan con el mismo pulso de la pasión. No estoy enamorada de este hombre, apenas lo conozco, no sé todo sobre sus temperamentos, sus miedos o sus ocultas manías. No sé si después de tomar mi cuerpo se quede junto a mí, o se marche para dejarme anhelando más placer de él. Solamente sé que quiero que Santiago me tome, deseo entregarme, necesito calmar mis ganas y mi sed por él, ya que desde la primera vez que lo vi me quitó el aliento, y encendió partes en mí que creí dormidas.

—Hazme tuya... —gimo en su boca.

Él toma el control. Me recuesta con cuidado, y comienza a quitarme los *sneakers*. Levanto mi cara y veo que está sonriendo, admirando mis calcetas; agito mis pies y voltea a verme.

—Bonitos calcetines, cielo.

Me los quita, los pone en una bolita dentro de mis *sneakers*. Casi me carcajeo frente a "Don Perfeccionista", quien deja mis tenis muy bien acomodados, a un lado de la cama. Después, gatea hacia mí, toma la pretina de mis pantalones de yoga, y los empieza a bajar. Me entra pavor, él es tan guapo, tiene un cuerpo como esculpido por los Dioses del Olimpo. Y yo, con mis lonjitas, me siento cohibida, porque él debe de estar acostumbrado a mujeres flacas, de cuerpos esculturales y atléticos. Por lo que mis llantitas, con estos pensamientos, no ayudan a sentirme cómoda.

Trato de estirarme para apagar la única luz tenue que está prendida sobre el buró, sin embargo, él me detiene. ¡No me jodas, dime que no lo ha notado! Quiero que la tierra me trague, o bueno, mejor que nos metamos ya en las sábanas y sentirlo dentro, para poder dejarme ir. No hay duda, hay que conseguir la pócima mágica para retenerlo en mi vida. Quiero que le guste estar conmigo, que encuentre en mí la pasión, el fuego junto al éxtasis, recorriéndonos y enganchándonos como un solo cuerpo... pero no sé qué fregados hacer para conseguirlo.

—Delhy, déjame seguir. Mira, si quieres te permitiré que cierres los ojos. Eso sí, únicamente por esta vez —me dice, mientras comienza a bajar mi pantalón de nuevo. Aunque estoy tiesa como una tabla, congelada y a punto de agarrar mi blusa para salir corriendo a maldecir mi falta de autoestima.

— ¿Dónde está tu closet? —Se detiene y me pregunta.

Me confunde, pero le indico con el dedo la puerta del closet. Se baja de la cama con gracia, y lo escucho buscar entre mis cosas. Cuando sale, trae una bufanda delgada en la mano.

—Esto va ayudar, ven aquí —me ordena.

Cuando llego a Santiago, este me sienta, me pone la bufanda en los ojos, y yo comienzo a reír, pero por los nervios que me dan al encontrarme en esta situación. Maldito hombre ¿Qué será de mí?

—Escúchame muy bien Delhy. No me gusta para nada tu reacción. Necesitamos trabajar en eso, sin embargo, hoy no hay mucho tiempo, solo quiero sumergirme en ti. Así que concéntrate, déjate llevar, yo estoy a cargo. Y recuerda nena: ya estoy aquí...

Escucho esas palabras y me caliento. Está junto a mi oído y lo escucho excitado ¿En serio soy yo la causante de esa reacción? ¡Oh, Dios bendito, que escuchas mis plegarias!

Luego pienso: ¿Qué podría salir mal? ¿Qué no le guste estar conmigo? ¡Delhy concéntrate! Esta es tu oportunidad, demuéstrate a ti misma que mereces esto, y disfruta esta noche junto con este hombre tan bello que está entre tus sábanas. Necesitas disfrutar, mira que estas oportunidades no caen del cielo. Me río con las locas ocurrencias de esta cabeza desquiciada que tengo. Ya no sé si mi regocijo es de lo demente que estoy, o de los nervios que me están comiendo por dentro.

Termina de quitarme los pantalones, y noto donde se hunde el colchón a mi lado. Me tiene recostada boca arriba, sigo con la bufanda en los ojos, que no me deja ver nada. Siento sus dedos en mi pierna deslizarse hasta los bordes de mi ropa interior, me remuevo por las cosquillas que comienzo a sentir, pero pone su gran palma en mi vientre.

Yo me consumo de necesidad, y empiezo a respirar cada vez más rápido. Este hombre va a hacer que me calcine en mi propia pasión. Deja un beso en medio de mi pecho, luego se lanza a besar mi cuello cada vez con más ímpetu. Con mis manos le tomo la cabeza, lo guío a mis labios, y me meto totalmente en esas películas candentes. Asumo de lleno mi papel, y comienzo a comérmelo a besos, a lo cual él reacciona con un gruñido que me trasmite seguridad.

—¡Sí, nena! ¡Déjate llevar! Vas a ser mía...

Gimo desesperada en su boca, cuando noto sus dedos rozar mi vientre y meterse en mi *panty*. Empieza a tocarme suavemente con las yemas de sus dedos, lo que ocasiona que no pueda dejar de gemir.

Mis caderas poseídas por sus movimientos, se empiezan a balancear en contra de su mano, y escucho los ruidos de mi vagina, donde cada vez estoy más mojada ¡Estoy escurriendo! No sé si avergonzarme porque estoy chorreando, pero lo necesito tanto.

Santiago no deja de destrozarme los labios. Su lengua baila junto a la mía, recorriéndome completa entre lamidas y deliciosas mordidas, que me tienen tan cerca. Cuando mi vagina empieza a contraerse en sus dedos, indicando que estoy por venirme, se separa de mis labios, y regresa de nuevo a darme un casto beso.

—Todavía no cielo, aún no —murmura.

En su voz encuentro un poco de diversión. Estoy a punto

de renegar cuando escucho su cinto abrirse y el pantalón bajar. ¡Qué tonta!, el pobre todavía no se había quitado la ropa. Me sostengo en mis antebrazos, solo manteniendo mi sentido del oído alerta. Escucho el caer de las prendas al suelo, e inmediatamente siento que regresa a la cama, conmigo.

Pasa sus brazos entre los míos, desabrocha mi sostén, y dejo salir todo el aire de mis pulmones. Con cuidado pone dos almohadas abajo de mí y me recuesta. Me besa un pezón y lo empieza a lamer con dedicación, hasta que se pasa al otro, dándole el mismo cuidado. Lo rodea, haciendo círculos sobre él con su lengua caliente, mientras masajea con la mano el otro.

—Eres tan bella. Tu piel es tan suave —susurra, y siento su aliento en mi piel.

Baja mi panty y, por instinto, trato de cerrar mis piernas, pero no me lo permite, así que se sitúa en medio de mis piernas. Noto el roce de su pene en mi vientre ¡Dios mío!, está tan duro que cuando siento toda su anchura, lo rozo con mi pelvis para matar mi curiosidad, ya que no lo puedo ver. Además, el no permitirme esconder mi cuerpo, y tener los ojos tapados, me da un poco más de confianza; por lo que comienzo a juguetear.

Me levanta los brazos, posicionándolos arriba de mi cabeza. Los sostiene con su mano derecha, mientras que con la izquierda comienza a tocarme nuevamente mi sexo, que suplica atención. Luego, siento que me roza con su miembro de arriba a abajo en mi abertura. Y entro en la etapa de la desesperación, si no me penetra ya, me pondré a suplicar.

—Por favor, Santiagooo —lloriqueo de doloroso placer, ronroneando para tratar de llamar su atención, con mis pucheros sensuales.

—¿Qué quiere mi pequeña gatita? —Me pregunta, al tiempo que mueve su miembro más aprisa, agitándolo de un lado a otro mientras masajea mi clítoris.

—¡Lo quiero todooo! ¡Por favor, Santiagooo! —gimo en respuesta, «¡Esto es tan tremendamente delicioso!».

Inmediatamente después, empiezo a sentir la presión entre mi sexo, cada vez más profundo. Entra sin problemas, a pesar de que lo siento enorme. Estoy temiendo que no quepa entero, pero estoy tan mojada que es de lo más placentero sentir su invasión en mí. Escucho sus gruñidos que junto a su penetración, me llevan a las nubes.

—¡Oh, siiii! —grito.

Tenerlo todo adentro es la sensación más placentera que haya vivido antes, tanto que el dolor que me causa su tamaño, queda olvidado. Santiago tiene caderas mágicas, que hacen su propia danza sexual; entra y sale como todo un experto. El hombre me hace suya de la manera más deliciosa y satisfactoria.

Empieza a incrementar su ritmo, provocando que cada vez lo sienta más grande, grueso y palpitante dentro de mí. Lo mojada que estoy llega a mis oídos, pues comienzo a escuchar los ruidos de mis jugos, que se esparcen entre nosotros. No lo puedo contener, y mi vagina comienza a apretar su pene.

—¡Sí, mi Diosa! ¡Ordéñame hasta la última gota! —gruñe. Sus palabras me hacen explotar, sin embargo, al mismo tiempo me pongo alerta al escuchar sus bramidos, indicando que se está viniendo. Me suelto de su agarre y bajo velozmente la mano derecha para tocar su miembro, porque estando demasiado caliente, no me fijé si se puso condón. Además, el juego de la bufanda también me distrajo, y pasé ese hecho por alto.

Se preguntarán que cómo no voy a sentir si lo trae o no, pero es que todo se siente tan rico, que no soy consciente de nada, hasta este momento en que se está corriendo. Ha sido una idiotez, no obstante, al rodear su pene con mi mano siento la liga del condón, por lo que dejo caer mi cuerpo flácido en la cama, con mis brazos extendidos. Él se percata de mi reacción, porque me promete cariñosamente:

—Siempre te cuidaré, pequeña.

Baja hacia mí, dejando un beso cariñoso en mis labios. Siento cuando sale de mi cuerpo, escucho que se quita el condón y lo tira. No tengo fuerzas ni para quitarme la bufanda, cosa que al parecer Santiago nota, pues me la desenreda con cuidado. Abro los ojos lentamente, y me encuentro con su hermosa sonrisa frente a mí.

—¿Puedo pasar la tarde? —Me pregunta con ojos soñolientos, mientras que camina al tocador, toma unas toallitas húmedas, regresa a la cama y limpia tiernamente mis jugos.

—Claro —respondo.

Estoy tan satisfecha y relajada que no me quiero ni mover, aunque debería buscar mi ropa. Pero Santiago se adelanta, hace a un lado la colcha, y me hace una señal para que me meta bajo ella. Y al ver que no tengo intenciones de moverme, se estira, me mete, y luego lo hace él también.

—Vamos a dormir un rato princesa. Ven aquí —me ordena suavemente.

Obedezco a regañadientes. Me muevo hacia el centro para llegar a él. Veo que se acomoda boca arriba, por lo cual me giro y paso mi brazo alrededor de su cintura. En respuesta, él me abraza también, y acaricia mi espalda desnuda. Mi pierna derecha la dejo descansar entre las suyas. Encajamos a la perfección, como si nuestros cuerpos hubieran sido creados para estar en esta posición. No hay tiempo para reflexionar qué será de mí junto a este hombre, pues el buen sexo me ha dejado satisfecha, y tan relajada que no tengo ganas de pensar. Así que solo me dejo llevar por estos brazos fuertes que me sostienen y arropan esta tarde.

Capítulo 12

Santiago Moya

—¿Qué coño estás haciendo, Santiago? —Mi subconsciente me grita como una perra celosa, enfurecida, que comienza a molestarme—. ¿Qué, ahora te van los arrumacos? —Mi mente no deja de reprochar mi actitud.

Veo a Delhy de reojo, me volteo muy lentamente hacia ella. Con la oscuridad de la recámara no puedo verla muy bien, pero siento su cara en el hueco de mi cuello. Respiro su shampoo, huele a una combinación de fresas con chocolate, que envuelve mis fosas nasales, ¿por qué esta mujer huele tan comestible? Y el que cada parte de su cuerpo huela tan dulce y delicioso, solo me produce un ansia por degustarla como al más exquisito de los postres.

La noche llegó al quedarnos dormidos después de una inesperada tarde, en la cual nos descubrimos por primera vez. Oscurece temprano y parece que es medianoche, cosa que sé a la perfección que no es posible, jamás suelo dormir muchas horas seguidas. Muevo mi mano libre para verificar el reloj, que marca las 6:45 p.m. Hasta yo mismo me encuentro sorprendido de mi estado de relajación junto a ella, no suelo tomar siestas largas ni descansar demasiado, como máximo unas cuatro horas. Mi abuelo dice que mientras no tenga la conciencia tranquila, nunca podré dormir una noche entera, y eso que el viejo no tiene ni la menor idea de en qué tantas cosas estoy metido.

Estoy aquí junto a Delhy, y me atrevo a decir que esto que ha pasado entre nosotros es extremadamente significativo. He estado con muchas mujeres, sin embargo, esto no tiene nombre, es revelador. No puedo expresar lo que siento por esta mujer, porque no lo comprendo. Es una conexión, una tranquilidad, que al tocar su piel es como si mis manos se contagiaran de ella.

Siento que ya conozco su cuerpo, y al verla desnuda es como si algún mapa me estuviera revelando que Delhy ha sido hecha para mí, que necesito encontrar todos los tesoros que contiene su cuerpo. Y ahora necesito explorar cada milímetro, para poseerlo, para venerarlo hasta fundirme en él...

—¡Oh, Dios!, sin duda soy un maricón —farfullo muy bajito para no despertarla.

Todo esto es nuevo para mí, no obstante, no estoy dispuesto a dejarla ir. No mientras todo su ser me proporcione este cúmulo de sentimientos nuevos para mí, esta calma. Además, el ver a Delhy sonrojada y fatigada entre mis brazos es épico, embriagador e inexplicable.

Ella sigue en la misma posición en la que se quedó dormida al acurrucarse junto a mi cuerpo, estando completamente desnuda entre las sábanas, donde se fundió a mí como una pieza perdida del rompecabezas de mi anatomía. Puedo escuchar el latido de su corazón y su respiración calmada, los cuales me proporcionan la tranquilidad que no suelo disfrutar por culpa del acelerado ritmo de mi estresante trabajo.

Empiezo a reflexionar qué hacer en este caso tan impropio de mi persona; estoy muy confundido. ¿Cómo fue que le pedí quedarme aquí, y me permití tener más intimidad durmiendo juntos?, esa es una reacción que el Santiago controlador jamás se permite. Lo más propio de mí es decir: "Hermosa, la pasé fantástico, pero tengo cosas que hacer. Te llamo después para quedar de nuevo." Ese soy yo, además, después de todo, siempre es más sencillo. Sin embargo, el razonamiento ya no tiene ningún sentido ahora.

¡Coño! ¿Y si dejo de pensar en lo que tenía o no que hacer, o decir? Solo quiero tenerla junto a mí y conocerla, que se amolde a mí, a mi estilo de vida. Que calle y obedezca. Que no resuene como chachalaca en mi oído, que no pida que llegue temprano a cenar, que no exija explicaciones, ¿pero qué mujer no lo hace? Pensándolo bien, creo que eso es exactamente lo que me gusta y me llama la atención de Delhy, lo que me tiene aquí, en su cama, tan tranquilo. No me pone cuidado, no trata de quedar bien conmigo, no me presiona, no se me ha insinuado, ni mucho menos ha sacado a colación ir de compras únicamente para que yo me encargue de la cuenta. Realmente, ella no sabe quién jodidos soy yo.

¡Joder!, estoy hecho un coñazo. Las cosas se empiezan a complicar con este estado de bipolaridad en el que me encuentro. No puedo saber con exactitud qué es lo que quiero en este preciso instante; deseo salir corriendo, necesito pensar y aclarar mi mente. Pero, sin mentirme a mí mismo, también estoy muy a gusto aquí acostado junto a Delhy. Me resulta totalmente placentero encontrarme rodeado de ella, tan distinta a las mujeres con quienes suelo compartir cama.

Así que dejaré salir mi instinto irracional, ya que no me apetece mover el culo de donde estoy, por un buen rato. O bueno, solo dentro de estas lindas sábanas blancas de mi dulce doncella; porque, la verdad, la sensación de su cuerpo desnudo pegado al mío, y su delicioso olor, me están haciendo entrar en calor de nuevo. Me dan ganas de bajar por el colchón y sorprenderla; sin embargo, al verla tan tranquila, me pierdo en ella por unos segundos, con lo que el lado marica que no sabía que tenía en mí, viene a retumbar en mi cabeza para dejarla dormir un poco más.

Siempre he sido un hombre independiente, me gusta el orden, el control, y tengo serios problemas ajustándome a otra persona, por eso jamás compenetramos Cinthia y yo. Si no fuera por Melina, que apareció en nuestra vida, brindándome una hermosa y pura razón de vivir, diferente, con más sentido, renaciendo en mí una mejor persona, nosotros hubiéramos terminados muertos, uno en manos del otro. Mi niña es la única persona a la cual dejo ver el lado bueno y humano que existe en mí. Es la luz que existe en un tenebroso túnel, y me dice que mientras siga alumbrando todo estará bien.

He tenido que pisotear a muchos para llegar a donde estoy, esa es la razón principal por la cual no me gusta relacionarme con nadie. Tengo muchos enemigos, mi puesto requiere tener mano dura, ante lo justo y lo conveniente para mí y las personas a mi alrededor. Con Melina y mi familia guardo todas las precauciones necesarias para mantenerlos a salvo. Varias veces me han metido sustos de muerte, constantemente me llegan amenazas y mucho más, que no suelo contarle a nadie, no obstante, trato de mantenerme cuerdo y actuar siempre lo mejor posible.

Cinthia fue mi novia desde la universidad, siempre fuimos un caso especial. Unos meses estábamos juntos, otros meses no. Nuestra relación era un lío. Soy un hijo de puta al decir que nunca llegamos a sentir algo mutuamente, pero era una relación más de placer que de sentimientos. Ella buscaba una posición social, la cual, al estar a mi lado, siempre le brindé; además, le di las otras cosas que le importaban: lujos, viajes y placeres.

Cuando nos enteramos de su embarazo, se le ocurrió la brillante idea de abortar, como la egoísta que siempre fue. Admito que soy un cabronazo, sin embargo, jamás actúo indebidamente con la vida de un ser humano y, mucho menos, de mi propia sangre; algo que me enseñó mi abuelo, así que no se lo permití. Pero al ver que me importaba el bebé, Cinthia tomó ventaja de su situación, como lo ha hecho toda su maldita vida, como el cáncer que es.

Lo aguanté "todo", pero cuando nació Melina se volvió más perra de lo que ya era, entonces, tuve que tomar cartas en el asunto. Sabía que, si llegaba un "mejor postor", Cinthia caería redonda en mi plan, pues ni yo o la niña le importábamos mucho; únicamente estaba jugando sus mejores fichas. Y fue así que, como el cabronazo e inteligente Santiago Moya que siempre he sido, cuando me comenzó a hostigar y querer manejar a su antojo, cosa que nunca le permito a nadie, mucho menos a ella, me comuniqué con un viejo amigo de toda la vida y colega de juerga, Mario Arizmendi.

Él es un prestigioso arquitecto de la ciudad, bien parecido, de excelente posición social y económica, como tanto le gustan a Cinthia. Organicé todo para que se conocieran, y tal como lo imaginé, se enrollaron por varios meses. En silencio permití todas sus mentiras, mientras tomaba ventaja para obtener todas las pruebas de su conducta inmoral. Con ellas en mano, la llevé a la corte, y obtuve la custodia completa de mi hija, demostrando que su madre no era un buen ejemplo moral ni ético para nuestra pequeña. Así que solamente yo decido cuándo y cómo puede verla, cosa que no ha pasado hasta el día de hoy. Y como fui lo suficientemente inteligente para no casarme con ella, no tuve que desembolsar ni un euro de manutención.

Después de varios intentos por ver a la niña, en los cuales por obvias razones me negué, se preguntarán por qué, muy sencillo, porque únicamente quería sacarme dinero. Por eso, lo último que soporté de Cinthia fue escucharla pedir una mensualidad, la cual era una cantidad exagerada, a cambio de venir y ser una madre ejemplar para Melina. Acto seguido, la corrí de mi despacho, ¿qué cojones tiene esa mujer en el cerebro?, mi hija no necesita las sobras de nadie, mucho menos de alguien como ella. Después de un par de veces intentando de nuevo, pero obviamente fracasando en su intento, solo desapareció y jamás nos buscó.

Me enteré, hace un par de años, que se encuentra en Alemania, con un viejo muy generoso que le triplica la edad; y mientras no aparezca por aquí, me importa una mierda con quién esté, porque yo soy feliz con mi Melina, que cree a su mamá una princesa que vive en el cielo, y aunque nunca le he dicho que está muerta, así lo he manejado hasta el día de hoy. Ella es tan pequeña todavía que no comprende, pero a veces parece que sí lo hace y pide más información, a lo cual yo respondo distrayéndola con algo más; ya pensaré cómo decirle la verdad cuando llegue el momento.

Mi gatita dormilona interrumpe mis recuerdos cuando se estremece, soltando un suspiro arrebatador. Sonrío de medio lado, pero la verdad me pongo celoso hasta de sus sueños, y opto por sacarla de ellos. Retiro mi brazo con cuidado, dejando caer su cabeza hasta descansar en la almohada. Me bajo lentamente a gatas por debajo de la sábana, con suma precaución de no ser descubierto en mi travesura. Con cuidado toco sus piernas porque no veo ni un carajo, las separo lentamente, siento su piel

deliciosamente suave y tibia, así que me posiciono de rodillas enfrente de ella.
Recorro sus muslos con mis manos y empieza ligeramente a moverse, por lo que sin perder el tiempo sumerjo mi cara en su manjar afrodisiaco. Puedo percibir el olor a sexo mezclado con el aroma a condón, de hace unas horas.

A pesar de lo territorial que soy, jamás he querido dejar mi simiente en una mujer, únicamente me pasó aquella maldita noche en que me embaucó esa jodida zorra, y que resulté con una santa bendición. Pero después de esa noche clamé por cordura ante mi arrebato sexual, y nunca me permito estar con una mujer sin protección, aunque diga y clame que toma la píldora. Después de esa vez con Cinthia, siempre ha sido un: ¡No me vuelve a pasar! ¡Nunca! Sin embargo, olisqueando a esta divina criatura, quiero descubrir cómo sería su fragancia al mezclar sus jugos sexuales, provenientes de su exquisito cuerpo, con mi simiente al incorporarse en uno solo dentro de ella.

Me sostengo de sus muslos y paso lentamente mi lengua caliente por su sexo por primera vez, y escucho un pequeño gemido adormilado, que me hace sonreír junto a sus labios vaginales. Delhy dobla sus piernas, reacciona y trata de empujarme poniendo sus pequeñas manos en mis hombros.

—Santiago, ¿qué haces? —pregunta con voz somnolienta, mientras retuerce su cuerpo bajo mi agarre.

No comprendo cómo es que me transmite tanta ternura esta pequeña mujer.

—Shhh... Nena, déjame seguir, no me prives de lo que ya es mío.

Mi voz grave debe de comunicarle que no estoy jugando, que la necesito calmada y disfrutando, pues reacciona quedándose quieta después de mi comentario.

Su respiración profunda me da la luz verde que espero para comprobar que nos entendemos, y ahora nos toca disfrutar de los mismos placeres. Me sumerjo más profundo en ella, trato de lamerla muy bien para quitar ese sabor y olor desagradable del jodido condón. Estoy a nada de ir a casa y destruirlos todos, y eso me recuerda lo próximo que haré: llevarla, personalmente, con una ginecóloga para ponerla en tratamiento anticonceptivo;

después de eso será puro placer sin barreras entre los dos.

Me encanta follar, me considero un hombre extremadamente viril. Si me gusta una mujer y quiero llevarla a la cama, pongo las cartas sobre la mesa, y asunto resuelto. Me gusta el sexo oral, pero con Delhy el sentimiento es más primitivo, deseo perderme en ella, anhelo comérmela toda, degustar todo lo que tiene para darme. Jamás he estado tan excitado en mi vida, tanto, que mi verga está a punto de reventar y se estremece al percibir la lujuria que corre por su cuerpo.

Le estoy dando placer y, con cada gemido de mi descarada gatita, me siento más y más perdido en el éxtasis que me transmite. Sus caderas comienzan a balancearse, pegándose a mi boca con más presión. Me hundo en sus pliegues, meto y saco la lengua de su vagina; es tan linda con su vello recortado ¡Bendito universo! ¿Qué he hecho yo para merecer a esta pacífica y sumisa mujer? Lo único que sé es que la voy a pervertir, hacer que se someta a mí, junto a todos los placeres que tengo para ofrecerle; pues la pasión y el sexo son de las cosas más exquisitas.

Le quito la maldita sábana de encima, y Delhy suelta un gritito que me prende como a un felino listo para cazar. La volteo diestramente y la dejo en cuatro patas sobre el colchón. Comienzo a acariciarla desde atrás con más ansia, chupándola y devorándola con ímpetu, mientras introduzco un dedo en su vagina palpitante, para encontrar la sorpresa de que mi descarada mujer está empapada. Me levanta las nalgas generosas y respingadas del cual es dueña, por lo que me agarro de ellas.

—¡¡¡Oh, Dios mío!!! —gime con voz entrecortada.

—No, mi amor. Dios no, Santiago

Siento su vagina contraerse con cada lamida que le doy. La chupo con fuerza, y solo yo sé cuántas ganas tengo de que se venga en mi boca. Pero mi polla me gana, pues se agita pidiendo su tiempo para estar dentro de ella. Le doy una mordida en una nalga, y un fuerte apretón en la otra, mientras grita, regalando a mis oídos una sonora melodía.

Me estiro rápido para agarrar mi cartera, que se encuentra dentro de mi pantalón, en la silla giratoria que hay frente a su cama. Saco desesperado el condón, me lo pongo rápido, y la penetro con tanta fuerza que casi siento que parto a mi pequeña gatita en dos. Me maldigo porque necesito tener más cuidado. Delhy es tan chiquita, que cuando apoyo mis manos en el colchón, a un lado de las suyas, mi cuerpo cubre totalmente el de ella. Y mientras la tomo con vigor, recorro bruscamente con mis manos todo su cuerpo, creo que terminaré dejándole marcas en sus caderas, no obstante, olvido todo razonamiento al escuchar como sus deliciosas nalgas chocan contra mi pelvis.

—Mi pequeña, dime por favor, ¿dónde diablos has estado toda mi vida? —pregunto entre jadeos.

A lo cual ella responde con un gemido, y balbucea palabras que no alcanzo a entender.

—¿Delhy, estás lista pequeña? —susurro en su oído, después de mordérselo y lamer su cuello.

Con una mano agarro su barbilla, la volteo hacia mí, y vuelvo a arremeter buscando su boca. La empiezo a besar exigiendo su atención; esta tiene que ser una postura incómoda, pero se entrega a mí, sin límites ni reservas. Nos envolvemos en besos salvajes, nuestras lenguas se unen y se muerden como dos animales feroces, regocijándose al aparearse.

—Santiago, ya no puedo más... Me voy a venir, Sanntiii... —No termina su frase.

Cuando entro y salgo más duro, el sudor empieza a caerme por la frente, y gruño al sentir que Delhy aprieta mi pene como si quisiera succionarme y quedarse con mi verga para toda la vida. Estallamos juntos tras unas cuantas arremetidas más. Yo me derrumbo sobre ella, pero tengo que moverme a un lado para no matarla por asfixia, pues yo, a esta mujer, no la quiero matar ahora que la he encontrado, lo que quiero es consumirla entera bajo las redes de mi fuego, hasta que la vida le permita respirar.

Capítulo 13

¡Dios mío, este hombre va a terminar conmigo! Se encuentra pegado a mi espalda; su miembro todavía palpita dentro de mí.

Me quedé dormida después de hacer el amor por primera vez, y solo recuerdo despertar mientras me devoraba una boca hambrienta, y unos suculentos labios suaves ¡Virgen santa, pero qué hombre! ¡Oh, Dios bendito! Tengo que dejar de usar el nombre de Dios en vano, ¡soy una pecadora!

—¿Te quedaste dormida? —Me susurra Santiago al oído—. ¿Ey, dormilona, sigues ahí?

Siento que retira su miembro de mis entrañas. Noto como se gira para quedar sentado, escucho que tira algo a la papelera, y quiero pensar que fue el condón. «¡Van dos, Delhy! ¡Qué irresponsable eres!». Me regaño a mí misma.

Me armo de valor, tomo la sábana para taparme y, en vez de contestar, me giro para verlo. Se encuentra parado frente a la cama, mostrando todo su escultural y magnífico cuerpo, detalladamente trabajado. Su cabello como siempre sensualmente revuelto, aunque su estilo es muy pulcro y profesional, ahora que acabamos de tener sexo se mira aún más apetecible y atractivo, ¡me encanta! Es tan varonil con su personalidad despreocupada, esa que te inspira a sumergirte en él sin salvavidas.

Su piel bronceada provoca a cualquiera a querer tocarlo. Sus brazos y bíceps están tremendamente marcados, y hablando por mi experiencia personal, son extremadamente fuertes, tanto, que me hacen sentir mucho más ágil y ligera.

Cuando me encuentro envuelta entre sus brazos, con toda esa resistencia que posee, me siento más pequeña de lo que ya soy. El sentimiento que me transmite es algo que no puedo describir, su pecho es tan ancho, y con ligero bello, que lo hace aún más arrebatador. Todo su cuerpo es firme y marcado, como si una ambiciosa diosa griega lo hubiera tallado a mano para quedarse con él, como su propiedad, para saciar sus más obscuros deseos sexuales.

Lo puedo observar con detenimiento gracias a que la lámpara del buró se encuentra prendida. Veo su abdomen trazado, junto a esos seis cuadritos que lo decoran; me encantaría acariciarlos uno a uno de nuevo. Mi respiración se dispara al percatarme de su candente v tan sensual, y su imponente semi erección de lado me perturba. Para terminar con la inspección de este magnífico semental masculino, que en este momento se postra ante mí, recorro descaradamente con los ojos sus tonificadas y larguísimas piernas.

—Vuelve a mí... si no pensaré que únicamente estás conmigo por mi cuerpo. —Su voz divertida me despierta de mi trance.

—Perdón —digo, y empiezo a sentir donde el rubor invade mi rostro.

Santiago corta la distancia y se sube a la cama, se acomoda junto a mí recargándose en el respaldo de la cama.

—Ven aquí —ordena, a la vez que golpea lentamente sus piernas, indicando que me acomode en ellas.

Obediente, me levanto bien envuelta en la sábana. Me acurruco con él mientras me abraza, dejando mi cabeza acomodarse en el hueco de su cuello, mi lugar preferido de hoy en adelante.

—¿Tienes hambre?

Cuando estoy a punto de responder, comienza a timbrar su celular. Como me tiene entre sus brazos, soy yo la que me estiro, tomo su celular del buró, y leo en la pantalla "mamá". Se lo doy y contesta.

—¿Madre?... No, no estoy, tuve que salir... Mmm, ¿puedo recogerla en tu casa?... Vale, perfecto. Gracias, te marco de camino... Igual, Madre. —Cuelga.

Yo me quedo quieta, pensando que mi bella tarde ha terminado. Ahora va a decirme que tiene que marcharse.

—¿Hambre? —me cuestiona de nuevo.

Mi corazón vuelve a latir ¡¡¡Yeay!!! Todavía no se va a ir ¡Claro que tengo hambre!, grito en mi mente.

—Un poco, ¿y tú?

Típico comentario de una mujer, pues aunque te estés muriendo de hambre, hay que ser "discretas"; obvio, antes de agarrar confianza, porque después exigimos comida si no, nos ponemos de malas.

—¡Me muero de hambre! Ven, vístete. Te voy a llevar a un lugar que te va a encantar.

Salta de la cama como un felino al acecho, dirigiéndose a la silla giratoria. Al llegar a ella toma sus cosas y, mientras se pone el pantalón, ve que no me muevo ni un centímetro de la cama.

Estoy pensando cómo levantarme sin que me vea desnuda. ¡Bingo! Se me viene la grandiosa idea de ajustarme la sábana en la que estoy envuelta, y caminar rápido hacia el closet. Cuando me levanto y empiezo mi huida, algo me para por completo, jalando la sábana. Me tambaleo hacia atrás, Santiago me atrapa, sujetándome y, lentamente, me voltea hasta quedar cara a cara. Al estar descalza, mis ojos quedan a la altura de sus pectorales de acero ¡Oh, qué bella vista! "¡Concéntrate!" me regaña mi subconsciente. Por lo que levanto la mirada para poder ver su rostro. Me siento como si cometí una travesura, y voy a ser reprendida. No obstante, súbitamente me levanta y, por sentido común, envuelvo mis piernas en su cintura, con un poco de dificultad por la colcha que todavía se encuentra media envuelta en mi cuerpo.

—¿Qué haces, pequeña changuita? —me cuestiona apretándome las pompas.

—Me voy a cambiar, ¿por qué? —Le contesto disimuladamente, agitando mis pestañas dándole con mi mirada tierna.

—Delhy, deja la sábana aquí.

Comienza a quitarme la parte superior, ya que todavía estoy sujeta a él. Me tenso y, rápidamente, me muevo para apretar la tela con una sola mano como un escudo, mientras con la otra me sujeto a su cuello.

—Santiago, ya basta. No me gusta, me incomoda —Le digo muy seria, ya algo molesta.

Si él se siente cómodo con su cuerpo para caminar desnudo como Juan por su casa, ¡genial! Por mí ningún problema; lamentablemente yo no tengo su autoestima, y no hay mucha opción ¡Le gusta o le gusta!

Se me queda viendo ya enojado, contemplándome con unas llamativas marcas de expresión en la frente, que lo hacen más provocador y apetecible.

—Delhy, pon atención y escucha bien lo que te voy a decir, pues no me gusta tener que estar repitiendo las cosas. A mí me encantas como eres, ¿no te das cuenta? ¡Me tienes babeando por esas caderas riquísimas que tienes! ¡Sin olvidar, por supuesto, ese suculento trasero tuyo! —Y mientras termina la frase, me amasa las pompas con descaro. Al ver que no contesto, su voz cambia, se vuelve más profunda y sin ningún timbre de que esté jugando—. ¡Se cancela la cena! Y déjame decirte señorita que es una lástima. Sé que te hubiera encantado cenar ahí, es uno de mis lugares favoritos, pero has perdido la oportunidad de degustar uno de los mejores platillos de la ciudad. —Remata y me baja de su regazo.

Yo me quedo pasmada ¿Qué va a hacer? ¿Se va a ir? ¿Me va a dejar? ¡Oh, no! ¡La acabo de cagar! Obvio, esto no podía durar un día completo, era demasiado bueno para durar.

Lo veo salir de la recámara a paso apresurado, y vistiendo únicamente los pantalones que ya se había puesto, sin playera, ni zapatos. Me tranquilizo, pues no creo que se vaya a ir así nada más, pero sigo aquí como idiota envuelta en la sábana, y sin saber qué es lo que está sucediendo.

—¡Listo! Ya verifiqué, Luz todavía no llega —anuncia, y al mismo tiempo prende la luz de la recámara. Viene hacia mí con paso apresurado—. Sabes que no vas a comer esta noche, ¿verdad? —Su voz está llena de dominio, y no sé qué esperar—. Me vas a dejar que te quite esa sábana. Que te quede claro pequeña, va a ser la primera y la última vez que ocultas tu bello cuerpo de mí, ¿entendido? —Me reprocha, y al no escuchar contestación me pregunta de nuevo un poco más fuerte—. ¿Estamos? Porque... siento como si te quisieras esconder de mi Delhy, y es la primera vez... créeme, es la primera vez que quiero desnudarle hasta el alma a una mujer.

—Sí —susurro. Y ahora lo tengo todo claro, ya sé qué será de mí. Lo entiendo, lo siento. Él me va a enamorar, y lo hará hasta consumirme entera.

—Mucho mejor.

Empieza a quitarme la sábana con la luz prendida, dando todo su resplandor. Estoy incomoda, Santiago me observa de manera meticulosa, examinándome. Solo ha bajado la sábana de la parte superior de mi cuerpo, así que tiene su mirada en mis senos. Sus manos van directo a mi cuello, y bajan hasta mis hombros, mientras su rostro se acerca para besarme. Me paro de puntitas, y profundizamos el beso a algo más intenso y pasional.

—Traviesa, me quieres distraer de lo que trato de hacer aquí —expresa, sin despegar sus labios de los míos, sintiendo su sonrisa en mis labios.

Sus palabras siempre me trasmiten poder, pasión, y me vuelvo otra mujer. Él tiene el poder de transformarme en alguien diferente, más atrevida. Por lo que ahora soy yo quien se abalanza hacia él, para que me cargue; no quiero que me inspeccione de esta manera. Me sujeta con sus brazos, posicionándolos abajo de mis pompas y comienza a caminar hacia el baño, prende el foco y mira la gran ventana.

—¡No me tortures de esta manera, Delhy! ¡Dime que no te bañas con eso abierto! ¡¿Me quieres matar?! —Me exige con voz alarmada.

Con ganas de reír, le contesto, trato de escucharme seria, pero su expresión me causa tanta risa que no puedo contenerme.

—No, cómo crees. Se supone que tengo que poner la cortina nueva.

Volteamos los dos y vemos las bolsas de plástico en el piso, con mis compras de hace unos días.

—¡Maldita sea, Delhy! —Me baja al piso, abre las bolsas

sin cuidado, encuentra la cortina y rompe el paquete. Rápido la saca, la pone en el palo del cortinero sin complicaciones; se estira, la acomoda en su lugar, da un paso hacia atrás y admira su obra de arte—. ¡Perfecto! Ahora sí en lo que estábamos.

Voltea y me observa, estoy recargada en el marco de la puerta. Empieza a decir que no con la cabeza cuando se percata de que he vuelto a acomodar la sábana cubriendo mi cuerpo. Camina hacia mí, me toma de la mano hasta ponerme frente al espejo, con él a mi espalda.

—Eres perfecta Delhy, todavía no lo sabes, pero yo te lo demostraré. —Se separa de mí, para darse espacio a comenzar a desenvolver mi cuerpo, hasta quedarme desnuda.

Lo veo en el reflejo y es alucinante observar cómo le llego a la parte baja del pecho. Honestamente, no tengo problema alguno, ya que no es pena de mi cuerpo lo que siento, es pudor de no estar acostumbrada a que alguien me vea desnuda. No puedo andar por ahí, así como si nada; aparte, él está todo buenísimo en todos los aspectos, y yo soy nada más que otra simple mortal. Para los hombres es sencillo mostrarse como llegaron al mundo; las mujeres tenemos nuestras limitaciones, bueno, yo tengo las mías y me está costando liberarme de ellas.

Empieza a besarme el cuello, y yo le doy más acceso moviendo mi cara de lado. Toma mi seno con su mano derecha, lo masajea mientras sigue deleitándose con mi cuello; su otra mano descansa en mi vientre. Es hipnotizador ver a este hombre tan alto, fuerte y varonil, reflejado en el espejo, adorar mi cuerpo. Mi sangre empieza a hervir. Poco a poco siento su virilidad encajarse en mi espalda, y ese pequeño gesto me despierta, hace a mis ansias dispararse. Nuestros cuerpos nos piden a gritos profundizar el contacto, necesitan algo mucho más intenso.

—Quiero que veas las ansias dementes que tu cuerpo me provoca; estas ganas de probarte, de devorarte completa, de recorrer cada centímetro de tu majestuosa piel. Necesito conocer cada parte de ti. —Su contacto visual no se aparta, y sus manos me estimulan—. Existe un imán dentro de tu ser que me llama e incita a permanecer en tu vida, no me deja ni un minuto apartarme de ti —gruñe en mi oído, excitado hasta la médula e imitando exactamente el estado en el que me encuentro.

Sin previo aviso me voltea, levanta y me sienta en el lavabo. Besa lastimosamente mis labios, que arden. Con él no existe ninguna tregua, necesitamos saciar nuestro deseo. Es una sed que nos está carcomiendo por dentro. Gimo en su boca ¡Oh, cielos! Lo quiero dentro de mí de nuevo ¡Lo necesito! Va recorriendo entre pequeños besos y mordidas todo mi cuerpo, hasta quedar arrodillado ante mí. Voltea y me mira con esos ojos verdes, intensos y dominantes que me envuelven.

—¡Mírame, Delhy! —Exclama con voz brava—. Quiero que mires como me encuentro hincado ante ti, quiero que notes como ansío tomar todo lo que me ofrece tu cuerpo.

Comienza a devorarme sin quitarme los ojos de encima, viéndome. Sus lengüetazos son intensos; me chupa, me come como un animal hambriento, hasta que me pierdo.

—¡¡¡Ohhh, Dioss,... siii!!! —jadeo.

Lo tomo del pelo y se lo estiro sin ningún cuidado, quizás lo esté lastimando. Sin embargo, al ver que arremete con más brusquedad, me doy cuenta que no le importa, al contrario, me responde con un gruñido que me enciende y mueve su lengua en círculos sobre mi clítoris. Verlo entre mis piernas me llena de lujuria, y empiezo a gemir como una posesa, clamando su nombre como jamás me imaginé.

Suelto su pelo y estiro mis manos hacia atrás para sostenerme, mi cabeza azota suavemente en el espejo. Sé que estoy a punto de venirme, pues siento deliciosos calambres en mi interior. Santiago me aprieta de las piernas con sus enormes manos, y estallo hasta ver estrellitas. Soy consciente de que estoy sentada con las piernas abiertas de par en par con la luz prendida, sin ningún pudor que me limite.

En este momento tan placentero he perdido la vergüenza. Bajo mi cara lentamente y lo veo todavía hincado relamiéndose los labios.

—Tan dulce como lo recuerdo. —Me regala una sonrisa hermosa que me muestra sus radiantes y perfectos dientes blancos, se levanta, y me da un beso en los labios compartiendo mi sabor. Acto seguido, toma una pequeña toalla de mano, la humedece y me limpia tiernamente. —Vístete. Ya no nos da tiempo para más, ni para ir a cenar, bueno, no solos.

Me bajo del lavabo con su ayuda. Preguntas comienzan a desfilar por mi cabeza ¿No solos? ¿Ya llegó Luz? ¿No vamos a salir a cenar, pero sí?

Tomo la bata de baño que cuelga de la puerta. Me voy directo al closet, descuelgo unos pantalones skinny de mezclilla, una blusa escote v, color morado y un suéter abierto color crema. Me pongo ropa interior de color morado, el sostén nada exuberante, aunque mi panty de encaje sí; me encantan, son de ese tipo de lencería de la cual mi madre siempre se queja cuando las compro, porque dice que no cubren nada, todo se transparenta. Son muy lindas, cómodas y sexys al mismo tiempo, cumpliendo, a la vez, con las tres funciones perfectamente.

Empiezo a cambiarme después de poner crema rápidamente en todo mi cuerpo, y cuando estoy acomodándome el suéter, Santiago toca la puerta, abre lentamente, asoma su cabeza y pregunta:

—¿Lista?

—Ya casi, solamente busco mis botines y nos podemos ir. —Él se queda parado en la puerta observándome. Busco en el piso donde están todos mis zapatos acomodados y tomo los botines cafés—. ¡Lista! —exclamo, acercándome a él.

—¡Esa es mi chica!

Santiago me rodea con sus fuertes brazos, y yo me paro de puntitas para alcanzarlo. Gesto por el cual soy recompensada con un beso tan suave y tierno, que me hace sentir en las nubes. Cuando lo termina, me toma de la mano y salimos de la recámara. Al notar nuestras manos entrelazadas, divago en que todo esto es perfecto, es un sueño del que no quiero despertar. Anhelo estar siempre junto a él, que me diga todas esas cosas bonitas con las que me impresiona, definitivo... ¡Este hombre verdaderamente me encanta!

Recuerdo haber leído, más o menos a mis quince años, un artículo de revista donde describían el significado de lo que representa la manera de que los hombres te tomen de la mano, pues revela mucho de la personalidad de cada uno, dependiendo de la posición. Las nuestras se encuentran la de él arriba de la mía, guiando el paso; y según recuerdo, eso quiere decir que es un hombre controlador, el cual quiere tener la última palabra en una relación. ¡Estoy en serios problemas! Pues este adonis que va a mi lado es todo arrebatador e incontrolable, solo espero que no termine arrasando todo a su paso, incluyéndome a mí, y me deje tanto rota como desolada en esta extraña relación que estamos iniciando

—Santiago. Espera, mi bolsa —Le espeto, tratando de zafarme de su mano para ir por ella.

—¿Dónde está? —pregunta impaciente.

—En la recámara —respondo, mientras me suelto de su agarre y me voy corriendo a buscarla. Cuando la encuentro en la silla, tomo el celular, lo meto en ella y me la cuelgo en el antebrazo.

—¿Ahora sí? —pregunta desde el pasillo.

—Sí ¡Lista! ¿A dónde vamos? —exclamo demasiado feliz.

—Primero tenemos que pasar por Melina, que se encuentra en casa de mi madre. No puedo ni imaginar su carita, cuando le diga que encontré a la princesa pérdida.

Salimos del piso y no hay rastro de Luz, quiero suponer que sigue con Jacobo ¡Ay esos dos y sus loqueras! Aun así, estoy atenta cuando esperamos el ascensor para ver si aparecen por aquí. Sin embargo, nada, no hay rastros ni ruido; quién sabe, quizás estén entretenidos en lo suyo o terminaron saliendo a cenar.

Al entrar al ascensor, Santiago me pega a su costado y besa mi cabeza. Es gracioso que incluso con mis altos botines, me gane en estatura por mucho; ese detalle me encanta. Siempre me han llamado la atención los hombres altos, y este en particular cubre todas mis expectativas de hombre perfecto; es más que divino.

El elevador se abre, y nos encontramos a un entretenido Mariano leyendo uno de sus cómics, por lo que al pasar junto a él únicamente le digo buenas noches, y Santiago pasa sin saludar; como dicen en mi tierra, "como burro sin mecate".

No tengo ni la menor idea de lo que conduce, pues de la gala me trajo en limusina, y no creo que la use a diario. Pienso en ello, hasta que nos paramos frente a una hermosa *Range Rover* negra. Santiago saca las llaves de la bolsa de su pantalón, presiona unos botones en el llavero, y al instante que suena el "bip" del seguro abierto, se enciende el motor. Se acerca a la puerta del pasajero, la abre para mí, subo cuidadosamente y me acomodo mientras él abrocha mi cinturón de seguridad.

—¡Listo! —exclama y cierra la puerta.

Mientras lo veo pasar por la parte delantera de la SUV, bajo la visera para verme, y me derrito al ver una sillita de Minnie Mouse, color rosa, en el asiento trasero, reflejada en el espejo. Abre la puerta y se sube de un brinco.

—Vámonos —Se abrocha su cinturón, e iniciamos nuestro viaje rumbo a casa de la bruja Úrsula.

Alarga su mano en señal de invitación, la tomo entrelazándola con la mía, y como nos divide la consola central, donde van los cambios de la flamante camioneta, no hay manera de acercarme a él de la manera que deseo.

—¿Quieres poner algo de música? —Cuestiona, sin dejar de ver la carretera.

—¿Puedo conectar mi celular? —pregunto.

Creo que es la manera más fácil de encontrar una canción. Tratar de hallar una en la pantalla sería una odisea para mí; el tablero intimida con tantos botones. Esta camioneta es de un lujo innovador, agregándole que tiene varias cámaras incluidas, sin duda es toda una monada.

—Claro, utiliza el Bluetooth.

Me conecto, comienzo a ver mi lista de canciones y me entra el pánico, ¿qué voy a poner? A mí me gusta todo tipo de ritmos, pero, ¿y a él?

—¿Qué música te gusta? —Le cuestiono, mientras le doy vuelta a mis carpetas favoritas.

—Escucho de todo. No te preocupes por mí, pon lo que quieras.

Voltea a verme, y siento su mirada, mientras estamos en un semáforo esperando que cambie a verde. Sigo perdiendo el tiempo, así que solo pongo *Pandora* en una de mis estaciones favoritas.

Llevamos un rato manejando, hasta que comenzamos a entrar en una bonita zona residencial. Estamos sumidos en el silencio, la verdad no tengo necesidad de platicar, y él no ha sacado ningún tema a colación. No me siento nerviosa, ni mucho menos, solamente me concentro en la música que la aplicación escoge para nosotros, hasta que llama mi atención una canción que empieza a cantar, es Drake con *Hold on, we're going home*.

Veo que al igual que a mí a Santiago le gusta, ya que sube el volumen un poco más desde el volante. Esta es dedicada a una chica; habla de tener los ojos en ella, es todo lo que ve, quiere eternamente tener su amor y sus sentimientos, pues no puede olvidarse de ella, ya que ha dejado una huella en él. Me mata cuando comienza a tararearla con total sentimiento; a mí me encanta conducir con música y cantar a todo pulmón *You're the girl, you're the one*. Voltea a verme, y se acerca para darme un beso tierno en los labios, que me derrite. Baja la velocidad hasta estacionarse en una casa lindísima.

—Llegamos. Espérame, voy rápido por Melina.

Ahora sí que me entran los nervios, ojalá que le siga cayendo bien a la niña. Esta es como la prueba final, donde te dan el veredicto de si apruebas o repruebas de por vida en el examen más importante de tu carrera profesional. Aunque al mismo tiempo es él, el de la locura extrema, ¿pero qué tiene Santiago? En verdad no entiendo cómo va a actuar conmigo enfrente de su hija. ¿Ella estará acostumbrada a ver a su padre con muchas mujeres? ¿Conocerá a todas sus "amiguitas"?

Mi cabeza empieza a trabajar, mientras me quedo sola con la camioneta encendida, así que mejor sigo escuchando música y revisando el *Facebook*. Y comienzo a cantar algo de Shakira.

—“No me preguntes más por mí, si ya sabes cuál es la respuesta”, Creo que empiezo a entender... Nos deseábamos desde antes de nacer...”

Estoy totalmente metida cantando la canción, moviendo la cabeza de un lado a otro, y pienso: "Ufff, si sigo con este hombre le voy a dedicar esta canción. Por él, me propongo ser lo que quiera ¡Qué loca estoy!". Muevo mi cabeza al lado izquierdo, con lo que veo a un caliente y sexy papá, con una hermosa rubia de caireles en brazos.

—¡Pincesssaaa! —grita emocionada Melina.

Ella se zafa de los brazos de Santiago, pisa el asiento de piel del conductor hasta sentarse en cuclillas. Trae un vestido rojo, leggings negros, zapatos de charol al tono del vestido, y una diadema negra con un moño grande. Es rechula como su padre.

—Hola, Melina, ¿te acuerdas de mí? —Le tomo de la manita y se me abalanza, dándome un abrazo fuerte y significativo.

—Ey, ey mis mujeres, ¿listas para cenar?

Volteo a ver a Santiago que está con una sonrisa radiante, sus ojos brillan de amor hacia su hija, se le nota el orgullo y el cariño que le causa su pequeña.

—Santiago, olvidé darte las compras.

La voz demandante me saca de mis pensamientos, y veo a Magdalena al pie de las escaleras de su hermosa casa. Se estira para poder ver dentro de la camioneta, la luz está encendida, sin embargo, al estar Santiago bloqueando la vista, no puede verme bien. Se debe de estar preguntando con quién viene su hijo. El cual solo se acerca a ella, toma las bolsas de su mano, le da un beso en la mejilla y se despide.

—Vamos cielo. —Santiago toma en los brazos a Melina, la carga, abre la puerta trasera y la acomoda en su sillita rosada. Cuando termina de abrocharla, se sienta tras el volante y pregunta animado—: ¿Qué vamos a cenar?

—¡Pizzaaaaa! —Un grito angelical suena desde la parte trasera.

—Melina, no de nuevo corazón, ayer comimos pizza, y quiero que la princesa Delhy pruebe el Lo Mein del señor Daruma.

—¡Nuuuddooos! —Melina empieza a aplaudir, mientras Santiago aplasta varios botones en el tablero y hace que ante la niña descienda una pantalla.

—¡¡¡Pepa!!! —ríe Melina cuando empieza la caricatura de una cerda rosada, muy poco familiar para mí, aunque la nena está encantada.

Él se pone el manos libres en su oído, marca a alguien desde el volante, y empieza a ordenar una combinación de Lo Mein con camarones, carne y pollo ¡Suena delicioso!

Manejamos alrededor de treinta y cinco minutos, su casa está retirada de la ciudad. Llegamos hasta una gran verja de hierro color negro y, desde la camioneta, gracias a un pequeño control remoto, lo abre, dando paso a la residencia. Tomo nota de varios vigilantes en una pequeña caseta de seguridad, que se encuentra a la derecha, antes de atravesar las puertas.

Santiago baja la ventanilla un poco más de la mitad, y únicamente da un saludo con la cabeza. Manejamos lo que me parecen varios kilómetros, por un camino que tiene pinos grandísimos a los costados. El sendero es de ladrillo, hasta llegar a una bonita fuente frente a la mansión. La impresionante casa es abrumadora, jamás pensaría que aquí vive esta pequeña familia de dos. Antes de percatarme, alguien abre la puerta de su lado y, segundos después, la de Melina, que son las que dan hacia la casa.

—Espera, yo te abro. —La voz de Santiago es distinta, no sé si porque hay gente a nuestro alrededor, pero es un poco más imponente; hemos perdido al hombre relajado que nos acompañaba en el trayecto a su casa.

Me quedo en mi lugar mientras viene, abre mi puerta y me toma de la mano. Con esta oscuridad es imposible observar con detenimiento la casa por fuera, y aun así, se ve grandísima, Melina se encuentra en el escalón de arriba esperándonos, y le da los brazos a Santiago. Me congelo porque nosotros vamos agarrados de la mano mientras subimos; al llegar a ella, me suelta solamente unos segundos para levantarla del piso, la carga y siento en mi costado su tacto donde me busca con su mano libre, así que cruzamos la puerta principal los tres juntos.

Entramos en la gran mansión, la cual posee una monumental puerta de roble café, de dos hojas que se encuentran abiertas de par en par. Justo enfrente hay una mesa redonda de madera fina, donde se encuentra un jarrón extraordinario, lleno de rosas blancas naturales. Localizo de inmediato dos imponentes escaleras al fondo del amplio recibidor, las cuales quiero suponer se dirigen a las habitaciones. La arquitectura me llama tanto la atención que volteo hacia todos lados con muy poca discreción, esto parece más un museo de arte que una casa familiar. Del alto techo cuelga un candelabro de gemas preciosas, dando un ambiente elegante, ya que al brillar manifiesta clase y riqueza.

Todo es tan hermoso que me da miedo tropezar por algún lugar, y estropear algún precioso objeto de todos los que tiene este espléndido hombre en este magnífico lugar. Melina se baja de sus brazos, sale corriendo y, en ese momento, somos interrumpidos por una señora mayor, con uniforme de ama de llaves que se acerca a nosotros.

—Buenas noches señor. Acaban de entregar la cena, ¿gusta que ponga la mesa? —Educadamente se dirige a Santiago, y después voltea a verme con una preciosa sonrisa maternal.

—Eugenia. Ven, acércate. Te presento a la señorita Delhy Lugo. Delhy, Eugenia, mi ama de llaves. Si necesitas algo, ella te puede ayudar en todo. —La señora solo me brinda un gesto de saludo con su cabeza, aunque no quita las manos de atrás de su espalda.

—Eugenia ha trabajado por muchos años en mi familia, tuve la fortuna de robársela a mi madre. —Se acerca a ella, la abraza de lado, le da un beso en su cabeza, y la señora únicamente se ruboriza.

—Encantada de conocerla. Llámeme Delhy —contesto ofreciéndole mi mano, la cual acepta con un buen apretón.

—Por favor, pon la mesa para tres.

La señora Eugenia se retira y él me toma de la mano, dirigiéndome hacia la sala en otro cuarto contiguo, de donde nos encontramos. Todo es muy contemporáneo, el espacio es enorme, con unos grandes ventanales, que están enfundados en cortinas color guinda con toques dorados. Otro candelabro nos deslumbra con todo su esplendor. La sala de seis piezas es de piel café chocolate; la mesa de centro es de mármol café, con su soporte de madera tallado a juego con el amplio librero que está al fondo de la habitación, y cubre dos paredes de extremo a extremo formando una L. Me muero de curiosidad por ir a ver de cerca todos los ejemplares que se encuentran frente a mí, sin embargo, opto por tomar asiento; al hacerlo, la suavidad de la piel me da la bienvenida, los materiales que la conforman se ajustan a mi cuerpo, dándome la sensación de un soporte demasiado delicado. Siento como si me encontrara sentada entre nubes; es tan sutil y agradable que me incita a acostarme, y si lo hiciera, no dudo que me quedaría dormida fácilmente.

Santiago se acerca con dos pequeños vasos de vidrio, conteniendo dos dedos de algo que sin duda es alcohol, pero no sé de qué clase.

—Perdón por no preguntar si quieres algo de beber. Me tomé el atrevimiento de servirnos un whisky; siempre, al llegar a casa, suelo sentarme aquí, mientras espero hasta que preparen la cena y llegue Melina para acompañarme, básicamente se puede decir que esta es mi rutina —comenta al tiempo que me entrega el vaso.

—Gracias. —Lo acepto, porque no me viene nada mal el licor en estos momentos.

Se sienta a mi lado, me rodea con su brazo, me pega a él, y me da un beso en el cabeza; algo tan típico de Santiago desde el día que nos conocimos, bueno, en realidad desde anoche. Estoy tan relajada que puedo quedarme dormida. Nos quedamos unos minutos callados, degustando el fuerte y cautivador alcohol, que tiene un dulce sabor al tomarlo en pequeños sorbos; no tiene hielo, son solamente dos dedos de fino whisky que está llegando a adormecer mi garganta y ponerme ligeramente chapeada.

—Disculpen, ya está servido. —Eugenia nos sonríe de manera cómplice, como si hubiera cachado a dos jovencitos en pleno arrumaco. Es la primera vez que la veo relajada desde nuestra presentación.

Al llegar a la mesa encontramos a una Melina vistiendo un pijama rosa de bolitas, ya preparada para comer con cubiertos en mano. La mesa servida con tres lugares. En el centro hay una charola plateada con varias cajitas blancas de comida china. Sinceramente me esperaba algo más laborioso, pero huele riquísimo.

—Te van a encantar.

Eugenia se acerca para servirle a Melina, y comienza a hacer un batidero. Mientras yo imito a Santiago, sentándome y tomando una de las cajitas blancas. Me sirvo una porción pequeña de Lo Mein en el plato, y al verter los noodles, me pierdo en lo exquisito que huele la cena.

Tomo unos palillos y los pruebo, están riquísimos. Todos los ingredientes le dan una consistencia exquisita. Tiene pequeños pedacitos de nuez, vegetales, pollo, carne y camarones, son la combinación perfecta. Estoy tentada a servirme más, típico de una mujer servirse poco cuando apenas está conociendo al chico con quien sale; estamos de acuerdo que si me encontrara en casa o con Luz, me hubiera servido toda la pequeña caja.

—Oye Santiago, esto está riquísimo —Le comento,

después de tomar un trago de agua.

—Más te hubiera encantado si lo hubiéramos comido en el restaurante —me guiña un ojo y comprendo su doble sentido—. Daruma tiene un pequeño restaurante en la ciudad, donde nos deleita con un platillo distinto cada noche, aunque el Lo Mein nunca puede faltar.

Terminamos de cenar y compruebo mi celular, faltan quince minutos para las diez de la noche. A Melina se la llevaron hace un rato a bañar y alistarla para dormir. Por lo cual, Santiago me trajo de nuevo a la sala, pero una joven empleada acaba de venir a llamarlo para que le dé las buenas noches a su hija, así que me quedo sola en la sala. Solo espero que cuando él regrese me lleve a casa.

—¿Cómoda?

Me encuentro sentada en un elegante sofá con mis piernas dobladas, me comenzaron a molestar los botines y me los quité. Soy amante de los súper tacones, sin embargo, creo que esta vez debí de haber escogido algo más confortable.

—Perdón. —Apenada, empiezo a bajar los pies, estirándome para ponerme los botines.

—Delhy, déjalo ser. No lo dije para hacerte sentir mal, al contrario, ni te imaginas cuanto me agrada verte tan cómoda en mi casa.

Se sienta a mi lado, me toma las piernas, sube mis pies a sus muslos y comienza a masajear cada huesito de mis pies. Su tacto es deliciosamente torturador, a pesar de que lo hace por encima de mis flamantes calcetas nones.

Empiezo a sentirme adormilada entre el silencio que nos rodea y su desarmante masaje.

—Santiago, es tarde, necesitas llevarme a casa —Le pido somnolienta.

—¿Por qué no te quedas a pasar la noche aquí? —Suelta la pregunta con una voz calculadora, pero con un timbre de determinación en ella, como si únicamente la estuviera haciendo por cortesía, pues él ya ha decidido por mí.

—Estás consciente de que tu hija está bajo el mismo techo, ¿verdad? —Lo miró fijamente, esperando una respuesta.

—Melina nunca ha visto a ninguna mujer en esta casa, si

eso es lo que te preocupa. Soy consciente de que nos estamos conociendo, sin embargo, solo te pido que te quedes esta noche. Ya es tarde, por favor... ¿Qué dices? —Se queda pensando por unos segundos—. Aparte te quiero enseñar la casa, y te invito a relajarte en la piscina.

—Estás loco, ¿verdad? —enfatizo—. ¿Tan rápido quieres matarme de neumonía? —bromeo—. No hace tiempo para meternos a nadar, ¿eres consciente de que estamos a finales de noviembre, y hace frío afuera?

—¿Eso es un sí? —Se le ve entusiasmado.

No tengo nada que hacer, así que por qué no quedarme a disfrutar más de este hombre, mientras el tiempo me lo permita.

—Ven, acompáñame.

Me toma de la mano y subimos las escaleras. Caminamos por un pasillo muy largo, que pienso que jamás tendrá fin. Atravesamos una pasarela de vidrio por donde veo una agradable noche estrellada. Esto es una conexión que une la primera área de arriba con otra área de la casa.

Un amplio arco con dos fuertes pilares a sus extremos es lo que da la bienvenida. Unos pasos después está la puerta de la habitación, dos hojas de madera que se encuentran abiertas.

El cuarto está decorado con una bonita sala de dos piezas, todo es muy espacioso como el resto de la casa. La mesita ovalada de centro está decorada por un arreglo floral de lilies blancas, junto a una fotografía de Melina y Santiago posando felices en la playa.

Las paredes, sábanas y cortinas son de color crema. La alfombra es de un tono pita, que con el brillo de sus hilos, manifiesta preciosos destellos de color dorado, se ve tan suave y confortable como para querer hundir los pies en el fino material.

Al lado de la chimenea hay un arco que divide el área de descanso de la sección donde se deja apreciar una amplia cama king size, con un respaldo rectangular color azul marino. Muchos cojines a tono se encuentran perfectamente acomodados en el impecable lecho, de brillante seda crema que decora la varonil alcoba. Posee dos burós imponentes de mármol a cada lado, junto con dos lámparas de apariencia costosa.

Caminamos lentamente por toda la habitación, para que él

pueda enseñarme todo el lugar. He de decir que tiene muchas ventanas, de hecho, cuando giro a la izquierda, me llama mucho la atención un gigantesco ventanal, una pared de cristal mejor dicho. Cómo me gustaría ver este lugar a plena luz de día, debe de resplandecer bellamente, iluminado por el astro rey.

Santiago me suelta la mano y lo sigo con la mirada, percatándome de que avanza para abrir el gigantesco ventanal. Cuando lo abre por completo, me transporto a algún lugar del Caribe. Si alguien me lo cuenta, no lo creo; básicamente estamos en un segundo piso, esto no puede ser real. Lo que estoy viendo es un área totalmente tropical. Tiene una piscina rectangular, con una impresionante palapa al fondo, rodeada por palmeras, y no podía faltar el rey del lugar, un espléndido jacuzzi, digno de esta mansión.

Santiago camina hasta el final de la piscina, observo que mueve unos botones en la pared, y comienza a salir vapor del agua.

—Listo, ya no tienes excusa. Démosle unos minutos y el agua estará perfecta —comenta mientras se dirige hacia mí, con paso lento y calculador.

Al estar frente a mí, me observa con una mirada tierna, su mano levanta mi barbilla.

—Estoy muy feliz de que estés aquí princesa. —Me da un pequeño beso en los labios, toma mi mano y me lleva adentro.

—Déjame preparar unas batas de baño y buscarte una prenda cómoda. Para que veas que como no suelo tener visitas femeninas, no tengo lo apropiado para una mujer, así que espero encontrar algo —exclama entrando a una puerta que quiero suponer es su closet.

—Santiago, voy a marcarle a Luz, necesito avisarle que me quedaré a pasar la noche —Le grito mientras me dirijo a la alberca.

Tomo asiento en una de las tumbonas enfrente de la piscina y rápido le marco a Luz, después de unos cuantos timbres me contesta.

—Hola, señorita desconsiderada. Hasta que se digna a llamar —Me recrimina de inmediato, en tono de broma.

—¿Qué onda Luz? Discúlpame, lo que pasa es que una

cosa llevó a la otra. Pero ya sabes que te contaré todo, únicamente te marco para avisarte que no voy a llegar a dormir... —No me deja terminar, y casi me deja sorda con su interrupción.

—¡¡¡¿Queeé?!!! ¿Dónde te vas a quedar? —exclama sorprendida.

—En casa de Santiago, no te preocupes que te cuento todo llegando, todo está bien —bajo la voz y prosigo—. Anda por aquí y no puedo contarte todo lo que ha pasado, ya es tarde, y en serio que no estoy buscando ninguna excusa. —Paro para pensar, Luz se ha convertido en una hermana mayor y no quiero mentirle—. Nena, la verdad es que me quiero quedar aquí, quiero pasar la noche con él, en su espacio —Le digo seria, sin tono de juego.

Reacciona diferente al escuchar mi comentario, dejando las bromas a un lado.

—Lo entiendo nena, solamente toma tus precauciones. Cualquier cosa tendré el teléfono al lado. Lo digo en serio, a cualquier hora llámame y estaré allí. Mañana tengo el día libre, llámame cuando puedas, ¿vale?

—Vale, hermana, ¡te quiero! ¡Tengo mucho que contarte! —Me entra la risa nerviosa—. ¡Ya necesito colgar! Buenas noches, Luz, ¡te quiero loca! —Le mando un beso tronado y cuelgo la llamada.

Camino de regreso a la recámara y me siento en uno de los muebles de la estancia. Me pasa por la mente sentarme en la cama, pero se me hace muy atrevido de mi parte, más si él no se encuentra en la alcoba conmigo. Por eso me encuentro aquí, escuchando ruidos provenientes de la habitación donde se metió, el cual sigo pensando es un closet enorme, o bien un gran vestidor propio de un lugar como este. No sé qué hacer, así que me pongo a revisar mi *WhatsApp,* tengo miles de notificaciones perdidas.

—Vamos mi princesa, ven acá. —Cuando volteo, me encuentro a un Santiago despreocupado. Lleva una playera blanca en el hombro, y trae puesto nada más que unos shorts, que caen hasta sostenerse en su cadera, mostrando esa perturbadora v suya. Paso lentamente saliva, porque el tiempo se ha detenido, y solo está frente a mí el hombre que me calcina con su presencia. Se acerca a mí lentamente y me da la mano, ayudándome a pararme sobre del sofá donde estaba sentada. —¿Todo bien? —Me abraza, dejando descansar sus brazos en mis caderas, y yo me acerco a él, respondiendo a sus dulces caricias.

—¡Sí! Estoy mejor que bien. —Nos perdemos en un beso que lleva mucho sentimiento, Dios, me temo que si sigo así me voy a perder por completo. Sin embargo, ya lo he decidido, voy a disfrutar mientras todo esto dure, y simplemente me dejaré llevar, me dejaré consentir por este gran hombre.

—No encontré mucha ropa en el closet, aunque creo que esto te puede servir. —Toma la playera blanca de su hombro y me la da. Al estirarla veo que es de los Bee Gees, y lo primero que me viene a la mente es su canción *How deep is your love*, todo un clásico, y mi favorita de ese grupo... ¡Estoy perdida! ¡Delhy eres una maldita romántica!

—¡Wow! ¡Me encanta!, y te advierto: puede que no regrese a ti —digo descaradamente.

—Es toda tuya. Vamos, cámbiate —ordena, y me toma de la mano ayudándome a bajar. Caminamos hacia el arco donde empieza su recámara, pasamos por un costado de su cama hasta dar con una puerta corrediza de vidrio muy distinto a lo que he visto antes. La abre y me da el paso al baño más grande y resplandeciente de toda la historia; mi cuarto queda chico en comparación con este enorme lugar—. Estaré aquí esperándote —afirma.

Al entrar, lo primero que capta mi atención es que en el centro hay un jacuzzi rectangular, en el cual fácil caben más de cuatro personas cómodamente. A mano derecha, se encuentran dos lavabos brillantes y pulcros. El piso es de distinguido mosaico de granito color blanco y reluciente, sin mancha alguna. La regadera se encuentra dentro de una cabina de cristal opaco, que no deja ver más allá.

Sin perder el tiempo me quito los botines, meto las calcetas dentro de ellos; después continuo con mi ropa, la cual dejo doblada en una banquita de piel muy coqueta que está a un lado del lavabo. Me pongo la playera, dejándome únicamente mi *panty*, pues no quiero mojar la ropa, pero no hay manera de que me marche de aquí sin ropa interior. Deslizo la puerta, salgo descalza del baño, y no veo a Santiago en la alcoba, así que camino lentamente rumbo a la piscina.

Pasando las puertas lo veo instantáneamente, está sentado al filo de la alberca con sus pies sumergidos en el agua. Lo encuentro pensativo, sin embargo, cuando escucha mis pasos, voltea a verme y sus ojos se iluminan, regalándome una de las más hermosas sonrisas que le he visto, y que sé, me seguirá cautivando cada vez que la vea.

—Ven aquí —ordena sensualmente. Me tiende la mano al llegar, me siento a su lado y, al instante, me envuelve con su brazo para acercarme a él—. Me gusta tenerte aquí Delhy. Quiero que siempre lo tengas presente, y nunca lo olvides, pase lo que pase —me dice con vehemencia, y dejo salir el aire que no sabía estaba conteniendo, desinflando mi pecho como un globo.

—Es muy linda tu casa Santiago, jamás imaginé que tuvieras este paraíso. —No me clavo en sus palabras, pues las mujeres solemos poner mucha atención a cada una de las cosas que nos dicen los chicos, y algunas veces no tienen el mismo significado para ellos, como para nosotras. Así que no le tomo mucha importancia, luego nos hacemos tremendos castillos en el aire, los cuales terminan destrozando en un abrir y cerrar de ojos nuestro pobre corazón.

—Está a tus pies. Siéntete como en casa.

De un brinco se sumerge por completo en la piscina. Al salir de ella, el agua le escurre por su sexy y hermosa cara, su cabello café empapado se le pega en la frente y las pequeñas gotas comienzan a deslizarse por sus costados. Es absolutamente imposible no ponerse caliente hasta la médula, este hombre altera mis hormonas hasta dejarlas en ¡modo pubertad lujuriosa on!

Observo que empieza a mover la cabeza de lado a lado hasta salpicarme, pone sus manos en mis piernas desnudas y se queda en medio de ellas. Sus ojos son más verdes de cerca, me hipnotiza con su mirada, como si pudiera ver todo de mí. Tiene pequeñas pecas por todo su rostro y hombros, aunque lo que más me atrae es su boca, es la más tentadora que he visto en mi vida ¡Dios, quiero besarlo hasta perder el aliento! Pongo mis manos en su nuca y él comprende la señal, se pega a mí y comenzamos a besarnos. Todo es tan perfecto, el cielo estrellado que nos rodea, el sonido de las palmeras balanceándose con el ritmo del viento fresco de esta noche de otoño.

La playera se me humedece con la proximidad de su cuerpo, me abrazo a él enrollando mis piernas a sus caderas, me levanta ligeramente, da un paso hacia atrás y me sumerge al agua junto a él.

Y, entonces, me doy cuenta, este es el lugar donde quiero pertenecer...

Capítulo 14

Me despierto sofocada, sufro de ansiedad ante el calor que emana mi cuerpo. Al enfocar los ojos en el techo, recuerdo que estoy en la habitación de Santiago; sus brazos fuertes me rodean y una de sus largas piernas se encuentra arriba de las mías, me tiene inmóvil. Me remuevo un poco para ver si con eso logro atraer su atención sin despertarlo, o que me sienta, pero es un caso perdido, creo que ha pensado que soy una almohada más en su cama.

—Santiago... —Le susurro.

Muevo el hombro para ver si se despierta, no lo hace. Intento de nuevo y nada, él sigue dormido como una roca. Con mucha dificultad, me giro poco a poco hasta quedar de lado, miro el reloj que marca las cinco con cuarenta y cinco minutos de la mañana. Es muy temprano, no puedo quitármelo de encima, por lo que no me queda otra que recordar lo que hicimos hace unas horas.

Después de pasar un estupendo rato juntos en la alberca anoche, nos metimos a bañar en su amplia y cómoda ducha. Nos lavamos mutuamente, limpiando nuestros cuerpos con demasiada veneración y ternura. Cada minuto que pasamos juntos nos sentimos conectados, cada vez que hacemos el amor es mucho más sensual y arrebatador; la necesidad de colmar nuestra pasión fundiéndonos como un solo cuerpo no cesa.

Al terminar otra mágica noche juntos, nos fuimos directo a la cama y, al estar envueltos entre las sábanas, comenzamos a platicar muy seriamente al respecto de todo lo que estamos viviendo en estos días. Él sigue con su propuesta de continuar conociéndonos, pero dice que es preciso comenzar una relación. Al final, después de darle más vueltas al asunto, lo terminé aceptando, no me dio otra opción, descartó desde raíz el ser solo "amigos", así que ahora soy la novia oficial del senador Santiago Moya. Abusando del buen humor del señor de la casa, bromeé diciendo: "Ok cielo, entonces soy tu novia oficial”. A lo cual contestó: "¡Sí que lo eres! ", sellando mis palabras con un beso lleno de ternura y pasión. «Estoy encantada, no puedo describir lo feliz que me encuentro».

Comprendo que es relativamente pronto para enrollarme en una relación formal, pero él no acepta un no por respuesta. Aunque tengo que confesar que no es que batallara mucho para convencerme, no obstante, algo que tengo claro desde nuestro primer acercamiento, es que él es un hombre que no toma muy bien las negativas, así que aquí estoy dispuesta a adaptarme a su forma de vida. Le dije que no quiero renunciar a todos los planes con que llegué a la ciudad. Estoy confiando en esta relación, es la primera vez que estoy con alguien de manera tan formal. No se equivoquen, estoy tan ilusionada y muy contenta, ¡oh, Dios! Necesito platicar con Luz, que me escuche, me aconseje, en fin, quiero saber qué piensa al respecto, la felicidad y la confusión recorren en mí por partes iguales.

Mientras me encuentro sumida en mis pensamientos, se prende, literalmente, una incómoda alarma. ¡Oh, no! ¿Es en serio? ¡Júramelo! Tengo tanto tiempo que no escucho una tan temprano, creo que desde que estaba en la universidad.

Escucho a mi chico estirarse, la apaga de un golpe, regresa a mí pegándose a mi espalda, me da un beso en el hombro, pero yo me hago la dormida, no soy una chica muy platicadora en las mañanas.

—Cielo… —Su voz ronca es un susurro adormilado. Acomoda su cara en el hueco de mi cuello—. Delhy, me voy a bañar; tengo que alistarme para ir al curro. Tú duerme un poco más, recuerda que estás en tu casa. —Me da un beso en la mejilla y sale de la cama de un brinco.

Escucho sus pisadas hasta que abre la puerta corrediza del baño; me quedo pendiente de escuchar ruidos provenientes del agua de la regadera, cuando eso sucede, aprovecho que estoy sola en esta majestuosa cama, me estiro, agarro su almohada, la abrazo, y me pierdo en su olor hasta quedarme dormida.

Minutos después, sus tenues pisadas al salir del baño interrumpen mi sueño. Con mucho cuidado da unos cuantos pasos hasta llegar al closet, escucho la perilla abrirse con delicadeza. Me causa demasiada ternura percatarme de que abre los cajones despacio, para tratar de hacer el menor ruido posible, hasta que de la nada se abre la puerta de la habitación con demasiado arrebato.

—¡Papitoooo, papitoooo! —Melina entra a la recámara con toda la emoción reflejada en sus palabras.

La sangre se me congela, y naturalmente alguien que presiento saber quién es, brinca desenfrenadamente en la cama. Pasan unos segundos para poder salir de mi conmoción, por lo que cuando lo hago no me queda más que salir de la colcha, antes de comenzar a sentir unas manitas juguetonas intentando hacerme cosquillas.

—Hola, Melina —Tengo solo la cabeza de fuera, pues sostengo fuertemente la sábana por debajo del edredón, ya que me encuentro totalmente desnuda. No me explico cómo Santiago dejó la puerta principal abierta.

—¡Pinsesaaaa! —Melina se abalanza y me da un caluroso abrazo hasta acorrucarse a mi lado, por lo que no me queda más que sacar los brazos para acomodarme la sábana, la cual ajusto con cuidado. Entonces veo salir a Santiago del closet con un traje puesto de tres piezas, de color gris, corbata azul marino en mano. Está tan tremendamente atractivo, que si no fuera porque Melina está con nosotros, estoy segura de que lo estaría seduciendo para atraerlo a la cama con la intención de pasar una mañana inolvidable.

Santiago, en vez de asustarse, se acomoda a mi otro lado, por lo que me muevo un poco para darle espacio. Él me pasa el brazo por los hombros para abrazarme, al tiempo que me da un beso en la cabeza.

—Vamos cielo, dejemos a Delhy dormir otro rato. Ven corazón, ven acá —expresa Santiago tiernamente, con su mirada brillante al observar a su hija.

Mientras se para de la cama, le ofrece sus fuertes y largos brazos a Melina, la cual va como siempre, impecable, con un vestido precioso color morado, *leggings* negros, su ya tan característica diadema de pedrería y zapatitos de charol negros.

—Papito, ¿pinsesa puele sed mi mami?

Santiago se pone blanco, su cara pasmada tras la pregunta, que casi se le salen los ojos. Los niños, como siempre, son tan impredecibles e imprudentes que, aunque sin intención alguna, meten a los adultos en cada aprieto. No obstante, antes de que él pueda componerse para contestar, Melina se sienta en mis piernas con su espalda recta, después de soltar de buenas a primeras esa bomba atómica.

—¿Quiedes sed mi mamita, pinsesa? Sito una mamita pada papito —me pregunta con su voz dulce, tan inocente y tierna, que se encuentra sentadita con su cara angelical como una muñeca de caireles rubios.

No sé qué contestar; Santiago solo sonríe nervioso, así que contesto lo más sinceramente posible. Él y yo ya hablamos de esta situación anoche, de lo que conlleva tener una relación con un papá soltero. Incluso, me platicó de la mamá de Melina, con quien nunca se casó, me dijo que los abandonó y no sabe nada de ella. Comprendo la situación y la respeto, lo más importante es que sé que tiene una hija, la cual viene en el paquete. De hecho, unas cuantas horas atrás, habíamos quedado en que no le comentaríamos nada a la niña de nuestra relación, hasta que estuviéramos más tiempo juntos, pero creo que Melina nos acaba de cambiar el plan por completo.

—Mira Meli, que te parece si mejor nos conocemos un poco más. Vas a ver que con el tiempo tu corazón encontrará a la mami indicada para estar contigo y tu papá, ya sea en mí o en cualquier otra princesa. —Cuando le suelto esta tonta respuesta, veo que su carita cambia instantáneamente a una expresión triste que me destroza el corazón, por lo que trato de arreglarlo con alguna tontería. —¡Ey, cielo! ¿Qué tal si soy una bruja malvada que come niños para ser siempre joven? —digo esto y me le lanzo directo a la barriga para hacerle cosquillas, cuidándome de no soltar la sábana con una de mis manos, y la niña no para de reírse.

—¡Tú no edes una buja, tú edes una mami pinsesa! —comenta acelerada entre risas y pataleos. Me abraza fuerte, después me da un besito.

Su afecto me desarma, es demasiado sentimiento el que me transmite. Acojo a Melina entre mis brazos, y me entran unas ganas horribles de llorar, un miedo inexplicable de que me vaya a encariñar con este pedacito de cielo, pero que después no funcione todo esto para los tres. Suspiro, la dejo ir, y ella se va caminando sobre la cama para subirse a los brazos de su padre.

Santiago, pensativo, la recibe. Los dos se despiden mientras Melina agita sus bracitos diciendo adiós; me avienta besitos, mientras yo los agarro en el aire y me los pongo en las mejillas.

Cuando salen de la habitación, me acuesto en la cama de nuevo.

—¡Tres días Santiago! ¡Tres malditos días y ya casi salgo con hija de aquí! —Me echo a reír ante mi pensamiento en voz alta.

Me despierta el timbre de mi celular, suena *Viviendo de noche* de Veni Vidi Vici, por la canción sé quién me llama así; alargo mi brazo hasta el buró, donde lo encuentro junto a una nota y un vaso de jugo de naranja. Contesto sin mirar, mientras abro la nota con mi mano libre.

—¿Bueno? —Mi voz ronca resuena, informando a quién sea que me acaba de despertar.

—¡Hola, nena! —Me saluda Luz con su voz efusiva—. ¡Uy! ¿Todavía dormida? —Su doble sentido no lo paso por alto.

—¿Qué onda, Luz? —Le pregunto, tratando de contener la risa.

—Nada, nada... Solo te llamo porque la bella durmiente no se ha reportado desde anoche, es que la muy descarada llamó para decir que no venía a casa. Y quiero saber si no te ha pasado algo, si sigues con vida, ¿vas a venir a casa? ¡Hay que hacer algo nena! Tengo el día libre.

Me siento en la cama, y empiezo a leer la nota...

Buenos días, pequeña:

Llámame al leer esta nota.

Besos,

Santiago

Doblo el papel, lo dejo en el buró. Tomo el vaso, le doy un buen trago, está riquísimo, es jugo natural. Señor ABC tan detallista y considerado al traerme un jugo cuando dejó la nota, ¿o solamente ordenó que me lo subieran? Da lo mismo, sigue siendo un lindo gesto de su parte.

—¡Delhy! ¿Me estás escuchando? —La voz exasperada de Luz me saca de mis cavilaciones.

—Sí, nena, perdón, ¿sabes qué?, creo que sé lo que podemos hacer, solo tengo que llamarle a Santiago.

—¿Llamarle? ¿Qué no estás con él?

—Salió esta mañana temprano a trabajar, y me dijo que me quedara a dormir un poco más. Pero cuando contesté tu llamada vi una nota, donde me indica que lo llame —sonrió—. O sea, ¿qué más puedo hacer?

—¡Oh, oh, ¿tienes que reportarte?! Uy, hermana, ¡ya estás bien enganchada con el senador! ¡Venga, me cago en todo lo cagable! ¡Si ya hasta a su casa te llevó! —Luz grita tan fuerte que tengo que alejarme el teléfono del oído, porque casi me rompe el tímpano, que costumbre con esta mujer.

—Ja-ja-ja —pronuncio las palabras en sílabas—. ¡Eres una exagerada! Mira, mejor te llamo en cinco minutos y te confirmo. ¡Pero contestas, ehhh!

—¡Ja! ¡Cómo si me fuera a perder el mejor cotilleo del momento! ¡Me marcas! ¡Besitos, nena! —Se ríe y cuelga.

Me levanto, me estiro; voy directo al baño, mientras busco entre mis contactos el número de Santiago. Le marco, timbra varias veces hasta que contesta con esa voz profunda y varonil tan peculiar que lo caracteriza.

—¿Pequeña?

—Hola guapo, ¿qué estás haciendo? aparte de... —Me detengo para bromear—. Mmm, "trabajar". —Le digo sarcástica. Santiago se carcajea más fuerte de lo que esperaba.

—Señorita Lugo, ¿está usted insinuando que soy un holgazán?

—Jamás, señor senador —comento tratando de sonar sensual, y prosigo utilizando un tono de voz más coqueta—. Le llamo para informarle que su pequeña se encuentra levantada, después de despertar en una bellísima cama de ensueño, ahora se retira a su casa.

—Ni lo sueñes, cariño —responde tranquilo, con una simple frase.

—Santiago, me encanta lo que he conocido de tu maravillosa casa, pero estamos conscientes de que no estás aquí. Yo estaré aburrida todo el día hasta que llegues, además, necesito platicar con alguien, por ejemplo, con mi súper grandiosa y loca mejor amiga Luz.

—Mira, ¿por qué no bajas a desayunar, cielo? Dejé ordenado que te preparen el desayuno cuando despiertes, después puedes nadar un rato, ver alguna película en el cuarto de entretenimiento. Delhy, es más, toma ropa de mi closet, puedes usar el gimnasio, hay una gran cantidad de cosas que puedes hacer para que pases el rato hasta que llegue; te prometo que el tiempo se te pasará volando.

—Mmm... Pues sí, pero ¿yo sola? —pregunto dudando de su mágico plan—. No, Santiago, ¿qué tal si mejor me voy a la casa, me pongo a hacer algo de provecho y pasas por mí más tarde? ¿Qué tal?

—No, pequeña. Mira, tengo una idea mejor, ¿por qué no le hablas a Luz para que te acompañe a pasar la tarde en casa? ¡Sí! ¿Ves? ¡Problema resuelto! Es mucho más práctico. Llámale y avísale que en cuarenta y cinco minutos mando a recogerla, yo seguiré aquí en el congreso.

—Vale, ¿y Melina? —cuestiono curiosa.

—La niña después del cole tiene clases de ballet, yo pasaré por ella, así que llegamos juntos a casa. —Al percatarse de que no le respondo, prosigue—: Cielo, disfruta de tu día. Prometo que es solo por hoy, hablaremos esta noche; respetaré la decisión que tomes, si quieres regresar con Luz o quedarte en casa.

—Está bien, ahorita le marco a Luz. Te espero para cenar juntos.

—Perfecto, cariño. ¿Ves cómo eso se escucha mucho mejor, que me esperes para la cena? Besos, preciosa. Tengo que colgar, voy tarde a una junta ¡Diviértete! —Me manda un beso y cuelga.

Dejo el celular en una de las mesitas que hay en el baño. No entiendo por qué los ricos tienen tantas por todos los rincones. Me da miedo tirar algún jarrón, escultura o cualquier otra decoración.

Me lavo la cara, mi pelo está todo alborotado, parezco un pequeño león. Lo cepillo con cuidado, con el peine que encontré en el cajón.

Veo mis cosas acomodadas donde las dejé anoche, la verdad no me apetece ponerme la ropa interior sucia. Sin embargo, no es que tenga más opciones, así que me pongo la bata blanca de baño de Santiago, que está tan bonita con sus iniciales SM bordadas en hilos dorados. Paso mis dedos por las letras, y me miro al espejo, me queda enorme, no obstante, eso no me detiene de mi objetivo.

Me voy caminando hasta su closet, eso requiere cruzar toda la recámara, pero cuando abro la puerta casi me voy de nalgas. ¡Oh, por el dios de la moda bendito! ¿Qué es todo esto?

No sé si reírme o ponerme a llorar, pues el closet es un paraíso, es todo un cuarto gigantesco. Tiene una pequeña estancia en el centro con un sillón beige, atrás una mesa de vidrio. Cuando me acerco, veo que tiene diferentes relojes, así como una infinidad de mancuernillas. Las paredes están diseñadas para mostrar todo lo que contiene el closet, sin olvidar nada. Los trajes sastre, clásicos, formales, casuales, desfilan en orden, y por color, impecablemente colgados. Camisas blancas perfectamente alineadas, en otra sección al lado, también veo filas y más filas de zapatos, mocasines, tenis, sandalias, botas, entre otra gran variedad de calzado masculino. Al otro extremo, se encuentran los cajones, que no tienen fin.

Me acerco hasta con miedo, pensando que debe de tener cámaras que me observan. ¡Se dará cuenta de que estoy aquí husmeando en su closet! ¡Maldita sea! Solo quiero unos bóxers, ¿es mucho pedir? Me voy directo a los cajones hasta que doy con lo que busco, tampoco quiero que piense que estoy tratando de robarle o qué sé yo. Escojo unos negros cortos pegaditos, que creo podrían ajustarse bien. Me río porque creo que esta chingadera es para ir a nadar, pero creo que me funcionarán mientras que le pido a Luz que me traiga un cambio de ropa. Tomo de pasada una playera azul celeste y salgo del closet.

Agarro el celular de la mesita, e inmediatamente le marco a Luz, en vista de que no podré salir de aquí, le pediré rescate.

—¡Uy! ¡Pensé que te habías olvidado de mí, tía! —Me contesta.

—Espera, te pondré en alta voz, me estoy cambiando, y te aconsejo que hagas lo mismo —prosigo, mientras me quito la bata para ponerme la playera—. Me dijo Santiago que te avise que en treinta minutos llega el chófer que mandó por ti para traerte a su casa, ya que *Rapunzel* se encuentra raptada en la torre hasta nuevo aviso. —Creo que ese es el nombre de la princesa, no soy muy fan de las películas infantiles... "hasta ahora", me recuerda mi mente traicionera. «Futura Madrastra, ¡Ay, Suena terrible!».

— ¡Ostia, hermana! Ya no te quiere dejar salir, ¿pues qué tanto le hiciste anoche? —Suelta la carcajada.

—¡Boba! quiere hablar conmigo, pienso que no ha de querer que salga corriendo, —me río— como si lo fuera a hacer; pero bueno, arréglate, que me aconsejó, en pocas palabras, que te invite a pasar la tarde en su hogar, ¿te animas?

—Nena, ya me estoy cambiando. Obvio que quiero ir, no recibo invitaciones para conocer casas de millonarios a menudo.

—¿Cómo sabes que es millonario? —Le pregunto, mientras me veo en el espejo, estoy hecha un desastre.

—¿Qué, crees que solo tú te pones a cotillear en Internet?

—¡¡¡Yo no me pongo a chismear en internet!!! —Ataco

indignada, eso no es verdad.

—Pues yo que tú lo haría. Es más, lo podemos hacer juntas.

—Luz, espera. Antes de que se me olvide, necesito un favor.

—Lo que quieras, hermana.

—No seas mala; ve a mi cuarto, toma mi mochila, escoge un cambio de ropa interior, un traje de baño, unas sandalias y un cambio de ropa... de preferencia algo cómodo, ¡porfa!

—¿Un solo cambio de ropa? —indaga.

—¡Sí, únicamente uno! Así no caigo en la tentación de quedarme más días.

—¡Chica lista! Oye, ¿cómo que un traje de baño? ¿Estás loca? Sé que no hace demasiado frío y el día es precioso, pero para alberca no estamos Delhy.

—Tú tráeme uno. Ahh y tráete el tuyo también, aquí la cosa esta muy nice, ¡la piscina es climatizada! —Empiezo a aplaudir como loca —. ¡¡¡Luzzz!!! ¡¡¡Ya vennnnn!!! ¡¡¡Esto está increíble, te necesito aquí!!!

—Vale, nena. Déjame ir a tu cuarto a preparar tus cosas. Nos vemos en un rato, ¡te quiero! —Se despide.

Mientras espero a que llegue Luz, hago la cama, luego me siento en la salita que se encuentra al entrar a la recámara. La verdad, no quiero salir de la habitación hasta que sepa que mi amiga está por llegar.

Para hacer tiempo, me meto al *Instagram*, a ver qué nuevas recomendaciones tienen en *Libros Que Dejan Huella*, una famosa comunidad de lectura a la cual pertenezco, me decido y me pongo a leer "*Amor en llamas*" de Lorena Fuentes, que se ve fantástico, cuando me doy cuenta estoy perdida en la lectura, mientras me enamoro a cada capítulo del bombero ardiente como el infierno, hasta que el timbre de mi celular me saca de mi sueño.

—¿Qué onda? ¡Dime que ya vas llegando!

—Sí, estamos pasando el zaguán principal. Oye tía, ¡cuánta seguridad hay aquí!

—¡Perfecto! Ya bajo. —No le tomo cuidado a su comentario, supongo que así deben de ser todos los ricos, demasiado precavidos, ¿no?

Salto de la cama, veo mis calcetas nones, ¡¡¡mátenme!!! Ni de chiste me voy a poner los botines, tendré que bajar así porque todo el calzado de Santiago me queda enorme.

Me armo de valor y voy en busca de Luz. Atravieso el pasillo de la entrada, cuando llego a la pasarela de vidrio que conecta a la otra ala de la casa, me quedo sorprendida con el resplandor del sol, me paro a contemplar el paisaje de esta inmensa propiedad. A pesar de que los árboles comienzan a perder los tonos verdes, ahora se encuentran mezclándose con rojizo, amarillo y café, dan una impresionante vista. Las hojas reposando en el césped complementan la escena que transmite una paz indescriptible.

Reacciono, me pongo en marcha hasta ver las amplias escaleras, bajo por una de ellas, y me paro en seco cuando me topo a una Luz entrando totalmente impresionada, observando todo el lugar.

—¡Tía, esto no es solo una casa! ¡Esto es la súper mega casa! ¡Qué digo, es la súper mega mansión, hermana!

—¡Lo sé! Y todavía no la conozco toda.

Mientras estamos admirando con detenimiento el dulce hogar de Santiago, sin darnos cuenta, llega la señora Eugenia.

—Señorita Lugo, buenos días, ¿quiere que sirva el desayuno? —Me pregunta educadamente.

—Sí, por favor. ¿No es mucha molestia si desayunamos arriba, en la palapa? Hace un día agradable. —Apenada continúo—. Mmm, si quiere nos puede avisar cuando esté listo, y nosotras mismas lo subimos.

—Que va linda, no se preocupe, yo se los llevo. Están en su casa —afirma, y se retira.

—¡¡¡Qué guay!!!

—Ven, vamos al cuarto, donde podremos platicar. No quiero andar merodeando por aquí, me siento rara, como una intrusa.

—¿Cómo una intrusa, Delhy? Créeme, si no quisiera que estuvieras aquí, no te hubiera dejado en su casa, ¿no crees?

Seguimos conversando mientras le muestro los pocos lugares que conozco, es decir, el camino a la recámara. Abro las puertas, atravesamos la habitación, y salimos a la alberca. Luz se enamora al igual que yo, de este pequeño paraíso tropical que tiene Santiago en su casa.

Comenzamos a ponernos al corriente; le platico todo lo que he vivido desde que me abandonó en la sala con él, hasta esta mañana que desperté entre sus fuertes brazos. Nos sentamos en el comedor de patio, que se encuentra bajo la palapa, abastecida con un bonito bar, lo cual es lo primero en llamar mi atención al llegar. Ahora que estamos a la luz del día, puedo observar todo con detenimiento; refrigerador, fregadero, estufa de gas, parrilla de carbón, y todo lo necesario para hacer una buena parrillada los domingos. Todo esto se encuentra al fondo del jardín, a unos cuantos metros pasando la alberca.

—Precioso, ¿verdad? —cuestiono a Luz.

—Estoy impresionada, en serio que no tardaría nada en adaptarme a vivir aquí. —Me guiña un ojo.

—Luz, créeme, ¡no me quedaré a vivir aquí! —Tomo a la defensiva su comentario.

—¿No crees que es eso de lo que quiere platicar contigo?

—Puede que sí. No puedo mentirte, eso fue lo que me pasó por la mente a mí también. Pero no Luz, ya lo tengo decidido, esto no está en mis planes. Anoche lo sacó a colación, no obstante, no me presionó, así que lo tiene que asimilar. No puedo creer que cuando al fin estoy en mi onda de mujer independiente, de que quiero trabajar, ganar mi propio dinero, llega este dios divino de la mitología griega, queriendo arruinar mi plan.

—¡Sí que estás jodida! —comienza a reír, luego me hace ojos para que volteé para atrás. Al hacerlo, miro a la señora Eugenia con otra chica del servicio, traen varias charolas y se acercan al comedor.

—Con permiso señoritas. Espero que les guste; si apetecen algo diferente o algo más, me lo pueden hacen saber, junto al bar está el teléfono, solo marquen cero uno. —Comenta mientras sirve dos platos, uno con pan tostado, y otro con fruta picada, así como tres jarras con jugo de naranja, leche descremada y café, respectivamente. También deja *hotcakes*, mantequilla, mermelada, así como dos platos de huevos revueltos con tiras de tocino a un lado; seguramente Santiago le dijo que nos hiciera un desayuno americano.

—¡Wow, señora Eugenia! Qué rico huele todo esto, muchas gracias.

—Es un placer señorita Lugo. Nunca contamos con la fortuna de que el Señor Santiago traiga invitados a casa.

¡Uff! Eso me infla como un pavo real.

—Nada de señorita Lugo, puede llamarme por mi nombre, Delhy.

Ella solamente se pone colorada y sonríe.

—Con permiso señoritas, buen provecho. —Se despide educadamente, y se marcha con la joven.

Nos deleitamos con un súper desayuno. Luz está encantada, y eso que ella es la reina de la cocina, claro que la señora Eugenia tiene el sazón en las venas, pues todo está delicioso. Dejamos reposar el estómago mientras seguimos con la platicada, aunque terminamos discutiendo. En pocas palabras, su consejo es que no me deje cegar ni distraer por el buen sexo del señor guaperas, que me enfoque en lo que verdaderamente quiero hacer, que es ser una chica independiente, trabajar y todos esos ideales del siglo XXI.

Después de un rato, nos dirigimos al glamoroso cuarto de baño para cambiarnos. Luz me entrega la mochila que me preparó, con un cambio de ropa que me pondré después de salir de nadar, ropa interior, sandalias, traje de baño, sin olvidar mi neceser con cosméticos y artículos de tocador.

—¡Gracias, Luz! ¡No sé qué haría sin ti!

—¡Aburrirte! —Me contesta, al tiempo que me tira una playera en la cara.

Ya en la alberca, conecto mi celular al aparato reproductor de música, nos metemos al agua, que por cierto, está exquisita, tibia para ser exactos. "¡Wow, cómo se la gastan los ricos!", pienso.

Escuchando música, nadando y platicando, se nos pasa el día de manera espléndida; hasta que al final Luz se anima a contarme que ayer discutió con Jacobo, no me quiso dar muchos detalles, pero a lo que entendí, creo que el chico metió la pata hasta el fondo, y al tener que salir de viaje por el trabajo, no pudieron arreglar sus diferencias.

Según la versión de Luz, a ella no le importa, sus palabras fueron "¡Me vale! Jacobo es un infantil". Sin embargo, está claro que le afecta, porque puedo notar que está más contenida de lo habitual, contenta, aunque extraña. Realmente ese hombre le importa mucho, aunque ella no lo quiera aceptar, ojalá algo los haga recapacitar y aceptar lo que verdaderamente sienten el uno por el otro.

—Señoritas, disculpen. Llevan mucho tiempo en el sol, así que me tomé la libertad de traerles una rica limonada, se las dejo aquí —Nos dice Eugenia, con una jarra de vidrio llena de agua fresca de limón, con cubitos de hielo. La pone junto con dos vasos, en la mesa que hay entre dos tumbonas.

Me salgo de la alberca, y tomo mi toalla.

—¡Muchas gracias! De verdad no se hubiera molestado —Le expreso, mientras me acerco a ella secándome el pelo.

—Un placer mi niña. Con permiso señoritas.

Luz sale también de la piscina, toma la jarra, nos sirve, me da un vaso, agarra el suyo y bebe mientras se sienta en la otra tumbona.

—Estoy muerta, esto de no hacer nada también cansa tía. Estoy segura de que dormiré como un bebé, ¡te lo aseguro! ¿Entrarás de nuevo?

—No creo, se me hace que mejor me acuesto aquí mientras me seco. ¿Y tú? ¿Ya te vas a duchar?

—Sí, me adelanto, y así lo haces tú cuando yo termine.

—¡Perfecto!

Me recuesto en la tumbona boca arriba, cierro los ojos y me concentro en la música. No sé cuántas canciones he escuchado, pero comienzan los acordes de una de mis preferidas. Antonio Orozco me comienza a cantar: "Estoy hecho de pedacitos de ti", y con esta canción me doy cuenta que es en lo que me estoy convirtiendo, en un cuerpo que se conforma de pedacitos de su voz, de su tacto, de sus abrazos, de los susurros de esta mañana y de todo lo que él está conformado, mi gran hombre, mi macho alfa, mi senador inalcanzable, ese que me tiene en estos momentos añorando por su llegada.

Un suave beso me regresa a la vida. Al abrir los ojos, Santiago está inclinado hacia mí con su encantadora sonrisa. Se encuentra sentado en la tumbona junto a la mía. Sus profundos ojos verdes me miran con adoración, yo en cambio, veo sus labios carnosos con necesidad y deleite. Me sonríe, regresando por otro beso, pero esta vez no lo dejo apartarse tan rápido, en vez de eso lo abrazo, lo acerco más a mí para perderme en su boca. Esta vez es lento, con ternura, suave, profundo.

Mi ansiedad y deseo recorren todo mi cuerpo como pequeñas partículas activándose con su presencia, en este instante me doy cuenta cómo vuelvo a sumergirme hasta engancharme en esta burbuja de seguridad, lo añoré. «¡Oh, sí que lo extrañé!».

Lo tomo por las mejillas y lo contemplo. No necesito expresar con palabras lo que empiezo a sentir por él, porque se lo estoy demostrando.

—Dueña de mis noches, no sabes cómo te extrañé...

Capítulo 15

—Hola, mi señor sexy.

Santiago suelta una resonante carcajada.

—¡Caramba! Primera vez en la vida que alguien me llama de esa manera.

—Siempre hay una primera vez para todo. Aparte necesitaba encontrarte un apodo apropiado para hacerte mimos.

—Ajam, ¿entonces piensas que soy sexy? —Me sonríe.

Lo golpeo en el brazo.

—¡Oh, no! Mi error, mira a quién acabo de encontrar aquí, al señor narcisista de toda la vida. Veo que alimento tu ego.

—¡Jamás!

—Pues déjame decirte que eso no lo opina tu clóset —Le contesto, conteniendo la risa.

—A ver mi señorita detective, ¿qué dice ese clóset desalmado sobre mi persona?

—Que eres el hombre más impredecible, controlador, dominante, impecable, pulcro, sensual, sexy... —Todo esto se lo voy nombrando contando con mis dedos cada atributo. Paro para pensar en más adjetivos, porque se me han terminaron los de mi lista mental.

—¿Me está adulando, señorita Lugo? Porque me estoy perdiendo un poco.

—Depende, ¿habrá recompensa, señor senador?

—¡Pequeña descarada! —Se acerca a mí, y comienza a

besarme juguetonamente.

Nos entretenemos con besos divertidos, arrumacos, cosquillas y uno que otro toque fugaz penetrando desde mi piel hasta lo más profundo de mis entrañas. Sus labios son mi perdición, son una herramienta letal para desarmarme, son capaces de transmitirme reacciones emocionales indescriptibles, y transportarme desde el cielo directo al maldito infierno, envuelto de seducción, como la más dulce de las perdiciones, derramando desenfreno. Siempre nuestros encuentros se intensifican, y perdemos la noción del tiempo, sin saber dónde nos encontramos, hasta que escucho a alguien aclararse la voz.

—Les prometo que no los quiero interrumpir... pero soy una envidiosa; además, ustedes dos provocan una necesidad a los que se encuentran alrededor de ustedes. ¡No sean descarados, tíos! ¡No pueden ir por ahí antojando a los presentes, con sus muestras de cariño mutuo!

—Hola, Luz. Encantado de volverte a ver...—Mi hombre personalizado en sarcasmo, le saluda.

—Hola, Santiago. Gracias por la invitación, tienes una casa bellísima.

—A tu entera disposición, —expresa mirándome a mí—. Chicas, ¿les parece si las invito a cenar?

—Cenar... —Volteo a verlo consternada—. ¿Fuera?

¡Maldita sea! Lo que me preparó Luz para ponerme no es para salir a cenar, mucho menos a los lugares elegantes que seguramente frecuenta mi Santi.

—Claro, ¿o tienes algún inconveniente, pequeña?

—Pensé que cenaríamos aquí, y después nos llevarías a casa. La ropa que me trajo Luz no es para salir.

—¿Eso quieres? —pregunta serio un tanto decepcionado.

—Sí, creo que es lo mejor. Aparte necesito bañarme.

Luz solamente observa nuestra conversación, por lo cual Santiago se levanta, me ayuda a ponerme de pie y me dice:

—Prepara el baño pequeña, en un momento estoy contigo —Acomoda un mechón de mi pelo húmedo atrás de mi oreja, y me da un beso en los labios—. Llevaré a Luz a un lugar que sé, le va a encantar. —Luego voltea hacia mi amiga—. Luz, te prometo que mi intención no era ponerte a cocinar, Delhy me ha obligado a cambiar el plan por completo. De verdad, nunca he sido irrespetuoso con mis visitas hasta el día de hoy, pero necesito dejarte entretenida por un buen rato, mientras me encargo de mi mujer, la cual ha estado separada de mí por todo un terriblemente y largo día. Por lo tanto, creo que el único lugar donde no nos extrañarás es en la cocina.

Me quedo de a cuatro. ¿En serio este condenado le ha soltado esto a Luz en mi cara? Cuando voy a abrir la boca para decir algo, mi loca amiga suelta una carcajada.

—Cuenta con ello senador. Tú nada más muéstrame dónde está esa fabulosa cocina tuya, y yo preparo la cena, tortolitos.

Entramos los tres a la recámara, pero Santiago se detiene al pie de la cama para darme un beso en la frente de despedida. Suelta mi mano, pues se va con Luz. Los veo partir hasta la puerta principal, entonces me voy directo al cuarto de baño, abro la regadera y pongo el agua a temperatura tibia; no estoy segura de cómo funciona todo esto, por tantas llaves extrañas que hay, estoy acostumbrada únicamente a dos. Al ver que no viene Santiago, me apresuro a quitarme el traje de baño, lo pongo en el lavabo y me meto corriendo a bañarme, no quiero pasar tanto tiempo aquí, mientras soy consciente de la presencia de Luz en su casa, esperándome.

El vapor empaña todo el lugar, estas cosas de alta tecnología no van conmigo, creo que si no llega Santiago pronto, terminaré cocinada aquí adentro. A los pocos minutos escucho la puerta correrse, y la silueta viviente de la perfección personalizada a mi gusto, está frente a mí.

Mi hombre está completamente desnudo, tan dominante con su gran altura, su espalda ancha, y todo él me hacen desearlo. Me convierte en una mujer cavernícola, con deseos de mandarlo y dominarlo, para que haga lo que yo quiera, me obedezca y me satisfaga en todos los sentidos posibles. Su tono de piel bronceada me hace sonreírle, casi puedo apostar que mi chico de tez blanca se pasa su buen tiempo bronceándose. No se lo reprocho, está divinamente delicioso.

Se acerca a las llaves, mueve una de manera extraña, mientras yo estiro mi mano para tocar el agua y percatarme de que la temperatura ahora si es la adecuada. Doy unos cuantos pasos, me sitúo bajo el agua, y mientras siento como corren los chorros por mis ojos, los cierro para perderme en la sensación de sentirla recorriendo mi piel. Abro los ojos al no percibir ningún sonido ni movimiento, únicamente el ruido tenue del agua al caer. Cuando el vapor se dispersa puedo ver a Santiago más cerca de mí, está observándome. Su sensual rostro con expresión fiera y varonil, solo está mirándome, lo cual me prende aún más. Su miembro erecto me confirma las ganas y la necesidad que tiene de hundirse en mi cuerpo, quien en estos mismos momentos también clama por él.

En estos días he perdido la vergüenza al exhibirme desnuda frente a él, Santiago me transmite seguridad, me siento una mujer provocativa, sensual y poderosa. En cada uno de nuestros encuentros íntimos puedo ver la reacción que mi cuerpo le provoca. Su vigor se intensifica, tanto ansia como ferocidad lo consumen, y mi subconsciente se pavonea por lo que soy capaz de hacerle sentir a semejante espécimen masculino.

Tomo ventaja de la situación; levanto muy despacio mis brazos, paso mis manos por mi cabello mojado, cierro los ojos, y levanto el pecho invitándolo a venir a mí. No me da tiempo ni de contar los segundos que pasan, cuando su boca se encuentra besando mi cuello, sus manos recorriendo cada espacio de mi cuerpo. Me sostiene y me levanta sin dificultad, no hace falta recargarme en la pared, porque él me tiene sujeta sin problema alguno, posicionando sus grandes manos abajo de mis nalgas.

—Pequeña, no te imaginas cómo te extrañé —murmura en mi oreja, me la muerde sin descaro, se mueve y me besa con brutalidad.

Mis labios se ajustan a los de él, lo muerdo mientras me tiene bien situada en su cintura. Siento su glande rozar mi trasero, por lo cual me balanceo para bajar un poco más y poder sentir su pene en mi entrada, rozándome con él.

—¡Oh, sí! ¡Diablos, cómo te extrañé!

Estoy a punto de decirle que acomodaré su miembro para metérmelo, pero me acuerdo, ¡el maldito condón!

—¡Santiago, el condón!

Gruñe fastidiado, no obstante, me baja con cuidado, abre la puerta de cristal, toma una toalla para secarse la cara, y sale chorreando. Ufff, no creo que le vaya a gustar mucho a Eugenia todo el desastre que estamos haciendo. Regresa con el condón en la mano, me lo da, y le sonrío, pues capto el mensaje, "¡manos a la obra, Delhy!", pienso.

Se une a mí bajo el chorro de agua, levanto mi cara, y veo su pecho, el cual beso con ternura. Voy bajando poco a poco por su cuerpo, mientras paso mis pequeñas manos por su vientre marcado, dejando pequeños besitos. Me hinco, quedando frente a su gigantesco pene, no pierdo el tiempo, le lamo el glande dando círculos con la lengua mientras tengo los ojos cerrados y el agua cae en mi rostro. Lo introduzco en mi boca, lo siento en mi garganta, aunque todavía no está del todo adentro. Suelto el condón, con una mano sostengo su miembro, mientras lo muevo de arriba hacia abajo, sincronizando el movimiento con mi boca. Escucho como deja salir el aire, volteo hacia arriba para mirarlo, tiene los ojos cerrados y el agua le corre por su apuesto rostro. Amo sus expresiones, sus gestos de placer; su vena se marca en su cuello, haciendo de esta otra de las escenas más sensuales y eróticas que paso con Santiago.

Su cuerpo es aún más imponente al verlo desde aquí abajo, donde estoy hincada. Es colosal, me calienta, por lo que me esmero cada vez más, por la simple razón de escucharlo gemir. Su pene entra cada vez más profundo en mi garganta; le doy morditas, con lo que siento como se pone más hinchado y venoso dentro de mi boca.

—Delhy, para... Te necesito —exhala.

Busco el condón en el piso, lo abro con cuidado, y se lo pongo lentamente. Santiago me ayuda a pararme, me besa, sin embargo, siento donde se pierde la brusquedad, este beso es más íntimo, mucho más profundo, devastador, tanto que me dan ganas de llorar por la ternura que nuestra conexión emana. Cierro mis ojos, lo cojo de la nuca, y él responde cargándome con cuidado. Por lo cual, los abro para mirarlo de cerca, sus profundos ojos verdes me contemplan, y son un bosque donde me encanta perderme junto a él.

Sin previo aviso, se sumerge lentamente en mí. Sale y vuelve a entrar despacio. El agua es un bálsamo para nuestros movimientos. Ambos soltamos un gemido, me da otra embestida y dejo caer mi frente en su hombro. Su pene es tan enorme que siento me va a partir en dos. Sus movimientos en círculos me están matando, la lentitud de nuestro encuentro es perturbador, pero me dejo ir tras las sensaciones que me envuelven.

Me sujeta de las nalgas con sus manos, mientras yo sigo agarrada a él por mis piernas en sus caderas y mis manos en su cuello. Santiago empieza a moverse más rápido, y yo respondo meneando mis caderas por más fricción, desatando deliciosos cosquilleos y calambres en mi vientre, donde se está formando mi orgasmo.

—¡Santi, me encantas!

—¡Dilo, Delhy! ¡Dilo, maldita sea!

Estoy en blanco, ¿de qué jodidos habla?

—¡Dime que eres mía!

—Soy tuya... —jadeo, y lo agarro más fuerte, sosteniéndome ahora de los hombros.

—¡Delhy, tómame! ¡Quiero ser tuyo!

—¡Lo eres, cielo, lo eres! ¡Solo mío!

No lo puedo contener por más tiempo, mucho menos al sentir sus movimientos bruscos al salir y entrar cada vez más rápido, eso me ayuda a explotar. Mi cuerpo se sacude, estoy en plena erupción. Nuestros gemidos se mezclan, y eso me excita aún más.

—Sí, pequeña... Recíbeme así... ¡Oh, siii! —brama. Luego siento como me aprieta de las nalgas y se viene. Es tan atractivo escucharlo gemir.

Sin importar el tiempo, nos quedamos un rato abrazados. Únicamente quiero que me lleve a la cama, para acurrucarnos hasta quedarnos dormidos. Me levanta un poco, sale lentamente de mí. Bajo una pierna, después la siguiente. Veo que se quita el condón, y rápido abre la puerta para aventarlo a la papelera. Al regresar junto a mí, toma su gel de baño, pone un poco en su esponja, estira la mano para sacarme del chorro del agua y procede a bañarme.

—Tenemos que ir a comprar tus cosas, Delhy —me dice mientras me enjabona.

—¿Mis cosas? —Volteo a verlo.

—Tus artículos personales. Shampoo, gel de baño,

máquina de afeitar, y todo lo demás, para que los tengas aquí; seguro no querrás usar siempre los míos de hombre —sentencia.

Termina de enjabonarme, y me meto al agua de nuevo para enjuagarme, él aprovecha para tallar su cuerpo. Yo prosigo, tomo su shampoo, vierto un poco en mi mano y masajeo mi cabello. Sé que son productos de muy buena calidad, pero son de hombre, como dice Santiago; además, estoy acostumbrada a bañarme con mis cosas, por lo cual no me siento nada cómoda. Mi pelo me pasará factura si continúo bañándome con este shampoo sin acondicionador. Acabo de enjuagarme, y me hago a un lado en el espacioso baño para que él termine de asearse.

—Espera un momento cielo, no salgas todavía. No quiero que te vayas a resbalar, hay mucha agua en el piso —me aconseja, al ver que estoy a punto de salir.

Así que mientras espero, él sigue enjuagándose el pelo. Yo observo, babeando por sus bíceps. Le doy un buen repaso a todo su escultural cuerpo, de manera minuciosa; cada músculo perfectamente trabajado, hasta esa candente y sensual V que me distrae por completo, aflojando mi lengua.

—Santiago, estás buenísimo... —escupo en voz alta, y él se carcajea.

—¡Descarada! ¡Lo sabía! Solamente me quieres por mi cuerpo.

Me le voy encima, brinco y me lo como a besos. Él me abraza fuertemente y, en un momento de lucidez, me acuerdo de Luz.

—¡Santiago! ¡Luz nos está esperando!

Cierra la llave conmigo en brazos, me deja en el tapete, se envuelve una toalla en la cintura, regresa con el albornoz que tiene sus iniciales para mí, me arropa y salimos juntos. Mientras él se va a su closet, yo me pongo a sacar las pertenencias de la mochila que me trajo Luz; encuentro un sencillo conjunto de ropa interior, un pantalón capri de mezclilla y una playera tipo suéter color naranja de punto. Y resulta que mi intuitiva amiga me trajo también unos flats negros, ¡qué bueno! Así no tendré que ponerme mis botines altos. Ya cambiada, me dirijo con mi neceser hasta el espejo, trato de secar el exceso de agua lo más posible de mi cabello con la toalla; saco mi mousse, vierto un poco en mi mano y trato de aplacar mi melena.

Salgo directo a buscar al señor perfección, todavía no lo veo por ninguna parte, eso quiere decir que aún no está listo. Voy a buscarlo a su clóset y lo encuentro viendo dos playeras, y vistiendo únicamente unos sensuales bóxers, ¿en serio? Creo que Santiago no quiere que lo deje salir de aquí nunca jamás. Me escucha acercarme y voltea.

—Estoy algo confundida, tengo dos teorías: O tú quieres que nuevamente te ataque sexualmente, con esa pinta lujuriosa tuya —Le doy un fuerte apretón en su duro trasero—. O tienes un problema muy serio con esto. —Con mi dedo señalo todo el clóset.

Me sonríe, y yo me siento en el sofá mientras lo veo comenzar a vestirse. Es como un show privado hecho solo para mis ojos, el cual espero que dure por mucho, mucho tiempo.

Mientras entramos al comedor tomados de la mano, Luz nos recibe.

—Venga tíos, que si no llegaban en cinco minutos más, hubiera comenzado a cenar sola.

Volteo a ver a Santiago, y siento el rubor invadir mi cara. Él me pega a su costado, dándome un beso en la cabeza, una caricia muy propia de este hombre.

La mesa está servida, hay cuatro sitios puestos, lo cual me hace recordar que Melina no debe tardar en llegar.

—Eugenia, puedes por favor mandar traer a Melina. —indica Santiago.

—Chicos, déjenme decirles que no pude preparar la cena. La señora Eugenia no me permitió invadir del todo su cocina, por eso únicamente les preparé el postre.

Comienzan a servir en charolas plateadas todo tipo de tapas para picotear un poco, y no cenar tan fuerte; así como algunos chorizos de la región con aceitunas, y brochetas de salami con queso mozzarella. Casi estamos listos para comer, cuando escucho:

—¡Papitoooo, papitoooooo! ¡Ohhh! ¡¡¡pinsesaaaaa!!! —

grita cuando entra y me mira.
Mi hermosa muñeca de caireles rubios, corriendo por el comedor. Santiago mueve hacia atrás su silla, y Melina se trepa en sus piernas.

—¡Hola, preciosa! —Le besa su cabeza rubia, y la abraza.

—Papitoooo, papitooo. Nana Genia no me lejaba id a tu cuadto —Le dice con tanto sentimiento, sacando las trompitas, haciendo pucheros.

—Oh, Melina —contesta Santiago, transformándose en un papá muy serio—. De hecho, de eso necesito hablar con usted señorita. Vamos a hacer pequeños cambios en esta casa.

La niña solamente lo observa sin entender nada, voltea a verme y se baja a duras penas de las altas piernas de su padre.

—¿Pincesa, te vas a quedad hoy?

Veo a Luz, quien me observa con cara de "te lo dije".

—No, cielo. Mira —Apunto con mi dedo a mi compañera de piso. —Una amiga ha venido por mí. Te la presento, ella es Luz.

Mi amado ángel rubio se va caminando hacia el otro extremo de la mesa, y le da su pequeña manita.

—Hola, mi nomble es Melina Moya Divaio.

Me doy cuenta de que Melina no tiene apellido materno, Santiago no ha profundizado en ese tema, y la verdad no es algo que me gustaría sacar a colación en estos momentos. Soy de esas personas que mientras no se interpongan en mi vida, entre menos sepa mejor. Si no me quiere contar está bien conmigo, es algo delicado para él, así que mejor lo dejo pasar y guardo mi distancia.

—Hola, Melina. Yo soy Luz Villeda, amiga de Delhy.

—Melina, vamos nena. Siéntate, Eugenia viene con tu cena.

Después de esa introducción, nuestra cena es muy amena, cordial y tranquila, hasta que Santiago nos conduce a un cuarto de entretenimiento muy bonito y lujoso, como todo en esta casa, con un excelente gusto en decoración.

Una amplia sala nos da la bienvenida, al fondo se encuentra una pantalla plana gigante, infinidad de consolas de video juegos, un sistema de sonido y muchos aparatos de alta tecnología se encuentran empotrados en la pared, perfectamente acomodados en un lujoso mueble de madera color café chocolate, que le brinda estilo y clase a toda la habitación.

Nos acomodamos en la confortable sala de piel y, ahí, agradablemente seguimos degustando el postre que preparó Luz. El cual es un rico brownie de chocolate, con nieve de vainilla en la parte superior, bañado en chocolate líquido y pedacitos de nuez.

Santiago se disculpa, saliendo para darle las buenas noches, y acostar a Melina, quien hace solo unos minutos se fue haciendo pucheros, pues la pequeña princesa no quería irse a dormir.

—¿Delhy? —Me llama Luz, al salir Santiago del cuarto.

—¿Mmm? —contesto con un monosílabo. Tengo la boca llena del suculento postre, que se derrite deliciosamente en mi boca.

—¿Qué vas hacer? —Me cuestiona—. Ya sabes, estoy segura de que el señor BBC va a venir, y te va a preguntar si te quieres quedar aquí.

Me atraganto con el brownie, toso y, rápidamente, me tomo el vaso de agua que tengo en la mesita, junto al sillón donde estoy sentada.

—¡¡¡Cómo crees!!! —Casi grito, todavía tosiendo.

—Pues entonces, ¿de qué crees que quiere hablar nena? Esto ya me picó, eres la ostia.

—Ya ni me digas, que me estoy muriendo de los nervios.

Platicamos por un rato, hasta que llega Santiago. Se sienta a mi lado, y empieza a charlar con las dos. Nos habla de sus proyectos, y de tantas cosas que tiene que arreglar en los siguientes meses. Llegada la media noche decidimos que es hora de volver a casa, aunque Santiago y yo no hemos platicado en privado, como él dijo que haríamos, amablemente nos acompaña a su *Range Rover.*

El viaje es tranquilo, disfrutando de un hombre relajado que sostiene mi mano, y de la chica alocada sentada en la parte trasera, quien nos saca carcajadas con su fantástico sentido del humor.

—Bueno chicos, los dejo en su casa, creo que a mi jefe no le va a hacer nada de gracia, ni mucho menos le va a importar cuando le diga que la razón de mi llegada tarde es porque estaba teniendo una plática demasiado amena con su nieto y su novia.

Nos reímos con ella, quien me guiña un ojo, y entonces sé, que es porque sacó a colación eso de "novia". La vemos partir, después de desearle buenas noches.

Cuando al fin estamos solos, mi controlador hombre me toma las manos y empieza a hablar.

—Delhy, es hora de hablar —dice serio, como siempre directo y preciso—. No voy a pedirte que te quedes en mi casa, no te voy a presionar sobre el tema de nuevo, porque ya me dejaste muy claros tus deseos, y no te quiero abrumar. Créeme, estoy luchando con mis impulsos, esta vez lo quiero hacer todo bien; únicamente quiero hacerte comprender que cuando yo necesite de ti, de estar contigo, no existe un no como respuesta. También se lo he dejado claro ya a Ivana.

—¿Ivana? ¿Tú hermana? ¿Qué tiene que ver ella en todo esto? —Le respondo confundida.

—Me llamó esta mañana para avisarme de que te llamaría uno de estos días, para darte el trabajo que solicitaste. —Ve mi cara de decepción, «O sea, gracias a él obtuve el trabajo ¡Genial! ¡Oh, desilusión!»—. ¡Ey, pequeña! —Busca mi barbilla con su mano y me acerca a su cara—. Quita esa cara ahora mismo señorita, el trabajo ya era tuyo. Sin embargo, como Ivana me conoce muy bien, y sabe de mis arrebatos, prefirió contármelo primero a mí, porque no quiere que vayas a negarte al saber que es mi hermana, o como ella misma dijo, aún peor, por no avisarme primero a mí, capaz y te hago desistir de trabajar en su boutique.

«¡¡¡No me lo puedo creer!!! ¿Es en serio? ¡¡¡Ya tengo trabajo!!!!».

—¡Júramelo! ¿Me va a dar el trabajo? —«¡Gracias, Dios! Por fin tengo trabajo, me alivia pensar que todo se acomoda por fin en mi vida».

—Sí, pequeña. Y no creas que estoy tan contento al respecto, pero eso sí, tuve que persuadir a Ivana, y dejarle claros varios puntos. Principalmente, de tu tiempo; yo siempre estaré primero en tus prioridades, siempre.

—¡Eres un exagerado! Me vas a hacer perder el trabajo antes de comenzar.

—Ven acá —murmura, luego estira su brazo para envolverme con él. Me acomodo en mi lugar preferido, y descanso mi cabeza en su hombro—. ¿Eres feliz? —pregunta, pero al no contestarle rápidamente, me toma de la barbilla con su mano libre y, profundizando su mirada, vuelve a cuestionarme—. ¿Delhy, eres feliz?

—Sí, claro. Soy muy feliz —Le contesto, con una sonrisa en el rostro que puede expresarlo mejor, sin necesidad de palabras. Al estar en sus brazos me siento plena, y muy especial.

—Yo también Delhy, comienzo a ser muy feliz a tu lado. —Se detiene y me ve con esos preciosos ojos que me enamoran—. Tú me haces feliz, pequeña —murmura, como respuesta a lo que no le he preguntado.

Capítulo 16

No puedo creer que me encuentre enfrente de la prestigiosa *Miiu Miiu Boutique*. Hoy es mi primer día de trabajo oficial; estuve esperando por este momento dos largos meses y, por fin, ya estoy aquí. Ivana, al llamarme unas semanas después de mi plática con Santiago, decidió que lo mejor sería comenzar mi entrenamiento después de las fechas decembrinas, por el alto volumen de ventas en navidad y fin de año.
Estas semanas Ivana, personalmente, me ha entrenado y dirigido en todo momento, ha pasado amablemente, durante este primer mes de mi capacitación, explicándome a la perfección las estrategias del negocio, y cómo obtener buenos resultados en mis futuras ventas. Al mismo tiempo, me enseñó, minuciosamente, sobre las prendas de todo mi departamento, desde los nombres de los prestigiosos diseñadores, hasta conocer qué fábricas y maquiladoras son las encargadas del delicado proceso de elaboración individual de cada prenda. El proceso es tanto largo como meticuloso, pues va desde el diseño, confección y terminado.

Santiago ha tenido el bonito detalle de venir por mí todos los días, después de mi hora de salida. Hasta el día de hoy no he vuelto a visitar su casa, sin embargo, somos una pareja inigualable; algunas veces vamos directo a algún restaurante, o cenamos en mi casa. Tengo que admitirlo, estoy un poco decepcionada porque él no haya presionado un poco más para retenerme en su hogar, o haber sacado de nuevo el tema en estas semanas

Algunas veces me encantaría ser una locutora, o alguien que pueda transmitir consejos a todos los hombres de afuera, que se encuentran quemándose las neuronas porque no entienden a las mujeres. Claro, yo lo sé, somos complicadas, pero no necesitan ninguna fórmula secreta, ni descifrar el código Da Vinci para llevar la fiesta en paz con su pareja.

Comienzo a divagar, lo que les diría es muy sencillo: «A la mayoría de las mujeres, si no es que a todas, nos encanta la atención, los halagos de parte de nuestra pareja, escucharlos cuando nos dicen (tomen nota, chicos): "Amor, ¡qué bonita blusa!" Ojo, aunque no la hayan visto bien todavía, ya deben tener el cumplido, piropo, como lo quieran llamar, en la punta de la lengua. Si no me he explicado bien, aquí les doy otro ejemplo: "Cielo, ¿te hiciste algo en el cabello? Se te ve diferente, ¡te ves súper linda!" ».

«Cosas como estas te dan muchos puntos extras. Ahora, supongo que los “amigos imaginarios” a los cuales me dirijo esta mañana, se van a preguntar: "¿para qué quiero puntos extras?" Aquí la respuesta más clara, y con ejemplo incluido: Cuando se te ocurra 'sacar en la plática': "Oye cielo, fíjate que los chicos estaban platicando sobre planear algo, para irnos de pesca este fin, ¡ya sabes gordi, todo tranqui! ¡Puros hombres!". Tin tin tin (sonido de campanillas ganadoras), aquí amigos míos y público expectante, ¡usarás tus puntos! Como ya nos tienen súper felices y contentas con tanto comentario halagador, ¿cuál crees qué será la respuesta de nuestra parte? Pues claro, será: "sí". Te dejará ir, no se va a oponer, ni te montará un drama, te dirá simplemente: "Claro cielo, ¡pásatela genial con toda tu bola de amigos holgazanes, perdón, con todos tus amigos geniales!"».

«Ahora, supongamos sigo interactuando con el lado masculino, ellos se van a preguntar: "Bueno, Delhy, ¿y esto qué tiene que ver? ¿Para qué sacas a relucir todo esto?". Pues déjenme seguir que les platico todo esto para explicarles esta situación loca feminista, en la cual me encuentro».

«Las mujeres, por lógica, sabemos lo que queremos, no

necesitan meternos una idea o darnos un consejo. Por el simple hecho de ser mujer, ya sabes qué quieres, y qué no; simple y sencillo. No obstante, debo dejar en claro la existencia de excepciones, siempre habrá alguna indecisa o dudosa. Pero aún así, por ser del sexo femenino, ya tiene la idea de lo que quiere, o lo tiene en mente. Si tu chica se hace "la loca o despistada", por no usar una mala palabra, eso sin duda es otra cosa».

Radioescuchas imaginarios, continúo explicando mi situación, y por qué mi loca cabeza fantasiosa ha entrado en este lapso para poder aligerar mi maltrecho ego. La sencilla razón es porque mi guapo, sensual y candente novio no me presionó para quedarme en su casa, como ya les expliqué. Yo ya sabía lo que realmente quería hacer cuando Santiago me cuestionó por primera vez para quedarme en su casa".

«OJO CHICOS, TOMEN NOTA, ESTO ES MUY IMPORTANTE: Tú, hombre, novio, esposo, amante, etc., debes de usar tu sentido común, NO vas a venir a decir: "Está bien, amor. Respeto tu decisión". ¡JAMÁS! O sea, ¿no a la primera? ¡¡¡No, No y no!!! Es la regla oficial número uno de las relaciones amorosas dramáticas de hoy en día, tienes que decir algo como: "Pero yo te necesito aquí a mi lado mi cielo, no puedo vivir sin ti". ¿Me explico? Por tanto, espero que hayan entendido mi decepción; sé que me lo pidió varias veces, pero como mujer creo que era necesario presionar un poco más, como mínimo un par de veces más. No sé, creo que es algo así como para darle más sazón y dramatismo a la relación».

Escucho un carro muy cerca de la acera donde me encuentro parada, y me saca de mi reflexión matutina.

Veo bajar a Celeste de un BMW rojo, con su despampanante melena pelirroja peinada en rizos sueltos. Viene vestida completamente de amarillo canario. Una blusa de tres cuartos pegada al cuerpo, con una falda recta de tubo hasta la pantorrilla, preciosa, acentuando su altura y porte de modelo; sus tacones del mismo tono me dejan fascinada, con tanta belleza y presencia.

—¿Te vas a quedar ahí parada o vas a entrar, chulita? —pregunta con su tono usualmente déspota. En ese momento se termina el deslumbramiento; sencillamente hay personas tan horribles por dentro, que ni la belleza exterior les ayuda en lo más mínimo.

—Hola, Celeste. Buenos días para ti también.

Pasa de largo y no responde. Después del incidente, cuando nos conocimos, no había vuelto a ver a mi insoportable compañera, afortunadamente trabajamos en departamentos diferentes. Y cada quien se concentra en sus actividades, dependiendo de la posición que desempeñas en la Boutique.

Contamos con un sueldo base quincenal, más una generosa comisión por las ventas que realizamos, la cual se nos paga al fin de cada mes. Y aunque mi día pasa demasiado tranquilo atendiendo a varias clientas encopetadas, logré una de estas grandes comisiones en mi primer día de trabajo oficial, gracias a madre e hija próximas a salir de viaje. Fueron las más batallosas hasta el momento, pero logré venderles una generosa cantidad de ropa para vacacionar.

Cada día me siento más a gusto y confiada en la posición de ventas, estoy aprendiendo a desenvolverme bien. Ya conozco mejor la línea de ropa y, poco a poco, dependiendo de las necesidades del cliente, voy vendiendo más, y como empleada oficial, ya superé mi margen de ventas de mi entrenamiento.

Mientras me encuentro acomodando una de las vitrinas, en la cual estoy agregando nuevos estilos de bellísimos zapatos, que llegaron esta mañana de nuestros exclusivos diseñadores, lo siento, mucho antes de escucharlo. Lo noto aproximarse, huelo su perfume, trasladándome a mi lugar preferido, que es a su lado, ese espacio donde siento que ya pertenezco. Escucho su voz profunda y varonil que tanto me encanta.

—Señorita, disculpe, ¿me puede ayudar? Busco un regalo para mi novia.

Volteo, entonces soy acogida por su hechicera y encantadora sonrisa de lado, tan galante que desarma a cualquier mujer, incluyéndome a mí, por supuesto. Mi gesto de felicidad se profundiza y aparece sin poder evitarlo, reflejándose en mi rostro la alegría que me invade al verlo aquí.

—Guapísimo, ¿qué haces aquí? Es demasiado temprano. Ni se te ocurra volver a proponérmelo Santiago. —Le apunto con el dedo, mientras él llega a mí, rodeando sus fuertes brazos en mi cintura—. Santi, debo terminar todo esto —Le digo con mis labios pegados a su boca y, al mismo tiempo, los dos volteamos a ver todas las cajas que se encuentran en el piso.

—Dile a alguien que lo termine por ti —ordena, como si fuera la cosa más simple del mundo.

—Claro que no. No puedo hacer eso, este es mi trabajo, mi responsabilidad.

—Está bien. Yo lo arreglaré, vamos. —Me toma de la mano.

—Santiago, por favor. Es importante para mí.

Se vuelve para verme. Lo piensa un poco, y comienza a mover su cabeza de un lado a otro dejándome ver su inconformidad.

—A ver, ¿qué tienes que hacer? —pregunta exasperado.

—Únicamente acomodarlos, me faltan muy pocos.

Se desabrocha el saco de su impecable traje, se levanta de los muslos un poco el pantalón para poder agacharse, y se queda en cuclillas.

—Vamos, rápido, yo te los paso. Descarada, haces conmigo lo que quieres, ¡ni yo mismo me conozco!

Empieza a sacar las zapatillas cuidadosamente de cada caja y me las va pasando, mientras yo me encuentro anonadada con este hombre que me enamora cada día más. Me pongo acomodar uno por uno cada par, y para cuando me doy cuenta solo nos queda una caja negra con letras plateadas.

—Ven, siéntate. Estas van a ir aquí. —Me toma de la mano y me sienta en uno de los muebles pomposos que tienen en este lugar.

Recorriendo mi pantorrilla con sus grandes manos, me quita mis tacones negros. Masajea deliciosamente mi pie junto con mi tobillo. Con su mano libre saca una de las zapatillas que escogió para mí, son unos encantadores tacones morados abiertos, con una delgada tira se abrochan por un lado de una pequeña hebilla dorada; lo más encantador es un bonito y coqueto moño en la parte de atrás. Al terminar de abrocharlo me pone el siguiente, dándole los mismos mimos que al anterior. Combinan perfecto con el sencillo vestido negro que escogí esta mañana.

—Déjatelos puestos —me ordena sensualmente, mientras se para y me da la mano—. Acompáñame a pagarlos.

—Santiago, todavía no salgo de trabajar —Le recrimino, soltándome sutilmente de su mano.

Observo como gira su cuerpo muy despacio para quedar frente a mí. Su humor ha cambiado, mostrándome su porte imponente lleno de inconformidad; la espalda bien recta, dejando totalmente claro quién tiene la última palabra. Lentamente mete una mano a la bolsa de su pantalón de vestir, de rayas color gris; con su mano libre, me toma la barbilla ligeramente. Al instante explotan chispas al sentir su tacto en mi piel, es más explosivo que los fuegos artificiales. Se acerca aún más sin dejar espacio entre los dos, su contacto profundo me intimida, y esos ojos verdes llenos de desafío me acosan.

—Pequeña, he sido muy comprensivo esta tarde, no me hagas arrepentirme de dejarte trabajar. Ten mucho cuidado Delhy, estás tentando tu suerte —masculla.

De reojo veo a alguien entrar al área donde nos encontramos, por el color de su vestimenta sé quién es. Al encontrarme en esta situación tan dominante con Santiago, sé cuándo debo dar un paso atrás, y cuando tengo que controlarme y, en este momento, mi león está marcando su territorio. Así que, como soy inteligente lo dejo ser, no me aparto, solamente me dejo llevar, y cuando veo sus carnosos labios venir directo a los míos, me dejo seducir por mi felino; lo rodeo con mis brazos, recibo el venerable y seductor beso del hombre que cada día se mete más en lo profundo de mi ser, desarmándome, consumiéndome y, lo más terrible, enamorándome.

Sé que no es el lugar, ni el momento para este tipo de muestras de afecto, como la que nos estamos dando ahora mismo. Pero mi vida siempre ha sido tan sosa y aburrida, durante tantos años he vivido bajo el qué dirán los demás, que ya no estoy dispuesta a contenerme. Por lo que comienzo a considerar si no sería mejor buscar otro trabajo, para poder liberarme donde quiera con el hombre que amo.

—Delhy, me vuelves loco —murmura sobre mis labios.

Deja de besarme, me toma de la mano apresurado, volteo, pero no veo a nadie por ningún lugar, me sorprende que Celeste no nos interrumpiera. Conforme nos desplazamos por el pasillo me doy cuenta de que conoce muy bien el lugar. Seguimos avanzando, toma el camino directo a los vestidores, y comienzo a caminar más despacio, no creo que vaya a pasar lo que está cruzando por mi cabeza, ¡no vamos a tener sexo en el vestidor! ¡Oh, no! ¿Verdad? ¡Es mi primer día de trabajo oficial, por Dios!

Cuando llegamos a la antesala de los vestidores, está Rox, otra chica que trabaja conmigo. Ella se encuentra con un par de clientas y, al vernos en el lugar, nos mira sorprendida.

—Disculpe, señorita. Soy el señor Moya, encargué un vestido para esta tarde. —Cómo ve que ella no contesta, agrega más alto de lo necesario—. ¿Lo tiene usted?

La pobre mujer está ida, claro, todas al ver a mi Santi bello, sufren del efecto "Sexy Buenorro del senador, AKA Senadorsitis Aguda", lamentablemente no hay cura para esa terrible enfermedad, mírenme a mí.

—¡Oh, sí! Disculpe, enseguida se lo doy. —La chica reacciona, y sale de su embarazosa situación—. Aquí lo tiene. —Le entrega una funda de ropa, color negro, con letras doradas, donde se lee claramente Miiu Miiu Boutique.

—Gracias. —Santiago se la quita de las manos, y sigue caminando hasta el fondo del pasillo, para entrar en uno de los vestidores.

Por supuesto, los vestidores no son como en las tiendas de ropa departamentales, aquí son enormes, de acuerdo a la categoría de esta boutique; además, cuentan con una sala para los acompañantes, y un aseo privado. El lugar tiene un candelabro imponente que brinda una iluminación exquisita, todo está perfectamente diseñado para que quien se pruebe alguna prenda pueda, sorprendentemente, apreciarse por todos los ángulos posibles, pues estamos rodeados de magníficos y gigantescos espejos empotrados en muebles de madera fina color blanco, que rodean todas las paredes desde el techo hasta el reluciente piso de madera, adornado por un elegante tapete al centro de la sala, al tono de toda la habitación.

Santiago se dirige a colgar la funda en el perchero, y empieza a bajar el cierre hasta desvelar el contenido, que es un elegante vestido de una manga, color verde bosque, con encaje en la parte interior. Todavía no lo toco, pero se nota que es muy fino, caro y exclusivo.

—Escogí este para ti, con esos zapatos estarás perfecta.

—¿A dónde vamos?

—Necesito asistir a una cena benéfica y mi mujer necesita acompañarme, ¿no? —Levanta una ceja.

Su tono sarcástico me molesta.

—Tan difícil es preguntar: "¿Delhy, te gustaría acompañarme a una cena benéfica?" —comento con chulería.

Me incomoda que no me pregunte, aunque obvio no le voy a decir que no. Me está tomando en cuenta, y más cuando se dirige a mí como su mujer, ¿pero es mucho pedir que me pregunte? Y Después de escupir las palabras me cae el veinte, reconsiderando lo absurdo de esto, cuando la única razón para sacar esta tontería es que me encanta sacarlo de sus casillas.

Voltea y perfectamente puedo ver el reconocimiento en su cara, él sabe que estoy jugando, por lo cual sonríe de lado como todo un depredador observando a su presa.

—Ven para acá, Delhy. —Su voz es profunda y sensual.

Me quedo parada, porque este juego ya me lo conozco, es cuando comienza a ordenar y yo obedezco. Me comienzo a alejar más de la cuenta, no sé si es por la gente que puede pasar por el pasillo, o porque todos pueden darse una idea de qué puede estar a punto de suceder aquí.

—Cielo... —masculla.

Camino lentamente hacia él.

—Voltéate —me ordena suave, pero firme. Al hacerlo empieza a bajar el cierre de mi vestido negro lentamente, rozando sus largos dedos sobre mi espalda desnuda. Sus manos deslizan mi vestido, dejándolo descansar en mi cintura, se acerca a mi cuello y comienza a darme sensuales besos, recorriendo con su lengua mi piel—. ¿Pequeña, te gustaría acompañarme a una cena benéfica?

Mi pecho se hincha tanto que tengo miedo de caer desmayada a sus pies. En estas semanas que llevamos juntos, este hombre es una demostración viviente de cariños y mimos; cada momento desviviéndose por mí. Todo es tan perfecto que temo vivir en un sueño.

—Sabes que sí —Le contesto, mientras giro para ponerme de puntitas frente a él.

Nos deleitamos en pequeños besos tiernos que suben hasta llegar a ser salvajes, invitando a la pasión a emerger en nuestros cuerpos, como cada vez que estamos juntos. Soy toda suya, y voy hacer que sea solo mío. Me irrita tener tantas dudas e inseguridades en nuestra relación, pero Santiago es tan él, tan reservado que, cuando quiero profundizar en nuestras pláticas, me termina distrayendo con besos y caricias imposibles de resistir.

—Así está mucho mejor. —Mientras me acaricia me quita el sostén, lo deja caer al suelo—. Eres tan perfecta, que me tienes hipnotizado —Suelta muy bajito—. Mujer, ¿qué has hecho conmigo? —Me rodea y se acerca a mi pecho derecho, lo empieza a lamer con su lengua aterciopelada y caliente, atrapando mi pezón en su boca con demasiado esmero. Su mano libre amasa mi otro seno con la presión necesaria para hacerme arder.

—Santiago, si no paras te voy a desnudar —espeto, al tiempo que pongo mis manos en sus hombros, para separarlo un poco de mí.

—Soy todo tuyo —expulsa suavemente, poniéndose recto y levantando su cara para darme acceso a su corbata.

Adoro su arrogancia, junto a la galantería y presencia que posee. Le quito el saco, con cuidado lo cuelgo en el perchero donde se encuentra mi nuevo y elegante vestido esperando por mí. Él me ayuda sacándose el bajo de la camisa de dentro del pantalón con una sonrisa traviesa, mientras yo le quito la corbata. Después, le desabrocho la camisa, la dejo abierta y lo contemplo.

—Todo esto es para mí —afirmo mientras recorro mis manos por su caliente y lujurioso vientre marcado, tan duro y ligeramente bronceado, que me seduce hasta la medula.

—Eso es correcto, cielo —responde viéndome directamente a los ojos.

No me satisface su respuesta, así que presiono un poco.

—Dilo, Santiago.

—Es todo suyo, mi señora.

Lo envuelvo en mis brazos, y le susurro al oído:

—Jamás me decepciones, Santiago. No podría soportarlo.

Me levanta, me lleva al sofá, me deja hincada en el

mueble, mientras con dificultad comienza a bajarme el vestido. Saco una pierna a la vez, y aviento la prenda de un punta pie hasta verla aterrizar en el piso. Me quedo únicamente en mi panty de encaje negro transparente, y los bellos tacones morados. Me siento, me muevo hacia atrás, mientras él se hinca en la alfombra, toma una de mis piernas y besa la pantorrilla, va subiendo cada vez más, hasta que en la rodilla me da un último beso y me quita la ropa interior. Se para con suspicacia para comenzar a quitarse el cinto del pantalón; yo lo contemplo feliz, y cada vez más excitada desde el sofá. Santiago es mi hombre perfecto, hecho solo para mí; su altura, apariencia y sus modales son los que me tienen completamente indefensa.

Cuando por fin se quita los pantalones junto con el bóxer, me impaciento, me pongo extremadamente cachonda y traviesa, así que me giro para quedar boca abajo, pero me sostengo de uno de los brazos del acolchonado sillón, paro la pompa y lo escucho gruñir.

—Mi gatita descarada quiere jugar —Sonríe perversamente.

Yo muevo las nalgas de un lado a otro, en forma de respuesta.

—Vamos a ser rápidos pequeña, no tenemos tanto tiempo.

Le escucho abrir el condón, luego se sube al sillón, se sitúa atrás de mí, y con su pene erecto empieza a rozar mi entrada, la cual comienza a lubricarse rápidamente.

—Me encanta tu cuerpo, tan receptivo al mío. Estamos conectados, hechos para estar juntos. —Al decir esto último se desliza lentamente dentro de mí, hasta llegar a lo más profundo de mi ser. Inexplicable cómo me seduce.

Me excita tremendamente sentirlo en esta posición; su cuerpo me envuelve, todo él me posee. Santiago se queda inmóvil, respirando pesadamente en mi cuello.

—Tremendamente deliciosa, apretada, justa para mí. Me cuesta hasta moverme Delhy, ¿entiendes eso? Me desarmas —gime, empezando a moverse despacio, muy despacio; entrando y saliendo de mi cuerpo en llamas.

—Santiago... —jadeo.

Dejo mi frase en el viento, no quiero pensar, pero me estoy encariñando tanto con él, y no quiero que se me salga un te amo, porque cada vez que estamos juntos esos pensamientos penetran en mi cabeza, derivados de mi flechado corazón. "¡Me tienes, Santiago!" ¡Es la confirmación que me lleva a mi propia ruina!

Apresura el paso y comienza a moverse con más ímpetu, azotándome con cada arremetida. Uno de sus pies está en el suelo, dándole el balance perfecto para penetrarme divinamente, con estocadas cortas, pero rápidas. Mi vagina se comprime apretando su miembro, yo me muevo junto a él para recibir su ataque cada vez más fuerte y profundo.

Pierdo la vergüenza, bajo mi mano para tocarme el clítoris, pero me sobresalto cuando una de sus grandes manos baja, tocando la mía. Sus dedos se entrelazan con los míos, y empiezan a masturbarme, mientras con la otra mano me tapa la boca para ahogar el grito que sabe daré al correrme. Todo compone una morbosa escena, que veo reflejada en los espejos, tan deliciosa y candente que me lleva al extremo de la realidad. Dejo de pensar, mi cuerpo se desprende para ser solo sensaciones y nervios, que se unen para explotar en un exquisito e indescriptible orgasmo, haciéndome desfallecer. Regreso mi mano al borde del sillón para agarrarme con mucha fuerza, y recibir a mi hombre que se derrama dentro de mí.

Capítulo 17

Son después de las cuatro de la tarde, y mi cuerpo se encuentra reposando plácidamente sobre el suave sillón de mi actual trabajo. Los dedos de Santiago recorren mi espalda desnuda, y siento su respiración al oído. Él está de lado, sosteniendo su cabeza con su brazo derecho ligeramente doblado, mientras yo me encuentro boca abajo.

—Eres tan exquisita —me susurra. Las yemas de sus dedos siguen danzando de arriba a abajo sin parar; soy una mujer con demasiadas cosquillas, pero a su lado su tacto me tiene dulcemente domada—. Delhy —murmura, y yo volteo a verlo, mientras acomodo mis brazos, doblándolos para usarlos como almohada, al tiempo que descanso mi cabeza arriba de ellos—. Te estás metiendo muy adentro de mí.

Saco una de mis manos y toco su pecho, donde está su corazón.

—¿Aquí? —pregunto.

—Sí, pequeña. Muy dentro. —Detiene los relajantes movimientos, y pone su mano arriba de la mía—. Delhy, pase lo que pase, siempre existe un porqué... sé que no te merezco, no con la vida que he llevado, pero quiero ser merecedor de ti, de mi hija...

—Me quedaré siempre. Santiago yo... —Pone un dedo en mis labios, y sonríe.

—Yo también.

Sin pronunciar ningún te amo, estamos conectados. Sé que el sentimiento está aquí, y nos envuelve en el momento. No entiendo sus palabras, pero sé que el destino me hará caer muy bajo cuando lo haga. No por cualquier situación su mirada se convierte en tristeza pura y remordimiento, como veo ahora reflejado en esos ojos verdes que tanto amo y añoro. Ojalá, mi amado hombre, esté a tiempo de enmendar sus errores.

—Ven, déjame cambiarte. —Mira su reloj—. ¿Te parece ir a algún hotel para alistarnos?

—Como si tuviéramos otra opción, es tardísimo. —Sonrío.

Me levanto primero, le tiendo mi mano para ayudarlo a levantarse también, y este la besa. Al estar de pie me abraza, y con los tacones le llego casi a la barbilla.

—Te quiero, pequeña. No sé cómo sucedió, pero te siento aquí... —Se pone la mano sobre el corazón—. Cada vez que te veo o te toco, me consumes.

Estando abrazados y desnudos, no puedo parar mis palabras.

—Es algo tan mágico, sabes que me encantas, ¿verdad?

Le expreso mi te amo con un beso sin prisas, uno lleno de amor, que es una mezcla de sentimientos, cariño y ternura. Sus manos grandes recorren mi cuerpo, y su gruñido de frustración me hace reír.

—Por más ganas que tenga de consumir tu magnífico cuerpo de nuevo, en este preciso momento me temo que es muy, muy imprudente. —Se despega un poco de mí, me recorre todo el cuerpo con su mirada profunda de deseo, y expresa—: Además, quiero tomar mi tiempo para venerarte. —Me da un beso en la nariz, y comienza a recoger nuestras prendas tiradas por todo el salón.

Salimos tomados de la mano, directo hasta la zona de pagos. La chica de hace unos momentos nos sonríe.

—Cargue este vestido y los zapatos a mi cuenta, por favor. —Le entrega la funda de ropa—. Señorita, mi hermana dejó una caja para mí.

—Por supuesto, señor. Aquí la tengo. Deme un segundo, vuelvo con ella.

Mientras Santiago firma unos papeles del cargo a su cuenta, yo me pierdo mirando en una vitrina la cantidad exagerada de estilos de lentes de sol, todos tan divinos, pero extremadamente caros. Si algo he aprendido en el tiempo que llevo aquí, es que si una prenda o accesorio no tiene una etiqueta con el precio, es ridículamente costoso. En eso llega Celeste escoltando a unas clientas, pero cuando me ve, su mirada asesina me asalta.

—Y tú, ¿de qué privilegios gozas para salir a esta hora?

Sin saber qué contestar, solo me le quedo mirando, y observo cómo se acerca Santiago a nosotras, con cara de pocos amigos.

—¿¡Disculpe!?

Celeste gira su cuerpo para poder ver quién está detrás de ella, y su cara envalentonada cambia en un segundo a una gata asustadiza.

—Creo que su mayor privilegio es ser tan hermosa, además de ser la novia del hermano de la señorita Ivana Moya. —Sin necesidad de agregar dueña del lugar, a Celeste con escuchar el nombre se pone blanca como el papel, casi se le salen los ojos del asombro, con tremenda noticia ¡Toma maldita! ¡Por perra!—. Que pase bonita tarde, señorita. Cielo... —Me extiende su brazo con invitación, y salimos del lugar juntos, tomados de la mano.

He de agregar que por dentro estoy retozando de alegría, por poner atención a esos detalles, y defenderme de esa arpía, o de cualquier otra persona que trate de perjudicarme. Pero a la vez me incomoda un poco, porque ahora mis compañeras pondrán en tela de juicio el cómo obtuve el trabajo.

Al salir de la boutique nos espera un lujoso *Bentley* negro, el cual nos transporta hasta el famoso *Moyarreal Hotel.* Planeamos esto a última hora, pues no nos da tiempo para ir cada uno a sus respectivas casas para alistarnos. Así que, al final, decidimos venir a cambiarnos a este opulento hotel, ubicado en el centro de la ciudad. Pero nunca esperé enterarme que es uno de los misteriosos negocios del senador, que, para ser exactos, es una cadena hotelera presente en toda Europa.

Me encuentro casi lista en el espacioso baño de la suite presidencial, tarareando la preciosa canción *De repente* de Soraya, que empieza a reproducirse en mi celular. Adoro esta balada romántica, amo la música de los 90's, soy una apasionada cuando escucho a mis cantantes favoritos. Por lo que me pierdo cantando, mirándome al espejo, sintiendo cada estrofa de esta bellísima melodía.

Únicamente me falta darme los últimos toques del maquillaje. Santiago me ha sorprendido, este hombre es demasiado detallista. Para empezar, yo no sabía que asistiríamos a un evento esta noche, así que él mismo preparó todo para la velada. Se ha comportado extremadamente efusivo, y también excesivo, debo admitirlo, comprando todo lo necesario; en la boutique, escogió el vestido junto con las más maravillosas y coquetas zapatillas de tacón, que he visto hasta este momento.

Al llegar a la habitación fui bombardeada con muchos más detalles, dejándome increíblemente asombrada, por todas las amabilidades que se ha tomado. Nunca imaginé encontrar una cantidad exagerada de maquillaje de marcas exclusivas, herramientas para arreglar mi cabello, así como todos los productos y accesorios que pudiera necesitar, incluyendo toallitas húmedas, perfumes y una selección amplia de cremas aromáticas para el cuerpo.

Santiago estaba conmigo hace tan solo unos minutos. Admiro la preciosa gargantilla sobre mi cuello, junto con sus aretes de esmeraldas a juego, que me regaló saliendo de la boutique, combinan a la perfección con mi espléndido vestido color verde bosque. Cuando me entregó la cajita en el automóvil no lo quería aceptar, porque es demasiado pomposo para mí. Mi primer pensamiento fue sobre dónde podría usarlo, pero mi encantador senador argumentó que debía estar despampanante esta noche. Sin duda, mi hombre tiene un opulento estilo de vida, al cuál no sería nada difícil adaptarme.

Todo esto es tan irreal, Santiago no para de decirme: "Esta es nuestra noche, pequeña." "Me haces muy feliz, cielo." "Eres maravillosa, amor." "Simplemente eres la mujer que tanto esperé, Delhy." Esas fueron exactamente las palabras, que al salir de su boca sonaron como música angelical, y me deleitaron como la más hermosa melodía, envolviendo de caricias a mi corazón.

Estoy muy contenta, estoy totalmente enamorada, contando las horas para festejar otra semana más junto a él. Es todo un aprendizaje para compenetrarnos, conocernos y confiar el uno con el otro. Creo que no debería de hablar en plural, porque él se ve siempre tan tranquilo, natural, como si el destino le hubiera revelado que soy la mujer destinada para él. Lo admito, los cambios y avances han sido de mi parte, para aceptar todo esto como algo real y sincero; que por fin el destino ha llegado, tocando a mi puerta, pidiendo que abrace a mi nuevo futuro, pues viene de la mano junto a él.

—¡¿Qué coño Max?! ¿Para qué jodidos te pago? ¡¿Cuándo te enteraste?!

Escucho los sorprendentes gritos que provienen del recibidor. Un enojado Santiago me hace abrir la puerta despacito, y lo encuentro caminando de un lado a otro, como un toro en pleno ruedo. Está malditamente encabronado. Viste su impecable esmoquin a la medida, está tremendamente prodigioso de pies a cabeza.

—¡No, con un carajo que no! ¡No puedo dejar de ir! ¡Todos saben de mi asistencia, tengo que presentarme! —Respira hondo, y continua—. Max, no lo entiendes, ¡me lo estoy jugando todo! Si estos hijos de puta se presentan la van a querer, nadie puede resistirse a su belleza. Con una mierda, ¡ELLA ES MÍA! ¡Quiero a todos ahí! ¡Si le sucede algo, te mato, te lo advierto! ¡Escúchame, todos los ojos en ella! —Cuelga furioso, avienta su celular, el cual va y rebota en la cama.

Me quedo observándolo desde lejos, jamás lo había visto tan molesto. He notado sus cambios de humor frecuentemente, pero nada comparado con el hombre que tengo enfrente, a unos metros de mí.

—¿Santiago? —pregunto muy bajito, desde la puerta.

—¡¿Qué, Delhy, qué?! —Voltea a verme, queriéndome tragar con la mirada, pero al ver mi reacción viene a paso acelerado, y cuando me doy cuenta, está ya junto a mí.

—Disculpa, es que las cosas rara vez se salen de mi control. Pero todo va a estar bien, te lo prometo, no estés preocupada. —Me da un frío beso en los labios. Yo aún sigo consternada, nunca lo había visto tan enfadado—. ¿Estás lista? —Me pregunta, en un tono distante. Está tratando de contener su mal humor, sin embargo, veo su cambio de ánimo, como si todo ya se hubiera ido al traste.

—Sí, pero, si cambiaste de parecer podemos...

Me interrumpe, sin dejarme terminar.

—Delhy, cuentan con nuestra presencia, no puedo faltar, así que apúrate... —Me mira desesperado—. Te veo abajo, necesito arreglar varios asuntos con Max.

Sale de la habitación azotando la puerta, comportándose como todo un cabrón. ¡Ash! Para mis pulgas, estoy a nada de agarrar mis cosas y largarme a casa. O sea, ¿qué se ha creído este pelado? Mi cabeza comienza a trabajar, pero, ¡maldita sea!, me sale lo mal hablada al instante cuando me enojo. Se supone que hoy va a ser una noche inolvidable, y ahora estoy aquí, sentada en la cama, pensando qué hacer en este momento.

Reflexiono mis opciones, que son pocas. Salgo de aquí, y lo mando a la fregada, ¿pues qué se cree? No lo voy a estar aguantando, o mejor dicho, no lo quiero estar soportando. ¿Qué culpa tengo yo de que, quién sabe quién, haya llegado de sorpresa y nos venga a cagar la noche? Otra opción es darle una oportunidad, aunque el maldito ni me la está pidiendo, es más, ¡puedo asegurar que el tonto ni se dio cuenta de mi enojo! ¿Y cómo no estarlo? Se ha marchado, me ha dejado sola aquí como su estúpida personal.

Luego, todas mis conclusiones caen en que, quizás, acompañarlo podría ser una alternativa positiva para salvar la noche. Igual, y con suerte, en el transcurso del viaje al lugar de la gala, se le baja todo ese humor de perros que se carga.

—Ufff, eso espero. —Pienso en voz alta.

Con el corazón bien amarrado me armo de valor, cojo mi pequeño bolso, exhalo profundo, y salgo de la habitación en busca del señor mal educado, que me ha dejado votada. Eso sí, me conozco muy bien y tengo un límite, es mejor que no me llene la bolsita de piedritas, porque si esto no se compone va a conocer a una mexicana muy encabronada.

Camino sola por el pasillo, mi coraje va en aumento, pero trato de tranquilizarme, más cuando veo mi reflejo en el espejo del deslumbrante elevador, estoy despampanante, ni yo misma me reconozco. Al instante me entra la nostalgia, malditas hormonas envueltas en bipolaridad, odio mis cambios de humor durante el síndrome premenstrual, suelen pegarme con ganas, desgastándome exageradamente.

Todo sería tan diferente y perfecto si él estuviera aquí, a mi lado. Esta tenía que ser nuestra noche. ¡Maldito seas Santiago, si terminas de cagarla! ¡No te lo voy a perdonar! "¡Tin!". Se abre la puerta del elevador.

A lo lejos veo a mi acompañante agitando las manos furiosamente como un poseso, echa chispas por todo el lugar. Si no fuera por las caras inexpresivas de Max y su chofer, el chico rudo que me presentó esta tarde, pensaría que se están meando en los pantalones; pero no, están igual que cuando los conocí, callados, rígidos y en total estado de alerta. A ellos se les suman dos chicos más, supongo son otros de los hombres de seguridad del senador.

Me siento observada, y volteo al lugar donde se encuentra el lobby. En la recepción principal están dos hermosas rubias, mirándome de arriba a abajo. Supongo, han de pensar que soy la puta de turno, ¡uff! Ya no sé ni que pensar, por lo cual mejor apresuro el paso, y llego hasta donde están los hombres.

—Vámonos —ordena Santiago.

Yo me muerdo la lengua. «Calma, Delhy, ¡calma!» me repito mentalmente. Él estira su mano para señalar que me adelante, mientras un chico me abre la puerta de cristal.

Frente a la entrada del hotel está una impecable limusina esperando por nosotros. Max, educadamente, la abre para mí, me sonríe, es un hombre simpático, con un corte de pelo tipo militar, complexión grande y trabajada. Mientras examino a su guardaespaldas, Santiago me ayuda a subir, y me sigue entrando al coche hasta sentarse junto a mí.

—Delhy, tengo que advertirte, si mi comportamiento es de una forma inusual... —Timbra su maldito teléfono, cortando sus palabras.

—Bueno... —Se detiene, escuchando a quien está al otro lado del aparato—. Hola, qué gusto Mario. Tanto tiempo hombre. —Un efusivo Santiago contesta la llamada, mientras se afloja el corbatín, desabrochándose un par de botones de su camisa.

Su cara palidece, no me gusta nada esta situación, y me lo confirma mi piel al erizarse. No para de platicar, la conversación cada vez se alarga más y más. Por lo que voy entendiendo, la llamada es de un tal Mario, quien también va en camino al evento. Aburrida y cansada de poner atención a una charla que no me incumbe, me volteo hacia la ventana, concentrándome en el camino, viendo todas las luces que vamos dejando atrás en este maldito viaje, el cual se ha vuelto mi peor pesadilla.

Cuando salgo de mi ensoñación al ver el camino, mi guapo, pero mal humorado acompañante, está callado al otro extremo del asiento, viendo por la ventana. Se encuentra lejos, muy retirado de mí, y no solo físicamente. Santiago trae sus propios líos internos, y yo sin poder ayudarle, aunque no es mi culpa, sino la de él, que no se quiere abrir a mí y hablarme de sus preocupaciones.

Es decepcionante que se desquite conmigo, y más por algo que ni siquiera sé lo que es. Si le causa tantos dolores de cabeza asistir, ¿por qué diablos vamos? ¿Por qué no canceló? Aquí hay gato encerrado, diría mi mamá.

La lujosa limusina baja la velocidad, y me percato de que estamos en una larga fila, compuesta por varios coches lujosos, para llegar a la entrada de una gran mansión. Santiago por fin reacciona, cuando escucha el ruido de la ventana que nos separa del chofer y su guardaespaldas, al bajarse.

—Felipe, todas las unidades tienen que estar aquí. Te reitero: en esta ocasión yo no soy el blanco. No le quiten los ojos de encima a Delhy.

—Señor, no es muy... —Max empieza a decir.

—¡¡¡Con un carajo!!! No me toques los cojones, y limítate a seguir mis órdenes, que para eso te pago. ¡Está decidido! —Lo interrumpe mi hombre, como es su costumbre últimamente, con un grito ensordecedor.

—Santiago, tranquilo. —Trato de calmarlo, llamando su atención poniendo mi mano en su muslo.

Le toco la pierna suavemente, siento cómo se tensa, voltea a verme, y echa chispas por sus hermosos ojos, hoy oscurecidos por una furia que jamás le había visto.

—No hay tiempo de explicaciones Delhy. Tú solamente sigue mi ritmo, tenía que traerte, ya no podía cambiar nuestra velada. Todos saben que vienes conmigo, por favor, limítate a estar a mi lado.

Este hombre me va a joder la cabeza, aparte de tener un pinche humor de los mil demonios, ¿me quiere contar una de vaqueros? ¿Qué tanto esconde?

Alguien abre la puerta y nos saca de nuestra conversación, la cual nunca ha comenzado en realidad, porque todo el mundo conspira para interrumpirnos. Baja él primero, sin ningún problema; se inclina, me ofrece su mano y, al moverme para salir, la amplia abertura del costado derecho de mi falda se abre y deja ver el sensual encaje negro que tiene el exuberante vestido por dentro, exponiendo mi pierna en todo su esplendor. Cuando Santiago me ve, se le quieren salir los ojos.

—¡Mierda! ¡Jodida Ivana, la voy a matar! —Reniega.

Me deslizo con mucho cuidado hasta quedar en el extremo contrario de donde me encontraba sentada, tomo su mano, bajo una pierna y lo escucho suspirar pesadamente. Mi dramático hombre se gira, se pone de frente a mí, dándome espacio solo para pararme, poniendo una barrera entre las personas que están allá afuera y yo.

—Esto será jodidamente difícil y peligroso, ya lo puedo sentir. Perdóname pequeña, pero necesito protegerte. —Me susurra al oído.

¿Perdón? ¿Me pide perdón? ¿Qué diablos pasa aquí? Me jala delicadamente, y no sé qué acaba de suceder. Muchos flashes comienzan a aparecer en mi campo de visión, yo lo sigo mientras subimos unos escalones hasta llegar a una pareja de anfitriones, y dueños de la casa, al parecer, quienes nos dan la bienvenida. La joven rubia se desvive por levantar cada vez más el pronunciado escote de su vestido, para dejar ver sus bubis gigantescamente falsas. Casi, casi se las roza a Santiago en el pecho, sin importarle que el marido, quien le dobla o triplica la edad, esté a un lado de ella.

—¡Senador, un placer! —Lo saluda efusivamente el señor canoso.

Es un hombre mayor, de alrededor de los sesenta años; tiene buena pinta, es muy bien parecido, pero lamentablemente vino a terminar con esta joyita que tiene el brazo entrelazado con él, y que no pasa de los treinta años. Ella va mostrando, muy orgullosa y altanera, sus glamorosas argollas de matrimonio. La verdad, deja mucho que desear como la señora de la casa. No cabe duda, qué buena suerte tienen algunas zorras, me burlo mentalmente. La mujer se pavonea implorando atención, y no solamente de su esposo, sino también de Santiago.

—Buenas noches senador. Un placer tenerlo de vuelta en nuestra casa. —Ella abre sus labios operados y carnosos, llenos de brillo labial, en una sugestiva sonrisa a mi hombre.

La voz de esta zorra envuelve el ambiente, me enerva y, si fuera posible, aumenta aún más mi estado de inconformidad al estar aquí, ¡Santiago lo ha logrado! ¡Esto es un caos colosal!

—Rolando. Es un placer para mí poder estar aquí, acompañándolos esta noche. —Los dos hombres se saludan con un fuerte apretón de mano—. Carolina. Buenas noches. —Santiago se inclina dando una reverencia, y después besa en la mano a la anfitriona.

—Rolando. Mi acompañante, la señorita Delhy Lugo.

La maldita mujer sonríe como hiena, y yo quiero degollarlo. ¿Su acompañante? ¿Quieres jugar de esa manera conmigo? Pues vamos a ver quién ríe al último, porque ese siempre ríe mejor. Con una espléndida sonrisa dibujada en mi rostro, levanto mi barbilla, echo los hombros hacia atrás empujando el pecho hacia adelante al mismo tiempo, saco pompa, ufff, y como no tengo, sino que me sobra, ¡tómate está senador!

—Buenas noches. Delhy Lugo. —Ofrezco la palma de mi mano, la cual besa el dueño de la casa. Volteo, y con mi mejor sonrisa falsa, mostrando mi perfecta dentadura blanca, le doy dos besos a la tal Carolina, como si fuéramos las mejores amigas.

Procedemos a entrar, siguiendo el paso de la multitud. Llegamos a un iluminado jardín, decorado con preciosas mesas redondas, engalanadas con bonitos manteles color mostaza. Están todas situadas alrededor de una pista de baile provisional, donde logro ver un grupo amenizando la velada con música instrumental. Camareros caminan de un lado a otro, con charolas repletas de preciosas copas de vino, champán y aperitivos. En ningún momento Santiago me ha tomado de la mano, únicamente me va guiando como de costumbre, con su mano izquierda posesiva, situada en mi espalda baja, con su tacto protector, el cual siempre me transmite confianza.

Un hombre levanta la mano desde una de las mesas, y grita:

—¡Santiago, tío, por aquí...!

—Delhy. Por favor nena, no hables, no comentes, no existes. Solo limítate a responder lo que se te pregunte y ya, ¿entendido? —Me ordena con voz fría entre alarmado y preocupado.

En ese momento, la magia y complicidad que pensé existía entre nosotros, se quiebra; algo se fractura, rompiéndose el hechizo, comprendiendo que no hay en el mundo ningún príncipe azul. ¿Qué es esto? ¿Se avergüenza de mí? Instintivamente me detengo en seco, para expresarle unas cuantas verdades, entre ellas incluida un ¡vete a la chingada! No quiero ser tratada así ¡No merezco esto! ¿Acaso no soy suficiente para él? ¿Soy un simple objeto para jugar? Pero antes de expulsar mi veneno, se voltea, me enfrenta con una sonrisa fingida y, entre dientes, me dice muy bajito:

—¡Aquí no, maldita sea! ¡Aquí, no! Delhy, esto es importante... Aquí está todo en juego. —masculla eso y después, sin previo aviso, me toma de la mano, y me dirige hasta la mesa donde el hombre que le habló nos está esperando.

Estoy desgarrada, nada tiene sentido, pero eso sí, él no me va a ver sufrir, me lo prometo a mí misma. Camino junto a Santiago con la frente bien en alto, pues nadie me va a quitar el ser la mujer que camina del brazo del hombre más guapo del lugar... aunque sea por última vez.

Es un completo idiota, mal educado, hijo de su madre, pero aún así, prefiero ser yo la que lo mande a volar. Jamás me habían tratado de esta manera; lo que ha hecho no tiene nombre, es mejor que se atenga a las consecuencias. Nunca he sido una mujer llorona, y hoy no va a ser la excepción. Agárrate Santiago Moya, porque todavía no has conocido a Delhy Lugo encabronada, así que ¡CHIN-GA-TE!

—¡Arizmendi! ¡Viejooo! ¿Cuándo llegaste?

Los dos majestuosos hombres se abrazan y golpean la espalda mutuamente, con emotiva bienvenida. Las carcajadas de los dos resuenan, llamando la atención de los presentes.

—Voy aterrizando, ¿cómo me lo podía perder? El viejo no

me lo perdonaría, ¿listo para hacer negocios? —Los dos hombres, de casi un metro noventa, comienzan su conversación entre ellos.

—¿Y me lo preguntas a mí? ¡Yo nací listo!

Las risas y carcajadas prosiguen, hasta que el dichoso guapo, mejor conocido como el famoso Mario, repara en mí.

—¡Vaya, vaya, vaya! No me digas tío, ¿ya estás sentando cabeza? —Mario se acerca, mientras yo le ofrezco mi mano, la cual él toma con demasiado cuidado y la besa, quedándose más tiempo de lo normal, sin dejar de perder contacto con mis ojos. Es feroz y, al terminar de besarme, me guiña un ojo coquetamente.

—Tío, te presento a Delhy Lugo. —Me presenta Santiago a su amigo, de manera fría.

¡Pendejo! ¡¿Otra vez?! No entiendo su reacción, ¿dónde está el hombre protector, el hombre que llevo todas estas semanas conociendo, con el que me quedo viendo películas, el que me llama antes de dormir, el que hace apenas unas horas me dijo que me presentaría como su novia? Me termino de romper por dentro, sé que es muy pronto, pero duele, quema como el fuego de mil brasas ardiendo. Sin embargo, no me doblegaré, y menos saldré llorando de aquí, llorar en público no va conmigo, soy más del tipo de mujer de hacerlo en privado, y en el momento que las cosas pasan, soy de actuar, de armas tomar. Así que prepárate senador, te arrepentirás de perderme, maldito gusano, mal nacido.

—Encantada —Sonrío coqueta.

El tipo no es nada feo, su pelo es un poquito largo, de ese estilo de hombre despreocupado, aunque no en exceso, lo justo como para darle un toque único, peligroso y sensual. Es muy alto, casi al igual que Santiago, sus ojos son color azul cielo, su complexión grande, como la mayoría de los hombres en este lugar, quienes si no son guapos, están bien definidos, y visten al último grito de la moda. Estoy cerca de opinar que ninguno se quiere quedar atrás, casi al igual que todas las hermosas mujeres que desfilan por aquí, con clase, bellísimas y exuberantes; pero todas y todos tienen una cierta maldad y peligro, que destaca al instante, haciéndome preguntar, qué hago entre esta gente.

—Mario Arizmendi, Diosa. —Me toma de la mano que acaba de besarme y, con la otra, desliza la silla para invitarme a tomar asiento.

—Mario... —Santiago lo reprende de inmediato.

Una voz de alerta lo hace soltar mi mano, se avienta como un rayo, choca con Santiago de forma juguetona, y se pone a boxear en su exquisito tórax, el senador se retuerce para quitárselo de encima, hasta que para de juguetear. Mario se para de lado, pasando su brazo derecho por encima de los hombros de su amigo, lo pega a su cabeza y le comenta:

—Vamos hombre, ¿no me digas que te han cortado la soga? —La bulla empieza y, al ver que el amargado del señor Moya no contesta nada, solo se limita a sonreír—. ¡Vale, vale! No me meto en tus asuntos.

Tomamos asiento después de presentarme a los hombres y mujeres de nuestra mesa, todas ellas engalanadas con vestidos exuberantes, joyería fina, desbordando belleza y sensualidad de pies a cabeza.

La velada avanza, y Santiago no voltea ni a verme, soy un cero a la izquierda. Él está atento a todo lo que pasa a su alrededor, mientras yo me encuentro sentada aquí, como un monigote, escuchando hablar a los demás. Recuerdan la amistad de años que hay entre los chicos, intercambian un poco de opiniones sobre negocios, hasta que son interrumpidos por los anfitriones de la noche, quienes comienzan a hablar al público sobre la recaudación de fondos llevada a cabo durante toda la semana, dan los números totales y las diligencias que se llevarán a cabo para el programa durante todo el año.

En un pequeño momento de lucidez, no sé si sucede o imagino, que siento su pierna rozar la mía, de una manera delicada, haciéndome saber que está aquí, pero que algo anda mal, y no me quiere ignorar, pero las cosas son complicadas. Y cuando mi cabeza empieza a trabajar, me digo a mí misma que todo esto tiene una explicación; estoy dándome ánimo mental, cuando veo en cámara lenta como una mujer rubia se acerca a Santiago, le dice algo al oído y se va.

—Delhy. Ahora regreso. —Se limita a decir, y se marcha. No me da tiempo de responder, mucho menos de asimilarlo.

Llevo ya un buen rato observando a la gente bailar, estoy aburrida esperando a que el señor senador regrese y me lleve a casa. Ya no reacciono, soy un bulto aquí sentada, incapaz de levantarme y pedir un taxi. Estoy impactada ante lo inexplicable que es toda esta situación.

Me pierdo en las melodías con las que somos deleitados, todas esas canciones movidas y geniales, perfectas para perder la tristeza bailando, aunque sea por un momento.

—¿Qué hace una Diosa, tan guapa como tú, con ese ermitaño?

Volteo, y veo a Mario en la silla de Santiago. Miro a mi alrededor, únicamente quedan dos chicas en nuestra mesa, metidas en su plática, los demás se encuentran disfrutando de la velada. Le sonrío, me trago las lágrimas y toda la frustración de la peor noche de mi vida, y contesto:

—Lo mismo me pregunto. —Y nos carcajeamos.

—Ven, deja de esperar a ese idiota. Mientras esté con Paolo va para largo. Vamos a bailar.

No me da tiempo para contestar, me agarra de una mano, me levanta de la silla, y me arrastra a la pista, donde, sin mucho esfuerzo, comienzo a contornear las caderas con la música de Luis Fonsi, que canta su nueva canción del momento, *Despacito*.

Me encanta bailar, por lo que me pierdo en la música con mucha facilidad; además, Mario es un excelente bailarín, nos complementamos muy bien en el baile. No charlamos mucho, solo intercambiamos unas cuantas preguntas informales. Cuando me doy cuenta, estoy carcajeándome con él, sonriendo de la manera que había planeado para esta noche; pero, desgraciadamente, me encuentro con otro hombre, y no con el que realmente quiero estar.

Canción tras canción nos desvivimos bailando, hasta que estoy cansadísima y decidimos regresar a la mesa, a tomar algo para refrescarnos. Cuando vamos hacia nuestra mesa, veo a un Santiago tratando de disimular lo encabronado que se encuentra. "¡Te lo advertí Santiago, que no jugaras conmigo!". Me pasa el pensamiento por la mente, y sonrío internamente, está que le sale humo por las orejas. Baja su vista, y observo lo que él mira, Mario me tiene todavía tomada de la mano.

—Hermano, discúlpame, pero dejaste a tu acompañante tan solita, que la quise entretener un rato. —Le dice feliz mi bailador, mientras pone su mano en el hombro de su amigo, se acerca a su oído, dándome la espalda. Yo únicamente puedo ver los ojos del senador, que me quieren comer viva, cuando escucho claramente que Mario le dice—: Aunque bueno, al final no es la primera vez que compartimos —declara insinuante, y se retira riendo.

Santiago camina hacia mí, y no me deja ni sentarme.

—Nos vamos. —Me toma del brazo, me lleva a paso rápido hacia la puerta principal, cuando Max se nos acerca con mi bolso en sus manos—. Ahora no Max, no tientes tu suerte...

—El señor Rossetti quiere hablar con usted de nuevo. Insistió en que es urgente.

—Ponlo al teléfono —ordena.

Max saca su celular, sin rechistar, y marca.

—Señor Rossetti, le comunico al senador Moya. —Le pasa el celular, pero nadie se detiene, seguimos caminando hacia la salida.

—Paolo. Discúlpame, pero me tengo que retirar. —Espera la contestación de su interlocutor—. Lo sé, es una lástima. Tendrá que ser en otra ocasión. Buenas noches. —Cierra el celular, y se lo avienta a Max.

Comenzando a bajar los escalones puedo ver nuestra limusina esperándonos, con muchos más agentes de seguridad alrededor.

—¡¡¡Santiago!!! —grita Mario.

Él voltea lentamente, con cara exasperada.

—¿Ahora qué, Mario?

—¡Uy hermano, qué carácter! Solo vengo a decirte que a nuestro padrino no le gustan los desaires, y mañana pasará por tu oficina para un favor especial.

No entiendo nada de lo que hablan estos dos, solamente quiero llegar a casa, abrir una botella de vino, y contarle a Luz todo sobre mi jodida noche.

—¡¿Qué quieres decir?! ¡Coño, Mario! ¡Con una mierda que no! —Me abre la puerta del vehículo, me toma de la mano y me ayuda a entrar—. Cielo, quédate aquí, ahora vuelvo. —Me besa apresurado y cierra la puerta.

Mi corazón pisoteado se empieza a incorporar, como si una extraña magia lo comenzará a pegar cachito a cachito. Lo veo partir, miro por la ventana como se detiene con varios hombres de su seguridad personal, le da direcciones a Max, y se va con dos de ellos.

Su guardaespaldas y mano derecha, se dirige de regreso, mientras menea la cabeza de un lado a otro, demostrando su inconformidad con las decisiones que está tomando su jefe. Llega a mí, y abre la puerta de la limusina.

—Señorita Lugo. Necesito acompañarla a casa.

¡Oh, no! ¡No! ¡No! Aquí está pasando algo.

—¿Sola?

—Sí. Disculpe, son órdenes del señor Moya.

—Lo entiendo. Pero mira, este, mmm... ¿Cómo te explico? Me urge ir al baño. —Es lo primero que me pasa a la mente para poderme bajar de la limusina «¡Yo no me voy sin saber qué es lo que pasa aquí!».

La cara de Max es un poema.

—Claro. Baje, pero necesito acompañarla. Disculpe, es por su seguridad.

Regresamos al interior de la casa, y me lleva por un pasillo. No sé qué diablos quiero encontrar, ni qué es lo que busco.

—Es ese pasillo, camine hasta el final. Aquí la espero.

Camino por el pasillo hasta entrar al baño de mujeres, donde están un par de chicas maquillándose frente al espejo. Entro a uno de los cubículos, y me pongo a escuchar la conversación. Hablan de alguien que las ha estado hostigando toda la noche; es tremendo cuando los hombres no aceptan un no. Salgo, me lavo las manos, y busco en mí a la Delhy amistosa, algo que me ayude para ganarme su simpatía.

—Es terrible, ¿verdad? No sé cómo los hombres no entienden un "¡No me interesa!”. —Les comento, agregándome a la conversación.

Ellas sonríen.

—Chicas, disculpen que abuse de su confianza, pero la verdad estoy desesperada y no sé qué hacer. —Les pongo cara de tristeza, entrando en el papel de reina del drama—. Creo que mi novio me engaña con otra. Toda la noche lo he visto haciéndole ojitos a una rubia, y me ha mandado hasta al baño con su guardaespaldas, ¡¿pueden creerlo?! —Las chicas se solidarizan con palabras de apoyo. Y después de escuchar un par de consejos, mandarlo a la mierda es el que más me gustó, paso al nivel dos de mi plan—. ¿Pueden ayudarme a deshacerme de su guardaespaldas? Así puedo enfrentar a mi novio.

—¡Claro, tía! —Las dos contestan entusiasmadas.

Nos paramos en la puerta, les indico quién es Max, y se van desfilando en su misión imposible.

Yo me escabullo, exitosamente, de mi guardián y, después de caminar entre los invitados, ya casi para darme por vencida, veo a lo lejos a Mario subiendo por una escalera. Algo me dice que él me llevará a Santiago, por lo que me voy deprisa hacia allá. No tengo tiempo que perder, debo atravesar toda el área desde donde me encuentro, porque él está al otro lado. Camino como una mujer con una misión, y comienzo a subir los escalones. Entre la multitud, veo que gira en una esquina. Entre más avanzo, me doy cuenta de que ya no hay tantas personas como allá abajo. Al seguir cruzando más pasillos, siento como si alguien me estuviera dejando venir hasta aquí, porque quiere que encuentre lo que está sucediendo, y Santiago me oculta. No soy ninguna detective privada, y entre tanta seguridad no puede pasar desapercibida una mosca, menos yo.

Paso de largo frente a unas grandes puertas, pero escucho mucho ajetreo, alguien está discutiendo, así que regreso y pego la oreja a la puerta.

—¡¡¡No, Paolo!!! ¡¿Qué mierda te pasa?! ¡¡¡Tú también te volviste loco, como este imbécil!!! ¡¡¡Una cosa es en lo que estamos relacionados nosotros, esto es nuestro pasatiempo, un estilo de vida para salir de la rutina, y otra muy distinta que quieran obligarme a meter a mi mujer en esta maldita sociedad de mierda!!!

Alguien se carcajea, y dice:

—Santiago, ¿cuál es el problema? Solo le preguntamos, lo hemos hecho antes, ¿qué cambia esta vez?

Antes de que él conteste, salgo despavorida, caminando a toda prisa. ¿A qué me quieren obligar a pertenecer? ¿Qué sucede aquí? ¿Qué diablos es todo esto?

Bajo casi corriendo las escaleras muy asustada y, cuando estoy por llegar a la planta baja, alguien me toma del brazo.

—¿Señorita? —Es un Max muy enfadado, pero guardando la compostura—. Por favor, necesitamos retirarnos, no es seguro para usted.

Sus palabras me llenan más de miedo. ¡No! ¡No! ¡No es seguro para mí!

Avanzamos callados hasta llegar de nuevo a la limusina. Me ayuda a subir en ella y, al escuchar que baja el panel de privacidad, le ordeno:

—Max, lléveme a mi casa.

—Lo siento, señorita Lugo. Tengo órdenes de llevarla a la mansión Moya.

—¡Maldita sea, Max! ¡Llévame a casa, a mi casa!

—Usted no entiende. El señor ya me ha dado órdenes.

No le hago caso, y marco el número de Santiago. Al segundo timbre me contesta.

—¿Cielo?

—Santiago. Por favor, diles a tus hombres que me lleven a mi departamento. Quiero estar en mi casa, por favor... —Mi voz es un lamento. Únicamente quiero acostarme en mi cama, para poder despertarme de esta pesadilla, de toda esta confusión que me embriaga. Él se queda callado, contemplando su respuesta—. Solo quiero ir a casa... —suplico de nuevo.

—Ponme en altavoz. —Lo hago, y su voz sale del celular—. Max, lleva a la señorita Lugo a su casa.

No voy a permitir que me cuelgue y me diga adiós, así que yo cuelgo la llamada y apago mi teléfono.

En ese momento, las palabras que siempre resonaron en mi cabeza tienen sentido: No existe un para siempre, no existe un final feliz. Aquí terminan mis cinco minutos de felicidad, al lado del hombre que pensé sería mi punto de partida. Pero ahora me doy cuenta de que también es mi desenlace.

El chofer eleva el panel de privacidad, y aprovechando que ya no me ven por el espejo retrovisor, subo mis piernas al asiento y las rodeo con mis brazos. Mi mente no entiende qué planean hacer todas esas personas conmigo, ni a dónde me quieren meter. Sé que Santiago no está dispuesto a aceptar, ¿o sí? Una mezcla de sentimientos diversos me domina, entre ellos el miedo y la confusión.

Vamos de nuevo Delhy, sigamos recorriendo este camino, así como lo tenías planeado tan solo hace unos cuantos meses atrás. Hoy el panorama es gris y amargo, siento como un déjà vu me envuelve; son recuerdos de cuando llegué a la ciudad, palabras que durante tantos años me han martirizado, llenándome de pavor y frustración, palabras que siempre he tenido miedo de descubrir, las cuales de alguna u otra manera me siguen manteniendo viva, y marcando constantemente... "QUÉ SERÁ DE MÍ"

Capítulo 18

Todo el fin de semana me la pasé arrepintiéndome, por haber compartido mis momentos más íntimos con alguien que apenas conocía.

Santiago no ha tratado de comunicarse, no ha venido a casa para explicarme toda esta confusa situación. Casi puedo apostar que Max le dijo, que lo más seguro es que yo esté enterada de su plática, pues me escapé al segundo piso. Todavía no puedo ordenar mis ideas, aún no entiendo qué sucedió en esa residencia, ni en qué negocios están metidos todos ellos.

—Nena, ¿todo bien? —Es la tercera vez que Luz viene a tocar mi puerta. El viernes, cuando llegué de la cena benéfica, me encontré a Jacobo en casa; yo estaba tan cabizbaja que solo saludé, y me retiré a mi habitación. No les mencioné mucho, me limité a decirles que estaba cansada. Ellos obviamente se dieron cuenta de mi estado de ánimo, pues no suelo estar tan callada.

En estos momentos no quiero hablar del tema, además, no sé ni qué decirle. No creo poder contarle: «Mira Luz, fíjate que seguí a Santiago y escuché una plática muy extraña entre mi "novio" y otros hombres, los cuales le pedían meterme en no sé qué cosa sucia. La verdad, pues me cagué del miedo, salí corriendo después de escucharlo tan enojado, "eso fue lo que más me aterró. No sé si me querían vender, violar, extraer los órganos o era algo tan simple como pedirle permiso de bailar conmigo". No sé qué diablos pasó, pero no creo que fuera nada bueno, porque la reacción de Santiago en ese momento, fue de lo más espantosa. Ha pasado más de un día, y yo me encuentro aquí dándole vuelta a lo mismo». Definitivamente no le voy a decir eso.

Estoy enojada, decepcionada, herida y frustrada. ¡Maldito hombre! Cómo se atrevió hablarme así, tratarme de ese modo tan indiferente. Debería estar aquí, en mi puerta, explicándose. Tendría que preguntarse qué es lo que pasa conmigo, o la razón por la que no me fui para su espléndida casa, ¡pero no! El desgraciado solo está esperando que lo necesite y vaya corriendo a buscarlo.

Me amarro los que no tengo, y por mis padres, quienes son lo que más amo en este mundo, aunque me muera por hablar con Santiago, no le llamaré, buscaré, ni lo necesitaré, ¡está dicho!

Ya casi se cumplen dos días de este encierro, y no pienso pasar ni un segundo más aquí lamentándome, por algo de lo cual no tengo ni una respuesta.

—Sí. Dame unos minutos, me voy a bañar.

Me paro de la cama con el pelo enredado como de costumbre, el maquillaje todo corrido como una perfecta loca desquiciada. Voy directo al baño, busco unas toallitas desmaquillantes y empiezo a limpiar mi cara mientras abro la regadera. Espero a que el agua esté a la temperatura ideal, me quito el pijama y me sumerjo rehabilitando mi maltrecho estado de ánimo. Después de un largo rato vuelvo a la vida, entonces procedo a enjabonar mi cuerpo, aseándome para un nuevo comienzo.

Después de cambiarme y alistarme para mi domingo de flojera, me animo a salir del cuarto. Cuando voy caminando por el pasillo rumbo a la cocina, mis tripas resuenan pidiendo alimento, y, en ese momento, soy consciente de que ayer no salí en todo el día de mi recámara, ni para comer.

—¡Hola, preciosa! —Luz, con su hermosa sonrisa, me recibe en la cocina, pero al ver mi cara apaga la estufa, y limpiándose en el delantal se acerca a mí—. ¿Qué pasa, Delhy?

—No lo sé exactamente Luz, solo no quiero hablar del tema.

—Vale. Lo acepto por ahora, sin embargo, necesitas comer

tía. Porque no creas, ni por un instante, que ayer no me di cuenta de que no probaste bocado en todo el santo día. Ven, ayúdame a poner la mesa para tres.

¡Cómo quiero a esta mujer! Cada vez se gana más mi cariño; es reconfortante encontrar personas que respeten tus decisiones, sin presionar.

—Nena. Jacobo vendrá a comer con nosotras, no debe tardar en llegar.

Yo asiento, sin hacer preguntas. Supongo que por el momento están bien; la verdad, no tengo ganas de preguntar, ni mucho menos entrar en detalles sobre ninguna relación sentimental.

Me siento en el comedor, veo a Luz caminando y viendo con una enorme sonrisa su celular, mientras se dirige a la puerta principal. Abre, y el buenorro de Jacobo entra.

—¡Hola, Delhy!

—Hola, Jacobo —contesto, sin mucho entusiasmo.

—¿Qué pasa, guapa? —Luz le hace unos ojos para que se calle, y yo me quiero partir de risa. Los dos son el uno para el otro. Lamentablemente, Jacobo como todo un macho, no entiende a las mujeres, y no se percata que ella está igual o más colada por él. Al ver que no contesto, no por mal educada, sino porque la verdad no tengo mucho que decir, prosigue—. Vale, tía. Si no quieres hablar del tema lo respetamos, pero eso sí, te puedo decir que si ese maldito hijo de puta no te sabe tratar como mereces, no vale la pena. Así que vete preparando, porque con esa cara larga no te queremos ver.

Me río por su decisión y esmero, por sacarme de mi maldito drama amoroso.

—¿Qué tienes en mente Mr. Buenorro?

—¿La has oído Luz? ¡Me ha llamado Mr. Buenorro! ¿Ves por qué quiero tanto a tu compañera de piso?

Ella pasa a su lado y le da un empujón, mientras rueda los ojos.

—¡Siéntate! si no quieres que cambie de parecer, y únicamente le dé comida a Delhy.

De la nada comienzo a reír como una demente, y los dos se me quedan viendo con cara de sorpresa.

—¡Ya sé qué necesitamos hacer hoy! —exclamo entusiasmada, por primera vez, desde el viernes en la noche.

Luz sale de la cocina, con un refractario lleno de espagueti verde con brochetas de camarones al achiote, y empieza a servirnos.

—¿Qué quieres hacer hoy nena?

—Quiero ir al bar, el que tiene karaoke.

—No se hable más del asunto. —Jacobo aplaude entusiasmado—. Peroooo, primero tienen que acompañarme a ver el partido, hoy juega el Real Madrid. — Se levanta, y como Pedro por su casa, con plato en mano, se sienta en la sala blanca e impecable.

—¡Ni se te ocurra, Jacobo! ¿Qué te pasa? ¡¡¡Vas a ensuciar!!! —grita Luz desde el comedor.

—Lucecita de mi vida, te prometo no tirar ni una migaja, y menos de tu deliciosa comida, eso sería un pecado —contesta él, metiéndose el tenedor repleto de espagueti a la boca, mientras se acomoda enfrente de la televisión.

—¿Delhy?

—¿Mande?

—¿Quieres comer en la sala? —Me pregunta ella, sonriendo.

—La verdad, sí —contesto, riéndome de ella, reprende a Jacobo y está igualita que él.

Tomamos nuestros vasos de agua fresca, y nos vamos a sentar a un lado de Jacobo, para ver el famoso partido. No soy muy fan del soccer, pero el entusiasmo del guapo piloto es contagioso y, cada minuto que pasa, nos transmite su pasión por el juego, así que terminamos gritando los tres juntos ¡¡¡Gooolll!!! Cada vez que anota su equipo.

Después de un largo juego se despide, y promete regresar más tarde para llegar puntual a nuestra cita. En silencio, le ayudo a mi amiga a poner orden en la sala, y a limpiar la cocina. Con gusto acepto que ella lave los platos, y me retiro a mi cuarto.

Trato de seguir leyendo, pero me es imposible, así que termino durmiendo una buena siesta. No comprendo cómo se me vino la magnífica idea de irnos de parranda hoy domingo, si mañana tengo que ir a trabajar. Creo que es porque lo necesito, soy un poco extraña cuando estoy triste, necesito la música, pues es la única que me hace relajarme y sobrevivir el día a día, es como mi perfecto escape.

Tititití... titititi... titititi... mi alarma suena, busco con la palma de mi mano el celular hasta encontrarlo, y apagarla rápidamente. Uy, hora de despertarme. Voy a mi closet, comienzo a buscar ropa, quiero algo lindo para levantar mi autoestima, mi ego, y todo lo que haga falta para sobrevivir el post Santiago. Tomo un vestido negro, que cuando lo compré recuerdo escuchar a mi madre decir que era demasiado corto, me queda a medio muslo, tiene manga corta, y unas cuantas lentejuelas de adorno del mismo tono, en fin, es muy coqueto. También, un bonito abrigo rojo, y unos de mis más altos y sensuales tacones de aguja.

Corro al baño para alistarme, necesito estar preparada para las ocho de la noche. Después de durar un buen rato maquillándome y esmerándome, para dejar mi pelo con unas lindas ondas flojas, empiezo a notar que ha crecido muy rápido, me gusta cómo va tomando forma, con un volumen natural.

Salgo de la habitación, y veo esperándome a Jacobo y Luz, súper guapos los dos.

—¡¡Wow, tía!! Con ese vestido vas arrasar —exclama Luz.

—Eso espero —suelto, y comenzamos a reír.

Miro mi celular, pero no tengo ninguna llamada perdida, así que pienso: "¡Chingate, Santiago!".

Después de treinta minutos, llegamos a nuestro destino, en esta noche fría de febrero. Jacobo como siempre, demostrando ser el súper buen amigo y caballeroso hombre, nos abre la puerta y conduce hasta el famoso lugar, que es ya uno de mis favoritos. Entramos, y me voy directo al bar.

—Chicos, voy por la primera ronda. Busquen mesa.

Me acerco a la barra, y pido tres caballitos de tequila doble. Cuando los sirven, me tomo uno antes de pagar; el chico guapo de la barra me mira.

—¿Me puedes dar uno más, y cobrarme los cuatro? —Él solo me sonríe, mostrando sus cautivadores hoyuelos. El chico está en sus veintes, y me siento toda una cazadora en este momento, así que, mientras toma mi tarjeta de crédito, agrego—: Tengo que calentar motores, para subirme ahí. —Con mi dedo señalo al pequeño escenario, muy pronto a pisar.

—Te cobro tres. El cuarto va por mi cuenta, pero lúcete allá arriba. —Me regresa mi tarjeta, y me voy sonriente en busca de mis amigos.

Los encuentro en la misma mesa de la vez pasada.

—¡¡¡Hellooowwwww!!! ¡¡¡Llegaron los drinks!!! —grito, con los tres caballitos dobles en mano.

Dejo los tequilas en la mesa dramáticamente. Cuando hago eso recuerdo que soy una tonta, porque olvidé los limones y la sal, ¿cómo puede ser esto posible? ¡Qué vergüenza! Me volteo sonriendo, y me topo con el bartender de nuevo.

—Olvidaste esto —me dice, dándome un pequeño plato, con limones cortados y un salero.

—Gracias...

—Adrián. Mi nombre es Adrián. —Me da la mano, en forma de saludo.

—Hola, Delhy —Lo saludo.

—Mucho gusto, Delhy. Estaré encargándome de tu mesa desde la barra.

—¡Gracias, Adrián!

—A ti, guapa. —El joven me sonríe, y se va.

—¡Ehhh, matadora! ¡¡¡Ya tenemos bebidas gratis!!! —grita Luz, y nos echamos todos a reír.

¡Wow! Cómo los extrañaba.

—Dios, ¡cómo los quiero! —Les grito. Reparto los caballitos de tequila, y nos los zumbamos de jilo, con el dramático sonido escandaloso al dejar caer el pequeño vasito, en la mesa de madera—. ¡¡¡Saluuuddd!!!

Me quema por dentro, y el calor comienza a invadir mi cuerpo, tras los dos tragos dobles que me he tomado. Ahora me siento mucho, mucho mejor, así que sin decir nada y con mucha gracia, me bajo de la alta silla para ir directo al DJ.

—¡Hola! ¿Puedo cantar la siguiente?

—Linda, hay tres personas antes, ¿qué canción quieres?

—Como si no nos hubiéramos amado, de Laura Pausini.

—Acepto si después cantas una más emotiva o alegre, esa está muy deprimente para una chica tan guapa como tú.

¿¿¿Otro??? Esta noche los piropos no son lo mío,

únicamente quiero subirme y cantar la maldita canción que ha estado resonado todo el fin de semana en mi cabeza.

—¡Perfecto! Prometido.

Llega mi turno, camino a la tarima, subo rápido por las escaleras, y tomo el micrófono.

Cuando se dan cuenta los chicos, ya estoy arriba esperando que comience la canción, y entonces aplauden emocionados.

¡Wow! Bajo del escenario renovada, todo el sentimiento lo dejé en esa canción. Cuando llego a la mesa no hay ninguna porra, solamente se me quedan viendo, calculando el terreno.

—¡Ok, ok! —Levanto mis brazos, en señal de rendición—. Discutí con Santiago, bueno, es más... no sé qué diablos pasó, únicamente que estoy encabronadísima porque, el hijo de su madre, no me ha llamado para explicarse. Y eso me hace suponer que ya no estamos juntos.

Me siguen viendo sin comentar nada, para que prosiga con el chisme.

—¡Basta! Ya se los dije, en serio. Por favor, no arruinen mi noche, que la verdad no estoy de humor para hablar del tema. —Les digo ya un tanto molesta.

—¡Olé! Solo eso queríamos escuchar. No es bueno quedarse con todo ese sentimiento en el pecho linda, sabes que te apoyamos en todo.

Se para Jacobo, para romper la conversación.

—Chicas, necesitamos otra ronda. ¿Luz?

—Una cerveza, bien helada.

—¿Delhy?

Me concentro en mis opciones, llevo dos tragos dobles, y no debo abusar porque mañana trabajo.

—Mmm, ¿puedo ir contigo? Quiero una bebida, pero necesito ver qué se me antoja.

—Claro, tía.

—Mientras ustedes van por los tragos, yo voy al baño ¡Ey, Jacobo! ¡Cuídamela, bien! —Nos sonríe Luz.

Mientras vamos caminando hacia la barra, mi chico BBC me abraza, y me pega a él de manera protectora.

—Delhy, cualquier cosa que necesites, somos tu familia,

lo sabes; te queremos y nos preocupamos por ti, no es que queramos presionarte... ¿Vale? Solamente quiero que lo tengas presente, aquí nos tienes.

Me doy la vuelta y lo abrazo con efusividad, en ese instante me rompo con él. No sé qué me está pasando, todo es tan confuso, las cosas estaban tan bien, y ahora al no llamarme todo es aún más desolador. Necesito una explicación de su parte, quiero que venga a mí y me cuente qué ocurre, no lo quiero dar todo por perdido, de verdad me importa.

—Jacobo, es que... No sé qué pasó... No sé qué... Ellos querían que me...

Es lo único que logró pronunciar, entre sílabas rotas y pequeñas lágrimas, que comienzan a formarse en mis ojos, hasta que alguien me arrebata de los brazos a mi amigo.

Veo a un enfurecido Santiago, jalando hacia atrás, con todas sus fuerzas, de la camisa a mi amigo. Todo pasa tan rápido que, cuando me doy cuenta, Jacobo se zafa y lo empuja para defenderse. Los dos son muy fuertes, con esa excelente condición física que tienen; son unos monstruos hechos de grandes músculos, y cuerpos pesados. Si no los detengo se van a matar. Ellos se miran enfurecidos, y fuera de sus cabales, tratando de disputar el puesto de Macho Alpha de la noche.

—¿Qué coño te pasa, tío? —Mi amigo, confundido, le pregunta a Santiago.

En ese momento, se empieza a juntar una bolita de gente alrededor de ellos, dejándome fuera de la multitud. Trato de caminar entre las personas, abriéndome paso para llegar a mis chicos, antes de que se hagan daño.

Me pongo en medio de los dos, le grito al hombre que tengo enfrente, quien luce demacrado, y eso me llena de satisfacción, de una extraña manera.

—¡Basta, Santiago! ¡Déjame en paz!

—Delhy... —pronuncia mi nombre, temblando de rabia, apretando la mandíbula.

Me lanzo, y le doy un empujón en el pecho, que no lo mueve ni un milímetro.

—¡¡¡¿Ahora sí vienes, idiota?!!! ¡¿Ahora sí vienes a buscarme?! ¡¡¡Pues ahora no tengo tiempo para ti!!! —Le chillo

indignada a Santiago.
Me volteo, tomo a Jacobo de la mano y lo llevo, desorientado, directo al bar.

—Dos cervezas y una margarita. —Le pido a Adrián, y estiro mi mano hacia Jacobo, quien se queda mirándome con gesto inocente. —¿Con qué piensas pagar, efectivo o tarjeta? —Sonríe, saca la cartera, y me da su tarjeta—. ¡Ja! ¿Acaso pensabas que yo pagaría otra vez Mr. Buenorro?

Jacobo se acomoda a mi lado.

—Ya, en serio Delhy, no cambies el tema, ¿es ese el gilipollas del senador?

—El que viste y calza —contesto.

Jacobo asiente, y ambos guardamos silencio. Yo veo al bartender hacer mi bebida, y él observa a quien canta sobre el escenario, con los brazos cruzados.

—Sabes que puedo con él, ¿verdad?

Comienzo a carcajearme.

—Es lo que más te importa, ¿cierto? —Me toco el pecho, como si estuviera dolida—. Para que estés más tranquilo, déjame decirte que jamás lo dudé. Pero no vale la pena, en serio, ni un poquito.

Nos dan nuestra orden, y nos vamos tranquilamente caminando a nuestra mesa. Casi llegamos a ella, cuando mi pequeña bolsa empieza a vibrar, saco mi celular y contesto.

—No porque estés enojada conmigo, te comportes de manera impropia, Delhy. —Escucho su profunda voz, en un principio amenaza con bajar mis defensas, pero después de todo lo que ha pasado estas últimas horas no puedo permitir que el señor se salga con la suya.

—¡¿Enojada, contigo?! ¿¡Es en serio, Santiago!? —grito enfurecida.

—Claro, estás enojada conmigo, solo eso.

—¡Eres un bastardo Santiago Moya!

—Cielo, estaba arreglando unas cosas. Te prometo que te lo explicaré, pero todo a su momento. —Intenta calmarme con sus palabras, logrando todo lo contrario.

—¡Las explicaciones las necesitaba el viernes! ¡No ahora!

Apago mi celular, lo guardo, y los chicos se me quedan

viendo, pero se limitan a seguir platicando entre ellos.

—¿Van a cantar? —Les cuestiono.

—Nena, aquí tú eres la cantante. —Luz sonríe, y se pone filósofa—. Mira que Dios me dio estas hermosas manos, y puedo hacer muchas cosas muy buenas con ellas. —Comienza a hacer señas obscenas y todos nos carcajeamos—. Pero, definitivamente, voz no me dio.

—Son unos sin vergüenzas. Bueno, pues entonces pido una canción y nos vamos. ¡Ay, Dios! Mañana tengo que trabajar. En serio, no puedo creer el tipo de amigos que son ustedes, me llevan por el camino de la perdición. —Me voy riendo, al caminar hacia la consola del DJ.

—¿Lista, guapa?

—Nací lista. —Le guiño un ojo—. Quiero *Un nuevo amor* de María José.

—Vale, subes en cinco minutos.

Me regreso con una sonrisa colosal a nuestra mesa, nadie espera la canción que van a escuchar.

—Oye Jacobo, soy yo y el efecto de mis tantas cervezas encima, o aquí la mexicana ya se ve como que más contenta. —Lo codea Luz.

Como es de suponer, con el comentario, los dos empiezan a burlarse de mí. Mr. Buenorro no pierde el tiempo y le sigue la corriente a mi amiga, en su bullying hacia mi persona, estos amigos míos son unos locos, descarados y descarriados.

—Pues como no. Mira, voltea a tu derecha. —Él le hace una seña, levantando las cejas—. Fíjate allá hasta el fondo, ¿quién es aquel toro al que le está saliendo humo por las orejas?

Luz voltea, sin disimular ni un poco.

—Oye, Delhy. Creo que se está emborrachando por ti. Eres mala tía, le estás dando de calabazas al pobre hombre. —Se carcajean, llamando la atención de todas las personas a nuestro alrededor.

Me acerco todo lo posible al centro de la mesa, doblando mis brazos por debajo de mi estómago, para sostener mi cuerpo.

—¡Ey, bájenle! En serio, estoy sacada de onda, esto es serio. —Vuelvo a repetir, para llamar su atención—. Escuchen, no les he platicado nada, porque si lo supieran, en vez de estar alcahueteando que hable con él, estuvieran llamando a la policía. Esto es muy raro, es un asunto gordo. —Ni me hacen caso, creo que ya están igual de "*Happy*" que yo—. Aunque claro, debo confesar que ya me puse un poquitín feliz porque vino a buscarme, y casi se madrea a Jacobo por celos.

El aludido brinca de su banco.

—¡¡¡Claro que no!!! —respinga Mr. Buenorro.

—¡¡¡Buuuu!!! —grita Luz. Luego levanta su palma para que le dé cinco, y chocamos nuestras manos.

—Delhy, te recuerdo que estás enfadada con él, no conmigo —me recrimina Jacobo.

El DJ me hace la señal, y subo rápido los escalones. Después de esta canción me largo a casa con el pecho más hinchado, de verle la cara cuando me vea cantar. «¡Ja - ja - ja! Has venido a buscarme Senador, pues vamos a ver cuánto aguantas». A continuación, con toda la actitud de una altanera mujer mexicana, empiezo a cantar.

Cuando termino, camino con mucho cuidado, el vestido es muy corto. Voy hacia los escalones, pero antes de que pise el último escalón, alguien me agarra muy rápido y me levanta sin previo aviso. Cuando reacciono, voy boca abajo, en el hombro de un troglodita, en pleno siglo XXI. Con su mano derecha baja lo más posible mi vestido negro, para tapar mi chulo trasero, que trata de conquistar a todos los presentes en el bar.

Jacobo y Luz saltan de sus bancos, y salen corriendo detrás de nosotros, tratando de seguirle el paso a este loco hombre.

—¡¡¡Santiago, bájame!!!

—¡No!

—¡¡¡Estás loco, Santiago!!! ¡¡¡Bájame ahora mismo!!!

Él no me hace el más mínimo caso. Alguien nos abre la puerta principal, llegamos a la acera, y me baja con cuidado. Luz y Jacobo llegan casi al mismo tiempo.

—Nena, ¿todo bien? —Luz se para delante de mí, y pone sus manos en mis hombros—.Quizás sea mejor que hables con él, ¿no crees?

Cuando voy a contestar, soy interrumpida por Santiago.

—Luz, permíteme —Le pide él, tratando de abrirse paso hacia mí, por detrás de ella.

—Pequeña, necesitamos hablar, por favor —me ruega.

—Te escucho —digo sin titubeos. Lo que tenga que decirme, me lo dice aquí enfrente de ellos.

—Aquí no, vamos a casa.

—No, no quiero ir a ningún lado contigo... No confío en ti, Santiago.

Mis amigos cruzan miradas, y Luz sale de mediadora, algo nerviosa.

—Santiago, llevaremos a Delhy a nuestra casa. Si ella quiere hablar contigo, pueden hacerlo en nuestro piso.

—¿Delhy? —Me cuestiona él, mirándome con ojos suplicantes.

—Te veo en mi casa.

Doy media vuelta, escoltada por mis dos mejores amigos. No espero respuesta, pues no es una pregunta. Vamos a escuchar lo que tiene que decir el Senador Moya.

Capítulo 19

Santiago Moya

Estoy sudando frío, me dirijo rumbo al maldito despacho de esta residencia, el cual está localizado en la segunda planta. Y donde se encuentra Paolo, a pesar de no ser su casa. Normalmente, todos le ofrecen un lugar donde el magnate, hombre de negocios, puede platicar, descansar o simplemente organizar una nueva reunión. Por supuesto, menos el Senador Moya; en ninguna de mis propiedades él tiene un espacio, ese hombre no es digno de nada que venga de mí, todo lo mío está totalmente fuera de su alcance.

La historia de ese hijo de puta, que un día me engendró, no es nada nuevo para mí.

Pasado

Se enredó con mi bella madre cuando ella estaba en el instituto. Solo era una inocente joven de diecisiete años, pero él la enamoró con su galantería, la cual todavía posee, y sigue volviendo locas a las mujeres. Después de un tiempo, se casaron. Yo no tengo muchos recuerdos de mi padre, jamás lo vi en casa, además, Ivana y yo siempre estuvimos a cargo de mis abuelos.

Mis padres se la pasaban constantemente en viajes de negocios, hasta que un día mi madre regresó sola, dolida y amargada, olvidando que era una mamá responsable, dedicada y cariñosa. Desde entonces, nada volvió a ser lo que un día fue, sus desplantes mezquinos se convirtieron, generalmente, en su nueva forma de vida, su falta de interés era evidente. Si no hubiera sido por mis abuelos maternos, quienes decidieron hacerse cargo de nosotros dos, no sé quién nos hubiera criado y encaminado en esta vida.

El nombre de Paolo Moya Rossetti jamás volvió a escucharse por nuestra casa. Está de más contar, que después de ese fatídico día, no hubo un padre presente para ningún cumpleaños y, mucho menos, para abrir regalos en navidad o reyes. Ni mi hermana o yo volvimos a preguntar por él, ya que corríamos el peligro de ser duramente castigados.

No fue, sino que hasta casi unos días antes de terminar el bachillerato, que una tarde saliendo de clases, una elegante Escalade negra blindada se estacionó afuera del colegio, esperando por mí, para recogerme. Solamente hizo falta bajar el vidrio de una de las ventanas traseras para saber de quién se trataba. Al verlo no tuve ninguna duda, yo sabía perfectamente quién era aquel hombre.

Había pasado demasiados años esperando este momento, necesitaba respuestas, muchas respuestas... ¿Por qué se fue? ¿Por qué nunca regresó? ¿Por qué jamás nos llamó? Eran infinidad de preguntas las que rondaban mi cabeza, así que cuando vi la puerta trasera abierta para mí, apreté fuertemente la mochila, y me subí de inmediato para aventurarme en un viaje desconocido.

—Hola, Santiago ¡Estás grandísimo muchacho! —Con una amplia sonrisa pronunció palabras de las cuales no fui consciente; su mano viajó hasta mi hombro, dándome un fuerte apretón. Al ver que no contestaba, y me encontraba en estado de shock, con voz cautelosa preguntó—: ¿Sabes quién soy? ¿Verdad que sí, Santiago?

Su voz reflejó duda y dolor; eso me hizo sentir felicidad. Por mucho tiempo, yo tuve esos mismos sentimientos. Pero con los años, me acostumbré a esa necesidad, a esa carencia, que con el tiempo se convirtió en un hueco inútil dentro de mí. Aunque para ese entonces, en mi plena adolescencia, ya estaba acostumbrado a ser el hijo huérfano de la familia Divaio

—¿Santiago? —repitió.

—Claro que lo sé, ¿quién podría olvidar tu desvergonzado rostro?

Sus rasgos serios se acentuaron, demostrando su inconformidad ante el tono de mis palabras.

—Te permito que me hables así, únicamente porque sé que no tengo derecho de reprenderte de ninguna manera posible, pero no lo olvides, sigo siendo tu padre.

—¿Padre? Yo no tengo padre. Así que no te llenes la boca hablando de paternidad, cuando has estado tantos años alejado de mi vida.

—Por eso estoy aquí. Esa es la única razón que me tiene en esta detestable ciudad, y te lo explicaré todo. He venido por ti, tenemos mucho que platicar. Voy a enmendar todos los errores que cometí contigo, no debí dejarte, fui un tonto, un inexperto...

Sus palabras resonaron en mis oídos, sin importancia alguna. Yo jamás aceptaría estar al lado de este hombre desconocido; uno que abandonó a su familia, un degenerado que se desentendió de sus hijos de la noche a la mañana. Mi coraje aumentó, porque muy en el fondo de mí, sabía que a Paolo jamás le habíamos importado Ivana y yo, siempre fui consciente de eso. Y con el tiempo me di cuenta de que, así como fue tan fácil tomar la decisión de abandonar a mi madre, fue mucho más sencillo dejarnos a nosotros de igual manera.

Seguimos nuestro camino en silencio, estaba ahí solamente para callar mi curiosidad, esa que estaba en mí desde la infancia. Quería saber qué pasaba con él, qué era de su vida; no es que me importara si estaba bien o mal, sino que era la única manera de darme cuenta de quién era realmente Paolo Moya Rossetti.

Llegamos a un famoso hotel de la ciudad, y la camioneta se estacionó enfrente de las puertas principales. Un tipo corpulento abrió mi puerta, me bajé tomando mi mochila, y entramos al lugar. La gente iba y venía sin ponernos atención;

pasamos la recepción, y subimos hasta el piso veintinueve, donde se encontraba la suite presidencial, en la cual él se hospedaba. Después de unos minutos, mientras el pasillo se hacía cada vez más solitario y angosto, me percaté de que varias personas nos escoltaban muy disimuladamente; se volvió extremadamente incomodo estar en la mira de tantas personas.

Por fin entramos a su cuarto. A simple vista, se notaba que Paolo acababa de llegar, no había equipaje, ni maletas por ningún lugar, mucho menos indicio de que alguien se encontraba hospedado en este elegante lugar. Caminé por una sala de estar y comedor amplio, con el ambiente de una lujosa residencia europea. Sin invitación fui directo al sofá, me senté a esperar a que Paolo se dignara a tomar asiento también, para contarme el lado de su historia, desde el abandono, del cual mi madre jamás quiso hablar, hasta este momento de su vida, once largos años en total.

—Hijo...—Lo interrumpí como una fiera.

—Mira Paolo, si quieres que escuche lo que tienes por decir, debo dejarte una cosa muy clara, desde este preciso momento, —tomé aire, porque si lo volvía a escuchar llamándome hijo, explotaría—, yo para ti soy Santiago Moya, y tú para mí eres Paolo Rossetti, y nada más. Por lo tanto, jamás, escúchalo bien, jamás me vuelvas a decir hijo, si quieres o te importa seguir teniendo algún tipo de contacto conmigo. «Desde ese día jamás he vuelto a usar su apellido, nadie conoce nuestro parentesco».

—Pero...

Me levanté de la sala tomando mis cosas, no iba a seguir escuchando a este gilipollas de mierda. El único padre que yo tenía era aquel que, desde hace muchos años, se levantaba todos los días a las cinco de la mañana para alistarse, llevar a sus nietos a tiempo al colegio, y después irse al curro para seguir forjando un futuro para su familia. Aquel hombre que, aunque no había podido con su descarrilada hija, la cual no daba ni un indicio de querer criar a sus dos hijos, procreados con el hombre que la abandonó y le destruyó la vida, nos acogió en su casa y se desvivió por nosotros, incluso hasta el día de hoy.

Este sujeto sentado frente a mí no era más que un hijo de

puta, tratando de llenarse la boca nombrándome hijo, cuando no tenía la menor idea de qué tipo de sangre corría por mis venas, o algo tan simple como cuál era mi película favorita.

—Discúlpame, muchacho.

—¿Dime qué quieres, Paolo? —Le pregunté fastidiado.

—Únicamente quiero acercarme a ti. Quiero que vengas a vivir conmigo. —Se paró, para quedar más cerca de mí—. Deseo que nos conozcamos, y enseñarte de mis negocios. Ya vas a cumplir dieciocho años, este es el momento que estaba esperando, pues tu madre ya no me puede obligar a estar lejos de ti.

—¿Mi madre? —pregunté confundido—. ¿Qué tiene ella que ver aquí?

—Te lo explicaré todo, lo prometo, no más secretos Santiago; le fallé a tu madre, pero no quiero vivir sin ti. —Hizo una pausa. Yo lo observé y él prosiguió, tratando de convencerme—. Vamos muchacho, siéntate; hay muchas cosas que tienes que procesar, ¿qué tal si comemos juntos, y te voy platicando poco a poco cómo sucedieron las cosas?

Así fui conociendo, poco a poco, en secreto, a Paolo. Con el tiempo, se fue ganando mi confianza, mas no mi cariño, ese ya lo tenía perdido desde hacía mucho tiempo; era algo irrevocable. Se hizo mi amigo, mi confidente, y una que otra vez me salvó el trasero. Era más fácil hablarle a él que a mi abuelo, con mi viejo me ganaría una buena reprimenda y un buen castigo, con Paolo era un simple: "¡No te vuelvas a meter en problemas, Santiago!". Mario Arizmendi, mi mejor amigo y cómplice, nos conocimos desde niños, y todo el tiempo nos metíamos en problemas durante nuestra adolescencia, y primeros años de adulto, pero sabía que Paolo siempre estaría ahí para sacarme de líos.

Presente

Llego a mi destino, no toco la puerta, solo entro al despacho dándole un fuerte empujón. En todos estos años, nadie ha cuestionado jamás mi falta de respeto hacia uno de los hombres más poderosos de toda Europa.

—¿Qué cojones les pasa a ustedes dos?

Paolo está sentado, presidiendo una gran mesa rectangular, y rodeado de otros hombres que conozco muy bien, pero al cabrón de Mario no lo veo por ningún lado.

—Señores, el Senador Santiago Moya —me anuncia en tono burlón.

¡Quiere tocarme aún más los cojones! Como si no me conocieran ya toda esta bola de peleles. Sé lo que traen entre manos, pero no lo voy a permitir. Me relajo un poco, aunque estoy hirviendo por dentro. Tengo que controlarme, Paolo está metido hasta el cuello en toda esta mierda, y necesito ser cauteloso. Si hago un movimiento en falso terminarán salpicándome, y sea lo que sea, aquí hay mucho dinero de por medio.

—Una disculpa. Únicamente necesito hablar contigo Paolo, pero en vista de que estás ocupado, hablamos después; me retiro.

Necesito llegar con Delhy, necesito estudiar mis mejores opciones, esto no lo voy a consentir jamás.

—No muchacho, estás en el lugar correcto. Mario no debe de tardar en llegar, te estaba buscando. De hecho, nadie permitiría que te fueras; ya conoces el motivo de nuestro acoso, como ya te comenté antes, queremos a tu acompañante, así de simple.

Me quedo helado.

—Paolo, por favor. Ya lo discutimos hace un momento, nadie acordó traer esta noche a ninguna mujer, mucho menos a esta reunión. ¡Esto está fuera de lugar! Tenemos un protocolo.

—Lo sé, hijo.

Los pelos de mi nuca se erizaron, detesto que me llame de esa manera, aunque nadie sepa la verdad; pero me incomoda, y él lo sabe.

—Pero esa encantadora mujer nos dejó fascinados desde que bajó de la limusina, además, las apuestas ya han comenzado a subir, solamente hace falta ver esa pantalla. —Aplaude, y se empuja hacia atrás, girando su majestosa silla para dejarme ver—. ¡Wow! Nadie sabe todavía si aceptará, y ya es todo un acontecimiento, Mario nos compartió varias fotos de ella ¡Es absolutamente exquisita! ¡Oh, santo Dios, qué musa!

—Paolo, sé razonable. Vino conmigo, ella confía en mí, por tanto, eso no va a pasar, no lo voy a permitir. —Trato de justificarme.

Haber fingido que solo era mi acompañante me ha costado caro. Me he metido más al fondo de esta maldita situación, estoy hasta el cuello. Peor aún, muy en el fondo los comprendo, soy o fui un depredador como ellos. Yo también presionaría si estuviera en su lugar, estaría como perro, arrastrándome para que entre a la lista, ¿quién no quisiera poseer y disfrutar de mi exuberante mujer?

—Razonables somos, mi querido Santiago. No entiendo cuál es el problema, lo hemos hecho antes. Sabes muy bien a qué nos dedicamos, y aquí ganamos todos.

—Paolo, estás perdiendo el tiempo, déjalo estar. —Me pongo serio.

—Muy fácil, muchacho —Aplaude, como si su podrido cerebro le revelara la solución—. ¿Por qué no se lo cuestionamos a ella? No hay porque engañarla, jamás le hemos mentido a nadie. Manda que la traigan, y cuando le hablemos de nuestro negocio, estoy seguro que aceptará como todas las demás damas que han pasado por aquí. Es tan simple como contarle de qué va todo; el depósito mensual de una suma desmesurada por su disposición, todos los regalos y cortejos de apuestos y ricos hombres. Sabiendo esto, no se podrá resistir, estoy totalmente convencido.

—Tiene que ser una de nuestras Diosas —comenta uno de los presentes.

Se me revuelve el estómago del coraje.

—Paolo, necesito hablar contigo en privado, no con todas estas personas aquí.

Se me queda viendo como el cabronazo que es, sin comprender mi desesperación, que va en aumento a cada segundo.

—Santiago, por favor relájate. Parece como si esta fuera la primera vez que una de tus acompañantes termina recurriendo a nuestra forma de vida. Venga hijo, de aquí nadie se va con las manos vacías, es más, hasta se quedan por pura diversión.

Veo sentarse en la mesa a Mario, tiene en la cara una sonrisa burlona y pedante, que me hace explotar.

—¡¡¡No, Paolo!!! ¡¿Qué mierda te pasa?! ¡¡¡Tú también te volviste loco, como este imbécil!!! ¡¡¡Una cosa es en lo que estamos relacionados nosotros, esto es nuestro pasatiempo, un estilo de vida para salir de la rutina, y otra muy distinta que quieran obligarme a meter a mi mujer en esta maldita sociedad de mierda!!!

Mario se carcajea, todos me ven como si fuera una cosa extraña que yo me esté oponiendo a esta proposición descabellada.

—Santiago, ¿cuál es el problema? Solo le preguntamos, lo hemos hecho antes, ¿qué cambia esta vez? —pregunta Arizmendi, quitándole importancia al asunto.

—Esto no lo voy hablar contigo, Mario. ¡No te metas!

—Moya, vamos a hacer esto. —Se levanta de su silla, y mientras viene hacia mí, capta toda mi atención una maldita pantalla gigantesca.

Qadesh... pronuncio en mi cabeza. Es el nombre en la casilla número ocho, y que va subiendo como la espuma, posicionándose cada vez más arriba en los primeros puestos, pero no lo reconozco.

—¿***Qadesh***? —pregunto en voz alta.

—¿Te gusta? —Él sonríe a unos pasos de mí—. ***Qadesh: Diosa siria del éxtasis sagrado, y el placer sexual.*** —Alarga sus dos manos, como anunciando el título de una película o famosa obra de teatro, en lo alto de algún edificio.

— ¡¿Te refieres a Delhy?!

—¡Ja! Ya hasta le escogimos un apodo, ¡y qué nombre! el de una Diosa sensual para una exquisita criatura. —Se da unos toquecitos en la sien.

Me quedo completamente callado, he pasado del coraje a la conmoción. Me doy cuenta de que no los voy a hacer cambiar de parecer, ya la tienen ahí. Estos hombres están enfermos, así que necesito ser más inteligente que ellos. Si sigo montado en mi cólera de no dejarla entrar, van a insistir más por capricho, ya que no aceptan una negativa por respuesta; los conozco muy bien, y van a encontrar una u otra manera de arrastrar a Delhy a esta vida de perdición.

Jamás me había importado ninguna mujer. Esta sociedad ha sido mi método para descargar toda esa presión del trabajo, de la familia, del día a día, y ha funcionado perfecto para mí por muchos años. Me he topado con estos idiotas tantas veces, y no necesariamente en una noche de presentación. Si a la mujer con quien estoy le atrae la propuesta y quiere ser presentada, lo he hecho sin pensarlo dos veces, sin ningún remordimiento. Pero hoy, de quien estamos hablando en esta mesa es de Delhy, mi Delhy, mi mujer. Y estos come mierda se están metiendo con una de las personas más importantes de mi existencia, aunque hasta ahora me esté dando cuenta de su valor e importancia en mi vida; ella, por fin, me ha brindado una razón más para levantarme cada mañana, es alguien que me hace muy feliz, ella me completa.

—Entonces qué, Odín, ¿la vas a presentar? —Mario me llama por mi sobrenombre, tomándome del hombro de manera juguetona.

Camino lento por el amplio despacho, me posiciono frente a la pantalla gigante donde se encuentra una lista de quince nombres de Diosas. Nadie sabe todavía quiénes son, lo que sí se sabe es que tres han sido escogidas por cada uno de los cuatro grupos de la hermandad. A esas doce, se le suman las últimas tres, escogidas entre los cuarenta miembros por medio de votación.

Al estar en ese listado, quiere decir que la mujer es hermosa, candente, reveladora, llena de sensualidad, una depredadora nata, y su característica principal es ser una dominante.

Para estar ahí se requiere de pasar por varias pruebas, que consciente o inconscientemente ellas van superando durante la selección. Todos estos ejercicios son puestos por los miembros de nuestra sociedad; una comunidad que deja mucho dinero, es nuestro entretenimiento, nuestra diversión, nuestro pasatiempo.

Ninguna de esas mujeres están a la fuerza aquí, disfrutan mucho de poder ser tratadas como Diosas, de tener el poder en sus manos, tener voz y voto. Todos nosotros pagamos un buen pastón para pertenecer a este club, que además nos da paso libre, y garantiza la discreción al usar nuestras instalaciones en España, Japón, Suecia, Estados Unidos, Alemania, por nombrar algunos de los países sede.

Son miles de hectáreas en donde nuestros recintos ofrecen deliciosos platillos las veinticuatro horas del día, un calmado juego de golf, tenis, entre otros, como para nuestros colegas amantes de los deportes extremos, tenemos paracaidismo, rafting, rapel y muchos más. Además, después puedes considerar un relajante masaje, una noche de juerga, o una noche candente de sexo, lujuria y desenfreno. Todos los miembros activos pueden usar cualquiera de nuestras instalaciones.

Paolo fue quien inició con este proyecto hace muchos años, con varios amigos de su adolescencia, y cuando me gradué de leyes, los primeros frutos de mi trabajo vinieron a ser invertidos en el famoso negocio, aunque jamás esperé que me fuera a dejar tanto dinero.

¿Cómo llegaron todas esas Diosas aquí? Bueno, las instalaciones eran propiedad de Paolo junto con varios socios, pero después de crecer, la nueva generación quisimos hacer un negocio más atractivo, hacerlo único. Así, que una noche junto con Mario y varios amigos, surgió la grandiosa idea. Buscábamos algo que animara a los miembros a venir con más frecuencia a disfrutar de una majestuosa escapada, y de esa manera comenzó nuestra aventura.

Ahora mismo estamos todos sentados en esta mesa de pino color coñac, que nunca he sentido tan grande como el día de hoy. Somos diez amigos, compañeros, colaboradores y funcionarios de alto rango en el congreso, en la ciudad y en el país; nuestras edades varían de los treinta años para arriba.
¿Qué nos llevó a estar sentados aquí? A veces los hombres tan importantes y poderosos como nosotros, necesitamos dirección, bajar la guardia y disfrutar. Paolo creó todo este círculo, siempre vivió para él, de aquí formó su patrimonio hasta que un día las cosas no funcionaron como lo planeó. Él quería seguir, tenía hambre de crecer sin medir el ritmo, y mamá representaba las cadenas que lo sujetaban a ser un hombre de familia, el cual se rehusaba a ser. La verdad, nunca quise saber realmente qué sucedió para que mi madre cambiara tanto, solo sé que esto fue uno de los detonantes de su relación.

El ofrecer a una mujer para futura Diosa se lleva a cabo una vez al año, es una gala organizada siempre en un país diferente, a la cual todos asistimos y llevamos acompañantes; antes de invitarlas tienen que firmar un acuerdo de confidencialidad, nada se nos puede salir de las manos. A pesar de que esto es un negocio redondo, nada es ilegal; mantenemos nuestras reglas, tratamos de ser muy organizados y precavidos en el tema. Ya siendo miembros, nos quitamos nuestras caretas, para ser quienes realmente somos.

En la gala exhibimos a las mujeres como si fuera un certamen de belleza, pero sin pasarela. ¿A qué me refiero con esto? Es una fiesta como cualquier otra, aunque todos la pasamos estudiando a cada una de ellas, desde su belleza, su comportamiento y su modo de desenvolverse ante los demás. En esa ocasión, nos juntamos los cuarenta socios a disfrutar de la noche entre copas, comida, baile y juegos como *póker, blackjack*, ruleta, por nombrar algunos de los más populares.

Este acontecimiento es un poco más para convivir, es vernos una vez al año y perder o ganar una fuerte cantidad de dinero. Después de eso, ya en casa vamos seleccionando por grupo hasta quedarnos con las tres elegidas, y las tres restantes para completar nuestras quince, las escogemos por conferencia entre todos. Previamente nos relajamos en casa, compartimos fotos, preguntamos cómo las conocieron, sus antecedentes, etc.

Cuando ya está la lista, se le informa a cada una de las dichosas quince nuevas Diosas, que ahora cuentan con la protección de cuarenta hombres poderosos, y que cada uno de nosotros puede cortejarla, llenarla de regalos o viajar con ella; es aquí donde se hace el dinero, ya que se usan las instalaciones para toda esta odisea. Pero es muy importante recordarles que únicamente ellas tienen el derecho de decidir si quieren acceder a nuestra invitación.

No existe una relación más allá del placer obtenido, me refiero a una relación sentimental, pues la principal finalidad de todo este proceso, es salir de lo cotidiano, hacer algo divertido y terminar en algo excitante; eso es lo que ofrece nuestra alocada sociedad. Si encontramos una Diosa con la que hacemos conexión, nos entregamos a esa mujer, nos consumimos mutuamente sin reservas, no hay caretas, no hay palabras bonitas, es solo sexo crudo, fugaz, realizado por dos cuerpos libres. Y siempre recordamos que ellas no son exclusivas, así como están con uno, pueden estar después con cualquier otro; nadie está atado, y eso lo hace más liberal, más carnal y mucho más excitante. No existen reglas en este juego.

—Tienen que respetar mi decisión. Déjenme hablar con ella, es importante. —No espero respuesta, me levanto y salgo del

lugar.
En cuanto cruzo la puerta del despacho mi teléfono vibra, lo saco del bolsillo, y veo que es Delhy.

—¿Cielo?

He perdido la noción del tiempo, quiero suponer que está por llegar a casa.

—Santiago. Por favor, diles a tus hombres que me lleven a mi departamento. Quiero estar en mi casa, por favor...

Apenas puedo escuchar lo que me pide. Algo no está bien, su voz está entrecortada y sensible, pero tengo la cabeza en tantas cosas que no quiero descifrar lo que está pasando en estos momentos con Delhy. En este preciso instante, eso es el menor de mis males, lo que quieren de ella es más importante que el que ella esté sentida porque me he comportado como un patán, casi estoy seguro de que es eso, pero antes de poder responderle me vuelve a suplicar.

—Solo quiero ir a casa...

Me masajeo la sien con mi mano libre, mi cabeza está a punto de estallar.

—Ponme en altavoz —Le digo, sin ánimos de seguir con esta conversación. Me enerva que no sigan mis instrucciones, Delhy ya debería estar en la casa. Pero antes de comenzar a gritarle al incompetente de mi chofer, medito mejor mis alternativas. Quizás sea mucho mejor que se quede en su piso, a llevarla conmigo y ponerla de nuevo bajo la lupa, por eso tomo la decisión de que cada uno se vaya solo—. Max, lleva a la señorita Lugo a su casa. —ordeno.

Súbitamente me quedo sin comunicación, la llamada se corta y me quedo observando mi móvil incrédulo.

—¿Me ha colgado? —pregunto en voz alta, sin creerlo.

Intento llamarla de nuevo, pero no da tono. Su teléfono está apagado, quizás se ha quedado sin batería, así que comienzo a marcar el número de Max, pero cuando va a comenzar a timbrar cuelgo, y me guardo el móvil en el bolsillo.

Tengo muchas cosas por procesar, es hora de pensar qué voy a hacer con toda esta situación que se me está saliendo de las manos. Mientras regresa mi chófer sigo caminando, no quiero esperar aquí; salgo al jardín de enfrente, tomó aire fresco, y empiezo a deambular entre los grandes pinos que rodean la propiedad.

Absolutamente todo está fuera de control, requiero trazar un plan con cautela, meticulosamente, y mantenerme en control. Esto va más allá de ser un simple juego de obtener una nueva Diosa. Ahora mismo maldigo todo lo que he hecho en el pasado para obtener a la mujer que he deseado de otro. Conozco a mis socios, y sé que ninguno se detendrá ante mi demanda de no buscarla, todos nos caracterizamos por ser brutales depredadores. Nadie dejará de presionar hasta llegar a consumirla de cualquier manera posible, lo tengo muy claro, y eso me llena de incertidumbre.

Santiago Moya

Estoy cansado y muerto de terror, como jamás en la vida pensé estar.

Después de salir del despacho, donde Paolo me acorraló para ofrecer a Delhy, me fui a casa. Al llegar destruí toda mi habitación, no pude contener toda la rabia, coraje e impotencia que embriagó todo mi ser. No estoy acostumbrado a que me presionen, mucho menos a que las cosas se me salgan de las manos. Sigo confundido, no sé cómo voy a arreglar toda esta situación de mierda en la que me encuentro, pero de una cosa si estoy seguro, ella no saldrá de mi vida, permanecerá a mi lado.

Me he enamorado, he caído en las redes del amor de la peor manera. Me ha llegado tan profundo, que no entiendo cómo he sido tan ciego para no darme cuenta, o quizás solamente no quería reconocer al mediocre y jodido blandengue chalado en el que me he convertido. Jamás imaginé perder la cabeza de esta manera por una mujer, pero todos ellos me han hecho abrir los ojos con sus peticiones, y ahora, de una extraña manera, se los agradezco. Les doy las gracias por darme una llamada de atención, haciéndome despertar de mi idiotez para dejarla escapar.

Ahora sé lo que quiero, y es a ella en mi vida; tener a

Delhy entre mis brazos, a mi lado. Formar una familia con ella es la única manera de arreglar todo, podrá ser apresurado, pero mi ser interior me pide a gritos ir por ella, raptarla y hacerla mi esposa. De esa manera, nadie podrá atraparla, ni tratar de manipularla con palabras erróneas para que acepte ser de otros, y no solo mía.

Delhy está en mi cuerpo, se ha metido en cada poro de mi piel. Sin su presencia me siento vacío; ahora estoy aquí con un hueco en mi pecho, nada me queda sin ella, soy una mierda. Haberla dejado ir sola, a media noche, ha sido mi peor error, pero lo primero que pensé, fue que en su casa estaría mucho más segura que conmigo en esos momentos. Estar a mi lado la hace una presa más apetecible; ellos lo han sabido mucho antes que yo, por eso presionan y presionan para arrancarla de mi lado.

Ahora entiendo porqué Delhy insistió tanto en irse a su casa; ya que jamás me pasó por la cabeza que su deseo de marcharse a su piso era porque sabía lo que estaba ocurriendo. Traté de disimular, de ser indiferente, y ahora soy un perro infeliz, sin idea de cómo arreglar las cosas.

Después de salir de la fiesta me puse a deambular un rato, en el jardín delantero de la mansión, mientras regresaba el chófer a recogerme. Solo necesitaba relajarme y pensar, pero la relajación no me duró mucho. Todo mi mundo se vino abajo cuando regresaron por mí, pues Max me contó lo sucedido con ella.

Aún resuenan en mi mente sus palabras...

—Señor, necesito hablar con usted.

—Ahora no Max. Por favor llévame al piso de Delhy —le pedí, antes de subirme a la limusina.

—Es de lo que quiero hablar, señor. —Se pasó una mano por su pelo rapado, y se me quedó viendo, un tanto nervioso.
Eso no era habitual en él, no lo había visto de esa manera.

—¿Qué pasa Max? —Me paré en seco, la puerta de la limusina nos separaba.

—La señorita Lugo se escapó, lo fue a buscar. No puedo asegurarle que haya escuchado la conversación que usted mantenía con el señor Rossetti, pero sí puedo afirmar que estaba muy afectada, después de encontrarla, casi corriendo, mientras bajaba las escaleras que dan al despacho donde usted...

No lo dejé terminar, me le fui encima como una fiera. Ahora tenía otra cosa con la que lidiar, además de pensar cómo diablos explicarle toda esta puñetera sociedad de mierda a Delhy. Seguramente escuchó algo de la conversación que tuve con Paolo, y por esa maldita razón estaba tan insistente de querer irse a su casa ¡Se estaba largando de mi lado! ¡Maldita sea! ¡Quería ser yo quien hablara con ella!

Lo golpeé, descargué mi rabia en mi hombre de confianza. Él aceptó todos los golpes que le di y, creo, eso es lo que más me consumió por dentro. Yo quería que respondiera, me golpeara y me hiciera sentir un dolor físico, no el que siento en este momento, y comprime mi pecho, me consume y asfixia.

Cada vez las cosas se complican más, y en mi cabeza siguen rondando las mismas malditas palabras: «¡Coño de mierda! ¡Quería ser yo quien hablara con ella!». Necesito explicarle... No todo es tan jodido, pero si escucha que tenemos quince mujeres para follárnoslas, para que nos traten como su Dios, o simplemente para que nos maltraten como al más bajo de sus siervos, bueno, así sí suena un poco retorcido. Por eso, ella necesita escuchar las cosas de mí, para que comprenda. Si no tomo cartas en el asunto, lo más pronto posible, sé que Mario se adelantará, tocará a su puerta, será amable y todo encantador, para tratar de lavarle la cabeza, hasta que termine aceptando de alguna u otra forma, como tantas veces lo hemos hecho los dos.

Mi temor no es que acepte, mi miedo es conocer a otra Delhy. Desde que la conocí aquella noche, me atrajo su inocencia, su humildad, su falta de interés ante lo material; y, desde entonces, no necesito de nadie más, únicamente de ella. Esta mujer me complementa, me encanta, me excita, me llena, es la Diosa que nunca pensé que existiera, y menos hecha solo para mí, creada a mi manera. Sería decepcionante darme cuenta de que la mujer con la que he compartido más de tres meses, está llena de vanidad, de hambre de riqueza; yo puedo darle todo, fortuna, lujos, placeres, seguridad, pero si ella no quiere ser exclusiva, sería el detonante de nuestra relación. No puedo soportar siquiera imaginar a otros hombres tocando su piel, acariciándola, besándola, complaciéndola, o haciéndole el amor... eso sería el fin de mi existencia.

Estoy listo para salir hacia su casa. El día de ayer no quise molestarla, por eso no la llamé ni mandé mensajes. Supongo que estará afectada, y quiero darle un poco de tiempo para que esté más calmada, y poder platicar con tranquilidad.

A mediodía le llamé a Paolo, conversamos un poco. Le avisé que hoy hablaría con ella, y nadie debía atreverse a mover ningún dedo para tratar de acercarse, o comunicarse con Delhy. Le advertí que le pasara el mensaje a todos, al final comprendió que si yo tengo una relación con ella, soy el indicado para platicarle del tema. Eso me hizo ganar un poco de tiempo extra, que es lo que más necesito en estos momentos.

Dejo de pensar, y volteo a mi alrededor, todo es un desastre, cosas quebradas, un montón de objetos en el suelo tirados por doquier. Pobre Eugenia, lo que tiene que soportar de este gilipollas. Tomo el teléfono, y marco la línea directa de la cocina, donde es más fácil localizarla.

—Diga —me contesta cautelosa.

Cuando estoy enojado suelo desquitarme con todo el mundo sin excepciones, esta mujer ya me conoce, así que es precavida al hablar conmigo.

—Eugenia, por favor, puedes mandar a alguien a limpiar mi recámara.

—Claro, hijo.

—Gracias —Cuelgo.

Me miro en el espejo, me veo presentable, pero un tanto demacrado. Mi barba habitual está un poco menos arreglada a como la acostumbro llevar, mi cara es una mierda, no pude pegar el ojo en toda la noche, y mucho menos he descansado el día de hoy. En fin, solamente necesito encontrarla, y hablar con ella. Si eso no funciona, únicamente me quedará suplicar como un perro.

—¡Todo se resolverá! ¡Vamos macho, todo se resolverá! —Me animo un poco yo mismo en voz alta, mirándome al espejo, pues no ha existido en el mundo algo que no haya podido solucionar antes—. ¡Maldito cabronazo! —Me sigo echando porras.

Ya basta de condenados lamentos, no es el fin del mundo, esto es simple, son cosas del pasado que tendrá que entender. Una cosa es que me gustaba cogerme a todas las mujeres buenísimas del mundo entero, y otra muy distinta es que lo siga haciendo, ¡pasado es pasado! y ¡presente es presente!

Tomo mi reloj, junto con mi cartera, de la mesita de centro que está en mi vestidor, me pongo la colonia que le encanta a Delhy, eso me hace sonreír. «Te extraño pequeña».

Al salir de la casa veo a mi chofer esperando por mí.

—Felipe, traigan mi camioneta. Viajo solo esta noche.

De reojo veo a Max, me siento terrible, tengo que darle la cara. He sido un cabrón, desquité con él toda la frustración que traía encima. Doy media vuelta, mientras veo al chico ir por mi *Range Rover*, y me topo con un Max un poco magullado, con cara fría y firme, como siempre.

—Señor, quiero disculparme por la situación del viernes. Me siento deficiente, y quiero notificarle de que está en todo su derecho si quiere prescindir de mis servicios.

—Hablaremos luego —contesto.

Max no es mi amigo, es mi hombre de confianza, en el que puedo depositar mi seguridad y la de todas las personas que me importan. No somos cercanos, pero puedo asegurar que sabe todo de mí y, prácticamente, yo conozco todo de él. Es una relación extraña a la cual no podemos llamar amistad, porque tiene un trabajo que cumplir. Jamás ha pasado por mi mente despedirlo, aunque estoy consternado, la verdad todavía no comprendo cómo Delhy pudo escaparse de un hombre como él, pero esa mujer siempre logra sorprenderme.

En ese momento llega Felipe, con mi camioneta.

—Max, por favor que la seguridad vaya en otro coche con distancia prudente, no los quiero encima de mí.

—Como ordene.

Nos despedimos con un movimiento de cabeza en señal de despido, y me subo al auto.

Mientras voy manejando prendo la radio, y está la estación favorita de mi chica. Tantas veces me he burlado de ella, es la típica mujer que escucha baladas románticas sin parar, mientras que a mí me causan un sueño inevitable; ella siempre canta desviviéndose en cada canción.

Hace unas semanas atrás, la invité al *Valle de Paular*,

queriendo enseñarle un poco de naturaleza, antes de que cambie el tiempo y se ponga frío. Mientras me desvivo recordando nuestra bonita tarde entre las montañas, una canción me llama la atención. Leo en el tablero cuál es, y la guardo en mi lista de canciones. La cantante es una chica llamada Rosana, canta una melodía que nunca había escuchado, se llama *"Si tú no estás aquí"*. La pongo en reproducción para repetir, y todo el camino escucho la misma canción una y otra vez.

Para cuando me doy cuenta, estoy estacionándome frente a la puerta de su edificio. Veo por el espejo retrovisor cuando llega la camioneta de mi seguridad unos minutos después, le hago una señal a uno de los chicos, y este de inmediato baja de la camioneta, corriendo hacia mí. Le aviento las llaves.

—Si alguien se queja, dile que es la camioneta del Senador Moya. Escucha bien, solamente si es una emergencia puedes moverla.

—Claro, señor.

Mientras camino directo al elevador, el chico de la conserjería me grita:

—¡No está, señor!

Me enerva la gente entrometida, que me habla sin que yo le esté cuestionando algo, pero como me interesa la información, volteo amablemente con una sonrisa fingida.

—¿Te refieres a Delhy?

—Bueno, no solo a ella. Luz, Delhy y Jacobo se fueron hace un rato. Le puedo asegurar que se fueron de rumba.

No le doy las gracias, únicamente me limito a salir del lugar.

El chico sigue en el mismo lugar, cuidando la camioneta. Mientras me acerco a él, saco mi móvil.

—¡Ey! Investiga dónde se encuentra la persona dueña de este número de celular.

Le muestro el celular solamente unos segundos, para que se memorice el número, vamos a ver qué tan inteligente es este chico.

—Claro, señor —contesta, y sale corriendo hacia la camioneta de seguridad.

Me subo al Range Rover, prendo el radio, y me pongo a

escuchar música para perder tiempo, mientras espero la información. Pasan tan solo un par de minutos, cuando timbra mi teléfono y contesto automáticamente:

—¿Dónde está?

—Se encuentra en Bar AKA, señor. En el centro de la ciudad, aproximadamente a treinta y cinco minutos, con este tráfico estamos ahí en cuarenta y tres.

Cuelgo, y lo pongo en el tablero de mi GPS.

En unos cuarenta y ocho minutos estoy en el famoso bar, donde se encuentra Delhy. El que esté aquí me hace ver que no está tan consternada como lo pensé, y la incomodidad comienza a invadir mi estado de ánimo.

Desde la camioneta puedo ver la larga fila de gente para entrar.

—¡Oh, Dios! ¡Con lo que me encantan los bares! —comento sarcásticamente en voz alta, para mí mismo.

Me estaciono frente a la puerta principal, pero en la otra acera. Marco rápido a los chicos que se encuentran parados atrás de mí.

—Diga, señor.

—Necesito que alguien se encargue de mi camioneta, y otra persona arregle mi entrada libre al lugar, no quiero esperar.

Veo que dos de mis chicos se bajan, y lo hago yo también. Uno de ellos se sube a mi camioneta, y el otro camina unos pasos detrás de mí. Empiezo a impacientarme, si llego yo primero a la puerta, se queda sin trabajo. Pero cuando nos estamos acercando, Franco acelera el paso, casi corriendo, y arregla rápidamente mi entrada. Así que cuando llego, únicamente se limitan a quitar la cuerda de la entrada, y paso frente a todas las personas haciendo fila para entrar.

Comienzo a buscar como loco a Delhy. Veo a varios de mis hombres en diferentes puntos del local, con una sola mirada saben a quién deben buscar. Cuando empiezo a meterme entre la multitud, observo a mi descarada mujer subiéndose a la tarima un poco cabizbaja, y ese es un golpe bajo para mí, porque sé que soy el culpable de su malestar.

Ella comienza a cantar, y poco a poco la veo más recia, dura e imponente. Me llega al fondo del corazón la canción que canta, pues habla de alejarse de la persona que ama para comenzar de nuevo, pero no me desanima, sé que solo hace falta hablar con ella, y todo se arreglará. Así que me voy a la barra y pido un whisky. Desde mi asiento la miro cantar, y desahogarse.

Cuando baja del escenario se ve más ella, más fuerte y feliz, incluso ríe con sus amigos. Se nota un tanto más tranquila, eso me reconforta, y me anima a hablar con ella lo más pronto posible. Y mientras considero si es mejor hablar con ella aquí de una vez, seguirla hasta su casa, o llevarla a la mía, me lleno de rabia al ver que viene con un hombre.

Mi sangre comienza a hervir, pero el detonante de mi reacción es cuando lo abraza, y él la reconforta acariciándole la espalda. Me voy hecho una bestia, mis chicos de mi seguridad no tienen ni tiempo para llegar hasta donde estoy. Halo al hombre, con todas mis fuerzas, de su camisa, para zafarlo de sus brazos.

—¿Qué coño te pasa, tío?

El coraje me tiene cegado, pero cuando reacciono tengo a mi mujer hecha una furia. Mi pequeña leona está extremadamente brava, y yo solamente pienso en cortar el espacio para comérmela a besos.

—¡Basta, Santiago! ¡Déjame en paz! —Me grita.

—Delhy... —Es lo único que puedo pronunciar, estoy temblando de coraje, y empiezo a sudar.

Estoy encabronadísimo, no la puedo dejar sola ni un momento, porque ya tiene a alguien pegado a ella como ladilla.

Una enfurecida Delhy me empuja.

—¡¡¡¿Ahora sí vienes, idiota?!!! ¡¿Ahora sí vienes a buscarme?! ¡¡¡Pues ahora no tengo tiempo para ti!!! —Vuelve a gritarme.

Me rodea, y se marcha enojada con el idiota ese. No me pasa desapercibido que le toma la mano para sacarlo de aquí. Se comienza a despejar la multitud, que ni siquiera me di cuenta se había formado a nuestro alrededor, y Max está ya a mi lado. No me gusta consultar a la gente y, mucho menos, hablar de mis problemas personales, pero si lo estoy considerando en estos momentos, es porque realmente ya no sé qué hacer, y mi cabeza no da para más.

—¿Algún consejo?

Él se limita a contestar.

—Dele tiempo, y tómese otro whisky.

Me regreso a la barra, me tomo mi bebida de un solo trago y pido otra. Luego me voy a una mesa que está en la orilla del bar, un poco más reservado donde no pueda verme, aunque tengo al idiota ese de frente. Desde aquí puedo observarla a la perfección, pero Delhy no se percata de que sigo aquí, por lo que le mando un mensaje.

Santiago: No porque estés enojada conmigo, te comportes de manera impropia, Delhy

Delhy: ¡¿Enojada, contigo?! ¿¡Es en serio, Santiago!?

Santiago: Claro, estás enojada conmigo, solo eso

Delhy: Eres un bastardo

Santiago: Cielo, estaba arreglando unas cosas. Te prometo que te lo explicaré, pero todo a su momento

Delhy: ¡Las explicaciones las necesitaba el viernes! ¡No ahora!

No le contesto, porque puede que sea verdad, ¿pero quién diablos comprende a las mujeres? Cuando uno actúa de buena fe, y les da espacio, no les gusta, cuando uno está de hostigoso se enfadan. Así que mejor me la paso observándola, y tanteando el terreno. Poco a poco la voy notando más relajada, platicando con sus amigos, eso me confirma que le ha gustado verme aquí.

Sé que todo va a estar bien, me lo repito una y otra vez. Veo que se acerca al Dj de nuevo, no la pierdo de vista ni un momento, sigo sus pasos sin despegar la mirada de ese cuerpo de tentación. Se ríen un poco, y mi jodida bilis va a explotar, ¿qué carajos? De tan preocupado que estaba por verla cabizbaja, y luego tan enojado por dejarse abrazar por cualquiera, no me había fijado en el largo del maldito vestido que trae puesto esta jodida descarada, ¡moriré de un infarto! Giro mi cabeza para ver a los presentes en el local, y veo como se la comen con la mirada.

Se regresa con mucha chulería a donde sus amigos, y cuando se estira sobre la mesa puedo ver claramente su panty de encaje. Esto es el maldito infierno en vida; por eso el abuelo dice que aquí pagaré todas las que he hecho, y ya lo siento venir. Estoy a punto de levantarme para llevármela a casa, ya llegué a mi límite, ¡quiera o no, se larga conmigo! Pero la atrevida se me escapa, cuando sube al escenario por segunda vez con el micrófono en mano. Se para con porte de gran señora, y empieza a cantar la muy sinvergüenza.

Ya no sé si es o no consciente de que todavía estoy aquí, porque la canción que comienza a cantar es un puñal atravesándome lentamente. En cualquier otro día estuviera gritando, y mandándole porras, esta mexicana chula sí que sabe cantar, y la maldita melodía me la está dedicando, lo sé, pues dice que no quiere caer de nuevo en mi juego, pero no estoy jugando con ella, aunque no va a hacer falta decírselo, se lo demostraré.

Termina de cantar, y le hago una seña a Max, que en unos cuantos segundos está a mi lado.

—Paga mi cuenta, y que estén listas las camionetas, ¡nos vamos! —ordeno.

Me voy apresurado y, antes de que Delhy baje por completo, me agacho, la tomo en mis brazos y me la echo al hombro. Pongo mi mano en su culo, y empiezo a bajarle el vestido lo más que puedo, porque esta insolente se la ha pasado mostrando lo que es ¡solo mío! ¡MÍO!

—¡¡¡Santiago, bájame!!!!

—¡No! —bramo.

—¡¡¡Estás loco, Santiago!!! ¡¡¡Bájame ahora mismo!!!

La ignoro, me pega en la espalda, pero no bajo el ritmo de mis zancadas. ¡La quiero fuera de la vista de todos estos pares de ojos, que se la están comiendo! Cuando estamos afuera, con cuidado la pongo en el piso. Está tan preciosa con sus labios en pucheros, hasta que llegan Luz y el metiche.

—Nena, ¿todo bien? —Luz se interpone entre nosotros—. Quizás sea mejor que hables con él, ¿no crees?

—Luz, permíteme —digo, tratando de mantener la calma.

—Pequeña, necesitamos hablar, por favor.

Me muevo un poco, y me acerco con cautela, lo que menos quiero es que me tenga miedo.

—Te escucho.

—Aquí no, vamos a casa —Le pido.

—No, no quiero ir a ningún lado contigo... No confío en ti, Santiago.

Me duelen sus palabras, pero trato de disimularlo.

—Santiago, llevaremos a Delhy a nuestra casa. Si ella

quiere hablar contigo, pueden hacerlo en nuestro piso —propone Luz.

—¿Delhy?

—Te veo en mi casa —Se limita a decir.

No me da tiempo de responder, solamente se va escoltada por sus amigos.

No me queda más que dar media vuelta, y dirigirme hacia la camioneta esperándome a media calle. No tengo ganas de conducir, veo que quien viene al volante es Max, y le doy instrucciones para que se quede manejando. Me subo en el asiento del copiloto, y las malditas canciones salen una tras otra como dirigidas a mí. Únicamente me hace falta la lluvia, para que los planetas conspiren en mi contra.

Manejamos en silencio, escuchando la música. Estoy impaciente, solo quiero llegar y matar esta maldita presión que tengo en el pecho.

—Max, déjame aquí. Estaciona la camioneta y espérame, cualquier cambio me comunico contigo al móvil.

—Claro, señor.

Me bajo de la *Range Rover*, camino preparándome mentalmente para que el conserje metiche me haga algún comentario sobre que ya llegó Delhy, pero está tan entretenido en su teléfono que ni me nota al pasar. Subo al elevador, llego a su piso, y cuando estoy a punto de tocar la puerta, esta se abre, y me topo con una Luz sonriente, agarrada de la mano del tío del bar.

—Hola, Santiago. Delhy está en su recámara, yo estaré aquí al lado por si necesitan algo.

—Gracias, Luz. Te lo agradezco

El tío que se encuentra con ella tan solo se queda viéndome, retándome para que le diga algo, pero soy muy inteligente. Sé que si son amigos de Delhy no puedo estar mal con ellos, sería una guerra constante y, la verdad, no quiero poner a mi mujer en esta posición. Así que opto por lo sensato.

—Ey tío. Una disculpa por lo de hace rato, me dejé llevar y bueno… —me paso la mano por mi cabello—. Creo que tú reaccionarías igual si otro hombre tuviera a Luz entre sus brazos. —Me quedo viendo sus manos entrelazadas.

La suelta para abrazarla fuerte, y se limita a contestar.

—No hay cuidado macho. Pero quiero que te quede claro que solamente una vez te lo pasamos, si la haces sufrir somos nosotros quienes no te dejaremos verla. Delhy no está sola, somos su familia.

—Enterado.

Con esas palabras, se gana mi simpatía.

Se despiden, y yo entro a la casa que está en plena obscuridad. Camino por todo el pasillo hasta llegar a su puerta, doy unos cuantos toques y nadie contesta. Giro la perilla y abro lentamente, no quiero que se moleste más de lo que está. No veo a nadie en mi campo de visión, así que voy a su cuarto, entro y no hay nadie. En eso escucho el agua de la regadera, y al instante me pongo duro, solo de imaginármela desnuda bajo el agua. Maldigo.

—¡Santa Virgen, Delhy! ¿Acaso es esta alguna de las pruebas sobre reprimir al senador? —digo en voz baja.

Me siento en su cama y espero mientras se baña, no pienso en nada, únicamente estoy contemplando el piso con la mente en blanco. Hasta cuando veo la luz que se filtra al abrir la puerta, levanto mi cara, y Delhy está recargada en el marco de la puerta, con la toalla envuelta en la cabeza. Viste un pijama de blusa con tirantes, a juego con el short de seda color azul marino, no se ve para nada sorprendida de verme aquí.

—Perdón, necesitaba despejarme —comenta.

—No te preocupes, toma el tiempo que necesites.

Se quita la toalla de la cabeza, y empieza a secarse el pelo, mientras camina hacia su escritorio, toma la silla giratoria y la mueve hasta acomodarla enfrente de donde estoy sentado.

—Vamos Santiago. Querías hablar conmigo, soy toda oídos —me dice bien plantada.

No me la pondrá fácil, lo sé, así que necesito contarle lo que está pasando, solamente que no tengo idea de cómo empezar.

—La verdad, no sé por dónde comenzar... —Me paso la mano por el pelo, estoy jodido.

—¿Qué querían esos hombres? —pregunta.

—Lo que pasa… —Suelto el aire—. Soy miembro de una sociedad anónima, conformada por varios accionistas, y somos propietarios de muchas instalaciones alrededor del mundo, entre hoteles, restaurantes, centros nocturnos, clubs campestres, casinos, entre muchos otros negocios...

Me interrumpe desesperada:

—Santiago, solo responde, ¿qué quieren ellos de mí? ¿Por qué estabas tan enojado? Creo que tú has sido quién me ha asustado, o quizás soy yo misma, que soy demasiado paranoica. Pensé que esa misma noche estarían vendiendo mis órganos en el mercado negro. —Sonríe, tratando de bajar un poco la tensión a nuestro alrededor.

—Jamás lo permitiría. —Le digo serio—. Mira Delhy, lo que te voy a contar es muy delicado, y quiero que comprendas que la razón por la que te cuento todo esto, es porque estas personas no dejarán de presionar. Ya ha pasado antes, y hemos roto varias relaciones, matrimonios, no paramos hasta obtener lo que queremos, por lo tanto, no sería la primera vez que alguien acabe arruinando a un miembro importante en este negocio.

—¡Basta ya! Solamente me estás asustando, dilo y ya —pide exasperada.

—Somos hombres que lo tenemos todo. No quiero sonar egocéntrico, pero es la verdad. Cuando conocí a Paolo, me enseñó todos sus negocios, los cuales le dejan mucho dinero, y por tanto invertí en ellos, y lo hice poco a poco, hasta llegar a ser uno de los capitalistas mayoritarios.

—Eso no suena nada mal, ¿dime dónde está el problema?

—Tenemos un pasatiempo, un juego, o como le quieras llamar. —Respiro hondo, y ruego porque a esta mujer no le salga la fiera que tiene dentro.

—Vamos Santiago, te estoy esperando.

—¿En serio, mujer? —No la comprendo, ve que no puedo ni explicarme, y me sigue presionando.

—Es que te ves lindo cuando estás en aprietos.

¿Se está riendo? Yo estoy transpirando, y esta impertinente mujercita se está burlando de mí. Me levanto del colchón, y me lanzo a sus pies, quedando hincado.

—¡¡¡Delhy, no vayas aceptar!!! ¡¡¡Por favor, nena!!! ¡¡¡No puedes aceptar!!!

—Santiago, me asustas, ¿qué pasa? Dime qué sucede realmente, ¿por qué has estado tan mal desde que recibiste su llamada? ¡Ya, maldita sea! ¡Escúpelo de una vez! —exige agobiada.

Me tumbo para atrás, y me recargo en la cama, para empezar a relatar mi historia.

—Hace mucho tiempo atrás, mientras estaba en Marruecos, fui a un restaurante con unos pocos socios para finalizar una larga jornada laboral. El lugar se llama *Goddesses,* y ahora es un negocio de mi propiedad. Cuando entramos fuimos recibidos por preciosas mujeres vestidas de varias Diosas de diferentes mitologías; desde una Isis extremadamente sexy, hasta una Afrodita derrochando sensualidad. Las mujeres caminaban como si realmente ahí fuera un paraíso, eran dueñas y señoras del lugar, pero no era morbo lo que nos atraía o llamaba la atención, si no que cada chica estaba ejerciendo su papel más allá de una actuación. Aunque el lugar únicamente se limitaba a servir comida, y desempeñar el mejor servicio de uno de los más prestigiosos establecimientos de la región. Y conforme pasaba la noche, nos pusimos a pensar cómo sería haber vivido en esa época, siendo un fuerte gladiador que podía tener a tantas mujeres como le apeteciera, hermosas, diferentes, sumisas, a su total merced; con olor a aceites de flores, bella piel de terciopelo, vestidas como Diosas, y complaciéndolo hasta en sus más oscuras fantasías sexuales. Así que, ahí mismo en la mesa, comenzamos a pensar y planear cómo podíamos llevar a cabo nuestro siguiente, y más significativo negocio, pues algo como esto sería un extraordinario suceso nunca antes visto. Hacer posible el tener nuestro propio *Monte Olimpo* fue nuestro empuje principal, y terminamos acordando que cada uno de nosotros, en la siguiente reunión, traería a una mujer exuberantemente hermosa, de bellas formas, que derroche sensualidad, en quien se pueda confiar, junto con otras características, para poder llegar a ser una de nuestras flamantes Diosas. En aquel entonces, únicamente éramos un puñado de jóvenes de veinticuatro años, tratando de devorar el mundo, pero tomamos la decisión de hacer de esto un círculo cerrado y exclusivo. Cuando comenzamos toda esta locura, éramos solamente dieciocho y, con el paso del tiempo, llegamos a los cuarenta miembros que actualmente somos. Claro que quien quiera puede salirse, siempre y cuando respete nuestras reglas de confidencialidad. Algunos tienen esposas, pero eso no los detiene de vivir cualquiera de sus fantasías con una de las Diosas que están a nuestra disposición. Hasta el día de hoy contamos con quince mujeres, quiénes se encuentran en una lista, y cubren el perfil perfecto para ser una ostentosa Diosa. No necesariamente los cuarenta hombres solicitamos sus servicios, pero, de vez en cuando, llamamos a alguna, y nos ponemos de acuerdo con ellas para salir por ahí, a cumplir una de nuestras tantas locas fantasías, saliendo así, de la cotidianidad al hacer algo divertido, placentero y diferente... —Cuando me doy cuenta, ya he hablado mucho más de lo necesario, y no sé qué tanto he revelado, solo que ya quería sacar todo de una vez.

Delhy me mira fijamente. —¿Eso es lo que quieren hacer conmigo? ¿Quieren que sea una Diosa? —Me pregunta mirando fijamente.

—Sí —respondo derrotado.

No sé cómo interpretar su reacción, únicamente sé que hoy será una larga noche.

Estoy asombrada con todo lo que Santiago me ha contado. Si no fuera porque solo hace unos minutos me dijo que no lo permitiría, lo estaría corriendo ahora mismo de la casa. ¿Quién cree esa gente que soy?

Ahora es el momento, tengo que aprovechar para sacarle toda la verdad; se encuentra platicador, nada habitual en él, y si no lo hago ahora mismo, va a seguir escondiéndome cosas, y no es justo que solamente por tratar de protegerme, me cuente verdades a medias.

Lo que me sigue preocupando es la reacción tan afectada que tuvo la noche del viernes, como si ellos pudieran encontrar alguna manera para presionarme a aceptar. Debe de ser algo solemne, no por nada se pondría como un loco desquiciado frente a todos ellos.

—¡¿Qué diablos es todo esto, Santiago?! —Reacciono explotando en un segundo, y me levanto de la silla como un rayo—. ¿Tú quieres meterme a eso? —le cuestiono ofuscada.

—¿¡Qué!?¿Estás loca? Por eso estoy aquí, como un idiota, rogándote que no vayas aceptar. Que sea quien sea el que venga a tocar esa maldita puerta para animarte, ¡tienes que decir, NO!

—¡Eres un idiota, Santiago! —Camino como una leona de un lado a otro, parloteando palabras ilegibles—. Me he pasado dos malditos días como una tonta, pensando qué diablos te pasa, preocupada, inquieta y, ¡¿vienes a contarme esto?!

—¿Cómo quieres que te lo explique? Jamás pensé que todo mi pasado llegara de la nada a salpicarnos. —Se levanta, y se acerca más a mí—. Nena, desde que estoy contigo todo es diferente, tú eres mi necesidad. —Me hace parar, pasa sus manos dulcemente por mis mejillas, roza sus dedos por mis labios, se me queda viendo, y muero por besarlo—. Cielo, sabes que no estás realmente enojada —me murmura, utilizando ese tono de voz por el cual le juraría ser su esclava de por vida.

Se acerca a mis labios muy lentamente, me comienza a besar, y mordisquea mi labio inferior de manera tan devastadora, que hace a mi cuerpo reaccionar al instante. Mi estómago empieza a agitarse con la misma necesidad de siempre. Me rodea con sus fuertes brazos, y me levanta.

—Ahora no, Santiago. Tengo mucho que pensar —Le digo bajito.

Me separo de sus labios, porque si no lo hago ahora terminaremos en la cama, perdiéndonos el uno con el otro, sintiendo nuestros cuerpos desnudos, sudados, revolcándonos como fieras, calmando nuestro instinto animal. Me abrazo a su cuerpo, y dejo descansar mi cabeza en su hombro izquierdo, mientras él comienza a caminar hasta sentarse en la cama, me acaricia la espalda, y me pierdo en su roce. Muero por estar con él, de eso no hay ninguna duda, quiero sentirlo dentro de mí, dejarlo poseer mi cuerpo, mi mente y mi corazón por completo, como lo hace cada vez que hacemos el amor.

Pero hay una incertidumbre que no puedo contener, y me tiene en este debate mental. Tenemos que pasar página y comenzar una nueva, pero hay que arreglarlo desde la raíz. No quiero pensar que sigue en esas cosas, únicamente quiero enterrarlo y quitármelo completamente de encima. Todo está mal mientras él no me asegure que está fuera de eso; no voy a compartirlo, o somos solo nosotros, o nada. Ya resolviéndolo todo, sí podremos hacer el amor. No quiero vivir con esto rondando nuestras vidas, así que lo dejo salir.

—¿Sigues en esas cosas?

Lo siento pasar saliva, pero contesta firme.

—No, amor. Desde que te conocí no he estado con nadie

más. Tú eres la única, tú eres mi mujer.

Sus palabras las tatúo en mi corazón.

—Santiago, ¿eso es todo lo que tienes que contarme? —pregunto, esperanzada en que solamente sea esto, lo que tengo para procesar.

—Por ahora, sí... —contesta, sin dejar de arrullarme.

No me gusta su respuesta, pero por el momento es suficiente.

—Está bien para mí, por ahora... Necesito descansar.

Se levanta conmigo en brazos, mueve mi colcha, y me deja lentamente en la cama.

—No me dejarás quedarme, ¿verdad? —Se hinca al lado de la cama.

—No, esta noche no —Le digo agotada.

Me besa en la sien.

—Delhy, te amo nena... no te voy a perder, lo arreglaré todo.

Me arropa, y se va sin hacer ruido. Es la primera vez que escucho un te amo de sus labios, y me dan ganas de llorar. Mis sentimientos están congelados, confundidos a tal magnitud que me quedo envuelta en una burbuja sin sentimientos.

Por un buen rato, me quedo dando vueltas en la cama, ya estoy cansada de pensar, me siento exhausta, solo quiero dormir y continuar con mi rutina. Maldigo el día en que mi vida se volvió tan complicada.

Capítulo 22

Santiago Moya

Salgo de la habitación derrotado, sé que no todo está perdido, y que me ha ido mucho mejor de lo que pensé. Ahora tengo que lidiar con Paolo, y todo lo que se me viene encima. Antes de salir pongo llave a su puerta, pero no me quedo conforme, sé que no se va a levantar a poner la alarma y, mucho menos, vendrá a poner el pasador de seguridad, además soy consciente de que Luz no dormirá en casa.

Me subo al elevador, y le marco a Max.

—Diga, señor.

—Max, haz subir a algún chico de seguridad, que pida una silla al portero; necesito que alguien se quede vigilando el piso de Delhy, mientras vuelvo.

—Sí, señor.

Cuando salgo del edificio, veo a Max dando direcciones al joven que se quedará a pasar la noche.

—Todo listo, señor.

Me subo en el asiento del copiloto, Max no necesita instrucciones, se sube rápido como conductor; ahora maldigo no haber traído a mi chofer. Viajamos en silencio, y veo la hora en mi reloj, es pasada la medianoche.

—Max.

—Diga, señor Moya.

—¿Tienes alguna idea de dónde puedo conseguir un mariachi a esta hora?

Con lo eficiente que es, interpreta mis palabras.

—¿Quiere que contrate uno?

—Ahora mismo —ordeno.

—Con gusto, señor.

Mientras escucho como Max hace unas llamadas para la contratación del mariachi, tomo mi laptop del asiento trasero, y me pongo a buscar en Internet alguna lista de canciones, para dar una buena serenata al estilo mexicano. Me sorprendo de toda la información que estoy encontrando. Mientras Max me cuestiona lo que tengo en mente, le explico sobre mi plan de reconquista, como si fuéramos mejores amigos.

Intento memorizar unas cuantas canciones, no tengo mucho tiempo, así que al final me doy por vencido, y decido mandar a mi impresora portátil las letras de varias melodías que ya he escuchado antes.

—Max, necesitamos tequila —Le informo.

—¿Tequila? —pregunta confundido.

—Claro, mira, aquí dice que es recomendable afinar la voz antes de ir a dar una serenata, y lo mejor es con varios tragos de agua ardiente, así que es lo que necesitamos. ¡Manda a los chicos! —exijo—. Mientras ellos van, tú y yo nos vamos a conseguir un gigantesco ramo. Haz esas llamadas Max, necesitamos muchas, muchas rosas rojas —Le comento extremadamente emocionado.

Cuando regresamos al piso de Delhy, ya me he tomado unos cuantos tragos, son pasadas de las dos de la mañana. Nos estacionamos en la acera de enfrente, y nos bajamos con total precaución de no ser descubiertos. Me está comenzando a entrar la risa cómplice, más cuando veo bajar a Max con el ramo de rosas más gigantesco que he visto, una anécdota más para contar.

Movimos todas las influencias necesarias para que abrieran la florería más prestigiosa de todo Madrid para nosotros. Ahora, mi mano derecha viene caminando con dificultad, pero con tal de ver a mi mujer esta madrugada sonreír, vale la pena todo el dinero y el esfuerzo del mundo entero para llevar a cabo esta sorpresa.

El mariachi llega unos minutos después. Nos encontramos enfrente del edificio; todos los músicos con sus trajes color crema, pulcramente confeccionados a la medida, con sombreros típicos. Max se ha lucido esta noche; cuando me están dando direcciones viene un joven, me da un sombrero idéntico al de ellos, y empiezan a explicarme el procedimiento a seguir, informándome que el cantante principal estará apoyándome como segunda voz mientras canto.

Tengo bien agarradas las hojas de papel en la mano, ¡Santo Dios, estoy comenzando a sudar! Tengo muchos nervios, como si me fuera a presentar en un escenario para cantar profesionalmente. Todos se posicionan atrás de mí, y me armo de valor. Soy consciente de que me encuentro realmente feliz, nunca he hecho estas locuras, pero estoy seguro de que a mi mujer le encantará la sorpresa; así que comenzamos cantando *Hermoso Cariño* de Vicente Fernández.

Termino la canción, y Delhy no ha prendido la luz, ni da indicios de que esté despierta. Creo que todos notan mi decepción, porque uno de los mariachis se me acerca, y me da unas palmadas en la espalda.

—Vamos compadre, arránquese con la otra. Usted no se desanime, a las hembras les gusta que les canten más de tres canciones. —Me dice uno de los señores que toca los violines, animándome a seguir cantando.

Le doy otro gran trago a la botella de tequila, el cual me sigue quemando la garganta, pero me anima a continuar. Me lanzo con la siguiente canción, *La mitad que me faltaba* de Alejandro Fernández. No la había escuchado hasta esta noche. Cuando estaba investigando, salió entre todas esas canciones y me ha encantado al instante que la escuché, es como describir lo que siento por esa hembra, como dicen en su país, ella es simplemente la mitad que me faltaba.

Cuando voy a mitad de la canción, mi corazón comienza a palpitar más a prisa al instante que veo prenderse la luz de su habitación, pero sigue sin abrir la ventana. Los chicos me hacen señas, apuntando con el dedo pulgar hacia arriba, en representación de que todo va bien, y yo me desvivo cantándole.

Al terminar la canción vibra mi celular, lo saco de mi pantalón de mezclilla, y los mariachis empiezan a gritar:

—¡¡Ya picó, jefe!! ¡¡Ya picó!!

No tengo ni la más mínima idea de a qué coños se refieren, realmente necesito una buena maestra que me explique todos estos modismos mexicanos, y creo saber quién sería perfecta para el trabajo.

Leo el mensaje:

Delhy: ¿Si abro la ventana seguirás cantando?

Su mensaje me hace sonreír como un tonto. Y por su reacción, quiero pensar que le ha encantado la serenata.

Veo a Max mirándome a lo lejos, y levanta ligeramente el ramo de flores; creo que ha notado mi cara de felicidad. Le doy otro trago a la botella, y le contesto.

Santiago: ¡Te cantaría hasta que se me fuera la vida en ello, mi amor!

Delhy: ¿Puedo pedir una canción?

Santiago: Sus palabras son órdenes, señorita.

Delhy: Canta *Me gustas* de Joan Sebastián. Te la dedico.

No tengo ni idea de a quién coño se refiere, así que voy y le pregunto a los músicos. Al notar que estoy perdido, uno de ellos comienza a cantar la melodía, mientras yo sigo mandándole mensajes a Delhy, los cuales ella responde al instante.

Santiago: Prometo aprendérmela y algún día cantártela, tiene muy bonita letra.

Delhy: Más le vale, señor Senador. Y tengo que reconocer que no cantas nada mal las rancheras.

Santiago: ¿Saldrás al balcón?

Antes de recibir contestación, veo que en vez de abrir la ventana, abre la puerta del balcón, y mi hermosa mujer sale envuelta en una bata de seda color negro, con su hermoso pelo suelto. Me acerco un poco más, y me pierdo en su belleza.

—Muchas gracias —dice un poco sonrojada, y extremadamente preciosa sin ninguna gota de maquillaje, ella es aún más bella al natural.

Volteo a ver a los mariachis, y les grito:

—¡Vamos por la última, compañeros!

Me gano unos gritos efusivos de ellos, y acordamos que la

última canción será *Perdóname* de Pepe Aguilar. Le canto cada estrofa entregando todo mi corazón en ello, no solo hablando musicalmente, sino simplemente ofreciéndome a ella. Cuando terminamos, nos grita desde el balcón:

—¡Gracias!

—¡Mi placer, princesa! —le contesto.

Max habla con todos los tíos para finiquitar su servicio, y antes de que comiencen a retirarse, grita mi descarada:

—¡¡¡Gracias muchachos, estuvo bellísimo!!! ¡¡¡Muchas, muchas gracias!!!

Uno de ellos le responde:

—¡¡¡Ya no lo haga sufrir, señorita!!!

Todos se ríen, y se suben a su camioneta.

Voy primero con Max para recoger el ramo, y entro al edificio. Nadie está en el mostrador de recepción, así que únicamente presiono el botón del elevador, y espero; no tarda en llegar. Cuando por fin estoy en su piso, le doy un simple vistazo al tío que Max dejó cuidando la puerta; es un muchacho nuevo, supongo que recién ha entrado a trabajar con nosotros. Su cara no se me hace conocida, y me debato entre hacerle unas preguntas, pero me distraigo escribiéndole un mensaje a Delhy para que venga a abrirme la puerta. Al mismo tiempo, tomo nota mental de no olvidar pedirle a Max, que solicite una llave extra junto con el código de la alarma.

Santiago: Delhy, estoy en tu puerta.

Me contesta de inmediato.

Delhy: Está abierto.

Casi me da un infarto al leer el mensaje, que tal si viene alguien más y entra a su piso, no entiendo cómo esta mujer puede ser tan confiada.

Cuando entro a su piso, el foco de la sala comedor está prendido, y me la encuentro sentada en la mesa, con un plato lleno de galletas y un vaso enorme de leche.

—Me entró el hambre —Me sonríe, y me voy caminando hacia ella.

—Esa es buena señal —comento, sosteniendo el ramo muy fuerte—. ¿Te gustó la serenata?

—¡Me ha encantado! —me dice feliz.

Se levanta con una galleta en la mano, la cual me ofrece tiernamente. Abro mi boca, y le doy un buen mordisco mientras le entregó las rosas rojas.

—Es la primera vez que alguien me trae serenata —Huele las flores—. Y un ramo tan grande como este. ¡Wow! ¡Están preciosas!

—No tan bellas como tú.

Me reconfortan sus palabras. Le quito el ramo y lo pongo en la mesa, la tomo de la mano y caminamos hacia la sala. Me recargo en el respaldo del sofá, mientras atraigo su cuerpo hacia mí, y se queda parada entre mis muslos. La abrazo fuerte, y ella responde acurrucándose contra mi cuerpo.

—¿Amor? —susurro en el hueco de su cuello.

—Repítelo —me contesta, apretándose más a mí.

—Amor —Lo digo más lento, mientras le beso su cabello.

—Mande.

—Estamos bien, ¿verdad? —pregunto nervioso.

—Estaremos bien —contesta agotada.

—Vamos a casa. —Presiono un poco, la quiero tener conmigo, no la puedo dejar aquí, ella pertenece a mi lado.

—Es muy tarde Santiago, mañana tengo que trabajar. —Bosteza perezosa.

—Amor, vamos a casa. Quédate conmigo.

—Estoy cansada, solo quiero dormir —balbucea.

Mientras la tengo abrazada, con mi mano izquierda saco mi móvil, y le escribo a Max un mensaje para que prepare la camioneta, es hora de encargarme personalmente de lo que es mío.

La cargo fácilmente y me voy directo a su recámara, únicamente tiene su sensual pijama puesto y no quiero que se vaya a resfriar. Ella envuelve sus brazos en mi cuello, aferrándose a mí. Al llegar, tiro del edredón que tiene en su cama, y lo pongo encima de nosotros, sin soltar a Delhy, tratando de maniobrar, pues no quiero apartarme de ella ni un momento.

Cuando estoy listo para salir, me percato de que Delhy ha caído rendida. Mi teléfono empieza a vibrar, no le hago caso, pero quien sea que trata de comunicarse conmigo insiste e insiste. Al tenerla cargada se me dificulta moverme con facilidad, y mi maldito móvil no para. Enojado me regreso, la deposito tiernamente en su cama, arropándola mientras verifico quién coño me busca con tanta insistencia a estas altas horas de la madrugada.

En la pantalla veo varias llamadas perdidas de Mario, estoy a punto de guardarme el celular en el bolsillo, pero timbra de nuevo, sigilosamente salgo al pasillo y respondo.

—¿Qué quieres? —contesto fastidiado, sin ni siquiera disimular mi irritación.

—Santiago, me acaba de avisar Paolo que tenemos una reunión, ¡ya!

—¿Ahora? —expreso confundido.

—Sí. En unas horas se regresa a Tailandia, y necesita asignarnos varias ocupaciones, y como tú eres el abogado de confianza, tienes que estar ahí, así que vente preparado que esto va para largo.

—¡Qué cojones! —comento irritado.

—Tío, no eres solo tú al que le han estropeado la noche.

—Vale, te veo en un rato —Cuelgo.

Regreso a la habitación, me acerco a la cama, y comienzo a quitarme la ropa, la dejo perfectamente doblada en la silla del escritorio. Con mucho cuidado, me subo a la cama, no quiero despertarla; me meto entre las sábanas, me acuesto junto a ella, la tengo frente a mí, la abrazo y la acerco a mi cuerpo, no la quiero soltar jamás. La contemplo, y acomodo sus mechones atrás de su oreja; ella duerme como un ángel que ha venido a encontrarme. Se mira tan frágil y tan hermosa a la vez. Esta mujer ha llegado para arrebatarme todo lo que soy.

—Te amo, mi amor —Le digo en voz baja, esperando que pueda escucharme; le doy un tierno beso en los labios, y ella solamente respira profundo.

Me quedo con ella unos minutos más, sin ganas de marcharme, sé que tengo que partir, necesito encargarme de mis ocupaciones. Pero, sin retraso alguno, estaré aquí en cuanto atienda al gilipollas de Paolo, para llevármela conmigo, y comenzar una nueva vida con esta mujer, que ha conseguido revolucionarlo todo a su paso, enseñándome el real significado de ser solo uno, para conformarnos mutuamente.

Capítulo 23

Mi alarma no sonó.

—¡Chingüetas!

Me levanto desorientada, me siento en medio de la cama, y volteo para todos lados; mi cuarto tiene mucha luz, eso me confirma que no estoy en mi recámara, aquí está todo oscuro, además hace mucho frío, y yo solo tengo puesta mi pijama de seda. No sé dónde estoy, sigo inspeccionando y comienza a entrarme algo de pánico; palpo la cama, es un colchón suave, pero no hay colchas a mi alrededor, solamente una pequeña almohada, y mis dientes tiritan.

—¡Dios, por favor, que todo esto solo sea una pesadilla! —expreso desorientada.

Me dan ganas de llorar. Si no supiera que puedo ver, en este preciso momento juraría que estoy ciega, pues no puedo mirar nada. Bajo los pies con cuidado, y al momento que los pongo en el piso, empieza a rechinar la fría madera. No hay ni un sonido, aparte del molesto crujir de las tablas al caminar. Muevo las manos a mis costados, tratando de sentir lo que tengo enfrente y a los lados para no tropezar o dar un mal paso, y terminar en el suelo.

Mi cuerpo se siente magullado, como si fuera el primer día después de hacer ejercicio. Sigo tratando de investigar en qué lugar me encuentro, qué es lo que tengo a mi alrededor. Doy unos cuantos pasos y llego hasta una pared, que voy recorriendo lentamente sin separarme del frío muro. Toco algún que otro cuadro, hasta que llego al marco de una ventana; trato de abrirla, pero está sellada, compruebo varias veces y nada, no se puede abrir. Golpeo con fuerza el cristal y no hay respuesta, comienza a entrarme un pavor incontrolable.

Estoy empezando a tener dificultad para respirar, así que me deslizo con la espalda pegada a la pared y me siento lentamente en el piso. Me quedo en cuclillas, abrazo mis piernas, y mis sollozos inundan la habitación. No sé quién me trajo hasta aquí, pero recuerdo perfectamente que me quedé dormida en los brazos de Santiago. Trato de mantenerme cuerda, para ordenar poco a poco mis pensamientos, necesito recordar cómo terminé en este espeluznante lugar.

Las imágenes aparecen en mi cabeza, recuerdo que por fin después de dos días devastadores, sin entender qué pasaba con nuestra relación, hablé con él en mi habitación. Necesitaba procesar un montón de información que me soltó de buenas a primeras, sin lógica, ni, mucho menos, sentido para mí; pero qué sé yo de un montón de millonarios aburridos teniendo todo a su merced, sin saber qué hacer con tanto dinero.

Necesitaba pensar qué iba a hacer, así que decidí que la mejor manera para ordenar mi cabeza era pedirle que me dejara sola. A regañadientes aceptó y se fue, el cansancio de días acumulados entre la incertidumbre me pasó factura, y terminé quedándome profundamente dormida, hasta que me despertó la más hermosa de las serenatas que resonaba en mi ventana. Todas las dudas que revoloteaban en mi mente, con un grave sonido de alarma gritando que me apartara, que dejara a mi pobre corazón y mente sanar, que necesitaba ser fuerte y no caer en las redes del senador, se esfumaron, porque, al mismo tiempo, mis sentimientos y mi lado romántico añoraban su presencia, cada partícula de mi cuerpo me confirmaba que él era lo que quería, que yo ya le pertenecía, que estaba perdida desde ese día que lo dejé tomar mi cuerpo, fundiéndose en el mío, y haciéndome sentir lo que verdaderamente pensé que era el amor, envuelta en deseo y pasión incontrolable.

Cuando me decidí a dejarlo todo atrás y comenzar de

nuevo, salí corriendo eufórica y feliz a abrir la puerta, pero me encontré a un chico de la seguridad de Santiago escoltando la entrada. Me detuve en seco y, antes de poder salir al encuentro de mi amor, el muchacho me pidió un vaso con agua. Le di cordialmente el paso a la casa, platicamos un minuto en la cocina mientras él tomaba agua, y yo me servía unas galletas con leche para esperar a mi cantante, hasta que el chico se excusó para regresar a su cargo, y en eso me llegó el mensaje de Santiago de que estaba en la puerta. Entró, intercambiamos un par de palabras y, súbitamente, no tenía una respuesta para él, mi cabeza estaba en blanco, tenía tanto sueño, y mi cuerpo se sentía tan pesado que caí dormida en sus fuertes brazos.

—¡¡¡NO!!! ¡SANTIAGO, NOOO, POR FAVOR! ¡TÚ NO ME HAS TRAÍDO AQUÍ! —Lloro y lloro, sin encontrar alivio.

Mi alma rota me hace imaginar y pensar un montón de cosas por las cuales puedo estar aquí. Miles de preguntas pasan por mi mente, y no hay modo de controlarme... ¿Quién le va a avisar a mis padres que estoy desaparecida? ¿Luz va a sospechar que no estoy en casa? ¿Acusarán a Santiago por mi desaparición? ¿Fue él quien me trajo aquí? Tiene que haber una respuesta, esto claramente es un error.

—¡¡¡ÉL ME AMA... SÉ QUE ME AMA!!! ¡¡¡ÉL NO ME PUDO HACER ESTO!!! —bramo y chillo, desgarrándome por dentro sin poder creerlo, sintiendo como cada parte de mi corazón se deshace en mil pedazos.

Me limpio las lágrimas y comienzo a respirar profundamente, necesito calmarme, no puedo caer en este tipo de crisis si quiero salir cuerda de aquí. Me armo de valor, me levanto y camino al otro extremo, necesito conocer este lugar, necesito estar preparada, quien sea que me tiene en esta habitación no me dejará aquí sola, con frío y muerta de hambre, si estoy acá es con alguna finalidad. Trato de animarme, me concentro pensando en que en algún momento me tienen que dar la cara, tan siquiera para darme de comer, ¿no? Me pregunto a mí misma, confundida.

Al fin, después de lo que siento una eternidad, llego hasta la puerta. Tomo la chapa, la comienzo a zarandear y nada, no pasa nada, la puerta ni se puede mover, y nadie viene a mi llamada.

—¡¡¡HOLAAAA!!! ¡¡¡AYUDAAAA!!! ¿HAY ALGUIEN

AHÍ? —grito y golpeo la puerta, hasta que mis puños me duelen y me obligan a parar, pero sigo clamando por alguien, miles de veces, hasta que mi garganta comienza a enronquecer, sin embargo, no hay respuesta.

Con lágrimas en los ojos regreso a la cama, me subo en ella y tomo la almohada que tenía cuando me desperté; la abrazo y me pongo a sollozar de nuevo. No tengo más opción que esperar a que, la persona que me metió en este lugar, abra esa puerta. No hay nada en esta habitación, más que muebles, no quiero explorar más este inútil cuarto, me siento perdida, y mis ojos no terminan de adaptarse a esta siniestra oscuridad.

Pierdo la noción del tiempo que he pasado aquí sentada, no tengo mi celular, o algún reloj. Si tan siquiera se filtrara algo de luz para permitirme saber si es de día o de noche. Mi cuerpo está entumecido, y muero de frío, así que quito el forro del fresco colchón, y me lo echo encima, eso ayuda un poco. La nitidez de mis ojos comienza a enfocarse, y puedo ver un poco mejor a cada minuto que pasa. Aunque me alegra distinguir las cosas, esto no es muy buena señal, solo me confirma que llevo ya el tiempo suficiente para que mis ojos se hayan adaptado a la oscuridad.

En todo este tiempo, no he escuchado nada; lo que pasa allá afuera sigue en completo misterio para mí. Ya hasta he perdido la fe en que alguien se encuentre cuidando mi puerta, por lo que bajo de la cama sin miedo; aquí no hay nadie, sería imposible estar por tanto tiempo sin hacer ruido. Voy al lugar donde encontré la ventana, comienzo a tocar todo, a buscar entre los muebles, abro cajones, tiro cosas al piso, sin embargo, no hay nada que pueda servir; empiezo a reírme como una desquiciada.

—Delhy, no seas idiota, ¿quién dejaría algún cuchillo o arma aquí guardado para defenderte? —Me río desesperada.

Voy al otro lado y me tropiezo con una bacinica, que resuena al impactarse con la pared, y es el detonante de mi segunda maldita crisis nerviosa.

—¡¡¡SANTO, DIOS!!! —Comienzo a temblar y, esta vez, no es precisamente a causa del frío—. ¡¡¡ES UNA BACINICA!!! —Rompo en llanto—. ¡NO, NO, NO, DIOS! ¡¡¡ME QUIEREN DEJAR AQUÍ!!! ¡¡¡PRETENDEN QUE HAGA DEL BAÑO EN ESTO!!! —Agito la bacinica conmocionada—. ¡¡¡NO HAY

REGADERA!!! ¡¡¡NO HAY AGUA!!! ¡¡¡NO HAY COMIDA!!! ¡¡¡POR FAVOR, SEÑOR!!! ¡¡¡POR FAVOR, ¡NO ME HAGAS MORIR ASÍ... AQUÍ, SOLA! ¡¡¡QUIERO VER A MIS PAPÁS!!! ¡¡¡PAPAAAÁ!!! ¡¡¡MAMAAAÁ!!!

Me tiro al piso a lamentarme, y comienzo a preguntarme: ¿Qué he hecho para merecer esto? ¿Por qué demonios he sido tan estúpida? ¿Cómo fui a parar en este lugar? ¿Por qué motivos me tienen estas personas aquí?

Me pierdo en el tiempo, mientras me opongo a esta situación; el frío y el hambre me han devastado. Tomo fuerzas y me subo a la cama para esperar algún indicio de vida, porque la mía, cada segundo que pasa, se deteriora más.

Me congelo al escuchar el clic que proviene de la chapa de la puerta, la cual me mantiene encerrada; ese ruido con mucha certeza procede al quitarle el seguro a la cerradura. Pienso que lo estoy imaginando, pero al ponerme en total estado de alerta, empiezo a oír claramente cuando recorren el barrote de seguridad, que es el que impide que la puerta se zarandee, y tenga alguna oportunidad de que alguien pueda escuchar mis ruidos al pedir auxilio.

Espero que alguien abra y venga hacia mí para enfrentarme, pero no, nada sucede, nadie entra, habla o trata de comunicarse, así que me mantengo callada. Considero qué hacer; pasan varios minutos y solo soy consciente de que la gran puerta de madera ya está sin candado; sé que esto no ha ocurrido solamente en mi cabeza, no ha sido producto de mi imaginación, pero aun así soy precavida. Estoy en el mismo lugar donde me la he pasado la mayor parte del tiempo desde que desperté para sumergirme en esta pesadilla, sentada en la cama, abrazando la almohada, y observando sin parpadear la zona donde escuché los ruidos.

Para poder calcular el tiempo que debo esperar antes de tratar de investigar lo que pasó, me pongo a contar lentamente veinte veces del número uno al sesenta, dándome como resultado veinte minutos. Al no percibir ruidos, y mucho menos movimiento, bajo de la cama con mucho cuidado, camino despacio tratando de hacer el menor ruido posible, hasta llegar a la puerta. Me siento con las piernas ligeramente dobladas, pongo mi oído en la puerta para tratar de escuchar algo, pero sigo sin captar nada. Respiro profundamente, y comienzo con mi ejercicio de números para tratar de esperar otros quince minutos. Si nadie ha entrado es por alguna razón, quizás lo que ellos quieren es que sea yo quien salga, y eso es lo que tengo que hacer; aquí no hay muchas opciones, no hay nada, ya busqué y rebusqué en cada centímetro cuadrado de esta habitación y solamente tienen algunos muebles, cuadros y una que otra decoración que olvidaron quitar.

Tengo mucho miedo, pero necesito armarme de total valentía, y encontrar la forma de huir de donde quiera que me tengan encerrada. Respiro hondo y exhalo varias veces, hasta que me siento lista para seguir con mi nuevo plan. Me paro automáticamente, estoy temblando, pero aun así coloco mi mano en la chapa de la puerta, la giro muy despacio y la abro un poco para poder ver lo necesario sin ser descubierta. Mis ojos tardan un momento en reenfocarse, dejo una pequeña rendija por la cual puedo explorar y ver un poco de luz, la cual se filtra por alguna fisura, ventana o tragaluz de la casa, lugar donde me acabo de dar cuenta que me tienen capturada; aunque la iluminación aquí afuera es tenue, significa un cambio drástico con la extrema oscuridad de la habitación.

Me quedo por mucho tiempo solo observando, desde aquí parada, sin hacer ningún movimiento. Después de un buen rato, al no ver rastros de nadie, me animo y abro por completo la puerta, salgo del lugar en total estado de alerta, mirando para todos lados. La habitación de la cual salgo es la última de un largo pasillo, en el cual se encuentran dos cuartos más a cada lado; a lo lejos veo una escalera hacia abajo. Este lugar me recuerda a mi casa en México, todo es antiguo, no hay ostentación, ni muebles pomposos, es una casa común como tantas otras. Al pasar por las habitaciones giro las chapas de sus respectivas puertas, y todas están cerradas con llave.

Me dirijo a la escalera y solo ruego porque esta casa no sea tan grande, no tengo el coraje suficiente, ni la energía para inspeccionar todo el lugar ahora mismo. Al llegar al final del pasillo, la vista que me recibe es un gran espacio, del que supongo es el primer piso. El sitio es abierto y, desde el barandal, observo la espaciosa sala, luego me percato de cuál es la razón que priva a la luz de entrar, todas las ventanas están selladas con grandes pedazos de madera. Bajo lentamente cada escalón, vigilando por todos los ángulos que nadie venga tras de mí, pero al llegar a la planta de abajo, veo de cerca donde deberían de estar las ventanas, las cuales se encuentran reforzadas por estas grandes vigas imposibles de quitar para mí.

Sigo caminando por toda la casa, deambulo un poco más serena, pero me encuentro con que todas las habitaciones están cerradas. No hay baño, ni cocina para mí, solo la amplia sala y la recámara donde me dejaron, todo lo demás está completamente sellado con candados y cerrojos, impidiéndome la entrada.

Regreso a la sala, y me fijo en la mesa del centro, donde se encuentra un plato de comida, que consta de una hamburguesa envuelta en papel de un restaurante popular de comida rápida, y un refresco en lata. Por mis ansias de encontrar una salida no reparé en ella la primera vez que vi este sitio. Me siento en un sillón y me masajeo la sien de mi cabeza que está a punto de estallar; dejo descansar los codos en mis piernas, y rompo en llanto. Esto es una incertidumbre que jamás pensé vivir. Veo los alimentos que tengo enfrente de mí, y ahora entiendo lo que pasa, solamente abrieron para que viniera a comer, lo que solo quiere decir una cosa... todavía no es tiempo de liberarme.

Me debato entre comer o no, por si es peligroso, pero termino pensando que no es lógico que la comida esté envenenada o algo por el estilo, al fin y al cabo, podría terminar muerta de muchas maneras distintas, y si me quisieran muerta ya lo hubieran hecho. Por lo que me obligo a comer despacio, total, lo que sobra en este lugar es tiempo. Al terminar, subo las piernas al sofá, me percato de que hay un cobertor doblado, el cual uso de almohada y me recuesto.

Me quedo perdida mirando el techo, sin encontrar ninguna explicación coherente que me haga entender el por qué me tienen aquí. Esa pregunta que no termina de encajar en ningún lado, aunque me duele reconocer que, detrás de toda esta realidad espeluznante, mi cabeza me grita la cruel verdad, que el motivo por el cual me encuentro encerrada, pero que me niego ver, yo ya lo sé, y eso es lo más triste, que soy yo quien conoce la razón por la cual me encuentro aquí, prisionera entre estas paredes, pero me rehúso aceptarlo.

Soy consciente de que lo primero que sucedió en estos últimos días fue la llegada de esos misteriosos hombres, que transformaron en una persona irreconocible al Santiago que llevo conociendo durante todos estos últimos meses; la gala vino a destrozar mi relación. Después enterarme que todos ellos pertenecen a ese dichoso Club de Diosas que tiene Santiago, fue impactante, como una bomba que llegó detonando y arrasando con todo a su paso, incluyéndome a mí, que ahora me encuentro privada de mi libertad sin motivo alguno. Todavía no termino de entender toda esa perturbadora realidad en la cual están todos ellos implicados, pero sin miedo a equivocarme, estoy segura que de eso va todo esto, así que no creo tardar en recibir alguna visita de alguno de ellos. Mi cabeza está tan perdida que hasta me pasa por la mente que podría ser el mismo Santiago, el cual venga exigiéndome que acepte la pervertida proposición, pero a la vez no tiene ningún sentido.

Me da un cólico horrible, no puedo creer que seres humanos sean capaces de hacer esto, de tenerme en esta condición deplorable; son personas que tienen la sangre demasiado fría, la carencia moral y de valores son reflejados en el hecho de tenerme aquí. Se comportan como animales, siendo capaces de cruzar límites, corromper el sistema, extorsionar a cualquiera y torcer todo a su paso. Decido dejar de pensar en todo y me retiro a la habitación, terminando así, el primer día en este infierno.

Me despierto cansada; no pude pegar el ojo en toda la noche, hasta que el cansancio me agotó, en lo que supongo era ya muy entrada la madrugada. No quiero ni imaginar cómo me encuentro, está por venir mi periodo y, en estos momentos, es lo último que necesito para coronar esta maldita miseria.

Estoy hecha un desastre, mi autocontrol durante el día baja hasta el suelo, pero entre tanta tristeza y lamentos, hay algo que se refuerza dentro de mí, que me tiene esperanzada, un sentimiento que me mantiene todavía de pie. Solo pido salir de aquí con vida para vengarme; confío en el destino, que únicamente es quien puede revelarme a la persona o personas que ordenaron privarme de mi libertad. Si algún día me entero de quiénes son los culpables de mi desgracia, prometo que pagarán uno a uno por toda esta incertidumbre en la que hoy me encuentro.

Me debato entre bajar o quedarme aquí, pero pienso que si me quedo abajo nadie vendrá de nuevo. Puede que me estén vigilando, y tengan cámaras captando todo lo que hago, así que comienzo a hablar sola.

—¡Por favor, si alguien me escucha! Si me oyen, necesito ropa, bañarme, y que abran un baño. No sé cuánto tiempo pretenden tenerme encerrada, pero necesito que me expliquen por qué estoy aquí —grito desesperada.

Como era de esperarse, no hay respuesta. Me queda claro que no hay nadie, me encuentro sola. Tomo el cobertor que encontré en la sala el día de ayer, me envuelvo, y espero a que pasen las horas.

Mi rutina es muy sencilla, me quedo dormida cuando me apetece hacerlo, solo sigo mi instinto, despierto, deambulo por los espacios que están permitidos, y me alimento de lo que me dejan. Como siempre, me limito a estar en la sala solamente en lo que creo es la tarde, y dormir en mi habitación cuando intuyo que es de noche. Hasta me he puesto a hacer ejercicio; realizo, también, varios métodos de respiración para relajarme, y tratar de hacer todo esto un poco más llevadero. No sé nada de yoga o pilates, pero me las ingenio para practicar una que otra posición. Hasta me acostumbré a la oscuridad de mi habitación.

Comienza mi tercer día en esta pesadilla, cuando salgo de la cama para bajar a ver qué me dejaron esta vez para el desayuno, piso un papel, debe de ser una nota de los secuestradores, la cual dejaron mientras dormía, ese pensamiento me aterra, el sueño me venció de tanto llorar y ellos tomaron ventaja para entrar. Con curiosidad, la recojo del suelo, voy a la puerta y la abro para leer el mensaje con la luz tenue de afuera.

Buenos días, Diosa.
¡Qué disfrutes tu desayuno!

Cuando leo la nota mi piel se eriza, y la sangre me baja hasta los pies. Se confirman mis sospechas, todo esto tiene que ver con los malditos negocios en los que está envuelto Santiago.

Bajo desganada, ya a estas alturas lo único que necesito es tener contacto con alguien para no volverme más demente de lo que me encuentro; la desesperación me viene por ratos, el miedo me invade todo el tiempo, las crisis de nervios detonan en cualquier momento. Estoy cansada, mi vida se me va como agua entre los dedos, y no encuentro nada a que aferrarme, además de la venganza y, por supuesto, volver a ver a mis padres.

Cuando llego a la escalera, desde el barandal miro impresionada, y corro para ir a ver la mesita de centro, que está hermosamente decorada. Encuentro servido un jugo de naranja en vaso de vidrio, todos estos días solo me han traído comida de la calle, pero esto que tengo enfrente es casero y más saludable. Lo tomo y, cuando lo pruebo, me sorprendo al darme cuenta de que todavía está fresco y tiene pulpa, con seguridad puedo afirmar que lo exprimieron esta mañana. En el plato hay pequeños pedacitos de fruta con granola, a su lado un tazón pequeño con yogurt, y otro con miel. También hay una rosa blanca.

Por último, diviso, junto a la mesita de centro, una canasta grandísima con artículos de aseo personal, una toalla, un cambio de ropa, una linterna ¡bendito Dios!, entre otras cosas. Me dirijo rápido a ella para sacar todas las cosas; veo el libro "Amor en llamas", y me pongo inevitablemente feliz, tanto que ni me paro a pensar cómo es que han sabido que es ese el que estoy leyendo, o al menos lo estaba antes de mi secuestro, pero me sorprende al abrirlo, porque sale otra hoja.

Diosa, el baño de arriba está abierto.
Disfruta de tu aseo.
Tu siervo,

No tomo importancia al mensaje. Después de leer "baño" y "abierto", pierdo el apetito y me voy corriendo con canasta en mano, hasta encontrarlo. Lo abro con tanto entusiasmo que la puerta azota al abrirse. Trato de prender la luz, pero sigue sin haber electricidad, sin embargo, esto no me desanima en lo más mínimo. Saco la linterna, la prendo, la acomodo sobre el tanque del escusado, y comienzo a quitarme la ropa. Dejo cerca de la cortina de ducha todas las cosas que me dejaron: shampoo, acondicionador, esponja, jabón, máquina de afeitar desechable y una toalla, todo acomodadito en el suelo. Abro la llave del agua, y tan solo de ver el chorro salir me emociono, y no espero a saber si saldrá caliente; me meto impaciente, y esta cae sobre mi rostro, humedece mi piel, y me pierdo en el contacto.

Después de un enérgico baño, salgo con ropa nueva, un pantalón capri que me llega a mitad de la pantorrilla, junto con una blusa de manga corta color morado a juego. Sigo revolviendo las cosas, para buscar que más hay en esta canasta, que ha sido el mejor regalo que alguien me pudo haber dado en este año. Al final, encuentro unas hermosas sandalias floreadas, pero se me va la sangre hasta los pies cuando me doy cuenta de que son mis sandalias, aquellas que compré para traerlas a Madrid antes de emprender mi viaje desde México.

Salgo del cuarto de baño untándome crema en las manos en estado de conmoción, y tratando de calmar el temblor que invade todo mi cuerpo. Sé que me observan, me vigilan, así que trato de disimular para que crean que estoy calmada, aunque esté muerta de miedo, invadida por el pánico de no saber hasta dónde son capaces de llegar por alcanzar sus propósitos, porque, ¿cómo han llegado cosas mías hasta ellos?

Es probable que nadie me esté buscando, lo han planeado todo meticulosamente bien. Las lágrimas se derraman sin poder evitarlo. Voy de regreso a la sala, caminando muy lento, arrastrando los pies desolada directo a la mesa para comer mi desayuno. Por obvias razones, mi garganta está cerrada, pero necesito estar entera, con fuerza, para lograr mi propósito principal, que es escaparme de aquí.

Me distraigo al ver el libro de nuevo, paso mi mano sobre la portada y lo contemplo, hay un marca páginas donde lo dejé la última vez que lo leí. Esto me vuelve a desarmar, confirmando que estas personas estuvieron en mi habitación; ellos, así como me trajeron hasta aquí, pueden haber arreglado todo para que Luz no sospeche que me tengan secuestrada. Empiezan a llegar a mi cabeza preguntas y situaciones que pueden estar pasando allá afuera. Las ganas de llorar son tan profundas y desgarradoras, que solo bajo mi cara, hundiendo mis hombros con derrota, para dejar salir mi llanto y tristeza en silencio, sin gritos ni reclamos, únicamente sacando mi dolor y, a la misma vez, implorando para que tengan compasión y me liberen.

Después de mucho rato me levanto del suelo, no fui consciente cuando caí; estoy hecha una bola inmóvil. Respiro hondo, me levanto y tomo asiento, limpiándome las lágrimas; miro la canasta, y toma todo mi autocontrol serenarme. Tengo ropa limpia, el baño ya está abierto, me traen de comer, por tanto, es mejor que me mantenga calmada, y les provoque más confianza para que se decidan a darme de una vez la cara.

Me pongo a comer mi fruta, que se siente como una bola

de cartón al pasar por mi garganta; tomo mi jugo y, sorprendentemente, no dejo nada en el plato. Después, me siento desganada en el sillón y comienzo a leer, desconectándome momentáneamente de todo esto.

Me pierdo en la lectura, y cuando menos me doy cuenta, el vaquero por fin ha recuperado a Amelia, ¡qué lindas son las novelas románticas! Y hay tantas lectoras al igual que yo, envueltas entre la fantasía, el amor y el erotismo, que nos perdemos en esa magia por medio de unas cuantas hojas, que nos siguen manteniendo viva la ilusión de encontrar un amor de ensueño.

Tomo mi cesta, meto las cosas que me quedan y me voy caminando rumbo al cuarto. Me quedo en mi habitación a pasar el día, las cosas poco a poco se van haciendo más llevaderas, voy entendiendo el juego. Venir hasta mi recámara, dejar la canasta vacía en el piso de abajo, mientras yo descanso, hago ejercicio, o cualquier cosa que pueda imaginar para dejar que se me pase el tiempo; cuando termino, voy directo a buscarla, para ver qué novedad me han dejado durante el día, eso me confirma que están más cerca de lo que imagino.

Han pasado cuatro largos días desde que desperté en esta habitación, no hay mucho que pueda hacer en estas circunstancias, más que terminar hablando sola, llorar por mi desgracia, buscar fuerzas en algún lugar de mi flácido cuerpo para pasar una noche más; por lo tanto, me encuentro desconsolada.

Tengo paso libre al baño, y eso es un alivio tremendo. Me quedé con la bonita canasta que me entregaron, siempre la tengo conmigo, junto con mis artículos personales.

Ayer, al fin, tuvieron un poco de compasión, creo que se dieron cuenta de mi frustración y llanto cuando me tuve que envolver mi panty en papel higiénico, mi periodo llegó y no sabía cómo lidiar con todo esto bajo estas circunstancias, horas después encontré artículos íntimos, un paquete de toallas sanitarias, tampones, pastillas para los cólicos y, junto a todo eso, una hermosa caja de finos chocolates, y un precioso oso de peluche, tamaño mediano, al cual ahora llamo Koala. Él ahora es mi compañero y mi fiel guardián, así que, aunque todavía siento que poco a poco me estoy volviendo loca, es mejor tener a Koala a mi lado para platicar con alguien, que perderme conversando con unas cámaras de seguridad que todavía no sé dónde se encuentran.

No hay ninguna diferencia, el tiempo transcurre sin parar, y yo sigo sin saber nada de nadie, ninguna persona viene a visitarme, no hay ningún contacto más que el de las notas adornadas con una rosa, las cuales siempre varían en su color. Hoy recibo un bonito cactus que me hace recordar mis raíces, percatarme, de manera directa, de cuánto anhelo ver a mis padres. Entro en un horrible desequilibrio, grito desesperada, tiro cosas, me entra una ansiedad abrumadora, no puedo parar de rascar todo mi cuerpo, mi piel roja e irritada me incita a encontrar otro dolor para adormecer el que siento, y hacerme daño físico aún más desgarrador para adormecer las penas acumuladas en estos largos días.

La angustia duele al no saber nada de mis papás. Y pido entre gritos, sollozando, y lágrimas que recorren mi cara, que me dejen comunicarme de alguna manera con ellos. Necesito papel y pluma para escribirles, así que me voy corriendo a mi habitación después de suplicar, por favor, que me dejen aunque sea escribir una carta. Con la esperanza de que me traigan algo, les ruego y les pido clemencia por algo que yo no merezco, sé que no les he hecho nada, esto es injusto, es todo atroz, siento que me muero bajo estas paredes. Voy por mi canasta y la deposito en su sitio.

Espero unos treinta minutos sentada en la cama, contando otra vez en mi cabeza, y cuando salgo optimista, en vez de lo que pedí hay una laptop en la mesita de centro junto a una nota donde se me estipula que les escriba a mis padres, que les diga que todo está bien, y que no se preocupen por mí. Ah, y que cuando termine mi correo electrónico, regrese a la habitación, pues ellos lo mandarán a la dirección que yo escriba.

Es mi prueba final, lo presiento, así que hago todo como ellos me ordenan. Escribo un largo y profundo e-mail, excusándome por mi larga ausencia, convenciéndolos de que estoy bien, y que próximamente iré a visitarlos, que los amo y que siempre los tengo en mi corazón. Cuando termino me voy corriendo al cuarto, me acuesto llorando abrazada a mi ya amado Koala, rogando que esta gran intriga termine lo más pronto posible. Ya no aguanto más, estoy desgastada, consumida en estas mismas paredes, con las cuales comparto mi pesar. Finalmente, el llanto me hace quedarme profundamente dormida.

Cuando despierto lista para la cena, no noto nada diferente, es tan solo una noche más. Pero cuando abro mi puerta, encuentro todo el pasillo alumbrado con velas. Bajo las escaleras con cuidado y, cuando estoy a medio camino, veo a un hombre cómodamente sentado de espaldas hacia mí. Se levanta muy lentamente al percibir mi presencia, y noto su gran complexión, pero antes de que gire para verme, su voz profunda retumba en mi pecho, causándome un terror que me deja petrificada, debilitándome y absorbiéndome con su presencia.

—Por fin nos volvemos a encontrar ***Qadesh***, mi Diosa perdida —expresa, mientras da la vuelta para encararme.

Capítulo 25

Enfrente de mí tengo al asqueroso infame de Mario Arizmendi, pulcramente vestido de pies a cabeza.

Siento como el coraje empieza a hervir en lo más profundo de mi cuerpo. Soy muy bajita, pero impresionantemente tomo vuelo y me le voy encima, volteándole la cara de una cachetada que no ve venir. Abre los ojos impactado, pero no se sobresalta ante mi lunático comportamiento. Lo sigo golpeando hasta que levanta sus brazos, me sostiene los míos poniendo presión en mis extremidades, pero sin lastimarme.

No puedo articular palabra, me encuentro en estado de conmoción; empiezo a patalear y él me sostiene mientras me revuelco, hasta que lentamente voy cayendo en el piso, lo empujo y quedo libre de su agarre, abrazo mis piernas y comienzo a balancearme arrullándome, procesando qué es este hombre quien me secuestró. El amigo de la infancia de Santiago es el cabrón que me raptó. Cada parte del rompecabezas comienza a acomodarse en su lugar. Con precaución trata de levantarme, y yo de un jalón me zafo de su agarre.

—¡¡¡No me toques!!!

Me paro sin su ayuda, camino muy lentamente, con paso firme, tratando de demostrar que no tengo miedo, que me encuentro más tranquila, aunque por dentro sea todo lo contrario, y quiera sacarle los ojos, correr y denunciarlo por esta atrocidad.

Por fin ha llegado el momento, suspiro hondo. Hay que finiquitar esta situación. Valientemente me acerco, y tomo asiento en un sofá. Aguardo un momento, sin quitarle los ojos de encima; tengo ganas de degollarlo, de destazarlo por completo, para que sufra lo que he sufrido yo en estos terribles días.

Permanezco atenta, dándole tiempo para explicarme la razón de mi encierro, y terminar con esto de una maldita vez. Estoy cansada, mi mente y mi cuerpo ya no dan para más. Lo observo, perdida entre paranoia y temor, cual criminal ve a su verdugo antes de su sentencia final, aunque en esta ocasión sé con seguridad que yo soy inocente de cualquier cargo que se me inculpara.

Espero minutos que se vuelven interminables, mientras lo aniquilo con la mirada, con mis brazos cruzados. Me carcome la curiosidad por saber qué tiene que decir este degenerado hombre.

—Y me llamo Delhy. Delhy Lugo —Lo corrijo, ante su imprudente comentario llamándome ***Qadesh***.

—Bueno, eso está por cambiar —me contesta, con sus rasgos altaneros, su sonrisa de medio lado con coquetería, y un toque de burla en sus palabras; hace unas semanas me habrían deslumbrado sus encantadores atributos, pero en este momento solo me causan repulsión.

—¿Qué quieren de mí? —pregunto esta vez, tratando de esconder el miedo ante mi pregunta.

Aplaude súbitamente, y frota sus manos, al tiempo que sus ojos brillan como un depredador antes de devorar a su presa.

—Veo que ya estás al tanto —responde tomando asiento.

—Todavía no me contestas —Le recuerdo hostil, acomodándome en el sillón.

—Muy simple, queremos que seas una de nuestras Diosas —responde tranquilo, cruzando su pierna, y dejando su tobillo descansando en su muslo.

—¿Qué te hace pensar que voy a aceptar? —Le contesto con tranquilidad, en un debate de palabras entre los dos.

—Bueno, todos confiamos en que así sea. Mira, te explico; serán como unas fabulosas vacaciones, ¿a dónde te gustaría ir primero? ¿Alemania, Japón, Brasil? —responde enumerando los países con los dedos de su mano derecha, en una postura relajada, como si solo nos hubiéramos citado para platicar y planificar un merecido descanso, cuando la cruda realidad es que me ha raptado y tenido aquí encerrada todo este tiempo.

—¡Quiero ir a mi casa! ¡Es a donde quiero ir! —grito y me levanto, como si algo me hubiera quemado el trasero.

Mi intento de estar en calma se pierde por completo; me desespero y empiezo a caminar como un animal encerrado, de un lado a otro ¡Eso es lo que soy, una fiera enjaulada que pide a gritos su liberación!

—Delhy, es a lo que vengo, a llevarte conmigo; tranquila ya todo acabó. —Se levanta.

Viene hacia mí tan tranquilo, como si no fuera un secuestrador infame que me ha mantenido aquí en contra de mi voluntad, y encerrada durante casi una maldita semana, privándome de mi libertad; como si él no fuera el culpable de todo este pánico que me invade y me rodea, como si todo este desgaste físico y mental que aún no puedo procesar no fuera su maldita culpa.

—¡No te acerques, Mario! ¡Ni se te ocurra! ¡Yo no soy una enferma como tú! ¡Si te me acercas te juro que te sacaré los ojos, y los pisaré como a la rata repugnante que eres! ¡¡¡ TE MATO DESGRACIADO, TE JURO QUE TE MATO!!!! —Le amenazo, señalándolo con mi dedo índice.

Suelta una resonante carcajada.

—¡¡¡Wow!!! ¡Eso es lo que necesito, Santo Dios! ¡Diosa, eres una fiera! —Se detiene a verme de arriba a abajo, inspeccionando mi cuerpo, y me siento desnuda ante el acto—. Ya veo porqué a Santiago le agradas tanto. ¡Mírame! —Se inclina para ver sus pantalones hechos a medida.

Yo, estúpidamente y sin reflexionar, bajo también mi vista, y veo su eminente erección. Siento mi cara arder de la vergüenza, y regreso velozmente la mirada a su cara. Él prosigue platicando sin pena alguna.

—Me has puesto duro con tan solo gritonearme.

¿Qué le pasa a esta pinche gente enferma? Me dan ganas de vomitar. ¿Están todos locos? Al instante, me pasan varias preguntas por mi cabeza que necesitan respuestas. ¿Santiago es igual que ellos? ¿Él está implicado en esto? ¡¿Dónde diablos se encuentra?!

—¿Santiago sabe que me tienes aquí? —pregunto en voz baja, temiendo escuchar su respuesta.

—Voy a ser honesto, para qué mentir. No, Diosa, no sabe que te tengo aquí, corrección, nadie sabe que te tengo aquí.

Abro la boca para gritarle unas cuantas mentadas de madre, pero me calla antes de poder pronunciar palabra.

—Shhh... Antes de que grites, y me pongas más caliente, vas a darme las gracias cuando te enteres de la razón de todo esto; ven acá.

Se retira y se sienta cómodamente en un sofá, y del bolsillo interior de su saco extrae un sobre amarillo. Me hace una señal para que me acerque, pero me quedo plantada en donde estoy, no quiero ver nada que haya traído, pero aún así lo observo. Se inclina como si no hubiera notado mi desprecio, abre el sobre, y saca un montón de fotos que deja esparcidas por toda la mesita de centro. Al instante de mirarlas me dan ganas de vomitar.

—Cuando los vi juntos en la gala, confieso que vi a Santiago muy cambiado, y eso no es común en ninguno de nosotros; ya sabes, somos millonarios, ególatras, patanes, gilipollas, entre otros si nos quieres nombrar así, y nos gusta disfrutar de todos los placeres de la vida, principalmente, como plato fuerte, a las mujeres. —Se detiene, me observa mientras sigue acomodando la interminable cantidad de fotos que salen y salen de ese maldito sobre, mientras yo miro desde lejos—. Así que lo puse a prueba. Desaparecí a la mujer de turno y, ¿qué crees que pasó, mi bella Diosa?

Cuando reacciono he dado varios pasos hacia la mesa inconscientemente, y me pierdo en lo que tengo frente a mí, un montón de fotos donde se ve a Santiago acostado con varias mujeres, en unas está bebiendo, en otras está con ellas en la cama jugueteando sexualmente y con pocas prendas. Son diferentes chicas, él con distintas ropas, y en variados días. ¡Esto es mentira! ¡Me está engañando!

—¡¡¡Estás mintiendo!!! ¡Esto no es verdad! ¿Me crees estúpida, para que crea esta infamia y salga corriendo a tu pervertido juego de Diosas? ¡Por favor, Mario, piensa por un maldito momento!

—Delhy, piensa tú —comenta tranquilo.

Volteo a verlo, me ha llamado por mi nombre, y ha dejado su tono pedante.

—Es verdad que él no sabe que estás aquí, pero tampoco te fue a buscar. Santiago tranquilamente aceptó las tontas letras que le dejé escritas en una carta en tu habitación, todos piensan que te fuiste a México a "pensar" sobre todo esto. —Deja de hablar, toma una foto y me la acerca—. ¿Sabes a dónde se fue saliendo de tu piso, después de leer esa nota donde le pedías tiempo para pensar las cosas? Se fue a revolcarse con unas putas, mujeres a las que les gusta que se la metan profundo, que adoran mamársela al senador hasta dejarlo seco. Observa las fotografías, ahí tienes las pruebas. —Las agita frente a mi rostro.

—¡Mira las imágenes, por favor, Delhy! ¡Él no es ningún santo! Únicamente deseo abrirte los ojos. Es verdad, lo acepto, también quiero que seas una Diosa, pero si supiera que realmente le importas no te lo estuviera ofreciendo. Soy respetuoso cuando es de la mujer de otro de la que estamos hablando, y tú Delhy, discúlpame, pero solamente eres la de turno, y la que está a la disposición en este momento, eres como ese juguete nuevo con el cual hay que divertirnos antes de que nos enfade, y busquemos otro.

Con mi mano temblorosa tomo una de las fotos, y es verdad, las imágenes tienen fechas recientes. Unas son de cuando ya estábamos juntos, tienen días que coinciden cuando yo estaba trabajando, y él se suponía se encontraba en la oficina; otras son de estos días en que yo, la novia, andaba de "viaje". El odio corre por mis venas quemando todo a su paso, me lleno de rabia, de rencor, de una mezcla de tristeza y un montón de sentimientos, que juntos explotan al mismo tiempo, llevándose todo a su paso. Antes de que empiece a procesar con claridad lo que veo, Mario continúa matándome y remolineando ese despiadado puñal en mi corazón.

—Nadie cambia Diosa, es lo que es, y hay lo que hay. Al menos yo soy honesto, y te pido perdón por tenerte aquí, pero tienes que entenderme, yo no podría hacer negocios contigo si realmente le importaras. Venga, que deberías de agradecérmelo, te estoy haciendo un bien, intento abrirte los ojos para que no pierdas tu tiempo con alguien que NO-TE-A-MA —Las últimas tres palabras las pronuncia en sílabas, aniquilándome, como si todo esto no fuera ya suficiente—. Te saqué solamente una semana de su vida, y él rápido se fue a tomar vacaciones, metiendo la polla en otros coños.

Me lleno de rencor bajo sus palabras y le grito, sintiendo como me desgarro por dentro.

—¡¡¡Demuéstrame que solo eso querías!!! —Le grito—. ¡¡¡ Compruébame que únicamente deseabas saber si yo realmente era importante para él!!! —Tragándome las lágrimas le exijo—. ¡Quiero que me lleves a casa Mario, y lo quiero ahora!

—Tus deseos son órdenes, Diosa.

Corro a la habitación. Perdida en mis pensamientos tomo la canasta rápidamente, no hay nada más que me importe dejar atrás.

Encuentro a Mario esperándome en la puerta, que hace unos minutos se encontraba sellada. Me agarra la cesta, y me da el paso estirando su mano. Sigo caminando, y cuando por fin salgo, veo que estamos rodeados de grandes árboles y arbustos, una pequeña casita se encuentra a lo lejos; mientras camino a la camioneta que nos espera, me doy cuenta que me tenía encerrada en una casa de campo de dos pisos. Aquí afuera la noche es profundamente oscura, al igual que mi alma en estos momentos, sin ninguna estrella que ilumine su camino.

Observo a mi alrededor, y noto a algunos hombres de seguridad aguardando en varias camionetas que esperan por nosotros. Mario da una simple señal con la cabeza, y todos se suben a los coches. Arizmendi sutilmente me toma de la mano, la cual alejo de su contacto con tan solo sentir las yemas de sus dedos rozar mi palma; no hace comentario alguno, y nos vamos caminando automáticamente.

Presa en mis propios pensamientos retorcidos, lo dejo guiarme hasta que nos subimos a una de las camionetas, y sus hombres cierran las puertas después de acomodarnos. Los vehículos toman un camino de grava que empolva todo el sendero. Ruego internamente que me lleven a casa; es extraño, pero no tengo ganas de llorar, solamente siento un hueco profundo, una pérdida que me ha dejado seca por dentro.

El largo viaje va tomando forma, cuando empiezo a ver calles conocidas.

—Rodolfo, informa que únicamente esta camioneta llega a la residencia de la señorita Lugo, los demás se pueden retirar.

—Sí, señor.

Voltea a verme.

—Diosa, te dejaré en tu casa, vas a necesitar esto —Gira su cuerpo, y se estira para agarrar algo del asiento de atrás, es una de mis maletas floreadas. Sonríe, y mete las cosas de la canasta mientras me explica descaradamente—. Soy buenísimo con los detalles.

No contesto.

—Recuerda que vienes llegando de México, claro, en caso de que no me quieras delatar. Al final solo recuerda que te quité un cáncer de encima. —habla tan tranquilo y sin interés alguno, que si tuviera fuerzas le golpearía la cara, para borrarle ese plácido semblante.

Nos quedamos en silencio hasta que llegamos a casa. Mario baja primero, y sostiene mi puerta.

—¿Quieres que suba contigo, Diosa?

—Deja de llamarme Diosa, si no quieres que te patee el trasero, maldito enfermo —espeto muy alto, ya cansada de sus putas bromas.

—¡Ey! Aunque sea déjame soñar, al fin que sé que no vas a aceptar.

—¡Eres un puto descarado!

—¡Trátame mal! ¡Así es como me gustan! —Se carcajea mientras paso por enfrente de él.

Lo ignoro, pero aun así me detiene de la pretina del pantalón. Volteo y veo sus asquerosos dedos deteniéndome, le lanzo una mirada asesina, él los quita como si se le quemaran, y sube los brazos en señal de rendición.

—Solo te quiero dar esto, tómalo, por si necesitas platicar. —Me tiende una tarjeta con su nombre y número telefónico.

No la agarro, pero él se encarga de meterla en el bolsillo de mi pantalón. Doy media vuelta y sigo caminando, todavía no entro a mi edificio cuando escucho su fastidiosa voz.

—¡¡¡Nos vemos, Diosa!!!

Paso por la recepción y, extrañamente, no hay nadie, aplano el botón del ascensor y se abre sin hacerme esperar. Cuando estoy enfrente de la puerta de mi departamento, me quedo de a seis, ¿cómo voy a abrir la maldita puerta?

En ese preciso instante siento que algo vibra en la maleta. La dejo caer sin gracia al piso, sigo la vibración, abro uno de los cierres y encuentro mi celular, ¡vaya con este cabrón! Veo que es un mensaje de, claro, Mario Arizmendi, ¿entonces para qué fregados me dio la tarjeta?

"Diosa, las llaves están en este mismo bolsillo. Buenas noches."

Abro la puerta, rogando que no me encuentre a Luz, no sabría qué decirle al respecto, sigo confundida. No sé qué voy hacer, si voy a contarle lo que me pasó, si voy a ir a denunciar a Mario por lo que me hizo, o solo intentar borrar este maldito episodio de mi vida.

Capítulo 26

Atravieso el pasillo, y la casa se encuentra desolada. Entro a mi habitación, dejo caer derrotada la maleta, y me acerco a mi mesa de estudio, en donde está una hoja arrugada, la tomo con mis dedos temblorosos, y comienzo a leer.

Santiago:
Lamento huir de esta manera, pero todo esto es muy difícil de asimilar para mí. Te pido un poco de tiempo y espacio.
Extraño mucho a mis padres, quiero pasar unos días con ellos, regresaré, te lo prometo. No te preocupes, todo va a estar bien; solo te ruego que no me busques, y respetes mi decisión. Necesito pensar y alejarme un poco, estoy abrumada.
Con todo el cariño del mundo,

Delhy Lugo

Cuando dejo caer la carta arrugada soy consciente de mis lágrimas, toda esta pesadilla me supera, pero aun así la duda me invade, ¿qué si todo esto es una estrategia de Mario? ¿Y si todo es una mentira?

Cuando estoy buscando el número de teléfono de Santiago para llamarlo, me veo interrumpida por un mensaje de Arizmendi.

Mario:

Ve a tu correo electrónico, mira lo que me acaban de mandar, sigue de incrédula.

Leo mil veces el mensaje antes de abrir la bandeja de entrada, en donde leo con claridad:

De: Mario.Arizmendi@gmail.com
Para: Delhy_Lugo@hotmail.com
Asunto: Fotografías Senador Moya
Fecha: Domingo, 5 de marzo del 20172 21:45:32

La abro decidida y encuentro varias fotos de Santiago con fecha y hora de hace un rato, se encuentra sentado en medio de dos hermosas mujeres y, otra, está sentada en sus piernas. Se desliza el celular entre mis dedos y, en forma automática, me voy caminando al baño.

Me ha llegado la traición, la siento palpitar en todos los poros de mi piel, ¿por qué los hombres llegan tan bajo? ¡Con qué facilidad nos engañan! Yo le entregué el corazón y mi confianza, pero, ¿de qué me valió? ¿Para qué? Para que solo con una estúpida carta como esta, se diera la vuelta y se revolcara con todas esas mujeres, ¿qué no fui suficiente para él?

Me quito los pantalones y la blusa, abro la llave, y me meto al agua sin molestarme en quitarme la ropa interior. Me quedo hecha una bolita en la tina, llorando sin parar, sintiendo que se me va la vida, jamás imaginé que él me engañara de esta manera. Cada momento juntos, cada vez que me decía cosas hermosas se han esfumado, no eran más que palabras sin sentimientos para alimentar mi amor para su propio beneficio, absorbiendo todo de mí, y ahora dejándome sin nada.

—¡Te odio, Santiago! ¡Te maldigo para toda tu desgraciada y maldita vida! ¡Me arrepiento de todo lo que te di! ¡Odio el día que me entregué a ti! ¡Ojalá te pudras en el infierno y ahí, solo ahí, te consuma el fuego por toda tu pinche y bastarda vida! ¡Pero de esta no te vas a salvar, no te vas a reír de mí, me vas a amar, me vas a necesitar y, escúchame, vas a ser tú quien desee nunca en tu perra vida haberme conocido!

Cuando me doy cuenta estoy gritando en el cuarto de baño,

llorando y transformando mi rencor en una sola finalidad, ¡te voy a destruir, Santiago Moya! ¡Te voy acabar, y un día te tendré comiendo de mi mano!

Me despierto el día siguiente desorientada, temo que mi liberación haya sido un sueño, pero al verme en mi cama, comprendo que estoy en casa. Me cubro con mi colcha, rodeada de mis almohadas, y comienzo a llorar; no sé cuál es el siguiente paso. Mis sollozos retumban por toda la recámara, pero no lo puedo contener, es algo más fuerte que yo.

Después de mucho rato me levanto, voy directo al baño. Me ocupo de mis necesidades fisiológicas, me lavo la cara, los dientes, y al verme en el espejo, me pegan aún más los acontecimientos de estas semanas. Estoy pálida, mis ojos están hinchados, y mi aspecto es horroroso. Decido no enfocarme en mi apariencia, porque terminará afectándome más, en la condición mental en la que me encuentro.

Salgo de mi habitación, y espero escuchar indicios de que Luz está en casa. Al darme cuenta que no hay nadie, paso a la cocina por un vaso de agua. Lo primero que necesito es hablar con mis padres.

Regreso a mi cuarto, tomo mi celular, pero antes de checar o leer todas las alertas de llamadas perdidas, notificaciones de redes sociales, e-mails y mensajes, le marco a mi madre.

El celular tiembla en mi mano. Timbra varias veces y, al escuchar que alguien contesta, lo afianzo a mi oído.

—Hola, má —saludo con voz pastosa, las lágrimas caen súbitamente por mis mejillas. ¡Dios mío, pensé que jamás la escucharía de nuevo!

—¡¡¡Delhy!!! —Mi mamá se pone a llorar, y me asusta.

—Madre, ¡¿qué ha pasado?!

—Nada, nada, pero, ¡Dios, Santo! ¡Yo tenía un mal presentimiento, muchacha! ¡¿Dónde te metes?! Te hemos llamado muchas veces, hasta estábamos pensando en ir a buscarte a España.

Respiro hondo, tratando de calmarme.

—Perdóname má, es que he estado liada en el trabajo y, a veces, se me hace más sencillo escribir e-mails, ¿recibiste el que les mandé?

—Sí, claro, lo contestamos esa misma tarde. ¿En verdad estás bien, Delhy? —pregunta inquieta.

—Claro mami, solo que, mira... ¿quién los entiende?, me liberan, me mandan a Madrid, y ahora me quieren cortar las alas. —Me esmero por tratar de sonar chistosa—. ¿Dónde están esas palabras que me dijiste antes de salir de casa? "Se libre Delhy, y disfruta la vida". Ya estoy grandecita mami, ¡estoy tratando de disfrutar! No te preocupes, ¿está bien? —En este momento quiero correr a sus brazos, y regresar junto a ellos, volver al lugar del que nunca debí salir.

—¿Seguro que está todo bien?

—¡Claro! —Realmente le contesto sincera, ahora ya todo está bien.

—¿En verdad vas a venir a vernos?

—Sí, solamente dame unos meses, según después del primer año ya me puedo ganar las primeras vacaciones.

—¡Ay, hija!, te extrañamos mucho, pasar las navidades sin ti no ha sido fácil.

—Lo sé, mi señora linda, ¡lo sé! Los extraño demasiado, —Empiezo a sollozar.

—Mija, no me asustes, dime qué tienes, ¿por qué lloras?

—Nada mami, solo que los extraño mucho, y ya sabes, ando en esos días sentimentales.

Mi madre no pregunta más, pero sé que no está muy convencida de mi respuesta, así que me apresuro a despedirme.

—¡Má! Tengo que colgar, se me hace tarde para el trabajo. Por favor salúdame mucho a mi papá, ¡dale muchos, muchos besos de mi parte! ¡¡¡Los amo!!!

—¡Que Dios te bendiga, hija! Recuerda que siempre estamos aquí, no dudes en llamarnos a cualquier hora, cielo. Te amamos mucho también, Delhy. —Nos mandamos besos y colgamos.

Después de hablar con mi madre comienzo a despejar la mente, y el siguiente paso es ir a renunciar a mi trabajo. No puedo seguir laborando para Ivana; soy consciente de que tengo que hablar con ella, y dejarlo todo aclarado, ya que necesitaré su referencia para mi siguiente empleo. Quisiera que nada de esto influyera en nuestra relación de amistad, pues más que mi jefa y cuñada, ha llegado a ser una buena amiga.

Mientras me arreglo, y trato de cubrir mis ojos hinchados como mejor puedo, pido un taxi que no tarda en llegar. Bajo rápido, esperando no encontrarme a nadie.

En menos de lo que espero, el taxi se estaciona enfrente de Miiu Miiu Boutique; pago la cuenta, y me bajo desganada, cualquiera podría notar mi desgaste. Veo mi reflejo en las impresionantes puertas de cristal, de una de las tiendas más prestigiosas de modas de Madrid, jamás pensé que todo terminara tan rápido. Me vestí con la mejor ropa de mi guardarropa, procedente de esta tienda, me doy cuenta de que me queda mucho mejor, a causa del horrible régimen alimenticio que tuve estos días. Aunque las ojeras me han dado pelea, he tratado de cubrirlas a la perfección, pero aun así no estoy satisfecha con el resultado.

Cuando cruzo la puerta principal, me voy directo a la oficina; mientras camino por los pasillos, me doy cuenta de que hago lo correcto. No puedo seguir trabajando aquí, donde cada vez que mire a su hermana me lo recuerde con su presencia, donde cada vez que esté tratando de trabajar en mi departamento, piense que él estuvo aquí junto a mí, haciéndome creer que me hacía el amor; donde cada vez que camine por cualquier pasillo, me acuerde de todo lo que vivimos en este lugar. Esto lo tengo que cortar ahora mismo desde la raíz, aunque tenga miedo de hacerlo.

Llego y me paro frente a Roxana, su secretaria, quien me sonríe tiernamente. Es una chica atlética, alta, de pelo oscuro, que siempre se ve de un humor estupendo.

—Hola, Delhy, ¿cómo te va?

—Hola, Rox. Disculpa, ¿se encuentra Ivana?

—Claro, dame un minuto, déjame anunciarte. —Toma el teléfono, y yo me distraigo viendo varias revistas de moda, que están en el mostrador.

—Delhy, que pases —me dice, tapando la bocina del teléfono.

—Gracias. —Tomo aire, y me dirijo a la puerta.

Al abrirla la veo en su gigante mesa, llena de revistas, bocetos de prendas, telas y un montón de cosas. Ella está sentada en su silla de piel negro, con el teléfono en la mano.

—Gracias, Rox. Que nadie me moleste. —Cuelga con una sonrisa en la cara.

—¡¡¡Delhyyy!!! Pensé que seguías en México —declara alegremente.

—Señorita Moya... —me interrumpe.

—Ivana, por favor —me corrige, y vuelve a sonreír, mostrándome sus hermosos dientes blancos.

—Ivana, de eso quiero hablar contigo —comento apenada.

—¡Ay, no! ¿No me digas que vas a dejar de currar para mí? Siéntate, por favor, y dime, ¿ahora qué ha hecho ese tarado? Cuéntamelo, ¿qué ha pasado? —indaga, mientras yo solo me le quedo viendo, sin saber cómo proseguir—. ¿Quieres dejar de currar aquí?

Trato de sonar relajada, no me quiero echar a llorar, pues antes que nada, ella es mi jefa, y necesito ser profesional; voy a necesitar de sus buenas referencias para poder conseguir otro empleo.

—Sí, —Tomo asiento, nerviosa—. ¿Por dónde comenzar? Bueno, solamente quiero que sepas que lamentablemente no voy a seguir trabajando para ti.

Veo que se acomoda en su silla, y se pone más derecha, centrando toda su atención en mí.

—Es una decisión irrevocable. Te agradezco la oportunidad, y de verdad lo siento, pero desgraciadamente no puedo seguir siendo tu empleada.

—Sé que no puedo obligarte a contarme qué pasa, lo respeto, aunque me duela. Únicamente quiero saber, ¿todo está bien?

Cuando me hace la pregunta, es remover todo lo que traigo acumulado por dentro y, automáticamente, mis ojos se llenan de lágrimas. Respiro varias veces, y miro al techo, rogando porque ninguna se derrame. Después de unos segundos contesto, tratando de hablar de manera entendible.

—Todo estará bien.

Me levanto, y estiro mi mano en señal de despedida. No quiero que se levante, sé que vendrá directo a darme un abrazo, así que lo evito. En este momento, no estoy para ese tipo de detalles; no necesito ni quiero ningún tipo de consuelo, sé que si lo hace terminaré llorando como una Magdalena, sin poder encontrar alivio alguno para este sufrimiento.

Percibe mi rechazo, comprendo que ella no tiene la culpa de mi desgracia, pero no puedo evitarlo. Es difícil dejar que siga cruzando esta línea invisible entre nosotras, esa que jamás debió de desaparecer entre trabajadora y jefa... aquí están las consecuencias.

Se levanta de su silla y recibe mi mano, la mesa de su escritorio nos separa.

—De nuevo, gracias, Ivana —recalco.

—Delhy, tienes mi número, no dudes en llamarme —comenta desilusionada, pero no agrega nada más.

—Gracias.

Salgo de la oficina, sabiendo que fue la mejor decisión. Ahora me encuentro oficialmente desempleada, otra vez.

Camino por los pasillos tomándome mi tiempo y, cuando estoy por bajar las amplias escaleras de cristal, mi mala suerte se empeña en amargarme la existencia. La despampanante Celeste viene hacia mí, con total resplandor, trae puesto un vestido entallado color rojo, con escote V, que en lo personal creo que no es para venir a trabajar, pero bueno, cada quien se viste como quiere. Cuando me ve, sus ojos brillan llenos de maldad, y sé que viene juntando su ponzoña para salpicarme con sus palabras.

—¡Hola, Delhy! —Me saluda extremadamente amistosa, con su perfecta sonrisa de modelo de pasta de dientes—. ¡Oh, querida! —Se toca el pecho, dejando ver su hermosa manicura—. Lamento tanto que se haya terminado tan pronto la luna de miel —Se burla con una carcajada de hiena.

La sangre se me va a los pies, y me paro en seco. Esto me toma por sorpresa, ¿cómo lo sabe? ¿Es una de las putas de Santiago?

—¡Oh, no me malinterpretes! —Se pasa la mano por el cabello, acomodándose la larga melena pelirroja—. El senador todavía no pasa por mis sábanas, pero bueno, ahora que vuelve a estar en el mercado, va a necesitar a una sensual Diosa que se encargue de toda esa hombría que posee.

Se me revuelve el estómago; acelero el paso y salgo del lugar, no sin antes escuchar que grita "¡Buena suerte, Delhy!" de la mujer que presiento será, sin duda, la próxima puta de Santiago, ¡pues que se retuerza de placer en su cama!

Al salir apresurada a la calle, y ver la concurrencia de gente que va de un lugar a otro, mi coraje se convierte en consternación y ansiedad. Asustada por el ruido de las personas y los coches, poco a poco me voy pegando a la pared, mientras empiezo a hiperventilar, y veo a todos pasar sin ni siquiera notarme. Pero cuando menos me doy cuenta, alguien me sobresalta al tomarme del brazo, y me mueve un poco para llamar mi atención. Levanto la cara y lo veo.

—Me pregunto si me ibas a avisar que ya estabas en la ciudad —masculla exasperado, con voz enojada.

Trato de controlar mi respiración, inhalo y exhalo varias veces, mi cabeza no para de dar vueltas y veo manchitas de colores, no logro enfocar mi vista, pero aun así sé quien se encuentra frente a mí, no encuentro palabras ni fuerzas para dar media vuelta y huir de su agarre. Y aun en mi estado, a punto de colapsar, me doy cuenta de lo atractivo y elegante que se mira.

Me zarandea para llamar mi atención, él sigue esperando una respuesta.

—Santiago... —Es lo único que puedo pronunciar antes de perderme en la oscuridad.

Capítulo 27

Me despierto aturdida y asustada, como todas las mañanas; ya es habitual despertar de esta manera sintiendo estas sensaciones desde que abrí los ojos en aquella espantosa pesadilla. Cuando giro la cabeza, se me eriza la piel al descubrir dónde estoy, me encuentro en su cama.

Estoy en su habitación. Al tratar de levantarme para salir corriendo, soy consciente de su cuerpo; está profundamente dormido a mi lado. Yo estoy acostada dentro de las sábanas, mientras que él se encuentra por encima de ellas, descansando boca abajo, con su brazo protector rodeando mi cuerpo, que me hace sentir segura al tenerlo sobre mi vientre.

Lo muevo bruscamente cuando recuerdo que no debo permitirle estar cerca de mí. Es terrible el dominio que su presencia me transmite con solamente sentir su cercanía; pero al apartarlo, se despierta. Necesito salir de aquí, antes de que caiga en sus redes mentirosas, y me haga perderme de nuevo en él.

—Delhy, cielo, ya estás despierta. —Me mira con sus ojos profundos, esos que tienen unas hermosas marquitas que se le hacen al sonreír, con esa sonrisa capaz de iluminarlo todo a su alrededor en segundos.

Me da un beso en la frente, se acomoda, y se sienta a un lado de mí, quedando frente a frente. Me siento intimidada, pero trato de no perder el juicio ante la situación que se avecina.

—Quiero ir a mi casa —Logro decir con una voz gruesa, que ni yo me reconozco; al pasar saliva me duele la garganta, y comienzo a toser.

—Calma, Delhy, ¿qué tienes cielo? ¿Qué te pasa? Estas muy extraña, habla conmigo. —Ágilmente me recuesta en su pecho, y mágicamente encuentro calma en su cuerpo, sintiéndolo como una roca a la cual puedo agarrarme para no caer ante la tempestad.

Mi piel hormiguea con su tacto; soy una tonta, una débil que se derrite con tan solo verlo, pero es algo que no puedo evitar, es una extraña sensación que me afecta desde la primera vez que estuve entre sus brazos. Súbitamente me siento tranquila, hasta puedo decir que percibo amor, ternura y cariño en su roce.

Se me salen las lágrimas, y las limpio cuidadosamente para que no se dé cuenta de que estoy llorando. Besa mis cabellos con mucha ternura, y pasa su mano por mi espalda, acariciándome con devoción; su gran palma se desliza de arriba a abajo, consolándome. Introduce suavemente su cara en el hueco entre mi cabeza y hombro, inspira profundamente, y siento cómo mi cuerpo vibra por su aproximación. Rodea sus brazos por mi cintura, y me aprisiona sin ganas de dejarme ir. Es tan bello y desolador al mismo tiempo, que si me permito no pensar me quedaría siempre a su merced.

—Delhy, te desmayaste, ¿lo recuerdas?

Muevo la cabeza en señal de respuesta, pero no me alejo ni me suelto de su agarre, únicamente estoy dejándome disfrutar por última vez, porque sé que, moviéndome de aquí, será solo para irme.

—Cielo, Ivana me llamó. Te encontré deambulando en la calle. Cuando me acerqué a ti, estabas aterrada, y te desmayaste. —Espera un momento, y continúa—. Te traje a casa. Mi amigo y doctor de confianza vino hasta aquí, te tomó varias pruebas de sangre. Has pasado muchas horas dormida, pero hace un rato, antes de quedarme dormido aquí contigo, me dieron los resultados de los análisis —habla muy despacio—. Me dijeron que tienes anemia, al parecer no has estado comiendo bien, y... —Medita sus siguientes palabras—. Delhy, quiero que te quedes aquí, donde te pueda cuidar.

No contesto.

—Yo sé que me pediste tiempo, estoy tratando de respetarlo, pero no puedo vivir sin ti, esta semana ha sido un infierno interminable.

Estaba en una burbuja, hasta que escucho sus últimas palabras, ¿cómo me puede decir eso? Yo vi esas fotos, con mis propios ojos, ¿por qué sigue mintiéndome? ¡¡¡Solo hace unas horas se encontraba en brazos de otras mujeres!!!

—¿Qué quieres de mí, Santiago? —Le pregunto cansada.

Se aleja de mi cuerpo, y me observa.

—¿Qué tienes nena? Háblame, ¿qué pasa? —pregunta preocupado.

Me bajo de la cama, y él se mueve más rápido, en segundos lo tengo frente a mí, impidiéndome el paso.

—¡Habla, carajo! ¡¿Qué tienes?! —Me habla desesperado, maldiciendo por lo bajo.

—¡Déjame en paz! —Lo golpeo en el pecho, y lo aviento. —¡¡¡Eres un poco hombre!!! ¡¡¡Un cínico mentiroso!!!

—¡¡¡¿Qué coños te sucede Delhy?!!! ¡¿De qué jodidos hablas?! —masculla enojado, hecho una fiera como solo lo he visto en la noche de la trágica gala.

Me entran las puñeteras ganas de llorar. Quiero salir de aquí, necesito irme, no puedo estar más en su casa.

—Dile a uno de tus hombres que me lleve a mi casa. —Bajo la voz, cambiando de táctica, Santiago no me va a detener viéndome vulnerable.

—¡¡No!! ¡Tienes que explicarme qué mierda pasa, Delhy! ¡Estoy cansado de este jueguecito! ¡Me tienes jodido, por puñetera primera vez! ¡¡¡ME ESTÁS JODIENDO!!! —Me toma de los brazos, y me zarandea suavemente para llamar mi atención—. ¡Un día estamos muy bien, luego regreso a tu casa con planes para los dos, y resulta que tú te largas dejándome una puta carta para despedirte de mí! ¡Yo no soy tu juego! ¡Entiéndelo, Delhy, yo no soy la diversión de ninguna niña malcriada! ¡Sí, eso es lo que eres, una niña consentida que corre a los brazos de sus papás cuando se comienza a asustar! —Toma aire, y me enfrenta más duramente—. ¡Dime qué mierda quieres! ¡¡¡Antes de que me vuelvas loco!!!

—¡¡¡Quiero que me dejes en paz!!! ¡¡¡Que no me busques!!! ¡¡¡Esto se acabó Santiago, se terminó!!!

Me mira conmocionado, pero no dice nada.

Me pongo mis zapatos desesperada, busco mi bolsa y salgo de la habitación. Conozco bien la salida; camino todo el pasillo, bajo las escaleras sin cuidado y, cuando llego a la puerta principal, veo a Max, que me saluda con un ligero asentimiento de cabeza.

—Señorita Lugo, el chofer la espera.

Me subo al coche; ya todo está hecho, he dejado mi trabajo, y ahora he terminado con Santiago. Desde este momento tengo que empezar a ordenar mi vida, como debí de hacer desde el día que llegué a Madrid.

El viaje lo hacemos en total silencio, el chofer se encuentra concentrado en el camino, y Max, que para mi sorpresa también nos acompaña, va en el asiento del copiloto. Mientras yo voy atrás, sola, rogando para que lleguemos rápido a casa, pues no puedo contener por más tiempo mi máscara de mujer fuerte y tranquila, a bordo del lujoso coche del año de mi ex novio.

Al llegar a mi edificio, el auto se estaciona en la acera de enfrente, y yo, desesperada, abro velozmente la puerta, sin esperar a que uno de ellos venga abrirme. Corro sin importarme quién me vea; voy derramando lágrimas que caen sin cesar por mis mejillas. Escucho algo que me gritan, pero no alcanzo a entender; no paro mi carrera hasta entrar al ascensor, y descansar mi frente en la fría pared de metal.

—Ya nada importa Delhy, lo hecho, hecho está. —Me digo a mi misma en voz alta, y sollozo mientras el elevador me lleva a mi piso.

Entro a la casa y, para mi maldita mala suerte, Luz está en la sala pintándose las uñas.

—¡NENA! ¡Sabía que ya habías regresado! —grita emocionada, pero cuando me ve se le borra la sonrisa, se levanta, y corre hacia mí, olvidando tener cuidado con sus uñas, eso casi me hace sonreír entre lo amargo de mi existencia.

—¡Delhy! ¿Qué tienes, qué te pasa? Ostia tía mira como vienes...

Me le voy encima en un abrazo, y me pongo a llorar inconsolable, no logro decir ni media palabra. Me acompaña a mi habitación y se queda junto a mí; no escucho nada de lo que me dice, solo dejo salir mi pesar, mientras busco un consuelo que no puedo encontrar después de un largo rato.

Por fin, Luz se retira de mi cuarto pensando que me he quedado dormida, suspiro aliviada al escuchar la puerta ser cerrada con mucho cuidado. Me acurruco bajo la colcha, y me olvido por completo de todo; me pierdo entre lágrimas que inundan mi almohada. Me duele, me lastima muchísimo, porque no puedo negar que lo quiero, que está impreso en cada rincón de mi piel, que mis labios van a extrañar su roce, y que mi cuerpo se volverá loco por sentir su calor; pero necesito ser fuerte, tengo que lograr que toda esta pena sane y seguir adelante.

Entre pensamientos divago y suplico porque un día sus caricias solo sean mías, que se obsesione con mi cuerpo, que se arrastre como un perro y deje a todas esas mujeres, perdiendo el juicio por mí, se humille y venga a comer de mi mano, satisfaciendo su necesidad, tomando únicamente las migajas que yo quiera darle; simplemente, que me pertenezca. Ha sido un largo día, estoy rendida, e intentaré dormir con la esperanza de que los días pasen rápido, y esta amargura deje de atormentarme.

Poco a poco se hace menos amarga mi existencia. Los días pasan muy lentamente, y aunque anhelo que me llame, busque o mande mensajes de texto, esto nunca pasa; al final es lo mejor.

No puedo borrar todas esas imágenes que pasan por mi cabeza, es vivir con esa sensación de añoranza de volverlo a ver, pero al instante se convierte en repulsión, asco, odio y rencor, que no me dejan ser la antigua Delhy.

He cambiado mi rutina. Ya han pasado un par de semanas, donde todas las mañanas me levanto de madrugada para irme a correr, me ayuda con la ansiedad. Los ataques de pánico llegan más esporádicos, pero con regularidad las pesadillas no me dejan dormir, y despierto agitada, asustada y sudando, sin recordar qué es lo que me despierta entre sueños, pero tengo la certeza de que son recuerdos de mi encierro. Cuando Luz me invitó a ir a correr con ella, lo pensé varias veces, pues nunca he sido una mujer deportista y, cuando lo hago, me gusta en la tarde o noche, pero el correr me hace sentir mucho mejor. Ahora, me despierto un poco más temprano para poder hacerlo sola, sin la presencia de nadie, esto me motiva y me impulsa a olvidar mis problemas, preparándome para otro día, como en estos momentos.

—¡Hola, mi sensual Diosa! vagamente escucho muy a lo lejos.

Sigo corriendo, sin percatarme que alguien habla a mi costado, hasta que siento como jalan mi audífono.

—¡Hola, Delhy!

Me paro consternada al escuchar su voz, es el estúpido de Mario, que sin darme cuenta va trotando a mi lado. Lo observo, y en comparación de como estoy, sudorosa y agotada, él se ve totalmente orondo y sexy sin camiseta. Me intriga el cómo es posible que haga ese tipo de observaciones con el imbécil que me secuestró, ¿será que no me es tan indiferente? Bueno, hasta un ciego podría darse cuenta de lo guapo que es; cualquiera puede imaginar pasarle la lengua por el cuello, y bajar por todo ese vientre bien formado en cuadritos, hasta llegar a esa V... ¡Para, Delhy! ¡¿Qué te pasa?! Me regaño mentalmente, ya sé que mi corazón está tratando de sanar, y que este maldito bastardo me SE-CUES-TRO, pero nadie puede desmentirme que esta guapísimo.

Dejo de mirarlo, me doblo, y apoyo mis manos en las rodillas, ¡estoy muerta!

—Vamos, Diosa, ¿no me digas que ya terminaste tu rutina? Levanto la vista, y le doy una mirada asesina. Me pregunto hasta cuándo terminará mi límite y me le vaya encima, hasta destrozarle la cara de un méndigo puñetazo.

Me quito el otro audífono, y gruño:

—¡Déjame en paz! —Le exijo y sigo adelante, tratando de trotar de nuevo, pero me ha desconcentrado, así que no puedo seguir mi ritmo, y decido comenzar a caminar con paso acelerado, tratando de apresurarme lo más posible para dejarlo atrás, todavía tengo que darle la vuelta al parque para terminar mi rutina.

—Ey, ¿no me vas a saludar?

Llego a mi límite y volteo hecha una fiera.

—¿Es en serio? ¡Cómo chingas! No sabes qué significa una indirecta, ¿verdad? No, tú necesitas una directa.

Suelta una gran carcajada, llamando la atención de unas chicas que babean viéndolo, mientras intentan hacer yoga en el césped.

—¡Uy! En serio que como te extrañé...—Me sonríe.

—¡Dime qué necesitas para dejarme en paz! —Razono—. ¡Ay no, por favor! ¿No me digas que ahora también vas a venir a correr aquí?

—Muy buena idea, **Qadesh** —expresa sonriendo con chulería.

—No me llames así, y te hice una pregunta. —Me paro en seco, enfrente de él.

—¿Cuál? —Me muestra su sonrisa de chico bueno que hasta me impresiona, nadie creería que es un demonio, un maldito diablo mezquino y cruel, ¡ah, y sin camiseta!

—¿Qué necesitas para dejarme EN-PAZ? —Le pregunto, recalcando en sílabas fuertes las últimas dos palabras.

—Que aceptes ir al cine conmigo, ah, y sin estar a la defensiva, te quiero linda y tierna; ese lado no te lo conozco Diosa, —prosigue coquetamente—. Aún...

—¡Jamás! ¿Qué mierda tienes en la cabeza? —Lo empujo, pegándole en el pecho, y levanto la voz—. ¡ME JODISTE LA VIDA! ¡Me raptas! ¡Me tienes encerrada por una semana espantosa, ¿y ahora vienes, tan fresco, para pedirme que salga contigo?! ¡Eres un PENDEJO!

Me aparto de su lado y me muevo rápido, pero siento su mirada detrás de mí, sé que sigue corriendo conmigo. Solamente faltan unas cuantas cuadras para llegar a mi casa, me concentro y sigo con mi paso. Cuando doy la vuelta en la esquina de mi edificio, veo la camioneta de Santiago estacionada frente a mi complejo de departamentos.

Han pasado un par de semanas sin verlo, que pienso que lo estoy imaginando; por unos segundos me asusto, meditando qué le voy a decir para explicarle porqué Mario viene conmigo, pero después, mi campanita de descarada Diosa Delhy resuena en mi oído, ¿qué más da? Él es un cabrón degenerado que me puso los cuernos hasta que se cansó, no le va a caer mal un poco de su propia medicina, así que me propongo molestarlo. ¡Vamos Delhy, sabes qué hacer! Me agacho, amarro de nuevo los cordones de uno de mis tenis, los cuales, obviamente, no estaban desamarrados. Mario me alcanza y se para junto a mí, espero que no se haya dado cuenta de mi mentira. Volteo hacia arriba para mirarlo, dándole la más preciosa de mis cautivadoras sonrisas, y le grito efusivamente:

—¡¡¡Vamos Mario, unas carreritas!!!

Me paro como de rayo, dando un salto. Está confundido, su cara lo demuestra, pero no pierdo el tiempo y me largo corriendo lo más rápido que puedo. Lo escucho correr tras de mí, y llegamos sudorosos, tratando de agarrar aire; me río falsamente, más alto de lo normal, y Mario me observa con una mirada extraña, pero cuando se percata de que Santiago está cruzando la calle, lo comprende todo y sus ojos brillan malévolos.

—¡Te dejé ganar!

Antes de responder, veo al hombre que se olvidó de mi existencia hasta el día de hoy, hecho una furia, caminando lentamente, y queriéndome devorar con la mirada. Todo un macho alfa arrebatadoramente apuesto, que deja a Mario como un mediocre sin importancia a su lado. Se encuentra a unos pasos de mí, su cara de pocos amigos, y sus facciones duras me gritan su inconformidad; voltea a ver a su amigo de arriba abajo, y luego me escanea a mí, más detenidamente, dejando más tiempo su mirada en mis piernas desnudas. Mientras me observa, yo descaradamente me suelto la pequeña cola de caballo que me hice para ir a correr. Le doy una buena vista de todo mi cuerpo; llevo una sudadera sin importancia y un poco floja, pero creo que lo que le está reventando la bilis de coraje son mis mini shorts deportivos negros, que se ajustan perfectamente a mis caderas y al tremendo trasero que Dios me dio. Veo mis pies, y me muevo incómoda.

—Hola, hermano. Buenos días —saluda Arizmendi, comenzando la conversación.

Santiago no responde, al contrario.

—¿Qué haces aquí? —pregunta con tono hostil.

Me adelanto sin pensarlo, al responder:

—Vamos regresando de correr. Ya sabes, para mantenernos en forma.

No sé qué diablos hago, ni yo misma me reconozco. Levanto mi brazo, subo la manga de mi sudadera enseñando mi músculo, y Mario me toca verificando de manera juguetona mi masa muscular.

—¡Vas muy bien Diosa, ya se siente más marcado! ¡Mañana gym!

—¡NO LA TOQUES ANIMAL! —brama Santiago, y cierra los pasos de distancia que lo separaban de nosotros.

Mario levanta sus brazos como es su costumbre, en señal de rendición.

—¡Uy, Moya! Disculpa, no sabía que estaban juntos.

—¡No lo estamos! —respondo rápidamente.

—¡Delhy! —Me recrimina Santiago.

Antes de seguir escuchándolos, me despido.

—Bueno chicos, nos vemos, me tengo que ir. Aunque me encantaría quedarme a platicar con ustedes, tengo cosas más importantes que hacer. —Voy comentando, mientras camino dando pasos hacia atrás sin dejar de verlos. Es hora de aventar la bomba—. Mario, nos vemos a las ocho. Más te vale que esté buena la película. —«¿Dios mío Delhy, que acabas de hacer?».

Me doy media vuelta y corro, sintiendo unos ojos asesinos y profundos que me disparan a matar. Ruego porque el elevador no tarde en abrir y, antes de llegar, Dios escucha mis plegarias, pues se abre, dejando pasar a una pareja de ancianos, y sin voltear entro.

¡Dios, mío! Va a arder Troya —Pienso en voz alta.

Aceptar salir con Mario ha sido una horrible decisión, pero paso tanto tiempo encerrada en el departamento que ya alucino. Me arreglo, meto con cuidado en mi bolsa una navaja que recién compré, un pequeño bote de spray pimienta y una lámpara que también es una taser, por si alguien decide retenerme en contra de mi voluntad.

El susodicho llega puntual a recogerme. Yo, por mi parte, le informo a Luz a dónde voy, con quién, y toda la información que puedo darle para sentirme segura, como una hija precavida hace al salir de fiesta a sus dieciséis años.

Todo el tiempo que estoy con él me mantengo alerta, y no suelto mi bolsa. Platicamos lo mínimo, y nos concentramos en ver la película, sin comer palomitas ni tomar nada, ¡sabe Dios qué me podría poner ahí!

Sigo pensando que esto es un error, pero necesitaba salir, dejar el miedo atrás, y qué mejor que con el bastardo que me destrozó.

—¿Te gustó la película? —Me pregunta, mientras caminamos por el estacionamiento. Me mantengo alerta viendo para todos lados, todavía faltando unos minutos para oscurecer. Por nada del mundo iba a salir a las ocho de la noche con él al cine, por eso le mandé un mensaje diciéndole que si quería ir al cine conmigo vendríamos en la tarde, y lo aceptó.

Medito su pregunta —Sí, me gusta Keanu Reeves —contesto solo por decir algo—. Hace siempre muy buenas películas.

—¿No me digas que con toda esa onda de la gabardina y los lentes oscuros te enamoró en *Matrix*? —Se burla, haciendo los movimientos de la película.

—Déjalo en paz.

—¿Qué quieres hacer? —Me pregunta, abriendo la puerta de su bellísimo *Audi* negro, último modelo.

—¿Disculpa? La respuesta para que me dejaras en paz era una salida al cine, y eso es todo —recrimino seria.

—Diosa, por favor. —Se toca el corazón, mostrándose herido—. Pensé que te estaba cayendo bien. Empieza a manejar por el tráfico sofocante, que no nos deja avanzar rápidamente.

—Mmm... Déjame pensarlo. Voy a reflexionar en si algún día me vas a caer bien, ¿sabes qué? Mejor te rapto por una semana, y luego me dices si te caigo bien. —Me quedo muy seria, viendo por la ventana, y sintiendo como el sol está por desaparecer.

—¡No te traté mal! —expulsa el sin vergüenza.

Escucho sus palabras, y las palmas de mis manos comienzan a sudar. Él me observa serio, pero no dice nada. Nos quedamos callados siguiendo el camino que no tiene ganas de dejarnos avanzar. La ansiedad se dispara apoderándose de mi cuerpo, se me erizan los vellos de la nuca, me invaden los nervios.

Hablar de mi rapto me provoca flashes de lo que viví; recuerdo mi desesperación al no poder ver nada. La sangre me corre a mil, y al no ver ninguna calle conocida la respiración se me acelera, me toco el pecho sintiendo un calor y un dolor atroz, pienso que me va a dar un paro cardíaco.

—¡¡¡NO!!! ¡Por favor, no, Mario! ¡No otra vez, llévame a casa! —Mis ojos se llenan de lágrimas, y mi voz se corta.

Mario sale de la carretera, y se estaciona de inmediato.

—¡Ey, ey, Delhy! ¡Mírame! ¡Mírame, cielo!

Estoy en shock, temblando, pero lo empujo y trato de arañarlo con una mano, mientras con la otra, torpemente, busco dentro de mi bolsa. Él se quita el cinturón, desabrocha el mío, y me toma de las mejillas.

—Discúlpame hermosa. Perdóname por haberte hecho eso, soy un tonto. —Me abraza fuerte—. Solo te quería llevar a cenar, te lo prometo, pero si no quieres ir vamos a tu casa... Perdóname. —Lo escucho realmente afectado y sincero.

Sus palabras suenan sinceras, pero estoy en una nube gris y me descompongo sin poder evitar parar de llorar. Él me consuela y se disculpa mil veces, hasta que mis lágrimas se agotan.

—¿Estás mejor? —pregunta cuidadoso, sin dejar de abrazarme.

Solamente muevo mi cara en señal de respuesta.

—¿Delhy, podemos ir a comer algo?

No contesto.

—¿Quieres regresar a casa?

—Sí —susurro.

Se despega de mí, abrocha nuestros cinturones de seguridad, y partimos a mi casa, mientras voy viendo el camino por la ventana.

—Delhy, ¿es la primera vez que tienes esos ataques de pánico?

—No —respondo sincera, y una solitaria lágrima se lo confirma.

—¿Qué sentiste? Cuéntame.

—Me dio mucho miedo, nervios y ansiedad... no he salido a casi ninguna parte además de a correr, me la paso casi todo el tiempo en casa. Me asusté al no ver ninguna calle conocida.

—Delhy... perdóname. En serio, discúlpame, no pensé en las consecuencias.

No respondo, no sé qué decir.

—Sé que no me puedo ganar tu confianza, porque es imposible ganármela sin acciones, pero me siento fatal por lo que te hice. También sé que si te pongo un chofer para que te sientas más tranquila no lo aceptarás, así que mira, déjame arreglarlo un poco, permíteme quitar algo de peso de conciencia.

No comprendo qué es lo que trata de decir.

—¿Sabes manejar?

—Claro. De hecho, había pensado en ir a buscar un carro, pero bueno, ahora sin trabajo no puedo permitírmelo.

—No lo busques, ya tienes uno.

Lo miro confundida.

—¿De qué estás hablando?

—Me siento de la ostia viendo lo que te hice, sé que soy un gilipollas, pero tengo sentimientos, aunque no lo creas. —Trata de relajar el ambiente con sus bromas, como es su costumbre—. Llegando a tu casa me voy con los chicos, tú te quedas con este coche.

—¡Estás loco!

—Escucha, quiero que te lo quedes mientras puedes comprar el tuyo. Es un préstamo, no lo necesito, así tú te podrás mover, no estarás en ningún taxi, y tendrás la decisión de manejar por donde tú quieras y a donde tú quieras. Por favor Delhy, déjame enmendar mis errores.

No le respondo, pero cuando me doy cuenta estamos llegando a mi edificio. En vez de dejarme por enfrente, se va por la parte de atrás, entra hasta nuestro estacionamiento interno; teclea el código en la caseta, se abre el portón y entra sin que le diga nada. Se estaciona en el lugar que me corresponde a mí; no quiero ni preguntar cómo tiene acceso a todo esto, pero si pudo raptarme, ahí está la respuesta.

Se baja rápidamente y abre mi puerta, al instante una camioneta se estaciona en el lugar libre de Luz, pero nadie sale de esta, supongo que todo el tiempo nos han estado vigilando y yo ni lo había notado.

—Vamos, Delhy. —Me ofrece su mano, y salgo del coche.

Me acompaña hasta el elevador, pero lo detengo, no quiero que suba.

—Está bien, puedo ir sola el resto del camino.

Se me queda mirando con ojos de reproche, y su sonrisa prepotente de medio lado.

—Vale, no voy a insistir, pero ten. —Levanta mi mano izquierda, y pone las llaves del coche.

Lo observo detenidamente.

—Ya te lo dije, no lo puedo aceptar, estás loco.

—Es un préstamo. Ahora no podré dormir porque me siento el peor hijo de puta. —Se pasa la mano por el cuello, desesperado, y se lo masajea.

—Corrección, ¡eres el peor hijo de puta que existe! —expreso sin pensar, y lo digo tan fuerte que le cambia el rostro.

—Lo sé, por eso estoy haciendo esto. Termina tus pendientes con el coche, muévete tranquila, relájate y, después, vamos a buscar uno que te guste. No hay más, no me iré hasta que lo aceptes.

Me le quedo viendo cansada, tengo ahora que lidiar con todo esto, y la verdad únicamente quiero que se largue de una maldita vez. Meto las llaves a mi bolsa, me doy media vuelta, y me despido sin mirarlo a la cara.

—Nos vemos luego.

Lo escucho reír, y mientras se aleja grita:

—¡¡¡Me debes la cena, Diosaaaaaaa!!!

Capítulo 28

Santiago Moya

Salgo de su cama, la arropo y me voy rápidamente, no quiero cambiar de parecer. Me encantaría quedarme con ella a dormir, o simplemente llevarla a casa para mantenerla segura bajo mis sábanas, pero sé que en el traslado se hará aún más tarde, y esos tíos no me dejarán de molestar hasta que me encuentre en la suite de Paolo.

Me subo a la camioneta, y partimos rápido.

—Max, cambio de planes, vamos a Moyareal Hotel.

Mientras conduce estoy planificando qué voy hacer para calmar las aguas, y sacarlos de su terquedad, no será fácil, pero no ha existido hasta el día de hoy algo que me detenga.

En unos cuantos minutos llegamos a nuestro destino, un tío joven del valet parking abre mi puerta, dándome el paso. Max dirige a la gente; bajo con paso firme y apresurado hasta el elevador, al llegar ya lo tienen abierto para mí, eso me indica que solamente falto yo. Como siempre, no me tengo que preocupar por nada, mi jefe de seguridad y los demás lo tienen todo perfectamente controlado. Alguien aprieta el botón correspondiente, mientras yo solo avanzo hasta llegar a la suite. Cuando me abren la puerta me dirijo hasta el fondo, paso la estancia sin detenerme, todavía no llego a ellos, pero ya puedo escuchar como resuenan los vasos de cristal. El ruido de los hielos al golpearse unos con otros, al tiempo que enfrían las costosas bebidas, hace que se me haga agua la boca.

— Necesito un scotch —Les comunico.

En cuanto entro, Paolo grita animado:

—¡Hijo, pasa!

Aprieto tanto la mandíbula que temo truenen mis muelas de la presión.

—Buenas noches —saludo a los presentes con mi tono habitual.

No les toma por sorpresa, no soy el amistoso del grupo, de eso se encarga Mario. Yo soy el tipo serio, rudo y poco platicador; con regularidad comentan que se debe a que pienso que todo lo sé, pero se equivocan, no solo lo pienso, ¡lo sé! Así que ahora me doy cuenta que saldré airoso de esta, sacaré de esta mierda a mi mujer, para que sea únicamente mi Diosa. Me acomodo el pantalón al sentarme, por una extraña razón, pensarlo de esa manera, Delhy tomando el control en nuestra alcoba, en nuestra cama, me prende como un adolescente lujurioso.

—¡Hola, brother! Te estamos esperando, ven acá. —Mario palpa el asiento a su lado tratando de hacerse el gracioso.

Me le quedo viendo, es idiota si piensa que me moveré hasta aquel extremo para sentarme a su lado. Jamás olvidaré que él es el causante de toda esta mierda.

—Cierra la boca —Le contesto como de costumbre.

Paolo toma la palabra, hablando de números, de proyectos, y de miles de pendientes que nos rodean. Aunque no lo crean es beneficioso tener entre nosotros a jueces, abogados, contadores, arquitectos, contratistas, doctores, empresarios, etc. En nuestra sociedad todo se hace más fácil, y nuestras cuentas bancarias suben como la espuma.

—Bueno, por último, tengo que anunciarles unos cuantos cambios ya hechos. —Toma el control y enciende una pantalla, con la lista de las Diosas de estos seis meses, en la cual no veo a Delhy.

Mi corazón pulsa tan rápido que temo que Roberto Cárdenas, un reconocido doctor de la sociedad, escuche mis latidos, pues parecen un pájaro carpintero encerrado en mi pecho.

Todos seguimos callados, Paolo se pone de pie firme, impresionando a todos los reunidos. A veces anhelo que todo fuera diferente, y nunca nos hubiera abandonado; una parte extraña de mí lo admira, todo ese porte y confianza con los cuales siempre maneja cualquier situación.

—Santiago, estuve reunido con Mario, y varios socios hace unas cuantas horas para cenar. Les cuento todo esto porque en la plática salió ***Qadesh*** a relucir, y bueno, nosotros no somos ningunos monstruos, si ella te interesa más allá de una simple relación pasajera, nos disculpamos ante nuestra osadía.

Volteo a ver a los presentes, puedo observar que no están todos muy contentos, pero ante una decisión de Paolo nadie se puede oponer.

—Es todo lo que tengo por decir. —Se ríe como considerando algo y retoma la palabra—. Aunque si la quieres llevar a la próxima gala, no creo que nadie se oponga.

Todos se ríen, y comienzan a platicar de lo suyo mientras siguen bebiendo.

Cuando me preparo para escabullirme, veo el reloj, ya es de mañana, quiero ir directo por Delhy y llevarla al trabajo. Me paro para irme, pero soy detenido por Mario.

—Oye Santiago, ¿podremos ir al club esta semana?

—No creo, Mario. Tengo mucho trabajo. ¿No te regresas con Paolo?

—No, me quedo a resolver varios pendientes.

No le presto mucha atención, quiero salir de aquí, ir a mi suite, cambiarme y recoger a Delhy.

—Mario, discúlpame, hablamos después, tengo prisa —corto la conversación.

Salgo de la habitación y me voy directo a mi suite, la cual compartí con Delhy hace solamente unos días. Cuando entro al baño veo los artículos personales que usó aquella noche, cremas, maquillaje, perfumes, y todas las cosas que le compré. Me siento realmente dichoso, tengo una nueva oportunidad para hacer todo bien, y esta vez no la voy a desaprovechar. Necesito hablar con ella lo más pronto posible, supongo que tendremos que discutirlo rumbo a su trabajo, porque esa terca de Delhy no querrá pedir el día. En un tiempo record estoy listo. Llamo a mi seguridad para que preparen el coche, y todo esté dispuesto para partir. Tomo mi reloj, mi móvil, y salgo apresurado para enfrentar mi nueva vida con la mujer que amo.

—¡¿Qué mierda es esto?! —Estoy cabreadísimo.

Delhy no me contesta las llamadas, todo el camino me la paso intentándolo y nada, su teléfono está apagado. Me desespera que no me conteste, pero después me inquieto, ella nunca apaga su móvil, y debería estar alistándose para ir a la Boutique, además, ninguna mujer se despega de su teléfono por tanto tiempo, y mi pequeña no es la excepción.

Estacionan el coche enfrente de su edificio, y no espero a que me abran la puerta, salgo de un brinco a buscar a esa mujer desconsiderada. Paso por alto que no está el tío de seguridad que dejó Max en el pasillo; trato de abrir la puerta, pero gracias al cielo está cerrada. Empiezo a golpear desesperado y nadie abre, trato más veces con su móvil, aunque no hay respuesta.

Cuando me pongo a considerar si partir a patadas la puerta, o bajar a pedir que alguien abra, escucho un rechinido tras mi espalda; volteo bruscamente, es Luz, con el pelo revuelto y cara de recién levantada.

—Hola, Santiago, ¿mala noche? —pregunta apenada.

—No, qué va —Le contesto sarcásticamente—. Luz, ¿podrías abrir la puerta? Tengo un mal presentimiento, Delhy no me contesta.

—¡¿Qué le hiciste, idiota?! —Da un portazo, y en unos minutos sale con su bolsa, arreglándose la cabellera.

—¡Más te vale que esté bien! ¡¡¡Si no, te voy arrancar todo ese bello que tienes en el cuerpo!!! ¡¡¡Y te va a doler, Moya!!!

Me da risa lo locas que pueden ser las mujeres, y lo que se les ocurre cuando están cabreadas. Abre y me voy directo a su recámara, al abrir la puerta lo comprendo todo.

—¡Se ha ido! —Pienso en voz alta.

Comienzo a caminar por su cuarto desesperado, buscándola, aunque sé que encontrarla aquí es imposible. Está todo revuelto, ropa tirada en la cama, zapatos por el piso, como si hubiera tenido mucha prisa por marcharse.

Me siento a pensar, tengo un fuerte dolor en el pecho, estoy terriblemente consternado. No me dejó explicarle, ni contarle que todo había terminado; no creyó en mis palabras, ni en mis promesas cuando le dije que lo arreglaría.

Volteo y veo un papel doblado en su mesa de estudio, cuando lo miro de cerca, me percato de que es una carta. La abro lentamente, con mis manos temblorosas, y empiezo a leer...

Santiago:
Lamento huir de esta manera, pero todo esto es muy difícil de asimilar para mí. Te pido un poco de tiempo y espacio.
Extraño mucho a mis padres, quiero pasar unos días con ellos, regresaré, te lo prometo. No te preocupes, todo va a estar bien; solo te ruego que no me busques, y respetes mi decisión. Necesito pensar y alejarme un poco, estoy abrumada.

Con todo el cariño del mundo,

Delhy Lugo

Mi primer instinto es ir a buscarla, ir tras ella, volar hasta México y convencerla para que regrese, para que no me deje solo como un pordiosero dispuesto a rogar por su amor, pero leo una y otra vez la nota. Al final, después de reflexionarlo, decido no correr tras ella, no porque no la ame, la quiero y la deseo, la necesito junto a mí. Sin embargo, quiero que ella regrese, luche por nosotros, se dé cuenta que el estar juntos es lo que nos merecemos. Ella me asegura en esta carta que vendrá, y debo confiar en sus palabras, tengo que ser paciente por primera vez en la vida, aprender a aceptar el destino, aunque con esta decisión me esté desgarrando por dentro.

—Delhy. Por favor, cariño... regresa a mí —pronuncio despacio, guardando la esperanza de que vuelva a mis brazos.

♥♥♥

Van varios días desde su partida. Yo, me he enfocado en mi trabajo y en mi hija, una rutina básica por seguir: gimnasio, currar y Melina. Estoy que muero por contratar a un detective privado, para informarme de todos los pasos de Delhy. Se supone y quiero creer, que está en su casa con sus padres. He colgado varias veces la llamada cuando está timbrando, mientras intento comunicarme con Maximiliano, mi mano derecha, y el único al que puedo confiarle esta importante encomienda; únicamente él puede llevarla a cabo a la perfección, pero por primera vez me detengo.

Me quedo mirando desde la ventana de mi despacho, el cual tiene una vista espectacular de los grandes edificios y calles repletas de tráfico, que no para ni un minuto. Me pierdo pensando en cómo he manipulado siempre mi vida para obtener lo que quiero, es algo que me carcome en remordimientos en estos minutos, la vida me cobra factura por todas las cosas que no he hecho correctamente, comenzando con Cinthia.

Suena el teléfono de mi escritorio, contesto demasiado hostil, pues le recalqué a Mariana desde que llegué que no quiero que se me moleste, sino es un caso sumamente importante. Más le vale que sea algo urgente, no me quiero quedar sin secretaria por segunda vez en este año, ¡gente inepta!

—¿Si, Mariana?

Escucho cómo le tiembla la voz, y me saca una sonrisa de lado.

—Señor, disculpe que lo interrumpa, pero... —Se escucha que alguien le arrebata el auricular.

—¡Cabrón de mierda, deja de acojonar a tu pobre secretaria antes de que se desmaye aquí afuera del maldito susto! —Mario me grita con el buen humor que siempre posee, y me cuelga antes de decirle que puede entrar.

Cuando me estoy acomodando en mi silla, el gillipollas abre la puerta sin previo aviso, azotándola contra la pared al abrirla. Mientras Mario hace su entrada triunfal, entra mi incompetente secretaria tras de él, con angustia reflejada en su rostro pálido.

—Señor, disculpe, no pude detenerlo —musita nerviosa.

No la tomo en cuenta, solo observo a Mario.

—¿Qué quieres de tomar?

—Whisky —Sonríe, y se sienta en una de las sillas que

tengo frente a mi escritorio.

—Mariana, dos Whiskies.

Ella asiente con la cabeza, y se esfuma hacia el bar que tengo en una esquina de mi oficina.

—No entiendo porqué toda la vida te has propuesto que todo mundo te tema.

—¿A eso viniste? —Le pregunto con sarcasmo.

Mario se ríe, y se desabrocha el saco.

—No, solamente es una simple observación.

—Pensé que era una pregunta.

—No, coñazo, te conozco demasiado bien.

—Aquí tiene, señor. —Mariana se acerca con su uniforme, modelándonos sus entornadas piernas, las cuales hacen babear a mi querido amigo. Coloca dos portavasos en la mesa, frente a cada uno de nosotros, indicando dónde pondrá los whiskies que sostiene en una charola con sus manos temblorosas. Sirve y se retira sin pronunciar media palabra, "chica lista" pienso en mi mente.

—Bueno, ¿y a qué debo tu cordial visita?

—Pasaba por aquí, y decidí invitarte a comer. Te la pasas encerrado en estas cuatro paredes, y ya que estoy a unos días de regresar, qué tal si nos vamos por ahí de juerga, ¿te apetece tío?

Le doy un sorbo a mi bebida, lo que menos me apetece es salir por ahí.

—Me encantaría hermano, pero estoy muy liado, me es imposible despegarme de aquí. —Le muestro todos los papeles que están sobre mi escritorio.

Es verdad, tengo mucho trabajo, pero es la primera vez que lo utilizo como excusa para no salir con él.

—Ya veo. —No suena convencido, y le da un largo trago a su bebida, sin quitarme los ojos acusadores de encima.

Suena mi teléfono, y veo que es Ivana. Me pasa por la mente no contestarle, pero puedo utilizarla para excusarme con Mario, y decirle que me ha salido un imprevisto.

—Dame un minuto. —No me muevo de mi asiento, únicamente empujo la silla un poco hacia atrás, para poner más distancia entre nosotros.

—Ivana —saludo.

—¡Eres un idiota! ¿Qué le hiciste a Delhy?

Al escuchar su nombre no puedo evitarlo, me levanto de la silla automáticamente y empiezo a caminar de un lado a otro frente al ventanal. Solamente ha pasado qué, ¿una semana? ¿Ya está de vuelta?

—¿Disculpa? —pregunto, desconociendo la razón por la cual a mi hermana se le ha ido la pinza.

—Delhy acaba de salir de mi oficina. ¡Dejó el trabajo! ¿Qué coño hiciste esta vez?

Sin perder el tiempo, le cuelgo la llamada a Ivana, dejándola hablando sola.

—Mario, tengo una emergencia. Necesito salir.

—Dale, hermano. Hablamos luego. —Me da la mano sonriente, y nos despedimos.

No espero a que salga de mi despacho, él conoce muy bien la salida. Tomo mi saco y salgo gritándole a Mariana:

—¡Cancela todas mis citas! ¡No estoy para nadie!

De camino a la salida del edificio, le llamo a Max para que tenga a mi chófer listo. Al llegar a la acera me percato de que es la hora de comer, el tráfico va a ser pesado, lo bueno es que Miiu Miu no está tan lejos de mi curro; partimos rápidamente. Tomo mi móvil, y le llamo a Ivana.

—¿Qué quieres imbécil? —Me contesta enojada.

—Cuidado, Ivana. Respétame, que soy tu hermano mayor —La reprendo duramente, y mi voz le dice que no estoy para juegos.

—Vale, perdón. Pero Santiago, la has jodido. Delhy está mal, se ve... —Cambia su tono, y hace una pausa.

Mi corazón se contrae ante sus palabras... ¿Cómo que se ve mal? ¿Acaba de llegar de México? ¿Dejó de trabajar? ¿Se regresa a su país? Pregunta tras pregunta se instalan en mi cabeza, haciéndome sentir impotente; necesito encontrarla.

—Santiago, yo no soy nadie para meterme en tu vida, pero si de verdad te importa, trata de arreglarlo. Aunque escucha hermano, si no te interesa Delhy es mejor que la dejes seguir su vida, una mujer puede salir adelante después de un desamor.

¿De qué cojones está hablando Ivana? Delhy me importa como jamás pensé que me importaría alguien, es mi mujer.

Además, es ella quien se ha largado, dejándome aquí como un don nadie, y sin pararse a pensar en mí.

—No te preocupes, yo lo arreglo. Solo por favor comprueba si ya salió de tus instalaciones.

—Dame un segundo. —Me deja en espera, y yo sigo verificando si la veo caminando en la vía pública por dónde vamos pasando. Únicamente nos faltan unas cuantas cuadras para llegar.

—Santiago, me acaban de informar que salió hace un par de minutos.

—Gracias, hermanita.

—No la vuelvas a cagar... Si no, esta vez soy yo la que te pateará el trasero ¡Te quiero, flaco! —Cuelga.

—Max, mantente alerta, Delhy debe dirigirse a la parada del autobús, ya salió de la boutique.

—Enterado, señor.

Cuando estamos dando la vuelta en una esquina, observo a una tía pequeñita que llama mi atención, que se está acurrucando en la pared asustada, mientras sostiene fuertemente su bolsa contra el pecho. Cuando la veo, su cuerpo es más delgado, y temo que no sea ella, pero no me lo pienso dos veces.

—¡Para aquí! —ordeno ofuscado.

Mi chófer sigue avanzando, mientras busca un lugar para estacionarse.

—¡¡¡CON UN CARAJO!!!, SI NO QUIERES QUE TE DESPIDA, ¡PARA AHORA MISMO!!! —grito desesperado.

Bajo apresurado, escuchando a los carros pitarme, aunque nadie me detiene. Muevo a personas para poder llegar a ella; mientras camino, mi angustia se convierte en coraje. ¡Me dejó aquí! ¡No se quedó para solucionarlo juntos! La rabia se instala en mí, y cuando la tomo del brazo, le suelto lo primero que pasa por mi mente enojado, sin pensar en su reacción:

—Me pregunto si me ibas a avisar que ya estabas en la ciudad.

Sin embargo, al ver cómo toma aire tal cual un pez fuera del agua, mi angustia regresa como un golpe en el estómago, sacándome el aire. Su cara está blanca como el papel, no puede articular palabra, y sus ojos están dilatados.

—Santiago… —murmura, y se desvanece en mis brazos.

La cargo sin problemas, y me doy cuenta del peso que ha perdido. "Dios, mío, ¿qué te he hecho pequeña?" pienso preocupado. En segundos, Max está a mi lado, y me abre la puerta de la camioneta. El tráfico es pesado, los conductores se encuentran molestos porque les bloqueamos la avenida principal. Al subirnos, le ordeno a Max que llame al doctor Cárdenas sin perder tiempo, y partimos a casa.

Roberto acaba de entregarme los análisis de Delhy, tiene anemia. Le pedí que por favor le pusiera un sedante, algo ligero, que la hiciera descansar. Ha dormido un par de horas, y yo me debato en cómo proceder con ella, quiero que se quede, aunque no sé ni por dónde comenzar para convencerla.

Entro a la habitación con cuidado de no hacer ruido, me tumbo a su lado y la veo por unos minutos; duerme plácidamente, ¡cómo la extrañaba! Me acerco a su costado y la huelo, llenándome de su olor que siempre es una delicia. Los vellos de mi cuerpo se me erizan, y no puedo evitar pensar en tenerla desnuda, para poder besar todo su cuerpo y poderme impregnar de todo su exquisito aroma.

Cierro los ojos, paso mi brazo por su cintura, y la atraigo hacia mí con cuidado, encarcelándola, para poder calmar mi temor de despertar y no tenerla a mi lado.

No sé cuánto tiempo dormí, pero siento cuando se mueve ligeramente; yo me hago el dormido tratando de alargar el momento de tranquilidad que nos invade. Espero su reacción, porque esta vez no la dejaré ir.

Desplaza mi brazo, para quitárselo de encima.

—Delhy, cielo, ya estás despierta.

Se me queda viendo, con unas ojeras que invaden su hermoso rostro.

—Quiero ir a mi casa.

Me paro rápidamente, para hacerla entrar en razón; pensaba que todo estaba resuelto, sin embargo, ahora que la veo entiendo a Ivana, la he jodido.

—Calma, Delhy, ¿qué tienes cielo? ¿qué te pasa? Estas muy extraña, habla conmigo. —La tomo en mis brazos, con miedo de que no acepte, pero sorprendentemente se acurruca conmigo.

Me siento por fin en paz con su compañía, es todo lo que me hace falta para estar completo. Me repito que todo esto es solamente una mala racha, y lo solucionaremos, pero no sé cómo comenzar a arreglarlo.

—Delhy, te desmayaste —Le explico cauteloso—. ¿Lo recuerdas?

Ella solo mueve la cabeza.

—Cielo, Ivana me llamó. Te encontré deambulando en la calle. Cuando me acerqué a ti, estabas aterrada, y te desmayaste. —Le acaricio la espalda tiernamente, "amor mío, por favor, regresa a mí" ruego en mi interior—. Te traje a casa. Mi doctor de cabecera vino hasta aquí, te tomó varias pruebas de sangre. Has pasado muchas horas dormida, pero hace un rato, antes de quedarme dormido aquí contigo, me dieron los resultados de los análisis —hablo despacio—. Me dijeron que tienes anemia, al parecer no has estado comiendo bien, y... —"Acepta por favor" —. Delhy, quiero que te quedes aquí, donde te pueda cuidar.

No contesta.

—Yo sé que me pediste tiempo, estoy tratando de respetarlo, pero no puedo vivir sin ti, esta semana ha sido un infierno interminable.

—¿Qué quieres de mí, Santiago? —pregunta abatida.

—¿Qué tienes nena? Háblame, ¿qué pasa?

Comienza a desesperarme su actitud, odio que se cierre de esta manera, no puedo cargar con todo, mientras ella está decaída y triste por lo que pasó, ¡coño! Necesito a mi par a la mujer luchadora y que pelea a mi lado, la que sabe sostener su porción en la vida, la que nunca tira la toalla a la primera. ¡No así, Delhy!

—¡Habla, carajo! ¡¿Qué tienes?! —Maldigo.

—¡Déjame en paz! —Me golpea en el pecho, y me empuja—. ¡¡¡Eres un poco hombre!!! ¡¡¡Un cínico mentiroso!!!

—¡¡¡¿Qué coños te sucede Delhy?!!! ¡¿De qué jodidos hablas?! —Le grito, y me vale un carajo si esta no es la reacción que necesita para decirme de una vez por todas qué le pasa, pero sí es la solución, ¡así actuaré! Porque creo que esto es lo que le falta a mi mujer, mano dura, ya que la suave se la pasa por delante sin siquiera mirarla.

—Dile a uno de tus hombres que me lleve a mi casa. —Ahí está ese tono de voz, que usa cuando quiere hacer conmigo lo que le viene en gana, sin embargo, esta vez no se lo voy a permitir.

—¡¡No!! ¡Tienes que explicarme qué mierda pasa, Delhy! ¡Estoy cansado de este jueguito! ¡Me tienes jodido, por puñetera primera vez! ¡¡¡ME ESTÁS JODIENDO!!! —La zarandeo suavemente, para ver si recapacita—. ¡Un día estamos muy bien, luego regreso a tu casa con planes para los dos, y resulta que tú te largas dejándome una puta carta para despedirte de mí! ¡Yo no soy tu juego! ¡Entiéndelo, Delhy, yo no soy la diversión de ninguna niña malcriada! ¡Sí, eso es lo que eres, una niña consentida que corre a los brazos de sus papás cuando se comienza a asustar! —Toda la rabia contenida en estos días, de cómo me dejó sin poder explicarme, la saco; estoy casi sin aire. La miro, y veo odio en su mirada, como si yo fuera el que falló—. ¡Dime qué mierda quieres! ¡¡¡Antes de que me vuelvas loco!!!

—¡¡¡Quiero que me dejes en paz!!! ¡¡¡Que no me busques!!! ¡¡¡Esto se acabó Santiago, se terminó!!!

La miro preguntándome, ¿qué jodidos he hecho mal con esta mujer? No entiendo por qué me hiere de esta manera, me he entregado como nunca antes. Muero por correr y aferrarme a su cuerpo, rogarle que no me deje, hacerle entender que yo haría todo por complacerla, que la amo, que no puedo vivir sin ella, que no hay ningún momento del día que no la piense, que se ha convertido en mi sueño, en mi esperanza, en mis ganas de vivir, que quiero que eduque a Melina, que sea su madre, que me completa, que la deseo, y que no podría estar en otros brazos si no son los de mi mujer, mi pequeña y hermosa Delhy, que me posee en cuerpo y, ahora, en alma, y que deseo formar una familia únicamente con ella.

Cuando reacciono se ha ido, y me ha dejado solo. Agarro mi móvil, y me siento en la cama.

—Max, lleven a la señorita Lugo a su casa.

Me voy a mi paraíso personal en un estado inconsciente, sí... la he dejado ir. En mi bar, junto a la alberca, busco algo fuerte, y me topo con una botella de Tequila que me trajo hace años Paolo de México; qué ironía degustarlo en esta ocasión. Tomo el control remoto y prendo el aparato reproductor, me siento en una de las tumbonas ajustándola para que se quede en una posición cómoda; casi sentado, me quito los zapatos y los calcetines, los acomodo dentro de ellos y me pierdo en la música romántica.

Desde el día que Delhy grabó esa estación en el aparato, no he sido capaz de cambiarla, me llena de emoción. En menos de lo que esperaba, me doy cuenta que ya llevo más de la mitad de mi botella, y cuando escucho una canción de esas que es inevitable no ponerle atención, parece que estrofa a estrofa ha sido escrita para nosotros. Me levanto para ver cuál es el título, y compruebo que es Alejandro Fernández, cantando *Quiero que vuelvas* «Soy patético».

Me río a carcajadas de lo mediocre que soy, me encuentro consumido en el alcohol, a menos de tres horas de marcharse. Es la primera mujer que me ha dejado jodido, pisoteado y mandado al demonio. Las mejillas me duelen, no puedo parar de reír, jamás me imaginé verme en este estado; el flamante Senador Santiago Moya, el implacable mujeriego, se encuentra humillado y afligido, escuchando canciones románticas, que claman la necesidad de tener las caricias de una pequeña mexicana para poder respirar.

—Oh, mi Delhy, ¿qué me has hecho? —Dejo caer la botella vacía, resuena al rebotar en el piso. Me quedo contemplando las estrellas, y hablando en voz alta—. Sé que me amas Delhy, lo sabes bien también, lo he sentido, y estoy seguro que es verdadero. No puedo ignorar que estás locamente enamorada de mí como yo lo estoy de ti, pero no puedo seguir siendo tu marioneta, no puedo permitirme seguir siendo tu títere, eso, contigo mi Diosa no funciona, si sigo por este camino me vas a destruir, y voy a terminar desapareciendo.

Mi única salida va a ser cambiar de estrategia, voy a ver cómo reaccionas bajo los encantos del antiguo e implacable **Santiago M. "Rossetti".**

Capítulo 29

Pasan los días, y aunque todo es muy reciente, poco a poco las cosas comienzan a doler menos. Aún no encuentro trabajo, o mejor dicho, todavía no me pongo de lleno a buscar uno. El ánimo no me da para mucho, trato de limitarme a mis prioridades, que son mis padres. He comenzado a escribirles más seguido por correo electrónico, me limito a ese medio de comunicación, porque cualquiera que platique conmigo se da cuenta que no todo marcha bien.

No le he contado a nadie sobre lo que pasó con Santiago, y en casa me he vuelto más callada. Mi mejor y, ahora, única amiga, Luz, trata de animarme, pero nada da resultado; constantemente, me amenaza con recurrir a Jacobo para sacarme de mi "cueva". Nunca cumple sus amenazas, creo que muy en el fondo se da cuenta que necesito mi propio espacio para pensar y organizar mis sentimientos.

Hay días en que mi cabeza comienza a aceptar que no todas las relaciones amorosas son de telenovela, ni todos los amores son correspondidos, que en el mundo existen miles de hombres y uno debe de estar hecho para mí; mi madre, todo el tiempo, dice un refrán muy típico en mi país, "Siempre hay un roto para un descosido". Pero bueno, al final del día, por alguna extraña casualidad, su recuerdo se cruza, lo vuelvo a recordar, y mi corazón termina fallando al llenarme de preguntas e inseguridades.

Dejé de correr desde que me encontré a Mario y fui al cine con él, necesito tiempo para procesar todo lo que me sucedió, pues de la noche a la mañana fui elevada al cielo para volar y ser feliz; me encontraba en la cumbre y, mientras volaba, me encerraron en una jaula, para después liberarme y darme el tiro de gracia.

La rutina de hoy en día es muy básica, me pongo cómoda con mis pants de yoga y playeras, que cada día me quedan más flojas, me entretengo viendo televisión, y las noches me las paso leyendo interminables historias de amor.

A veces olvido comer, pues he perdido el apetito; solo cuando cierro los ojos, a medianoche, mi estómago me recrimina gruñendo, sin embargo, estoy tan cansada para levantarme que únicamente tomo un vaso de agua que procuro tener siempre en el buró junto a la cama.

Con regularidad me enojo conmigo misma, porque no puedo entender cómo es posible que me encuentre en esta situación, después de casi dos semanas que lo vi por última vez. Soy como un gatito lamiendo sus heridas; es triste, doloroso y sofocante, verme en esta condición y no poderme ayudar.

Siempre fui de las chicas que no podía entender cómo algunas mujeres se azotan tanto después de un truene amoroso, pero en estos momentos ya no sé qué me duele más, si el haber terminado con él, o el hecho de que él no haya corrido hacia mí para detenerme.

En días como hoy, mi mente y mi corazón vuelven a jugarme una mala pasada, porque me vuelvo loca analizando lo que nos pasó. Las lágrimas de tristeza se van convirtiendo en odio, maldiciéndome por haber sido tan débil y tonta.

Lo que me consume de odio por dentro es que yo lo llegué a sentir, no pudo ser mi imaginación, cada partícula de mi cuerpo lo sintió. Cuando sus manos rozaban mi piel con veneración, y sus besos se perdían comiéndose mis labios, logré probar una conexión única y exquisita entre los dos. Al recordar esos momentos un nudo de sentimientos mezclados se sitúa en mi garganta, al no poder entender lo inexplicable.

Es entrada la noche, estoy leyendo una nueva novela,

cuando escucho voces altas; decido salir de mi recámara para ver qué pasa. Jacobo y Luz están en la sala discutiendo por mi culpa. Sin percatarse que yo me encuentro en el pasillo, los escucho claramente. Él está molesto con mi mejor amiga por mi situación, le echa la culpa por mi estado, acusándola de no ayudarme a pasar página, mientras ella se defiende y le repite que nadie puede ayudarme si yo no quiero ser ayudada. Regreso corriendo a mi habitación, maldiciendo el haber salido.

Es extraño, pero totalmente cierto, no quiero la compasión ni la ayuda de nadie, solo quiero estar sola y drenar mi dolor; quiero sentirlo rasgarme por dentro, mutilarme y compadecerme de mí misma, para después poder volver y renacer entre todo el coraje y odio que tengo reservado para los que me arruinaron la vida.

Estoy pagando la renta del piso con el dinero que tengo ahorrado de los meses que trabajé en la Boutique, en todo el tiempo que estuve con Santiago nunca gasté ni un euro. Luz no me cobra ninguno de los servicios de la casa, solamente me limito a pagar mi parte como lo acordamos desde el principio, dice que con mi compañía es más que suficiente, aunque sé que lo dice para subirme la moral. Ella es mi sostén, más cuando me acurruco junto a ella buscando refugio, extrañando terriblemente a mi madre; he estado varias veces a punto de irme a México, pero no quiero regresar, vine con la finalidad de buscar mi futuro en estas tierras, y todavía tengo esperanza de que aquí lo encontraré.

El coche de Mario está donde lo dejó estacionado al traerme a casa la última vez que lo vi; a veces me marca, sin embargo, nunca contesto sus llamadas, cuando me manda mensajes me limito a borrarlos, constantemente deja mensajes de voz disculpándose por lo que me hizo, aunque siempre los ignoro.

Santiago es otro tema, él está ausente, no hay llamadas, ni mensajes. Algunas veces me gana la curiosidad y me pongo a revisar todas sus redes sociales, pero igual que tiempo atrás, las pocas fotos que encuentro son de él solo, imágenes de un hombre serio, duro, solitario e inalcanzable. Claro, sin contar los meses que estuvimos juntos, donde se nos veía en todas partes como una feliz pareja. No sé si lo hace por respetar lo reciente de nuestra relación, o si el retorcido Senador que no conozco oculta sus aventuras para que siga creyendo en él.

En fin, es como si se lo hubiera tragado la tierra, y esta situación me intriga cada vez más, pero también me llena de coraje con su indiferencia, tanto, que no puedo asimilar todos los sentimientos que recorren mi cuerpo, y alimentan mi maléfico instinto por querer destruirlo, por querer amarrarlo y verlo sufrir, por desear poseerlo y tenerlo a mi merced, guardarlo solamente para mí, esperando la orden de mis más descabellados deseos. Sí, hacerle todo eso al vil canalla que destrozó mi corazón.

Tocan mi puerta y cierro rápidamente la laptop, sacándome de mis planes de destrucción que quiero llevar a cabo en contra del casanova Senador. Me río por lo bajo al darme cuenta de que estoy resurgiendo como una despiadada mujer, que le va a hacer pagar caro su engaño.

—Mande

—¿Se puede? —pregunta Luz, dudando un poco.

—Claro, pasa. —Pongo la laptop en la mesita de noche, y me quedo sentada en la cama.

Cuando abren la puerta veo correr a dos personas como si fueran dos niños, observo como aterriza Jacobo en mi cama, haciéndola moverse.

—¡Hola, guapa! —Se acuesta enfrente de mí cama, ajusta dos almohadas bajo su cabeza, y me da una de sus más hermosas sonrisas.

—¡Hola, Jacobo! —Me río, y casi me siento extraña con el gesto, como si mis mejillas no estuvieran acostumbradas.

—Delhy, estamos aquí para sacarte de tu cueva. —Me informa muy serio—. Así que los tres vamos a ir al cine —agrega.

Al mismo tiempo, Luz confirma:

—Y no aceptamos un no por respuesta, nena. —Se sienta a mi lado, descansando su cabeza en mi hombro—. ¡Te extrañamos! —agrega haciendo pucheros.

—La verdad, no tengo nada de ganas —respondo con honestidad.

—Eso ya lo sabemos Delhy, pero Jacobo dijo que después, si quieres, te podemos llevar al karaoke, para que te animes.

Impresionantemente no se me antoja ni un poquito.

—No chicos, la verdad que tengo mucha flojera.

—Vamos a ver qué hay en la cartelera —comenta Jacobo sin poner atención a mi comentario; se da media vuelta quedando boca abajo, saca su teléfono inteligente y se pone a buscar en los horarios de los cines.

—¡¡¡Tías, está la nueva de *Star Wars*!!! ¡¡¡Por favor, llévenme!! —grita exagerando, y muerto de la emoción.

—¡Vamos, Delhy!¡Por favor! Tú sabes que odio ese tipo de películas, no podré con él yo sola, ¡míralo! —Luz se ve en verdaderos aprietos, aunque se la pasan los dos en el cine, sé que el de la idea siempre es Jacobo.

—Bueno, pero algo súper tranquilo. Cine, y regresamos a casa, ¿vale?

—¡Vale! —Luz aplaude de la emoción, y se excusan para que me arregle.

Salen los dos de mi habitación, y yo salgo de la cama dirigiéndome a mi closet. Tomo una blusa de gasa en tono pastel, de color palo rosa, con manga tres cuartos; es una chulada que compré en mi antiguo trabajo, de hecho, todavía tiene las etiquetas, pues no tuve tiempo de estrenarla. Agarro, también, unos de mis skinnys de mezclilla preferidos, que están un poco rotos y deslavados.

Voy al baño a cambiarme, cuando me pongo el pantalón este sube como si nada, estoy acostumbrada a tener un poco de dificultad al ponérmelos; algunas veces hasta necesito ponerme cinto, y no precisamente porque se me caiga el pantalón, sino para sentirme más a gusto porque mis voluptuosas caderas están bien llenitas, y cuando me siento o agacho se me bajan de atrás y se me ve el panty.

Me miro en el espejo y no me veo nada mal, al contrario, estoy sorprendida; cuando me pongo de lado paso mi mano por la barriga y está algo plana, primero me desconcierta, pero cuando saco mi caja de maquillaje y me comienzo a maquillar, mi ánimo se dispara y empieza a despertar mi instinto femenino y coqueto.

Tomo mi celular como de costumbre y busco entre mis aplicaciones, después de muchas semanas me apetece volver a escuchar música. Por primera vez no busco ninguna de mis carpetas en especial, solo ruego que salga una buena canción; inesperadamente, casi me caigo de nalgas al escuchar la primera melodía. No recordaba en que estación lo había dejado, pero cuando lo prendí nunca imaginé que sonara "*Si una vez*", es una canción viejísima, pero le han hecho nuevos arreglos, es una versión entre reguetón, hip-hop, electrónico, totalmente música más bailable, una de mis preferidas en los noventas con Selena y los Dinos, ahora mucho más con este nuevo ritmo, le doy rápido un "me gusta" en la aplicación *Pandora,* pero ahora cantada por Frankie J, Leslie y otros chicos más.

Cuando me doy cuenta estoy cantando y bailando al compás de la música; me siento mucho mejor, creo que esto es lo que necesitaba, arreglarme y salir con mis amigos a distraerme.

Ya maquillada el resultado no está nada mal, mis ojeras han disminuido. Camino al closet de nuevo, tomo mis flats negros, pero cuando me veo en el espejo completo me veo súper pequeñita, así que regreso y me pongo unos altos zapatos negros de plataforma de corcho con tiras amplias; quedan preciosos con mi ropa. Meto todas mis cosas esenciales para salir en una bolsa a juego, ya saben, toda esa manía de cambiarlas para que combinen con nuestro atuendo.

Por último, tomo mi celular para poner pausa a la música y meterlo en la bolsa, encontrándome con varias llamadas perdidas y mensajes de la misma persona. Es muy fácil adivinar quién es la única persona que me habla sin parar, aunque no le conteste, por eso siempre deja uno que otro mensaje. Sin embargo, ahora que lo pienso bien, tenía un par de semanas sin tratar de comunicarse conmigo, así que creo que se fue de la ciudad y ya regresó.

Sé que Mario no es de confianza, y mucho menos es mi amigo, pero es la única persona que sabe de mis verdaderos problemas por ser parte de ellos. Soy consciente de que él puede ayudarme a llevar acabo mi plan, destruir a Santiago, solo tengo que saber cómo mover bien mis fichas del juego, al fin y al cabo, desde el principio he sido una Diosa, toda una reina dispuesta a apostar para ganar al final. Y si el cae en mi juego, más fácil será tener a los demás comiendo de mi mano.

Delhy: ¿Gustas ir al cine?

La respuesta no se hace esperar.

Mario: En treinta minutos estoy en tu casa

Delhy: Voy con unos amigos. Deja les pregunto a cuál cine iremos, y te veo ahí
Mario: ¿Escogieron ya la película?
Delhy: Sí, la nueva de *Star Wars*

Salgo de la habitación y, en cuanto entro a la sala, Jacobo empieza a chiflar y a decirme majaderías españolas, que todavía no sé descifrar si son algún tipo de groserías callejeras o piropos, por lo que solamente agarro un cojín del sofá más cercano y se lo aviento a la cara.

—Chicos, ¿a qué cine vamos a ir? —Les pregunto a los dos, que están cómodamente sentados viendo sus respectivos teléfonos.

—¿Por? —Me contesta con otra pregunta mi amigo piloto.

—Porque voy a invitar a un amigo, ¿se puede papá Jacobo?

—¡Auch! ¿Ves cómo no la podemos sacar todavía Luz?
Luz solo se ríe, y lo calla de un empujón.

—¡Déjala en paz! —Le dice juguetona—. Vamos al mismo de siempre nena.

Delhy: *Yelmo Cine*
Mario: ¡Perfecto!
Delhy: Te llevo el carro
Mario: No lo necesito
Delhy: No es pregunta, aunque bueno, primero tengo que verificar que prenda, no lo he movido
Mario: Sí, ¡ya lo sé!
Delhy: Deja de espiarme, enfermo
Mario: ¡¡Eso jamás, Diosa!!

Sorprendentemente al leer el mensaje únicamente ruedo los ojos. Maldigo, por lo bajo, el haberlo conocido de esta manera, después de todo, además del físico algo bueno debe de tener, ¿no? Carisma y buen humor puede ser.

Bajamos del coche y nos acercamos a la taquilla, en ese momento nos encontramos a Mario agitando varias entradas. Luz me da una mirada pícara, mientras yo me limito a mover la cara en señal de negación. Jacobo solamente se endereza un poco más, sacando ese pecho de macho alfa que posee, nos pasa un brazo por los hombros a las dos, abrazándonos, y nos pega a él.

—Tío con suerte.

Jacobo se ríe del comentario de Mario, y nos suelta. Los presento mientras él nos reparte los boletos; caminamos listos para entrar, pero me distrae el olor a palomitas que invade mi nariz como lo más rico que podría comer por meses. Me voy directo a hacer fila. Luz me toma del brazo, y se recarga en mi costado.

—Necesito el número de la agencia.

Me le quedo mirando confundida mientras hacemos fila, y los hombres platican entre ellos.

—¿De qué hablas? —Le pregunto.

Suelta una carcajada, pero no me responde, y únicamente nos ganamos la mirada de todos a nuestro alrededor.

—Del número de teléfono de la agencia donde consigues a todos estos modelos Delhy. Todos tus galanes están buenorros, grandes, toscos, guapos y, tan jodidamente, deliciosos.

Al escucharla casi me atraganto con mi propia saliva.

—Lo bueno que fui yo quien te presentó a Jacobo, sino juraría que también de allí lo sacaste.

Olvido su comentario al escuchar al empleado del mostrador preguntar por mi orden.

—Hola, me da por favor unos nachos con jalapeños y extra queso, unas palomitas pequeñas combinadas y un té. —Volteo a ver a los demás—. ¿Ustedes qué van a querer?

—Uy hermana, ¿te tenían amarrada? —Dramatiza—. Pensé que habías pedido para todos, ahora me doy cuenta de lo equivocada que estaba, ¡avara!

Nos reímos mientras los demás piden también, y esperamos por nuestra orden.

Los chicos salen encantados después de ver la película, no estuvo mal, pero tampoco estuvo ¡Wow, oh mi Dios, qué buena! ¿A quién le va gustar una historia donde los protagonistas terminan muertos? ¡A mí no! Aun así, ellos no paran de hablar de todos los efectos especiales, y como ha transcurrido la locura de *Star Wars* por décadas. Lo único que puedo aportar a la conversación, y que repito miles de veces, es que Diego Luna, uno de los nuevos actores, es mexicano, o sea ¡mi paisano! Y que jamás en la vida pensé verlo actuar en esta película y, mucho menos, después de salir en "El abuelo y yo", ¿qué mexicano no recuerda la novela? Obviamente ninguno entiende de lo que hablo y termino callándome.

—¡Ay, españolitos! —Me refiero a ellos sarcásticamente al no entender mi plática.

Mario se carcajea por mi inevitable desesperación.

—Bueno tíos, ¿cuál es el plan? —cuestiona.

—Ninguno. Nos vamos de regreso a casa —me adelanto a contestar.

Volteo a ver a mis amigos para que me apoyen, pero claro, adrede no dicen nada.

—Vamos a cenar —propone Jacobo.

Se gana una mirada asesina de mi parte, y me empiezo a enojar.

—No, chicos. Yo estoy bien llena, aparte les dije desde un principio que solo vendría al cine.

—Es verdad Jacobo, no la jorobes. Es más, podemos pasar por algo y comemos en la casa —Luz propone, guiñándome un ojo.

Nos vamos caminando al coche, y Mario nos acompaña, hasta que sutilmente se me acerca.

—¿Delhy?

—¿Qué?

—¿Estoy invitado?

—No —contesto seria, sin ganas de bromear, no puedo dejar que se acerque tanto a mí, esto es solo una fachada para lograr mi cometido.

—Vale, lo entiendo —comenta sincero.

Los chicos se suben al coche, y me quedo a un lado despidiéndome de Mario.

—Delhy, gracias por invitarme. Te prometo que estoy tratando de hacer las cosas bien.

—Eso espero Mario, yo no doy terceras oportunidades. Buenas noches. —Me despido casual, pero veo que se mueve para abrazarme y despedirse con un beso, así que me apuro, abro la puerta como de rayo para ponerla de barrera entre nosotros—. Hablamos luego.

Cuando estoy entrando al carro, me suelta su repugnante apodo.

—¡Adiós, Diosa!

Levanto la vista para fulminarlo con una mirada asesina, porque sabe perfectamente que me choca que me diga así. Veo su relajado y sonriente semblante, y no sé qué hacer. Él dice adiós con una mano entusiasmado, y se va trotando.

La mañana siguiente me levanto muy temprano, tengo planeado comenzar a buscar un nuevo empleo. Luz me comentó, hace unos días, que van a necesitar ayuda en el restaurante, una de las anfitrionas está embarazada y dejará su puesto en unas semanas. Sinceramente no me entusiasma en lo más mínimo, y no por el puesto, sino porque no quiero saber nada de la familia Moya, aunque bueno, su abuelo siempre ha sido una persona muy linda y amable; sin embargo, esta oportunidad está fuera de lugar. Es ridículo dejar de trabajar con la hermana para ir a correr con el abuelo, es un NO definitivo, aunque mi mejor amiga me hizo prometerle que pasaría hoy para saludarla.

Tengo pensado ir a comprar el periódico, tomarme un café cerca de la Plaza, y comenzar mi búsqueda. Tomo del buró mi carpeta con varios currículos listos para entregar, y salgo rumbo al estacionamiento de nuestro edificio. Aunque es algo perturbador, me dieron ganas de manejar el carro de Mario, y decido que después de estas dos semanas es tiempo de prender ese hermoso cachorro.

Sé manejar, sin embargo, me siento muy nerviosa, pues todo aquí es nuevo para mí. Pero tengo que reconocer que día a día comienzo a sentirme más familiarizada con las calles de la ciudad, y mucho más por las que camino o viajo con regularidad.

Me encuentro sentada en el exquisito *Audi,* después de

inspeccionarlo paso a paso, y rincón por rincón, llego a varias conclusiones; la primera que pasa por mi mente es que es rentado, porque no encuentro indicios que me digan que él es el dueño, no tiene artículos personales en la guantera, esa es mi primera observación.

Después de inspeccionar el interior salgo del coche para verificar la cajuela, me entra la curiosidad, ¿qué puede tener ahí guardado? Confieso que al abrirla lo hago muy lentamente, pensando que quizás puedo encontrar el cuerpo de alguien muerto, y yo manejando tan tranquila sin estar enterada ¡Lo sé! Cuento con mucha imaginación, pero son las consecuencias de ser una lectora compulsiva, pues el drama y el suspenso viven conmigo. Aparte, a estas alturas de la vida puedo creerlo todo de Mario Arizmendi, no obstante, al final soy sorprendida con una cajuela vacía y totalmente limpia; quizás lo único que pasa es que lo acaba de comprar.

Acomodo el asiento y los espejos a mi medida, pero me veo fascinada con mi debilidad por los tableros inteligentes y sofisticados, eso es lo que más me gusta de un automóvil. Soy como una niña chiquita que quiere investigar y picarle a todo para aprender cuál es la función de cada uno de esos botones, y este que tengo enfrente es impresionante.

Primero, me concentro en escribir correctamente la dirección de mi destino; antes de moverme conecto mi teléfono, lo sincronizo y, cuando ya está listo, pongo música. Esta vez me decido por una estación local, y empieza una canción nueva de Juanes y una chica que no reconozco, pero con seguridad la bajaré para tenerla en mi móvil. El ritmo es pegajoso, y el toque de los cantantes al unísono es insuperable. «*Amárrame* es la canción del momento, no hay duda».

Es absolutamente agradable escuchar música mientras manejo, la mayoría de las veces escojo baladas, las cuales suelen tranquilizarme y ponerme de muy buen humor, aunque sean tristes, de esas que hablan de engaños y desamor. La música es como mi café, es el medicamento que necesito tomar cada mañana para poder comenzar bien mi día.

Voy verificando en la pantalla del GPS el café que escogí. Manejo precavida hasta llegar a mi próximo lugar favorito, pues con solo mirarlo desde la ventana del coche sé que me encantará; tiene una apariencia contemporánea, totalmente de la vieja escuela, y eso me encanta. Es una cafetería muy pintoresca; tiene pequeñas mesitas redondas afuera, al aire libre, bajo grandes árboles repletos de flores rosas bellísimas que enamoran a cualquiera, le dan un toque muy bonito y acogedor. Me estaciono en un lugar libre a la orilla de la calle, así que me toca caminar por unos cuantos locales hasta llegar a mi destino.

Una joven, con su bonito gafete anunciando que se llama Alejandra, me atiende en el mostrador.

—Hola, señorita. Buenos días, ¿qué le preparamos?

—Hola, Alejandra. Es la primera vez que los visito, ¿qué me recomiendas?

—¿Qué le parece un café latte con una rica magdalena? Son caseras y hechas hoy, toda una delicia.

Se me antoja, mi apetito súbitamente está de regreso, y debo iniciar el día con un buen desayuno, tengo mucho por hacer. Le sonrío y acepto.

—¡Vale, suena delicioso!

Después de pagar voy y busco una mesa al aire libre, prendo mi celular y me pongo a borrar alertas de e-mails y redes sociales, mensajes acumulados de *WhatsApp*, y espero mi pedido mientras divago en el grupo de lectura.

Un señor mayor, cordialmente, trae mi orden; cuando amablemente la pone en mi mesa, veo impresionada ese aromático latte junto a la magdalena cuidadosamente servida enfrente de mí. Automáticamente tomo mi teléfono, abro la aplicación de *Instagram*, le tomo una foto y la publico, etiquetando el lugar donde me encuentro. Se ve tan rico y huele todavía mejor, que era una necesidad divulgarlo en una red social para recordar esta cafetería.

Empiezo a comer, y volteo a ver a los demás comensales. Estoy disfrutando de este magnífico bollo, cuando veo un periódico olvidado en una mesa vacía a mi derecha; me levanto y lo tomo. Regreso a mi asiento y lo hojeo, buscando algo en lo que pueda aplicar esta vez. Me concentro en la tarea, pero me distrae mi celular que comienza a sonar, leo en la pantalla el nombre de Mario, así que lo dejo timbrar, hasta que después de varios intentos se calla. Pasan unos minutos y llama de nuevo, repitiendo la operación varias veces.

Mario: ¿Por qué no me contestas?

Delhy: Estoy en el trabajo, no puedo hablar.

Mario: Jajaja ¿Por qué me mientes?

No le contesto, pongo el teléfono a un lado y me entretengo en las noticias de los famosos. Mientras disfruto de mi rico desayuno, como hace tiempo no hacía, alguien se sienta en mi mesa, y levanto la mirada para observar quién es por arriba del periódico.

—¡Hola, Diosa! —Un despreocupado Mario está frente a mí, recién bañado y vistiendo ropa casual y elegante al mismo tiempo.

—¿Qué haces aquí? —pregunto enfadada.

—Vine a comprar un café, ¿y tú? —responde jocoso.

—¿Cómo me encontraste? —Indago sospechando algo.

—GPS. Llegué de correr y me ganó la curiosidad por saber si el coche había tenido más suerte que yo, y bingo, a él si lo sacaste a pasear. Por lo que, al ver que estabas aquí, no lo pensé dos veces, aunque tuve que deambular un poco para averiguar dónde te encontrabas exactamente; de hecho, por un instante, pensé que servías café. —Levanta la ceja señalando a la mesera—. ¿Qué haces? —agrega curioso.

—¿No es obvio? —Señalo con mis manos mi desayuno.

Él descaradamente se estira, toma mi magdalena mordida, se la lleva a la boca, y la devora sin ningún remordimiento. Yo he pasado como veinte minutos dándole pequeñas mordidas, y pensando en todas las calorías que estoy consumiendo, mientras este hombre, sin pena alguna, se la come sin preocupación; esto realmente es muy injusto, pienso en silencio.

—Siempre tan ofuscada.

—Nadie dijo que trataba de ser amable el día de hoy.

—¿Buscas trabajo? —Levanta el periódico, y se concentra en los cuadritos que tengo encerrados.

—Sí, ese es el plan.

—¡Te ofrezco trabajo! —Se estira perezosamente en su silla.

Con su nueva postura, la camisa desfajada se corre hacia

arriba, y deja ver un pedazo de piel de su abdomen y cadera; sus músculos se contraen y yo dejo de respirar, no entiendo por qué él, algunas veces, me llama tanto la atención, esto solo me pasa a mí. Comienzo a reírme fingidamente.

—Espera, espera... —Me agarro el estómago, haciendo mi mejor actuación—. Déjame adivinar, ¡de Diosa sexual!

Se acomoda en su asiento de nuevo y cruza los brazos detrás de su nuca, con sus largas piernas estiradas.

—Bueno, no era lo que estaba pensando, pero ya que lo sacas a colación no sería una mala idea. —Se pasa una mano por la barbilla, en señal pensativa, tocando la ligera barba que se deja apreciar—. No, Delhy. Ese definitivamente no es un trabajo, pero, ¿sabes qué?, tampoco es una mala idea —confirma serio.

Cierro el periódico, le doy un gran trago a mi café, antes de que Mario decida tomárselo y, cuando estoy a punto de mandarlo al demonio, me gana la curiosidad por saber más del tema. Yo solo conozco la versión que me dio Santiago, y en estos momentos ya no creo nada de lo que me haya dicho ese cabrón, así que pregunto muy seria.

—Oye Mario... —Me acerco un poco más a la mesa, como si le fuera a confiar un secreto privado.

—¿Si, Diosa? Dime —Me observa precavido.

—Explícame todo sobre el tema de las Diosas.

Me mira con cara sorprendida, realmente lo tome desprevenido, no se imaginaba que tuviera curiosidad sobre ello. Meditando su respuesta, se acerca mucho a mí y, cuando pienso que me lo va a contar, se roba mi taza, se vuelve a su silla, se recarga, y le da un trago grande a mi café, terminándoselo de un tirón. Relamiéndose los labios pregunta:

—¿Explicarte? —Finge desinterés.

—Sí. Déjate de rodeos Arizmendi y cuéntame.

—No, Diosa. Tengo una mejor idea. —Deja la taza de mi café vacía en la mesa—. ¿Qué tal si mejor tú me acompañas a la siguiente gala? Así lo veras todo en primera fila.

—¡Estás loco! Nunca pienso poner un pie en un evento de esos. ¡Son una bola de pervertidos!

—Nunca digas "Nunca". —Con sus dedos hace señal de comillas—. Y deja de ser tan aburrida y mojigata, por favor recuerda Delhy: ¡Vive la vida! ¡Solo tenemos una, hay que disfrutarla, mujer! —Se levanta inesperadamente después de recibir un mensaje de texto, se acerca a mí y me da dos besos en las mejillas—. Bueno hermosa, me retiro, mis deberes me reclaman.

—¡Mario, espera! —Rápidamente tomo mi bolsa, junto con el periódico, y me paro para seguirlo—. Llévame a casa para que recojas tu carro, ya no lo necesito.

—¿Entonces ya vamos a ir a comprar el tuyo?

Bufo por lo bajo.

—¡Bueno sería! ¿Qué parte de no tengo trabajo no entiendes?

—¡Ah, eso! No me dejaste terminar, necesito una chica que lleve mi agenda.

Vamos platicando mientras caminamos por la banqueta. Me río, pero esta vez mi risa es sincera.

—Estás abriendo una posición de trabajo solo para emplearme, ¿verdad?

—Si así fuera, ¿lo aceptarías?

—No, gracias. Ya encontraré algo.

Nos paramos a un lado del coche, quito la alarma y abro la puerta.

—¿Seguro que no me quieres llevar?

—Seguro, Diosa. Vete con cuidado, y si cambias de opinión ya tienes trabajo.

Al subirme me cierra la puerta, mientras me abrocho el cinturón de seguridad. Me despido con la mano, pero me pide que baje el vidrio señalando la ventana.

—¿Ahora qué quieres?

—Piénsalo bien, Delhy. Ven conmigo a la siguiente gala, ¿qué dices?

—Vamos a dejarlo claro, pretendes que confíe en ti, ¿por qué? ¿Vas a raptarme de nuevo? —interrogo exagerada.

—¡Coño, Delhy! Que eso fue, ¿qué, hace casi ya un mes? ¡Discúlpame! ¿Quieres que te lo firme por escrito? Vamos, por favor, no dices que quieres saber de qué se trata.

—¡No! Qué miedo, me lo imagino como esos lugares donde todos se acuestan con todos. ¡Estás loco! —Me acuerdo de

Pídeme lo que quieras, y en las loqueras que se metían esos peculiares personajes.

—Para nada Delhy, es solo una cena con baile, no existe nada de sexo esa noche; bueno, no en la fiesta. No es como te lo imaginas, terminaría encantándote todo. Avísame si te decides, tienes mi número. Me avienta un beso y se va.

Decido que se jodió el día, las ganas de buscar trabajo huyeron de mí. Considero mandarle un mensaje a Luz para decirle que voy para el restaurante, pero si le aviso que voy se va a poner a cocinar, y la verdad ahora estoy más que satisfecha, así que mejor decido llegarle de sorpresa.

Prendo el coche y pongo música. El camino se me hace corto. Entro en el estacionamiento subterráneo, aparco y me bajo con mucho cuidado del carro. La ropa que me puse hoy era con la esperanza de encontrar trabajo. Me puse una falda de tubo recta muy pegadita al cuerpo que delinea mi figura a la perfección, es blanca con rayitas negras; la blusa es negra, de un solo hombro, y con un bonito holán en la parte de arriba. Decidí que necesitaba un gran toque y me fui directo por unos de mis tacones preferidos, que son extremadamente altos y de un hermoso color rojo brillante.

Tomo mi bolsa, veo mi reloj de mano y me doy cuenta que ya es mediodía, espero que mi amiga no tenga tanto trabajo. Aunque me estoy arrepintiendo de llegar por sorpresa, y más a esta hora de la comida, presiento que todo esto es una mala idea, la pobre va a estar esquizofrénica en la cocina.

Entro al ascensor para dirigirme a la calle principal del famoso restaurante, las puertas empiezan a cerrarse cuando, de repente, alguien mete la mano por la abertura para evitar que estas se cierren. Cuando veo el reloj de pulsera, el tiempo se para de inmediato, sé por instinto quién es, y me pongo muy nerviosa, mi vientre se contrae ante su descarada encrucijada o ante esta pésima casualidad.

Al abrirse por completo el elevador entra el guapísimo, seguro y todo prepotente Senador Moya, quien me mira con sorpresa, pero se recompone en segundos. Me observa de arriba abajo y me quedo pasmada ante su mirada hostil, mientras él transmite poderío y personalidad, deja su colonia exquisita impregnarse en todo el lugar. De tenerlo a tan solo unos cuantos pasos, me siento perturbada; repentinamente corta la distancia y se mueve más cerca de mí. Todavía contagiada por lo que me hace sentir, lo miro sin poder creer que después de estas semanas nos hayamos topado de esta manera.

Estoy por bajar mis altos muros, cuando recuerdo que es todo un donjuán. Sus facciones me confirman que esto es una casualidad, porque está igual de sorprendido que yo al encontrarme aquí. Mis sensaciones cambian al instante, mientras recorro con los ojos su candente y exquisito cuerpo a tan corta distancia. Nuestras miradas se cruzan y somos fuego derritiendo todo a nuestro alrededor. Me percato que también él siente lo mismo porque... ¡Oh, Dios! ¡Está excitado! Su enorme bulto se deja apreciar a través del fino pantalón de vestir gris. Se muerde lentamente el labio inferior mirando mi boca, y yo dejo de respirar.

Su imponente presencia envuelta en ese traje es electrizante, sería imposible oponerse a cualquiera de sus órdenes. No tengo tiempo para reaccionar, pues repentinamente me empotra contra una pared del ascensor. Busca el botón de emergencia tanteando el teclado, hasta que lo encuentra y lo aplasta, y nos detenemos mientras él se concentra en besar mi cuello rudamente, recorre con sus largos dedos mis labios, y yo, instintivamente, se los muerdo llena de deseo desenfrenado por el hombre que se restriega en mi pierna, provocando que me pegue a él y busque algo más de contacto.

Muerde mi oreja y se me escapa un suspiro comprometedor, me muerdo el labio, temiendo que pueda delatarme con algún comentario fuera de lugar. Su sensual aroma me eleva en segundos, mi excitación está por las nubes. Se va directo a mi boca, me castiga chupando fuerte mi labio inferior y poniendo una presión inhumana que me hace flaquear. Su arrebato me tiene hechizada, hasta que se rompe mi frenesí cuando murmura en mi oído.

—¿Por qué diablos haces esto? —Suspira pesadamente en mi cuello y, por un momento, se detiene—. Me vas a obligar a dejarte pequeña, me vas a forzar a odiarte.

¿Qué, qué? Mi cerebro colapsa y se va en picada, sin

embargo, en segundos se reanima. Su mano busca la entrada de mi falda, pero es muy larga y pegada al cuerpo para que pueda tener acceso y alcance a moverla. Desplaza su cara, rozando su nariz en mi piel, viene directo a besarme de nuevo, siento sus labios rozar mis mejillas, pero yo ya no estoy en sintonía sexual, si lo dejo seguir me confirmo a mí misma que siempre estaré a su merced. Su erección se encaja en mi cadera y me rejunta hacia ella aún más fuerte, torturándome. Lo empujo, tomándolo desprevenido. No puedo creer que otra vez estuve a punto de caer.

—¡¿Obligarte a dejarme?! —Me lleno de rabia—. ¡Reacciona Santiago, yo a ti ya te dejé! —Le digo con desprecio.

Con cara de incredulidad limpia las comisuras de sus labios, da un paso hacia atrás, se sostiene de los pasamanos, y me mira fijamente. Está hecho una fiera, se debate entre echarme la bronca, o seguir seduciéndome. Yo ruego porque deje salir al bastardo hijo de puta que es, necesitamos terminar esto de una vez por todas, porque creo que la última vez no lo dejamos claro. Es hora de que se vaya todo al demonio, pero esta vez me lo traigo conmigo al infierno.

Sigue con su mirada fija en mi cara y, de pronto, me ensarta un puñal que no veo venir.

—Perfecto. Si así lo quieres, no te vuelvo a buscar. —Su tono cambia completamente, se vuelve frío y cruel—. Venga tía, que yo quería que la siguiéramos pasando bien. Ya sabes, por un poco más de tiempo, pero no hay resentimientos, el mundo está lleno de mujeres... —Se detiene y me mira de arriba a abajo—. Así como tú. Total, no pasa nada Delhy, gracias por calentar mi cama esta temporada. —Se da media vuelta y aplasta el botón de nuevo.

En shock ante eso, me quedo sin palabras. Solo puedo ver su ancha espalda, y esperamos en silencio a que el elevador llegue a su destino. El corto viaje que nos lleva a la avenida principal me parece una eternidad; trabajo en mi autocontrol para no desmoronarme, ruego y ruego por no derrumbarme, e internamente hablo conmigo misma: «¡No seas estúpida, Delhy! Llevas tantas semanas sufriendo por él, llorando por los rincones, y míralo cómo se encuentra tan fresco cual lechuga. ¡Ya es suficiente!».

Cuando se abre la puerta me apresuro a salir delante de él, y no sé de dónde saco valor, se me va la lengua únicamente buscando un propósito que tengo en la cabeza: hacerlo rabiar. Conozco a Santiago y, aunque no me ame, él jamás me compartiría, y menos al confirmarme que quería seguir conmigo por más tiempo. Así que le devuelvo la moneda.

—¡Nos vemos en la siguiente gala senador!

Con paso acelerado, me mezclo entre la gente que trata de subir al ascensor. Camino y camino para perderme entre los peatones. Me paro en seco cuando me doy cuenta que he dejado atrás, por un par de cuadras, el restaurante, y por obvias razones no puedo regresar, él debe de ir para allá. Lo más probable es que vaya a ver a su abuelo, y por eso nos encontramos casualmente en el elevador. Automáticamente camino de regreso al estacionamiento subterráneo, aunque por una vía diferente.

Me subo al *Audi* de Mario y no sé qué hacer. Las manos me tiemblan y siento que me falta el aire.

—¡¡¡No, no de nuevo!!! ¡Vamos Delhy, no llores, es un pendejo que no merece tus lágrimas!

Hago el asiento totalmente hacia atrás, me recuesto en posición fetal, y trato de concentrarme en algo que no sea Santiago, pero fallo trágicamente. Me duele, me lastima, me quema el alma por dentro, sus palabras fueron atroces. No quiero sentirme así, me siento usada, traicionada de la peor manera; él sabía que me estaba encariñando, que mis sentimientos sí eran sinceros.

Deseo dormir por días sin tener que darle ninguna explicación a nadie. Mi corazón se contrae y lucha por mantenerse unido. Me pierdo recostada, se me va el tiempo hecha bolita pensando qué hacer esta vez, no quiero ir a buscar a Luz, me bombardeará con más preguntas si vuelve a verme en este lamentable estado de mierda. No puedo volver a caer en ese hoyo de nuevo, no me lo voy a permitir, ¡no lo vas a lograr maldito bastardo!

Busco apresuradamente mi teléfono, y marco el número de la única persona que conozco capaz de ayudarme a destruir al senador Moya. Solamente hacen falta tres timbres para que me conteste en su manera tan peculiar, pero esta vez me da risa escuchar mi apodo, y no me da miedo aventarme al precipicio ni danzar con los leones, porque esta vez voy en serio con tal de destruirlo.

— Prepáralo todo. Iré contigo...

Agradecimientos

Quiero comenzar agradeciendo a Dios por mandarme aquí, por darme la oportunidad de conocer a tantas magníficas personas, y dejarme llegar a tantos lugares que nunca imaginé.

A *mi esposo*, por estar a mi lado y permitirme vivir este sueño. A *mi hijo*, por ser mi razón de vivir.

La novela *QUÉ SERÁ DE MÍ* no habría sido posible sin el apoyo de un montón de personas, podría llenar otro libro agradeciendo a cada una de ellas, pero lamentablemente no es posible.

Primero que nada, tengo que dar las gracias a mis incondicionales hermanas: *Bee Lugo*, mi guía, maestra, confidente, y un grandísimo apoyo en todos estos años. ¡Gracias sister, por ser mi musa! A *Luz Hernández*, por todos sus consejos y su lado español, que nos ha salvado más de un millón de veces. Gracias, porque sin estas dos mujeres no estaríamos leyendo este agradecimiento, ya que no habría historia que contar.

Gracias a todas las chicas que estuvieron capítulo a capítulo, leyendo los borradores de una novela que nació desde lo más profundo de mi corazón: *Lily Gama, Ivana Castán, Ruth Bastardo, Cel Venini, Gaby Yanov y Georgina Maio*.

Gracias a la primera persona que sembró la semillita en mí sobre la escritura: *Claudia Pérez*, bellísima amiga y talentosa escritora. Te agradezco por siempre estar a mi lado, la mayoría de veces jalándome las orejas, enseñándome a ser cada día más fuerte, y brindarme tu ayuda incondicional.

Gracias a la comunidad *Libros Que Dejan Huella*, porque

cuando abrí la cuenta de *Instagram* jamás imaginé que tantas personas se sintieran conectadas conmigo. LQDH me hizo encontrar a otra gran familia, con la que comparto mi amor por la lectura. A mis primeras tres amigas de *Instagram: Crystal Cabrera, Ericka Chávez y Any Pizano,* por ser el motor de un hermoso inicio. A mis chicos del Staff: *Melisa Colque, Andrés Colantoni, Angelica Oliveira, Giuilianna Salazar y Alessandra Flores.*

Gracias a cada una de las chicas que conforman el grupo de *WhatsApp*, cincuenta y siete corazones que nos hemos convertido en una gran familia. ¡No sé qué haría sin ustedes, las quiero infinito!

Gracias a grandes escritores que me ofrecieron su apoyo: *Lorena Fuentes, Susana Mohel, H. Kramer, Fabiana Peralta, Lily Perozo, Jessyca C. Vilca y Cristina Brenes.*

A continuación, quiero darles las gracias a todas las personas que me dieron una oportunidad, y leyeron esta novela en *Wattpad*, principalmente a sus primeras seguidoras: *Afy Moreno, Paula Castellan, Cinthia Flores, Maru Fuentes, Gloria Morales,* y muchas más chicas, que no terminaría esta noche la larga lista... ¡GRACIAS!

Gracias a mis compañeras y hermanas lectoras de otras comunidades, que han caminado junto a mí: *Libros.mentirosos, We.are.bibliophiles, Bookloversboys, Lover_henry_jamie_fsog* y *Bookimperial.*

Y por último, pero no por ello menos importante, a un grandioso ser humano: *Marc Buckner*, que siempre lleno de la mejor disposición, aceptó darle vida a nuestro Santiago Moya. Gracias por todo el apoyo que me brindaste desde que esto era simplemente un sueño.

Código de registro: TXu 2-047-120
ISBN-13:978-1975785178

CPSIA information can be obtained
at www.ICGtesting.com
Printed in the USA
LVHW111733230919
631991LV00001B/428/P